Sarah-Marie

Bernard Cay-Maubuisson

Sarah-Marie

ou la mémoire du Phénix

AMRITA

CHEZ LE MEME EDITEUR

ASTROLOGIE, voie de sagesse
de Goswami Kriyananda

LES PIERRES, traditions initiatiques d'hier et d'aujourd'hui
de Arati Brandy

MEDITATIONS ET BENEDICTIONS ESSENIENNES
de Danaan Parry

CELUI QUI VIENT
de Anne et Daniel Meurois-Givaudan

VISIONS ESSENIENNES
de Daniel Meurois-Givaudan

LES DOSSIERS, CELUI QUI VIENT - T2
de Anne Meurois-Givaudan

FEMMES DE LA NUIT DES TEMPS
de K. Langloh Parker

L'ESPRIT DE FINDHORN
de Eileen Caddy

A ...COMME BOUDDHA !
du Lama Jigméla Rinpoché

Peinture de couverture de Ellen Lórien « Coquelicoquette ».

Le catalogue des Editions AMRITA est adressé franco sur simple demande

Editions AMRITA
24 580 - Plazac - France
Tél. : 05.53.50.79.54 - Fax : 05.53.50.80.20

Sommaire

PREMIERE PARTIE

Chapitre	1	Fils de Wotan… fille d'Abraham	17
Chapitre	2	De la chrysalide… au papillon	33
Chapitre	3	Le crépuscule des Dieux…	55
Chapitre	4	…Et l'on parla d'un loup noir…	67
Chapitre	5	L'étrangeté d'une pomme…	83

DEUXIEME PARTIE

Chapitre	1	Vérité… tu me fais peur… !	99
Chapitre	2	De Sarah… à Marie…	119
Chapitre	3	Au fil des siècles…	137
Chapitre	4	J'attends… c'est cela, j'attends… !	143
Chapitre	5	L'aigle jette ses lauriers… pour l'olivier	151
Chapitre	6	Dans le nid de l'aigle… un souvenir de colombe	167
Chapitre	7	Un voyage ambigu	197
Chapitre	8	Un rêve blond	209
Chapitre	9	De la mort à l'amour, qu'un pas… !	213

TROISIEME PARTIE

Chapitre	1	Voyage au bout de la mémoire	225
Chapitre	2	Quand Cronos s'en mêle, et vous emmêle… !	235

Chapitre 3 Un autre aigle y perd ses ailes… 273
Chapitre 4 Il est temps, serpent, de mordre ta queue ! 283
Chapitre 5 D'une étoile à six branches… à la croix… 323
Chapitre 6 Qu'as-tu appris… ? Et compris… ?
Car tout commence maintenant… 337

...A tous les "Kamaraden" jetés dans le "merdier"
pour l'honneur d'un serment.

... A Walter Novotny, tombé un 16 Mars 1945 en seuil de piste avec son ME 262, Walter, qui, à vingt ans, faisait partie des grands "As" de la chasse allemande, aimé et admiré des siens, et respecté des pilotes alliés.

...A Michael Wittman et son équipage de la *Panzer-Lehr* qui, au cours d'un engagement inégal contre cinq blindés *sherman* dans le bocage normand, trouvèrent la mort à bord de leur *Tiger* le 8 Août 1944.

...A tous ceux qui furent des soldats perdus en mettant leur foi dans une sale guerre et dont la seule folie fut de ne pas la voir.

... A tous les Alliés qui perdirent la vie
pour que meure la "Bête"...

...A toutes les victimes civiles broyées dans l'âme
et dans la chair...

...A toutes les Sarah Meyer, les Anne Frank et tous les leurs dont les cendres ont couvert le monde de honte et de deuil...

...A tous ceux d'hier, qui n'ont pas compris... Pour d'autres, aujourd'hui, qui ne comprennent toujours pas et pour tous ceux qui demain, feront de même... que le seul ennemi à combattre se trouve en chacun de nous...

...Enfin, à toi, papa, parti à ton tour, un 16 Août 1945, tombé toi aussi en seuil de piste, à bord d'un vieux D.B. 7, avec ton équipage. Toi, dont l'ombre des ailes a suffisamment pesé sur mes épaules pour faire pousser les miennes, afin de m'envoler à mon tour, et me permettre ainsi de me serrer un peu plus contre toi...

D'une vieille mémoire
Une petite étoile
Me conta une histoire,
Mais ne voulant la croire

Elle devint soleil,
Piétina mon sommeil,
Insolente au réveil

Jusqu'à un lendemain
Où lui prêtant ma main,
Elle écrivit alors
Une histoire sans fin.

A L'HOMME

C'était, il y a longtemps, quand dansaient les soleils,
Dans un jardin si beau, où tout était délice.
Des êtres orgueilleux, n'ayant pas leurs pareils,
Mutilèrent ce lieu, le mirent au supplice.
Ils étaient pleins de morgue, suffisants, arrogants
Et croyant tout savoir, ignoraient leur souillure.

Alors, les DIEUX, un soir, en voyant ces tourments,
Crièrent : « C'est assez ! devant ces meurtrissures,
Il nous faut châtier les auteurs de ces drames !
Otons-leur l'Etincelle qui fait l'Eternité ».
« Cachons-la, dirent-ils, sur la haute Montagne... »
« Non ! fit le plus ancien, au plus beau des étés,
Tout là-haut, ils iront et la retrouveront... »
« Au fond des océans, en proposa un autre. »
« Non ! ajouta le sage, c'est bien trop peu profond,
Dans de tristes machines ils deviendront des Nautes
Et toucheront le fond des abysses obscurs. »
Un autre suggéra : « Jetons-la dans les airs... »
« Tout ceci n'est point bon, interrompit l'Ancêtre,
A l'égal des oiseaux, ils s'aventureront.
Cachons-la leur plutôt dans le creux de leur cœur,
Car ils sont bien trop fats pour la rechercher là.
Ils peineront longtemps en courses inutiles
et se dépenseront en vains projets futiles.
Il ne leur restera qu'un souvenir d'oubli
Qu'ils voudront corriger en faisant mille choses.

Alors, quand le chagrin inondera leur vie,
Tout seul, ils s'assieront et, faisant une pause,
Diront : « Que fais-je ici ? J'ai vu, je ne suis rien
Qu'un voyageur qui passe aux tristes lendemains.
Quel est mon devenir ? Où vais-je à ce train ?
Alors, du fond d'eux-mêmes, comme monte un refrain,
Parviendra une voix qui criera : « Souviens-toi...
Tu n'es pas la tristesse, ni la peur, ni la haine,
Ni tous ces personnages t'habitant tant de fois,
Qui te faisaient courir, qui voulaient qu'on les aime,
Sans qu'eux-mêmes, à leur tour, puissent donner vraiment.
Non ! Tu n'es pas cela, Tu es bien plus encore !
Tu dois le découvrir, mais ce que tu ignores
C'est que les hommes courent toujours pour presque rien,
Alors que l'essentiel, presqu'à portée de main,
Ne les quitte jamais, mais ils cherchent partout
Sans jamais me trouver, vivant comme des fous !

Ne me connais-tu pas ? Moi qui ne t'ai point quitté...
Mon nom, vois-tu, mon Fils, s'appelle "ETERNITE"... »

PREMIERE PARTIE

Chapitre premier

Fils de Wotan... fille d'Abraham

Mai venait d'ouvrir son voile, avec ses cortèges d'arbres en fleurs et ses corsos de massifs en palette. Après ses longues pluies, l'arc-en-ciel du printemps chantait à nouveau la gloire du "Phénix"[1]. Dans le lycée Sainte-Geneviève, les odeurs et les chants des oiseaux gonflaient aussi de joie le cœur des jeunes filles de 1ère A. La sonnerie n'interrompit pas plus leurs joyeux babils d'adolescentes frondeuses quand elles entrèrent dans leur salle. C'était une de ces classes de lycée, bien traditionnelles, aux murs laqués d'un vert amande, délavés par les lessives de fin d'année. Meublée de pupitres noirs, torturés et gravés par les limes et les canifs de plusieurs générations de potaches anxieux, ennuyés et ennuyeux. Au centre une estrade surmontée d'un bureau sans âge et derrière celui-ci, Mme Cahors, professeur de français.

Mme Cahors avait environ trente-cinq ans, elle était restée célibataire, sans doute parce qu'elle n'avait jamais levé les yeux vers d'autres têtes que celles de ces élèves ; le reste du temps à l'abri de ses lunettes, ils servaient à décoder ou à dé-

1 – Fabuleux oiseau de la mythologie grecque. Quand son heure de mourir était venue, il dressait un grand bûcher et s'y jetait. Des cendres, on voyait apparaître un œuf qui se brisait pour laisser s'envoler un nouveau phénix qui renaissait ainsi de sa propre mort... Mythe de l'immortalité.

crypter les copies de celles qu'elle appelait "ses filles". Pourtant elle avait ce joli embonpoint qui fait que les femmes un peu rondes attirent les hommes, mais ses amants les plus fidèles se nommaient Voltaire, Descartes, Rimbaud, Flaubert...

D'un geste gracieux, elle invita ses élèves à s'asseoir, puis demanda à Sarah Meyer d'ouvrir les fenêtres en grand. C'était vraiment une bien belle journée... L'enseignante s'assit également et du regard fit le tour de la classe. Son œil, exercé, captait sans hésitation aucune le nom de la ou des absentes. Mais aujourd'hui, l'effectif était au complet. C'était bien !... Son tour d'horizon terminé, elle ouvrit son livre à la page marquée d'un joli index d'ivoire et annonça :

« Aujourd'hui, nous allons étudier Bossuet[1]... »

Mais sa phrase fut engloutie dans un monstrueux tremblement. Les *Tiger*[2] de la *7e Panzerdivision S.S. "Das Vaterland"*[3] manifestaient leur orgueilleuse puissance en lançant le démarrage de leurs soixante-douze moteurs dans ce clair matin de Normandie. De leurs tripes d'acier, les chevaux de l'Apocalypse galopaient dans les tympans, se répandaient dans les organes, s'infiltraient dans les corps en rongeant les courages, réaffirmant les peurs, stimulant les angoisses, l'odeur des diesels avait un goût de mort et l'oraison funèbre de Bossuet se dilua dans la symphonie nazie.

La voix de Mme Cahors s'était perdue dans les octaves de la monstrueuse cacophonie ; elle fit un geste désespéré vers les fenêtres et Sarah Meyer bondit hors de sa place pour exécuter

1 – Ecrivain et prédicateur français (1627-1704) célèbre entre autres pour ses oraisons funèbres.

2 – Nouvelle génération de chars de combats. Il fit sa première apparition durant la guerre de Libye par l'Afrikakorps. D'un poids de 55 t et d'un canon de 88 mm il était parmi les plus performants et les plus redoutables. Son équipage se composait d'un Panzerführer (chef de char) d'un Panzlehrer (conducteur) d'un Richtkannonier (canonnier) d'un radio et d'un chargeur.

3 – Chaque division Allemande portait un nom : comme la Division Das Reich (l'empire) tristement célèbre pour les massacres d'Oradour-sur-Glane "Das Vaterland" signifie la Patrie (Vater = père - land = terre).

l'ordre salvateur. Cela n'y fit rien, ce fut au tour des vitres de geindre, de trembler, de gronder, de vibrer... On aurait dit qu'ils étaient ici... Et ils étaient bien ici. S'étant installés au début de la guerre, ils avaient nidifié, pondu, s'étaient reproduits en quelques années. Ces étranges voisins jouxtaient le lycée depuis bientôt quatre ans. Vocalisant ainsi chaque matin, répercutant leur "feulement"[1] dans le cœur de chaque habitant du quartier, qui se souvenait ainsi que leurs chaînes étaient toujours tendues.

Contre ces indésirables visiteurs, Mme Cahors força le ton, essayant encore d'opposer le Siècle des lumières à l'ombre de l'aigle, mais comme pour se moquer, les monstres eurent l'indignité d'augmenter et de pousser leurs régimes, des miaulements remplaçant les grondements... Puis les félins du Diable se turent brusquement. Le silence retomba comme une chape gluante et Mme Cahors se racla la gorge, elle déglutit péniblement et commença enfin son exposé, Bossuet remontait en chaire et le cours se termina sur l'homélie à la grande duchesse !...

Vers le milieu de la matinée, la classe de 1ère A se scinda en deux groupes et Sarah Meyer se retrouva dans l'équipe de volley-ball. Sarah était très belle, d'origine juive. Ses parents avaient fui dix ans auparavant, l'Allemagne et sa tourmente de "Cristal"[2] pour se réfugier en France. Ses cheveux blonds encadraient l'ovale d'un visage pur, ponctué par deux fossettes régulières, mais c'était les yeux de Sarah qui retenaient toute l'attention de celui qui les visitait. Deux amandes parfaites, presque asiates, avec dans leur centre deux "lapis-lazulis" qui scrutaient le monde avec tendresse. Sarah était un être à part, elle s'épanouissait, puisant sa force dans une mystérieuse alchimie. Elle reprit avec fierté son rôle de passeur, et au coup

1 – Cri du tigre - allusion aux chars allemands.

2 – Tourmente de cristal : nuit de cristal, événements tragiques durant lesquels les S.A. de E. Roehm détruisirent les vitrines des commerçants juifs en Allemagne. Ce fut le signal des premières vraies persécutions antisémites... c'était le 9 novembre 1938.

de sifflet de Jacqueline Ducret, servit d'un coup sec du poignet une balle flottante. La réception fut difficile et le ballon sortit du terrain pour franchir le mur le l'école... Un sentiment de gêne s'installa aussitôt et le professeur d'éducation physique manifesta son inquiétude en accablant la maladroite dont le regard apeuré fixait sans cesse le mur.

On apporta un autre ballon, personne ne se sentant le courage de réclamer son dû. Jacqueline Ducret fit rebondir la balle plusieurs fois et s'apprêta à servir de nouveau. Sarah et toute son équipe étaient tournées vers le filet, et personne n'entendit la petite grille qui s'ouvrit en grinçant. Un officier S.S. en uniforme noir apparut, il s'avança lentement, tenant entre ses mains le ballon perdu. Jacqueline Ducret stupéfaite le regarda s'avancer, elle recula instinctivement et reprit sa place. Le sifflet de Mme Bourgues tomba sur sa forte poitrine et fit un petit bruit mat. Le soldat prit un ou deux mètres de recul, lança le ballon assez haut et sauta en frappant une forte balle liftée. La réception se fit sur une grande fille musclée qui le reprit plus par réflexe que par raison. Le jeune homme monta aussitôt au filet et se trouva à point nommé pour contrer l'attaque adverse. Sarah entama un geste qui se figea dans l'instant. Le ballon toucha le sol et quitta le terrain en petits bonds dégressifs. Il termina sa course dans la luzerne grasse.

Une étrange atmosphère se glissa furtivement à travers les joueurs statufiés. Mme Bourgues s'en voulut beaucoup des pensées incongrues qui traversèrent son esprit à ce moment-là ; elle n'avait pu s'empêcher de monter en parallèle le chien dans le jeu de quilles et celui d'un S.S. sur un terrain de volley. Sarah Meyer ne cessait de fixer le jeune officier. Il était grand, très jeune, pas plus de dix-huit ou dix-neuf ans, un grade d'*Oberlieutenant* figurait sur le col de sa vareuse à laquelle était accrochée la croix de fer avec une palme de chêne, très haute citation de l'Armée Allemande. Mais la guerre avait déjà modelé son empreinte et son regard d'enfant triste imprégnait tout son visage d'une certaine mélancolie. Sarah ne quittait plus le jeune officier, ses yeux brillaient, une fascination mutuelle s'exerçait sur chacun d'eux, et il semblait que leur rencontre venait de s'affirmer sur une reconnaissance mutuelle.

Le jeune allemand à son tour était pétrifié tel un "monolithe"[1] noir sur l'asphalte rouge du terrain, chacun respirait mal, comme si un expir mal venu ou mal retenu pouvait briser cet instant de grâce, cet échange solennel d'esprit à esprit. Un lien étrange et invisible venait d'envelopper ces deux êtres, une sourde moiteur envahissait les acteurs. Jacqueline Ducret sentit une goutte de sueur qui tombait de ses aisselles, elle sentit le parcours de la larme indiscrète sur son avant bras. Le temps s'était arrêté, la double "rune"[2] S.S. avait-elle jeté un enchantement pour cent ans ? L'éternité s'installait doucement. Ils se regardaient toujours. Sarah se transformait phase par phase, un sourire étrange l'auréolait et la transfigurait en même temps. Le jeune homme manifestait sa tension intense par un tremblement léger des lèvres. Puis doucement une perle incrédule amorça son chemin et roula résolument sur sa joue, les yeux de Sarah se voilèrent à leur tour et son sourire s'imprégna alors d'une grande tristesse. Leur discours silencieux continua de s'échanger dans cette bulle d'infini…

Puis tout se brisa. La directrice du lycée, témoin de cette étrange scène, vola au secours de Mme Bourgues. Sa voix ramena à la vie ce monde de "Loth"[3]. Elle s'approcha de l'officier et, avec beaucoup de diplomatie, lui fit comprendre que sa présence dans ce lycée de jeunes filles n'était pas la bienvenue. Il claqua les talons dans un salut mécanique et quitta

1 – Pierre d'un seul morceau dressé comme un menhir. La description du jeune officier dans son uniforme noir tranchant sur l'asphalte rouge du terrain de volley est une allusion discrète à la couleur du symbole nazi… Le swatika noir sur fond de blanc et de rouge…

2 – Alphabet scandinave… les lettres S.S. signifiaient vaillance et courage quand elles étaient associées. Le sigle des hippies des années 68 est aussi une rune… elle représente l'arbre d'Irgmensul, arbre mythologique des légendes nordiques.

3 – Durant la destruction de Sodome et Gohmore relatée dans l'Ancien Testament, la femme de Loth voulut se retourner pour voir ce qu'il advenait de ces deux villes, et ceci malgré l'interdiction du Tout-Puissant… elle transgressa cet ordre et fut changée en statue de sel.

le terrain pour se diriger vers la grille, sa main s'empara de la poignée et il se tourna vers Sarah, exprimant une pathétique détresse, puis disparut en tirant le petit portail qui se referma en gémissant. Mme Bourgues lança :

« Allons, mesdemoiselles !... Reprenons la partie... Jouez !... »

Et elle siffla mais l'émotion était toujours là, aussi épaisse. Sarah gisait dans son mystérieux cocon. Jacqueline Ducret, son amie, s'approcha et frôla son bras. Il était froid, et les yeux de Sarah ancrés dans le vieux portail rouillé... Il fallut la secouer et la gifler pour la tirer de son état.

Le reste de la journée se déroula dans un malaise demi-teinte. Les regards des unes et des autres cherchaient une réponse à la subite solitude de Sarah, perdue dans son hypnose. Elle semblait se métamorphoser tel le "Golem"[1] de ses légendes. Vers le soir, elle sembla retrouver une certaine activité, elle reparla de nouveau, mais ce ne fut que banalités, échanges verbaux, monotones, mécaniques. Elle quitta le lycée comme chaque soir, en compagnie de Jacqueline qui ne posa aucune question.

Il faisait une douce tiédeur en cette fin de journée. Les acacias en fleurs du boulevard Hériot déversaient généreusement leur parfum mielleux sur les promeneurs. Les deux amies marchaient côte à côte et en silence, quand une silhouette noire sortit du parc Karedech. Ce fut Sarah qui l'aperçut la première. Le jeune officier s'était arrêté à quelques mètres de l'entrée, et comme un automate obéissant à son créateur, elle se dirigea vers lui. Ils étaient face à face et totalement inconscients de la multitude qui les croisait. Jacqueline souffrit un peu de la brutalité de cette exclusion. Elle préféra se gommer de leur histoire et, sur un bonsoir rapide et discret, elle se dilua dans la foule. Ils étaient maintenant seuls, toujours figés, faisant obstacle aux passants et ceux-ci leur décochaient au passage des œillades peu amènes.

---

1 – Personnage de légende chez les Juifs d'Europe centrale. Pour combattre les persécutions dont ils étaient victimes, un rabin eut l'idée de fabriquer un colosse à partir d'argile et lui insuffla la vie... On dit que la créature échappa alors à son créateur...

Ce fut Sarah, la première, qui se décida à rentrer dans le parc. Il la suivit et marcha à ses côtés. La jeune fille percevait un bouillonnement intense dans sa tête, elle respirait fort, était ballottée comme une nef dans une tempête, une bourrasque psychique faisait tourbillonner ses pensées et ne pouvait en accrocher une, tout était emporté dans un maelström[1] sauvage, son seul point d'appui fut le bruit des bottes écrasant le gravier de la petite allée. Elle se concentra sur ce crissement berceur et parvint à se calmer. Comme des somnambules, ils s'isolèrent, sans trop savoir comment, à l'intérieur d'un petit rond-point cerné par des troènes taillés au cordeau. En son centre, une statue de marbre de la déesse Aphrodite[2]. Ils s'observèrent à nouveau un long moment. Une étrange symbiose les amalgama étroitement. Lentement, Sarah tendit ses mains vers lui, paumes ouvertes. Alors avec douceur, deux gants de cuir noir se refermèrent sur les doigts fins qui s'offraient. Le tumulte effrayant qui avait secoué Sarah s'éteignait doucement. Elle se perçut à nouveau. Impression étrange. Elle se ressentait avec plus de force que d'ordinaire, elle eut le sentiment de s'habiter elle-même, d'entendre son corps vibrer, se mouvoir, se nourrir de l'air qu'elle pompait, elle se découvrait complète, entière, totale… Elle se sentit Etre.

« Je suis enfin vivante » pensa-t-elle. Puis sans pudeur aucune, elle enlaça le jeune homme, posa sa tête contre l'uniforme et sentit sur sa joue l'insigne froid de la *Totenkopft*[3] d'argent agrafé sur le col. Des bras se refermaient sur son corps, elle eut chaud, se sentit légère, bien trop légère, sa tête se remit à valser comme sur les chenilles colorées et hurlantes de la Foire du Trône. Des images rapides se succédaient devant ses paupières closes, elle chercha à s'en saisir comme les pompons goguenards des manèges de son enfance, qui dan-

1 – Mot d'origine suédoise : gigantesque tourbillon dans l'océan qui engloutissait les navires.

2 – Déesse de l'Amour dans la mythologie grecque, récupérer par les Romains sous le nom de Vénus.

3 – Mot allemand qui signifie tête de mort (kopft = tête - toten = mort) allusion au tragique destin de Sarah.

saient, caressaient hardiment son nez et remontaient, fugaces lutins, pour lui échapper de nouveau. Elle avait presque perdu connaissance et glissa lentement d'entre ses bras…

Le son de sa voix la ranima, les premières notes sorties de ses lèvres furent un instant magique :

« Voulez-vous vous asseoir ? »

Elle fit "non" de la tête, puis leva les yeux pour accrocher les siens ; ils étaient d'un bleu acier.

« Je m'appelle Sarah, murmura-t-elle, Sarah Meyer …»

« Frantz, répondit-il sur le même chuchotement, je suis Frantz Lilienthal. »

Sarah se délectait d'entendre cette voix, il lui sembla la reconnaître par-dessus des siècles écoulés, et elle se trouva à nouveau plus calme, plus sereine. Le tourbillon d'images avait cessé, sa raison s'orientait vers plus de clarté mais une question lancinante se présentait toujours avec la même force.

« Que nous arrive-t-il ? »

« Je ne sais pas ! » avoua Frantz

« Que ressentez-vous ? » interrogea Sarah.

« Une joie immense, trop forte, m'envahit avec une terrible peur. Une exaltation de folie cohabite avec une folle angoisse… Elles alternent tour à tour, je suis sur des montagnes russes d'impressions rapides, douloureuses ou merveilleuses. Mon cœur se serre ou se dilate au rythme d'une folle marée… Et vous ? »

Sarah acquiesça de la tête.

« Je vis le même phénomène, c'est tellement violent que cela me soûle, j'ai la sensation de m'endormir ou de m'évanouir… »

Puis Sarah fut happée et enveloppée dans un bloc de glace qui la serra d'un seul coup, une panique monstrueuse d'un goût de mort et d'holocauste la submergea. Dans le peu de lucidité qui lui restait face à ce torrent, elle pensa que ceci ne reposait sur aucun fondement, puis elle perdit pied, fut laminée, elle s'agrippa au rocher noir de toutes ses forces, enfonça ses ongles dans le tissu, elle hoqueta, chercha de l'air, elle s'asphyxiait puis s'évanouit et serait tombée si elle n'avait été contre lui. Affolé, il la souleva et s'assit sur un vieux banc de pierre lépreux en la tenant serrée contre lui comme un enfant. Il pleurait, se sentit mort, vidé de substance. Sarah rouvrit les yeux sur ceux de Frantz pleins de larmes. Le soulagement du garçon se traduisit par un enlacement désespéré. Ils mouraient de peur tous les deux, ils se réfugièrent l'un dans l'autre, comme deux gamins terrorisés, croyant peut-être qu'à deux ces forces invisibles qui les assaillaient daigneraient les épargner. Ils se protégeraient et se rassureraient mutuellement de la chose monstrueuse que les habitait, de cet inconnu dans leur maison intime qui en ébranlait toutes les fondations. Ils n'osaient plus parler, plus bouger, attendaient avec terreur le prochain assaut.

Sarah se sentait épuisée, une grande fatigue pénétrait tous ses membres. Elle sentait le sommeil qui l'engourdissait puis quelque chose de doux, de lisse et de chaud se posa sur ses lèvres. Elle comprit que c'était son premier baiser et répondit avec la même douceur, la même maladresse ; son cœur s'affolait dans sa cage devenue trop étroite, sa raison s'effilochait comme les nuages sous des coups de "noroît"[1], elle se serait donnée totalement, immédiatement, là, sur ce banc, avec la bienveillante complicité d'Aphrodite mais la déesse grecque de l'amour ne fraternisait guère avec "Wotan"[2].

Les sirènes de la ville lancèrent leurs lugubres ululements, prémices d'une mort portée sur des ailes venues d'outre-Manche. Sarah et Frantz se levèrent ensemble au moment où une escadrille de *Mosquitos IV*[3] au ventre bleu survolait leurs têtes ; plus haut en couverture, une trentaine de *Tempest*[4] escortait en chien de garde les bimoteurs bombardiers. Dès la

1 – Vent venant de l'ouest sur la Bretagne ou la Normandie.

2 – Dieu de la guerre chez les Germains. Opposition voulue entre l'Amour (Aphrodite) et la guerre (Wotan).

3 – Bimoteurs bombardiers légers britanniques. Leurs missions consistaient en attaque et soutien au sol.

4 – Nouvelle génération de chasseurs britanniques qui remplaceront les Spitfires. Son poids de 7 t armé et son moteur à trois étages de compresseurs surclassaient souvent les F. W. 190 allemands. Une version d'attaque au sol fut créée sous le nom de "Typhoon". *(Le Grand Cirque - P. Closterman - Ed. Flammarion).*

seconde qui suivit, leurs canons de 30 mm lâchaient leurs rafales d'obus perforants dans les panses grasses des locomotives de la gare de triage. Les bombes de 250 kg achevaient de désorganiser l'ensemble du réseau, leurs explosions secouèrent la ville et de grands nuages de vapeur blanche se dilapidaient dans le ciel, suivis par de longs panaches de fumée noire. La fureur du raid se disputait à l'habileté des servants de D.C.A.[1] allemande qui, sur leurs affûts quadruples de 20 mm, acceptaient le duel et cherchaient à faire le ménage de ces insectes encombrants et dévastateurs.

Derrière le parc, les deux jeunes gens entendaient très bien le claquement sec des culasses et les aboiements rageurs d'une unité de *Flak*[2] particulièrement précise, car dans l'azur un *Tempest* laissa échapper une traînée de glycol[3], il bascula sur le dos et amorça son ultime piquet, une corolle blanche s'ouvrit d'espoir et un pilote aux ailes brisées descendit vers son destin. L'engagement n'avait pris que quelques minutes et les *Léopards*[4] en maraude reprirent le chemin du couchant. La ville pouvait panser ses griffures. Les oiseaux dans les arbres reprirent leurs chants du soir et de sommeil.

Un silence ouaté les enroba comme dans du coton. Seul vestige de cet instant de démence, un éclat de D.C.A. fumant près du socle de la statue.

« Les Anglais connaissent bien leur affaire » commenta Frantz.

« Mes parents !... » réalisa d'un coup Sarah.

Elle regarda l'heure à sa petite montre : 20 h 10... A 18 h 30 au plus tard elle était d'ordinaire chez elle. La brusque attaque aérienne les avait extirpés du dédale profond dans

---

1 – Défense Contre Avion.

2 – Défense contre avion (en allemand).

3 – Liquide de refroidissement des moteurs d'avion de la dernière guerre, équivalent de l'antigel sur nos voitures... A très haute altitude, l'air est toujours très en dessous de 0°, certains appareils évoluaient ainsi parfois à - 35° ou - 40°. Le glycol sorte d'alcool, permet ainsi au liquide de refroidissement de ne pas geler...

4 – *Léopards* : allusion aux britanniques dont le blason est frappé de trois léopards.

lequel ils s'étaient perdus, et avait sans doute brisé la gangue qui cherchait à les étouffer. Une odeur âcre de poudre leur picotait la gorge. Sarah se mit à toussoter.

« Il faut que je rentre, mes parents doivent être morts d'inquiétude… Surtout après le bombardement ! »

Frantz approuva :

« Je vous raccompagne, Sarah. Je… Je marcherai juste derrière vous. »

Elle acquiesça de la tête, puis au moment de sortir de leur refuge, elle prit son visage entre ses mains et l'embrassa d'un baiser douceur, d'un baiser tendresse, un de ces baisers mystères, encore virginal, dont seules les adolescentes ont gardé le secret.

Puis résolument, elle retraversa le parc en se dirigeant vers la sortie. Frantz Lilienthal la suivait une dizaine de mètres derrière ; puis Sarah s'arrêta et attendit qu'il la rejoigne, elle lui sourit et ses fossettes se creusèrent de plaisir.

« Demain… quémanda-t-elle en inclinant joliment sa tête blonde sur le côté, demain 6 h au même endroit ? »

Frantz sourit et confirma en clignant des paupières.

Sarah fit un demi-tour élégant, effectua deux sauts de marelle sur une marque imaginaire, et dans un bond pour parvenir au "ciel" elle éclata d'un rire espiègle. Puis elle descendit le boulevard Hériot. Elle se retournait fréquemment pour observer Frantz qui gravait chaque rondeur dans sa mémoire. Sarah, elle, percevait son regard chaud sur sa nuque, elle se sentait détaillée de la tête aux pieds et en éprouvait une douce tiédeur. Le bruit de ses bottes qui sonnaient sur le trottoir s'était calé sur les battements de son cœur, elle avait une envie déraisonnable de faire demi-tour, de se planter contre lui, d'être serrée, emprisonnée pour le sentir tressaillir encore et encore, mais la guerre a ses convenances et mutile tous les élans, qu'ils soient de cœur ou de raison.

Arrivée au 18 de la rue Victor-Hugo, Sarah gravit promptement les quelques marches du petit perron de la maison familiale, puis sur le seuil de l'entrée, elle se retourna une dernière fois pour regarder Frantz. Il brisa sa marche rapide, leurs yeux se croisèrent au moment où elle tournait la poignée, puis Sarah s'engouffra chez elle pour mettre fin à ce supplice. Elle referma derrière elle et s'adossa comme essoufflée à la porte d'entrée. Presque en même temps, les voix inquiètes de ses parents se manifestèrent.

« Sarah, ma chérie, c'est toi ? »

« Oui, maman. Oui, papa, c'est moi ! »

Ils arrivèrent tous deux ensemble et l'interrogèrent simultanément :

« Que s'est-il passé ? Où étais-tu ? Est-ce l'alerte qui ta retardée ?... Nous avons entendu le bombardement. Mon Dieu, nous avons eu si peur !... »

Ils se pressaient tous deux autour d'elle, la touchaient, lui prenaient le bras pour s'assurer que c'était bien elle. Ils la conduisirent jusqu'à la salle à manger où une soupe tiède comme un reproche l'attendait.

Ils se mirent à table et Mme Meyer, debout, servit les louches de potage. En même temps, elle épiait sa fille, quémandant une muette réponse. Sarah toussota, son premier gros mensonge enflait sa gorge et éprouvait une certaine peine à s'affirmer.

« J'étais avec Jacqueline qui voulait faire quelques courses, puis nous avons été surprises par l'alerte, le temps de trouver un abri, d'en sortir et je suis rentrée de suite. »

Sarah se sentit mal à l'aise et découvrit l'effet physique et pernicieux de la dissimulation, son corps était moite, l'intérieur de ses paumes suivait le même traitement. Elle se consola en réalisant que son omission sur la rencontre de Frantz n'était faite que dans le but de ne pas inquiéter ses parents. Elle réfléchissait très vite et comprenait d'instinct que cette rencontre d'eau et de feu était en elle-même inconciliable, antinomique, mais sur les apparences seulement. Pour Sarah, mais seulement pour elle, Frantz n'était pas allemand, ni S.S., ni rien d'autre qui puisse lui causer un mal quelconque. Il était Frantz, c'est tout !

Elle racla plusieurs fois le fond de son assiette et la propreté de l'émail lui fit comprendre que sa cuillère ne contenait plus rien d'autre que du ridicule. M. et Mme Meyer pressentaient viscéralement qu'un événement important avait croisé sa vie, et par pudeur et délicatesse, ils firent les ignorants, bavardant de choses et d'autres afin de fracturer l'atmosphère, de la rendre plus légère. Sarah sentit son cœur se nouer en recevant cette preuve d'amour, et ce tact opposé à son embarras lui rendit son calme en même temps que son appétit. Elle dévora avec joie un beau filet de carpe farci.

La fin du repas fut beaucoup plus enjoué. M. Meyer raconta quelques histoires du temps où il était professeur de littérature allemande à l'université d'Heidelberg. Puis Sarah embrassa ses parents, car la proximité des compositions du 3e trimestre l'obligeait à réviser ; elle monta donc dans sa chambre. Une fois seule, elle s'allongea sur son lit et ferma les yeux pour y dérouler le film de cette journée. Des mots lui montaient aux lèvres. Des mots spontanés, des mots d'amour et d'angoisse se mélangeaient…

Elle sauta hors de son lit, ouvrit un tiroir de son petit bureau à abattant et en sortit un joli cahier neuf qu'elle serra avec tendresse contre sa poitrine, puis elle s'assit et le posa devant elle, ouvrit la couverture de garde, contempla la feuille blanche, prit son stylo, en mâchonna le capuchon quelques instants et de cette tétée instantanée elle puisa l'inspiration nécessaire.

C'est vers le milieu de la nuit que Mme Meyer fut réveillée. Elle secoua son mari qui d'un seul coup se dressa sur son séant. Son sommeil, comme celui de beaucoup de juifs d'Europe, était devenu léger.

« Shimon, dit-elle, c'est la voix de Sarah… Elle parle. Ecoute !… »

Ils tendirent tous deux l'oreille vers la cloison qui séparait leur chambre de celle de leur fille et distinctement, cette fois, ils l'entendirent parler à voix haute.

« Mais que dit-elle ? » s'enquit Mme Meyer.

« Chut Rachel ! Tais-toi ! Je l'entends mal… »

Ils reprirent leur écoute avec une attention plus soutenue. Puis, avec précaution, ils se levèrent et enfilèrent leurs peignoirs. Pieds nus, ils sortirent de la pièce et arrivèrent sur le palier avec prudence, évitant les lames indiscrètes du parquet.

Là, devant la porte de Sarah, ils l'entendirent s'exprimer dans une langue incompréhensible pour eux. M. Meyer entrouvrit la porte avec précaution et alluma le couloir. Un peu de lumière s'infiltra dans la chambre de la jeune fille et ils purent alors se rendre compte avec plus d'évidence de l'étrangeté de ce qu'ils découvraient. Sarah était très agitée, presque assise dans son lit, elle faisait des gestes tout en parlant à un invisible interlocuteur.

« Mais qu'est-ce qu'elle dit ? » murmura Mme Meyer dont l'inquiétude ne cessait de croître.

Son mari d'un geste de la main lui fit signe de se taire. Bouche bée, il semblait fasciné par cet incompréhensible monologue. Par signes, il fit comprendre à son épouse de lui apporter de quoi écrire. Celle-ci obtempéra et revint quelques minutes plus tard avec un bloc-notes auquel un bout de crayon était attaché. M. Meyer en suçota la pointe et commença à écrire… en hébreu.

Sa femme le regardait transcrire avec la plus grande stupéfaction et son regard interrogateur et anxieux allait de la page griffonnée à Sarah qui vivait son rêve. Celle-ci passait d'un timbre de voix suppliant à celui de la passionnée. Sa gestuelle n'était pas celle d'une jeune fille de seize ans mais plutôt d'une femme accomplie. Le son guttural de sa voix passait par un arc-en-ciel de tonalités différentes, où le pathétique se disputait à la supplique, projetant à l'adresse de l'anonyme fantôme un amour violent et généreux. M. Meyer écrivait comme il pouvait, ne pouvant tout suivre, sa perplexité augmentait à chaque instant mais Sarah se calmait. L'ombre de ses gestes qui se répandait sur les murs peints disparut. La voix se fit plus tenue, elle tendit encore sa main comme pour toucher du bout des doigts l'insaisissable ectoplasme, puis retomba, inerte et silencieuse, sur son oreiller. M. et Mme Meyer se rapprochèrent discrètement de son chevet et le peu de lumière qui entrait dans la chambre leur permit d'entrevoir de longues coulées de larmes encore fraîches sur ses joues et sur ses yeux. Sa respiration était encore oppressée mais tout semblait indiquer que le sommeil naturel et réparateur reprenait son cycle.

Ils regagnèrent leur chambre comme des somnambules, et ce fut Mme Meyer qui, étouffée par des milliers de questions, s'exprima la première.

« Mais enfin Shimon, que disait Sarah ?... C'était bien de l'hébreu ?... Sarah ne connaît pas un traître mot d'hébreu, nous n'allons plus à la synagogue depuis que nous avons quitté l'Allemagne... Ici nous avons toujours pris soin de parler français. Alors !... Que signifie tout ceci ?... As-tu compris ce qu'elle disait ? Moi, non !... Pourtant c'est bien en hébreu que tu as écris. Que disait-elle ? Qu'as-tu noté ?... »

Les yeux dans le vague, Shimon répondit d'un ton las.

« Je ne sais presque rien !... Tout ce que j'ai pu comprendre c'est que c'est de l'hébreu très ancien, quelques vocables m'ont mis sur la voix et tout ce que j'ai transcrit est phonétique... Je n'y comprend rien, je sais comme toi que Sarah n'a aucune connaissance de Yiddish[1], ni d'aucun autre hébreu que ce soit, Askenase[2] ou Séfarade[3] ... C'est le mystère complet ! »

Il posa son carnet sur la table de nuit, le contempla, hocha la tête plusieurs fois pour ajouter :

« Demain, j'irai voir un ami. C'est un talmudiste[4] réputé, très érudit, et compétent en hébreu ancien... Il nous dira peut-être ce que signifie tout ceci. »

Ils se couchèrent et eurent du mal à trouver la paix et le sommeil.

---

1 – Dialecte juif d'Europe Centrale et de l'Est.

2 – Juif de l'Europe Centrale ou de l'Est.

3 – Juif d'Afrique du Nord et du Moyen-Orient.

4 – Spécialiste du Talmud, livre Saint des Juifs comportant en outre, le Zohar (les nombres), la Thora (la loi) la Bible (l'histoire). La compréhension de ces saints ouvrages donne l'ouverture sur la Kabbale.

Chapitre 2

De la chrysalide… au papillon

De ce jour-ci, chez les Meyer, plus rien ne fut comme avant. Hormis Sarah, une mystérieuse aura avait pénétré leur demeure. Une machine infernale dont le déroulement en spirale allait en s'accélérant, pour aboutir sur une inévitable fatalité. Une gigantesque horloge qui appartient à la nuit de hommes avait repris son inexorable décompte, son inépuisable tic-tac, mais avait-elle seulement cessé d'égrener le sablier de Cronos[1].

Sarah n'était plus Sarah, il n'y avait plus qu'une jeune fille à la tête et au cœur dormant, que des automatismes bien huilés faisaient se mouvoir encore. Il fallait l'appeler plusieurs fois pour qu'elle s'entende appelée, la toucher avec force pour qu'elle se sente touchée, son regard traversait les choses et les êtres et chacun percevait une sensation éthérique quand ses deux prunelles avaient la chance de vous traverser. On sentait de sa part de prodigieux efforts quand elle répondait aux questions. Cette concentration semblait lui être très douloureuse, car très souvent elle prenait sa tête entre ses mains chaque fois qu'il lui était nécessaire de s'exprimer.

---

1 – Cronos – Titan père de Zeus – souvent confondu avec le Temps (Chronos) dont il est devenu la personnification chez les interprètes anciens de la mythologie grecque. *(Dictionnaire des symboles - J. Chevalier A Gheerbrant).*

La seule qui ne lâchait pas prise était Jacqueline Ducret. Elle seule connaissait les métamorphoses de Sarah et à partir de 17 h, elle ressentait déjà les signes fiévreux et intérieurs qui l'animaient. Puis vers 18 h, tout changeait. Dès la sonnerie, Sarah rangeait ses affaires avec une dextérité et une précision exemplaires. En quelques minutes, elle avait quitté le lycée pour se diriger vers le parc Karedech. Jacqueline l'accompagnait toujours et voyait ainsi, chaque soir, se dérouler le rituel de rencontre entre Sarah et Frantz. Même mysticisme dans le regard, les mains qui s'enferment mutuellement et cette impression d'aurore naissante qui les accompagne le long de l'allée.

Jacqueline avait le sentiment et la certitude qu'aucune force au monde ne pourrait les arracher l'un à l'autre, qu'aucune logique, qu'aucun discours ou menace n'y changerait quelque chose. Elle pressentait, malgré sa jeunesse et le romantisme inhérent à toute jeune fille, que tout ceci dépassait la relation d'un amour ordinaire. Chacun des gestes et des comportements des deux jeunes gens atteignait le paroxysme. Chaque détail, chaque regard était conféré d'une auréole de grandeur et de majesté. Ils étaient pleins de quelque chose que la nature humaine poursuit toujours sans jamais le trouver, la magie qui fait que l'on veut transformer en un ce qui est toujours deux, et eux deux étaient devenus un.

Jacqueline était incapable de formuler en mots cette impression, elle la ressentait, c'est tout. Au fil des événements, l'inquiétude des Meyer s'était transformée en angoisse ; Sarah, lasse de son mensonge, avait fini par avouer l'existence de Frantz. Mme Meyer avait eu une crise de désespoir, quant au père, il avait perdu le mode d'emploi d'une colère légitime. Il se laissait porter. Chaque jour apportait sa hotte d'incohérences et de surprises. La première journée fut la traduction des notes de M. Meyer durant la première nuit. Son ami, le distingué talmudiste, fut on ne peut plus surpris. Il avait eu beaucoup de mal, par suite de certaines transcriptions manquantes, à reconstituer la signification du discours de Sarah, mais il apparaissait que la langue utilisée appartenait à l'hébreu de la Palestine juive avant la grande Diaspora.[1]

Quant au contenu de l'histoire, il semblait que la jeune fille exhortait quelqu'un à lui survivre si par malheur elle disparaissait. Il était aussi question de la forteresse de Massada où une poignée de résistants juifs soutenait le siège des légions romaines et plus étrange encore était que l'interlocuteur de Sarah, sans équivoque possible, était romain. Puis d'autres nuits et d'autres cauchemars achevèrent de semer le trouble dans les esprits. M. et Mme Meyer se levaient au signal de la voix de leur fille, et le bloc-notes toujours à portée de main, M. Meyer écrivait ce qu'il entendait. Un soir, en français médiéval ou encore en hébreu ancien. Une foule de personnages divers semblait habiter leur fille et un dénominateur commun leur faisait comprendre que sous des apparences différentes, un drame identique semblait se reproduire.

Ce qu'ils ignoraient, par contre, c'est que chaque soir, Sarah ouvrait son cahier et noircissait des pages de fine écriture soignée. Elle écrivait une histoire, son histoire, au fil de ses rêves, elle reconstituait petit à petit ce que lui révélait l'explosion d'un inconscient volubile, un inconscient qui établissait toutes les connexions et par le biais du rêve, tout se mettait à jour. Puis l'incroyable vérité se fit. Sarah vit sa "vérité". Elle pleura des nuits entières en silence, devant la réalité de son destin et son amour pour Frantz. Elle s'endormait, épuisée, vers le milieu de la nuit, en formulant cet étrange prière qui l'apaisait :

« Mon Dieu, qu'il soit fait selon ta volonté, qu'il entende ta parole et la mienne !... »

---

1 – Dispersion du peuple juif. En 78 après J.-C., Titus, après une énième révolte juive, ordonna l'exode de tout le peuple de Palestine et de les répartir dans toutes les autres provinces de l'Empire... Depuis, pour le Kippur (grand Pardon) la phrase rituelle "l'An prochain à Jérusalem", est prononcée. Il leur faudra attendre 1948... pour que leur rêve se réalise... Presque 2 000 ans d'exil !

Après bien des jours de tempête, Sarah prit soin de s'observer, elle se sentit calme et posée, se découvrait plus forte et plus mûre, comme une plante qui d'un seul coup se trouve inondée de lumière, et cette lumière était Frantz. Mais le plus extraordinaire, c'était cette clarté intérieure qui l'habitait un peu plus chaque jour, un acquis très ancien s'était révélé en elle et elle y puisait toutes les ressources nécessaires aux événements qui allaient suivre.

A chaque matin qui ouvrait ses yeux, elle souriait et dans l'entourage immédiat on loua le Seigneur. M. et Mme Meyer avaient retrouvé le sommeil, les cauchemars s'étaient peu à peu estompés pour finir par disparaître totalement. Mais, en revanche, et avec un certain regret, ils constataient que la jeune adolescente s'était enfuie doucement pour laisser apparaître une jeune femme dont l'attitude apaisante avait la couleur du mystère. Elle savait écouter et entendre les autres avec une merveilleuse attention, donnant ainsi à son interlocuteur le sentiment qu'il était la personne la plus importante au monde, mais encore plus troublants étaient les yeux de Sarah ; on y recevait tellement d'amour que beaucoup de gens y perdaient le fil de leur conversation. Ils se raidissaient devant l'intensité de cette révélation ou au contraire se laissaient aller à une soudaine envie de pleurer. D'autres baissaient les yeux, se refusant à prendre ce qui leur était offert, ou alors prenaient avec force ce don que des êtres pourtant très familiers leur avaient toujours refusé.

La plus étonnée, sans aucun doute, était Mme Cahors. Horrifiée, elle avait d'abord assisté à la dégringolade brutale de la jeune fille qui, tout au début, avait lâché la rampe de ses études, et s'était repliée, absente, dans un linceul de zombie. Puis la remontée du néant, à chaque nouveau cours, la professeur de français voyait s'accomplir une merveilleuse et inquiétante re-création. Les réponses qu'elle apportait durant les cours étaient d'une justesse étonnante, en quelques mots choisis, elle allait à l'essentiel du sujet et quand elle se rasseyait tout avait été dit. Mme Cahors se sentit plusieurs fois gênée, elle toussotait, essayant de rajouter quelque chose mais en vain car les conclusions de Sarah étaient sans appel.

Un certain malaise commença à l'imprégner et elle mit quelques jours à en réaliser la cause. C'était tout simplement que Sarah était devenue une femme adulte et superbe. Un être généreux dont la majesté et le charisme vous pénétraient comme les premiers matins du printemps. Mme Cahors découvrit, non sans surprise, que son cours se faisait maintenant à deux professeurs. Elle qui donnait le sujet et Sarah qui le disséquait, l'expliquait. Et ce qui fascinait Mme Cahors, dans ces moments-là, était la sobriété de son exposé ainsi que sa façon de s'exprimer à tous et individuellement. Dans sa tenue, bien des choses avaient évolué, elle se tenait bien droite, la tête haute, les épaules ouvertes, chaque geste était sûr, précis, volontaire, aucun mouvement machinal ou de réaction compulsive. Elle était pleinement dans le cours, dans l'auteur, dans ses camarades, dans elle-même... Elle embrassait un tout.

C'était vrai que tout le monde revivait car au tout début de sa chute, et à sa désespérance profonde, chacun avait répondu suivant des critères personnels. Maintenant, la résurrection entraînait à son tour des comportements différents. Jacqueline Ducret percevait son amie à des niveaux jamais atteints. Elle n'avait presque plus besoin de parler, un seul regard, une seule phrase et elle se sentait remplie de quelque chose de fort, rassasiée d'une nourriture riche et inconnue ; un repos ineffable se glissait dans sa tête et dans son cœur et elle rentrait chez elle sur un nuage de tiédeur interne.

Personne n'échappait à son sort, et Frantz, l'un des moindres. S'il ne fut pas témoin du drame premier dont il était l'auteur, il n'en fut pas moins étonné et stupéfait de la métamorphose. D'une jeune fille passionnée, il découvrait une femme tendre et maternelle, attentive, mais ce qui le touchait le plus, c'était de recevoir à l'instant le mot ou le geste qu'il attendait et que sa pudeur lui interdisait de formuler. A son contact il s'apprivoisait, s'enhardissait, elle lui avait appris à faire connaissance avec lui-même, à s'aimer, à faire cesser la guerre interne qui l'animait depuis toujours. Elle le reconstruisait de l'intérieur, mettant chaque chose à sa place, elle le réunissait à nouveau, ressoudant des fractures dues aux divisions internes qui l'avaient éclaté.

Ils s'étaient trouvés un refuge plus sûr que le Parc Karedech, juste en dessous du phare qui longeait la jetée. Là, quelques escaliers verdis par des algues leur offraient, en descendant vers les galets, un havre de paix. Ils se glissaient dans une anfractuosité et, totalement à l'abri des regards, ils s'asseyaient l'un près de l'autre. C'était maintenant Sarah qui prenait l'initiative, elle lui ôtait d'abord sa casquette d'officier, déboutonnait sa vareuse pour pouvoir glisser sa main sur sa peau, elle lui caressait doucement la nuque, posait des baisers légers sur son front, ses joues et ses lèvres, puis elle reculait et scrutait son visage qu'elle lisait avec attention, y cherchant les secrètes demandes, contrôlant son désir, en lui murmurant des mots tendres, mais aussi des phrases fortes. Mais lui, Frantz, ressentait mal tout ceci, car à travers les étranges discours de Sarah, il percevait sourdement une menace dans le message qu'elle cherchait à lui transmettre. C'était diffus, subtil, confus,... il ne comprenait pas. Elle, qui d'ordinaire était si claire, semblait éluder volontairement un point obscur, comme si un malheur planait au-dessus d'eux, prêt à planter ses serres dans ce bonheur tout neuf !...

Un jour, pourtant, elle fut plus précise, elle s'assit à côté de lui, passa sa main sur ses joues de gamin pour le rassurer et d'une voix douce, elle le prépara à accueillir ce qu'il avait à entendre.

« Frantz, mon amour, notre avenir est très incertain... Je sollicite de ta part une promesse, et pas n'importe laquelle... Rappelle-toi bien que si tu t'engages dans cette parole rien, ni personne, ne pourra t'en dégager. »

Pour Sarah, Frantz aurait donné sa vie et celle de son Führer en prime. Il acquiesça sans même savoir la teneur de la demande.

« Oui ! » affirma-t-il volontairement.

Sarah passa son doigt fin sur l'arête de son nez pour le détendre et continua :

« Attends, mon petit cœur, tu ne sais même pas encore ce que je vais te demander... Il faut que tu saches exactement à quoi tu t'engages... »

Alors, elle prit un peu de recul, saisit son visage entre ses mains fraîches, et garda un certain silence afin qu'il se pénètre bien de la solennité de cet instant, puis dans un chuchotement soyeux, elle lui parla gravement.

« Si tu acceptes, il te faudra beaucoup de courage... bien plus que ton courage de soldat, mais de ta réponse affirmative dépendra ton avenir et... le mien ! Si tu tiens bien cette promesse... tu la tiendras n'est-ce pas ? ... »

Frantz s'était presque arrêté de respirer, il perçut encore la menace, il sentit une mauvaise sueur qui l'embarrassait. Le regard de Sarah le perforait, il ne voyait plus que deux prunelles fixes qui s'enfonçaient doucement en lui, il eut comme un vertige, un goût amer dans la bouche. Les étranges malaises qui le ligotaient parfois se refermaient à nouveau sur lui, l'enserraient encore plus étroitement que d'habitude.

Sarah vécut sa peur, elle l'enveloppa dans ses bras comme une mère rassure son enfant, et puis d'une voix calme et forte, elle continua:

« Alors, entends-moi bien, mon chéri ! Cette guerre peut nous séparer et... si cela arrivait... il te faudra continuer à vivre... à vivre malgré tout, à vivre malgré ta souffrance et ton désespoir !... A te cramponner à ta vie ! »

Frantz se dégagea avec douceur et la regarda à son tour ; du dos de sa main, il explora la chaleur de son cou et fit glisser ses doigts dans sa chevelure blonde...

« Dieu qu'elle est belle » pensa-t-il. Il se sentit soudain rassuré et en souriant lui répondit :

« Mais non, joli bébé ! C'est moi qui fais la guerre, je suis un soldat, et je ne peux pas te promettre qu'il ne m'arrivera rien !... Rien ni personne ne peut faire une telle promesse... Des jours difficiles se préparent pour le "Reich", nous allons perdre cette guerre, nous l'avons même déjà perdue... Je ne peux pas te promettre de ne pas être tué, même en faisant très attention. »

Sarah posa un doigt sur les lèvres de Frantz pour le faire taire, elle secoua sa tête blonde et continua à sa place :

« Est-ce que tu me fais une confiance totale ? »

« Oui ! » assura-t-il en l'observant avec beaucoup d'attention.

Sarah baissa la tête, elle était consciente de l'incrédulité qui allait naître de ses propos.

« Tout d'abord, Frantz, il ne faudra pas me demander pourquoi je suis si sûre de ce que je vais t'annoncer... Je te l'affirme, c'est tout !... Et tu dois me faire confiance !... Tu dois me croire entièrement, totalement, ce que tu vas entendre ne sont pas des paroles emportées par le vent, ou un souhait fragile pour conjurer le destin... je le sais... et ceci est indiscutable !... Je ne veux pas de pourquoi ni de comment. »

Il hocha la tête, vaincu par cette étrange autorité, alors Sarah continua.

« Tu survivras à cette guerre, car elle n'est pour toi d'aucun danger... Sauf... si tu cherches à t'en servir pour mettre fin à tes jours... Le véritable danger pour ta vie, c'est toi !... Alors, le serment que je te demande de faire, si tu l'acceptes, est celui-ci... Frantz, donne-moi ta vie. Accorde-la moi, comme un cadeau merveilleux, garde-la en toi, conserve-la en toi... tu seras le gardien de mon trésor, de ce trésor que tu m'auras accordé. Alors, un jour sans doute reviendrai-je le chercher.... et dans son rire de cristal elle ajouta, pleine d'humour, et avec des intérêts... bien sûr ! »

Elle se refit à nouveau sérieuse.

« Je te demande cela, car on ne peut pas reprendre un bien qu'on a offert. Alors si tu m'offres ta vie, tu n'oseras plus me la reprendre... »

Un instant terrible s'installa entre eux, un instant lourd, visqueux, un de ces instants où tout est compris sans un mot, sans un geste, où un pacte mystérieux s'écrit pour l'éternité. Sarah continua en prenant les deux mains de Frantz dans les siennes et s'empara de son regard.

« Répète après moi, doucement, lentement, je veux que tu t'entendes prononcer tes paroles, je veux que tu sois conscient, très conscient en ce moment-là, très présent à l'écho de ta voix, afin que tu ne les oublies jamais !... que ce soit gravé comme sur les disques de cire afin que tu puisses les réentendre chaque fois que ce sera nécessaire ... »

Frantz chercha à avaler sa salive, mais sa bouche s'était brutalement asséchée... Il fit "oui" de la tête et Sarah put commencer :

« Moi, Frantz, je m'engage à préserver cette vie qui est en moi, et qui désormais appartient à Sarah !... C'est tout !... »

Frantz voulut répéter, mais aucun son ne sortait de sa bouche, elle le sentit en pleine panique, alors elle usa d'un stratagème pour le ramener près d'elle, elle lui donna un baiser de femme, le seul qu'il ait encore jamais connu dans leurs jeux d'enfants... Sous cette révélation, chaude et inattendue, il se retrouva et put répéter son serment, mais la dernière phrase terminée, il fut à nouveau emporté. Une peur nauséabonde imprégnait tout son corps... La menace était devenue précise... Ce n'est pas lui qui allait mourir. C'était Sarah !... Il se jeta dans ses bras et se mit à hurler :

« Je ne pourrai pas te survivre ! Ça sera trop dur !... Je ne tiendrai pas très longtemps sans toi... tu es la vie... Tu es ma vie ! Sans toi, il n'y aura plus rien, que le néant, que le vide... »

Sarah le repoussa avec tendresse, lui sourit, elle avait son regard de reine qui ne souffrait aucune réplique.

« Il faudra bien que tu y arrives... en aucun cas, tu ne te parjureras. Tu te ferais trop mal... Par contre, à cet instant, moi, Sarah, je te jure que si tu tiens ton vœu, nous pourrons vivre la plus belle des histoires d'amour, pas celles des films, ni des romans, mais une histoire où il n'y a plus jamais de séparation, celle qui nous offrira l'Eternité ensemble... »

Frantz sanglotait. Grâce à Sarah, il avait enfin réappris à pleurer, et ses larmes avaient pu enfin revitaliser un cœur desséché, un cœur qui avait perdu ses fonctions d'aimer, de sentir, de comprendre... Il arriva à articuler quand même :

« Pourquoi dois-je en passer par là ?... Que dois-je expier pour vivre cette horreur ?... »

Sarah lui effleura le front du bout de ses doigts puis ils descendirent pour recueillir ses larmes et les portèrent à sa bouche pour les goûter.

« Je bois ton chagrin, mon amour. Vois-tu, c'est une longue histoire, et il n'y a aucun châtiment d'aucune sorte à ton égard… Dieu n'est pas un Dieu jaloux, ou un Dieu de colère qui châtie ou dispense ses largesses. Dieu est seulement Amour… C'est cela que tu auras à découvrir et cela ne pourra se faire qu'en vivant ta souffrance pour en connaître son goût, et de cette connaissance tu comprendras ce que tu avais à comprendre. Et de ceci, tu grandiras et tu t'éveilleras doucement, alors la promesse que je t'ai faite pourra s'accomplir… »

Un long silence scella cette dernière phrase. Frantz secouait la tête de droite à gauche, affirmant un refus total, il hurlait silencieusement sa révolte.

« Je vais être en enfer ! » cria-t-il, mais Sarah le reprit avec fermeté, avec cette voix qui le clouait parfois avec un seul mot :

« Sais-tu comment échapper à cet enfer, mon amour ? »

« Oh, non !… » avoua-t-il.

Le regard de Sarah se perdit au-delà des vagues… bien audelà et lui enseigna :

« Alors, regarde là où les flammes sont les plus hautes, et va t'y jeter !… Là, tu seras sauvé, c'est au cœur même de la souffrance que tu trouveras un abri sûr… Cela signifiera que tu es entièrement d'accord pour souffrir, ainsi tu trouveras ton refuge et ta force… Ce n'est pas dans le "non" que tu vivras, mais dans le "oui", qui est le plus joli mot du monde. Oui ! Oui !… Oui à ce qui est !… Oui, c'est un cri de victoire. Non, c'est la souffrance… Souviens-toi, tu souffriras, accepte-le ! Oui, je ne serai plus là, accepte… Oui, ta vie sera un enfer ! Oui… Ne refuse pas ce qui est. Adhère totalement à ce qui se présentera à toi. Toujours, toujours oui ! Mais que ce soit une adhésion parfaite, absolue, pas une acceptation à bon marché, avec des petits pourcentages, quelques miettes de "oui" pour une grosse quantité de "non" ! C'est à ce prix que tu te retrouveras, avec l'aide de ce "oui" total, sans restrictions, c'est l'arme imparable contre la souffrance… Quoiqu'il arrive, nous venons de nous retrouver, une fois de plus, tu ne l'as pas vraiment réalisé, mon petit cœur… Mais, j'espère que cette fois-ci tu m'entendras mieux que les précédentes, tu n'étais sans doute pas prêt. Maintenant, tu peux… »

Sarah pressa ses épaules dans ses mains, elle regardait son visage défait, désespéré, anéanti par l'atroce. Entendait-il encore ? Elle mordit ses lèvres pour le ramener à plus de conscience, lui offrit un regard plein d'amour et de chaleur et poursuivit :

« Continuellement tu as reçu, et depuis toujours tu es plein de moi. Maintenant, il va falloir que tu apprennes à donner et à faire ce que tu dois faire... »

Frantz avait fermé les yeux, et ce langage, il ne le comprenait pas dans toute son intégrité... Ce qu'il ignorait, c'est que Sarah avait planté une graine qui germerait au soleil de ses cendres, qui croîtrait en force et en splendeur, et tirerait ainsi, de la terre de sa souffrance, la substance nécessaire à son essor ; elle s'épanouirait alors à la lumière de cette promesse et elle, la moissonneuse, elle faucherait le moment venu le fruit de cette maturité, mais les temps n'étaient pas encore révolus...

Sarah se leva et regarda le rocher de calcaire tendre.

« Frantz ! dit-elle, cette roche est témoin de notre union et de notre pacte, grave-les et si tu te désespères, reviens ici !... Reforge-toi devant son image, puise-s-y tout ce qui t'est nécessaire. »

Frantz regarda le grand rocher qui les avait si bien protégés pendant de courts mais merveilleux dimanches de printemps. Il avait la gorge nouée, et, de nouveau, ne pouvait plus parler. Il ne savait que répondre à ce discours. Il sortit avec difficulté son couteau suisse de son pantalon, il fit apparaître une pointe, puis, interrogateur, fixa Sarah.

Comme toujours, elle vint à son secours.

« Fais un dessin, n'importe... imagine la lumière, la vie... l'amour ! »

Frantz hésita encore un moment puis maladroitement, il entreprit de graver un cercle duquel partaient des droites vers l'extérieur. Son œuvre terminée, il se tourna vers Sarah. Elle était rayonnante.

« Quel beau soleil, mon amour. Emporte-le dans ta mémoire, et qu'il te réchauffe le cœur si par malheur tu le sentais trop froid. »

Tristement, il lui répondit :

« La vie n'a eu vraiment de sens que le jour où je t'ai vue !... Toi, tu m'as fait naître et je crois que tu vas me faire mourir, pourtant je vivrai. Oui, si l'on peut encore appeler cela vivre !... »

« Oui, tu vivras reprit Sarah avec énergie, tu vivras parce que je te le demande. Oui... cela te sera très dur. Il te semblera être amputé, tu te sentiras incomplet. Tu me chercheras, et dans chaque jeune femme blonde qui croisera ta vie, tu voudras me retrouver... Ta quête ne prendra fin qu'à mon retour, sans doute... Et même si cette obsession de moi doit t'imprégner tout entier, tu dois grandir, Frantz !... Grandir dans ton cœur déchiré, dans ta tête aux idées froissées par l'horreur d'une guerre, et grandir dans ton Etre...

« Alors, fière et heureuse, ces quelques vers qui se composent dans ma tête, je pourrai sans crainte te les citer : "c'est alors, ô mon bel aigle noir, que je t'ai reconnu, de ton lointain passé, tu m'étais revenu..." Aujourd'hui, tu es ce grand rapace au cœur solitaire, demain je voudrais te retrouver blanche colombe. Déshabille ton corps de sa gluante gaine, enlève ton armure de guerrier et offre-toi sans défense. N'écoute plus le chant des Walkyries[1] qui nous ont toujours séparés. »

Frantz se sentit envahi d'une haine féroce, révolté, il s'empara d'une baguette en bois flotté qui traînait à ses pieds. Et dans une explosion de fureur, il en fouetta le rocher où elle se brisa en de multiples fragments. Frantz ne pouvait plus respirer, il se laissa tomber, son corps lourd de peines, contre ce même rocher où il venait de soulager sa colère. Vaincu par la puissance de la folie, rongé par sa démence, transpercé par son refus, il ne se retrouva alors que dans ses sanglots. Sarah le prit dans ses bras et dans cet égrégor de tendresse, il se sentit transporté. Il lui sembla entrevoir à cet instant une se-

1 – Elles avaient pour mission, dans la mythologie germanique, de conduire les guerriers morts au combat et de les inviter au festin d'Odin. C'est-à-dire le Walhalla ou paradis des guerriers. Elles comptent beaucoup dans la Tétralogie de Wagner.

conde de sérénité, mais elle était bien trop courte pour qu'il puisse en apprécier la présence. Sarah posa des baisers légers sur ses lèvres et lui murmura à l'oreille :

« Veux-tu de moi, cette nuit, pour sceller ta promesse ?… »

Frantz, dans un mouvement de recul, la regarda émerveillé, puis baissa les yeux, l'attirant contre lui par un geste d'une extrême douceur. Il n'osait répondre à cette "invitation au voyage", à cette demande aussi touchante qu'inattendue…

« Je serais trop ému … » répondit-il, un sanglot dans la voix.

« Mais, mon petit cœur, t'épouser… t'épouser pour une nuit serait pour moi le refuge à toutes celles où tu ne seras pas là !… »

La nuit était tombée, et à la suite du couvre-feu, ils furent contrôlés deux fois. Mais le grade de Frantz et la division à laquelle il appartenait leur permirent d'être tranquilles. Il était le meilleur des *Ausweise*[1]… Sarah avait pris sa décision. Elle avait menti à ses parents, une fois de plus, en prétextant qu'elle dormirait chez son amie Jacqueline. Dotée d'une franchise à toute épreuve, la jeune fille était parfois gênée d'avoir à se cacher derrière un mur de mensonges. Elle aurait tant donné pour que nul ne souffre de son amour pour Frantz, que cette façade protectrice devienne peu à peu la "meilleure solution". Elle savait que les jours qui se succédaient lui étaient comptés. Troublée par cette pensée, elle frissonna sous l'impact d'une violente froideur qui agita son corps. Mais par une étrange résignation, sa main posée dans celle de Frantz, elle accepta son sort. Ils marchèrent au hasard dans les rues qui, soudain, n'avaient plus de nom pour eux.

En apercevant une auberge au loin, Sarah eut faim. A l'intérieur, une clientèle de soldats allemands chantait et buvait. L'un d'eux arrachait de son accordéon la nostalgie de toute une Allemagne romantique qui s'éteignait. Par un même élan, ils poussèrent la lourde porte, dont le grincement interrompit un *Lili Marleen* pathétique. Un silence les enveloppa tandis

---

1 – Littéralement : chemin libre (laisser-passer, durant l'occupation).

que les regards curieux se tournaient vers eux. La grande salle était enfumée. L'aubergiste était un homme d'une cinquantaine d'années, ficelé dans un large tablier graisseux. Sans daigner prononcer un seul mot, il les escorta jusqu'à une table isolée. Frantz était gêné pour Sarah, il se sentit à la limite de la culpabilité. Mais, comme toujours elle était radieuse. Assis l'un en face de l'autre, Frantz prit l'extrémité de ses doigts, caressa ses phalanges, puis le dos de ses mains. Il enlaça ses poignets pour en faire le tour et leva ses yeux brillants d'amour vers les siens. Elle sentit qu'il était encore au bord des larmes.

« Pense à cette nuit, mon amour, à rien d'autre. Tu seras mon tendre amant. Mais moi, je serai ton épouse pour l'éternité... Je te promets de faire éclater en cette nuit qui nous est offerte, une vieille malédiction. Il nous est accordé de nous unir par le corps. Et un jour, à la fois proche et lointain, cette union se fera par l'esprit. Tout dépendra de toi ... »

A cet instant, Frantz se trouvait très ému, une timidité envahissante colorait son visage. Sarah se mit à rire, presque ravie en décelant sur les joues de celui qu'elle aimait quelques empreintes d'une furtive gêne.

« As-tu peur de ce que nous allons vivre, mon amour ? » lui demanda t-elle, ses yeux rieurs posés sur le front large et plissé de son petit soldat. Sans plus attendre, il fit "oui" de la tête sans oser croiser son regard. Puis, oubliant sa timidité, il rassembla tout ce qu'il lui restait de courage pour lui répondre :

« Oui, j'ai peur ! avoua-t-il. J'ai peur car je ne comprends pas mon manque de désir à ton égard. Ce désir qu'un homme doit légitimement ressentir pour la femme qu'il aime. Et moi, mon bonheur, ma seule quête, c'est tout simplement d'être près de toi, contre toi ... »

Emue par la pureté de ces mots, Sarah avait changé son regard. A présent, elle souriait en enfonçant doucement ses ongles fins dans les paumes de Frantz. Et avec la spontanéité d'une adolescente heureuse, elle changea sa voix pour la rendre plus douce.

« Allons, mon petit soldat... Laissons faire la nature. L'important n'est pas forcément dans l'acte, mais dans ce que nous allons consacrer cette nuit. C'est ce que nous allons connaître toi et moi. Vivons-le avec notre cœur, et nos corps réunis par le plus beau des mystères accepteront de suivre !... »

L'aubergiste les interrompit et maladroitement leur demanda :

« Qu'est ce que j'vous sers ?... V'savez, j'ai pas grand chose... J'peux vous faire une salade bretonne et des crêpes ! »

« Ça ira très bien ! s'empressa de répondre Sarah. Avez-vous une chambre pour la nuit ? » ajouta-t-elle, un soupçon de provocation dans la voix.

L'homme bedonnant, interloqué par l'audace de la jeune fille, sembla avoir du mal à répondre :

« Pardon ?... J'ai pas bien compris ! »

« Oui, vous savez... une chambre ! C'est une pièce avec un lit, une table de nuit et peut-être un coin-toilette. Sans doute préféreriez-vous que je vous le demande en allemand ? Haben Sie Zimmer frei ? »

« Oui... Oui !... Euh... vous voulez une ou deux chambres ?»

« Une chambre » susurra Sarah, une pointe d'humour dans la voix, une chambre avec un grand lit douillet, de préférence... Je suis très fatiguée ! Je suis anglaise, voyez-vous, et je viens juste d'arriver de Londres pour épouser mon mari. Demain, nous repartirons ensemble pour l'Angleterre. La reine nous y attend pour prendre... "a cup of tea" à 5 heures ! Alors il est évident que nous devons bien nous reposer... »

Le patron sembla bientôt se pétrifier. Les bras ballants, la lèvre pendante surmontant son triple menton, ses yeux globuleux rougis par l'alcool allaient de l'un à l'autre des jeunes gens, et une déliquescence probable de son cerveau due à l'ingestion répétée de calvados, ne lui permettait plus de classer correctement ce genre d'information. Il bafouilla un borborygme inintelligible avant de se tourner vers les escaliers du premier étage, qu'il gravit avec difficulté. Son impressionnante masse se balançait de droite à gauche, au rythme d'une vieille pendule. Ils se mirent à rire tous les deux de son infortune. Puis, Frantz reprit, plus sérieux :

« Tout ceci n'est peut-être pas très indiqué pour une jeune fille qui va encore au lycée... »

Elle répondit avec un brin de mélancolie dans les yeux en secouant la tête.

« Je sais… dit-elle, mais maintenant, cela n'a plus aucune importance ! »

Frantz sentit son cœur se glacer, et Sarah lui serra les doigts avec force.

« Allons, reprit-elle, ce soir c'est la fête de l'amour ! Ne suis-je pas une jeune mariée heureuse ? … »

Mais Frantz, bien qu'il eût été rassuré par ces mots, ne pouvait cacher son regard grave, celui de l'appréhension. Bien sûr, il espérait que Sarah se trompe sur leur destin, qu'une fois la guerre finie, ils se retrouveraient… Il ne voulait pas qu'elle ait raison. Mais son rêve de cristal se brisait net. A la façon dont son corps se contractait, il savait que tout était scellé… Ils mangèrent en silence, bercés par l'accordéon d'une unité de grenadiers bavarois saoulés de mauvaise bière française.

Puis, discrètement ils se dirigèrent vers l'escalier pour gagner leur chambre. C'est alors que la musique se tut. Tous les regards convergèrent vers eux. Frantz s'arrêta dans son élan pour se tourner vers leurs spectateurs muets. Fier, il s'efforça en un seul regard sur chacun d'entre eux, de leur faire baisser les yeux. Peu à peu, les regards goguenards s'éteignirent et les conversations bruyantes continuèrent. Arrivés sur le palier, Frantz sortit de sa poche la clef que l'hôtelier lui avait remise. La gorge nouée, il s'entendit prononcer péniblement :

« C'est la chambre 17. »

Sarah avança dans le couloir et fixa la poignée d'une porte « C'est ici ! » dit-elle.

Alors Frantz introduisit la clef qui tourna d'un bruit sec et vulgaire. Du bout de sa botte il repoussa la porte qui s'ouvrit sur une petite pièce. C'était une chambre au sol couvert d'un linoléum imitant le parquet. Un grand lit de cuivre occupait le fond de la pièce. De chaque côté, était disposée une table de nuit. A droite, l'une d'elle laissait entrevoir, la porte légèrement ouverte, un pot de chambre en tôle émaillée blanche. Dans l'angle, près de la porte, un paravent bancal au panneau tapissé de plus de trous que de fleurs, laissait présager un lavabo tout aussi minable que l'ensemble de la pièce froide. Frantz secoua la tête, ahuri par l'insignifiance de ce décor, agrémenté d'une ampoule peinte en bleu, qui devait servir pour le couvre-feu.

Ils se regardèrent et Sarah éclata de rire.

« Mais… c'est le château de la Belle au bois dormant ! »

Puis jetant un regard sur l'ensemble de la chambre, elle ajouta :

« Mon cœur, c'est merveilleux ! Ne vois-tu pas tous ces velours, ces tentures lourdes, ce ciel de lit et ces draps de satin… Allez, sans plus attendre, pénétrons dans ce palais ! »

Frantz était toujours à la traîne devant l'humour de Sarah. Elle était toujours ainsi, capable, sans baguette, de transformer le sordide en enchantement. Il sourit à son tour, puis sans la prévenir, il la souleva et la porta dans ses bras, non plus comme une enfant mais comme une femme. Il lui fit passer le seuil de la porte, pour la déposer doucement sur le lit, où elle s'arrangea pour lui faire perdre l'équilibre. C'était la première fois qu'ils étaient ainsi, allongés l'un sur l'autre. Elle l'embrassa longuement et il sentit une douce tiédeur l'envahir. Il en fut le premier étonné, mais se laissa porter par ce désir naissant. Puis, il s'enhardit à poser ses lèvres sur le lobe de son oreille. Aussitôt la respiration de Sarah se fit plus rapide, saccadée par l'émotion. Elle poussa un léger gémissement et repoussa avec une infinie tendresse son visage, en lui disant :

« Tu vois, cela ne sera pas bien difficile… mais avant tout, il faut que j'ôte mon voile de mariée. Tu pourrais me le déchirer ! »

Il roula sur le côté, tandis que Sarah s'empressa de disparaître, son petit sac de voyage à la main.

Elle avait maintenant disparu complètement derrière le paravent. A son tour, Frantz se leva pour fermer la porte. Quelque peu angoissé, il retira ses bottes et s'assit en tailleur sur le lit. Il n'osait pas se déshabiller. Il fixait la barre du lit. Son cœur cognait dans sa poitrine comme les grondements de son *Tiger*. Il entendait couler un filet d'eau et son émotion grandissait au fil des minutes qui s'écoulaient. Il redoutait et espérait à la fois le moment où elle allait apparaître. Il serrait ses mains l'une contre l'autre, jusqu'à se faire mal. Il ne ressentait plus la douleur. Soudain, elle fut là. Elle se tenait devant lui, souriante, attendrissante, émouvante à l'extrême. Elle avait toujours ce corps de reine, que l'adolescence ne pouvait estomper.

« C'est une madone ! » pensa t-il.

A cet instant, il se sentit désarmé plus que jamais. Elle vint vers lui, vêtue d'un petit corsage noir à bretelles et d'une petite culotte de satin blanc. Sarah fit le tour du lit, gênée par le regard de Frantz. Elle retira la couverture et plongea son corps dans les draps gris. Frantz lui tourna le dos et acheva de se dévêtir de son uniforme, qu'il laissa tomber sur le sol. Etrangement, et sans même savoir pourquoi, le brassard rouge arborant le swastika noir sur fond blanc le gêna. Il jeta son pantalon dessus pour le couvrir, puis il rejoignit Sarah, en cherchant sa main. Il n'osait plus la regarder. Le contact de sa peau contre celle de Sarah lui semblait impensable. Pourtant, il se décida à se tourner vers elle et se sentit bouleversé car elle le regardait, les yeux emplis d'une fragile impatience. Elle lui offrait un sourire, celui du véritable bonheur. Guidé par une étrange force, il osa s'étendre doucement sur elle. Puis avec la même douceur, il se mit à la couvrir de baisers. C'était des baisers d'enfants, des baisers de miel, sans passion ni désir brutal. Il caressait ses cheveux et ne se lassait pas de découvrir son regard, d'explorer son corps, le satin de ses joues et la soie de ses lèvres. Le temps s'arrêtait pour eux, leur offrant la plus belle parenthèse de leur existence, avant d'affronter le grand silence de la séparation…

Frantz fit glisser une bretelle de son corsage fin et Sarah fit tomber l'autre sur son épaule, pour laisser découvrir sa poitrine. Alors, il inclina la tête pour poser son visage entre ses seins. Il voulait entendre les battements de son cœur, il voulait l'entendre vivre et chanter. En un seul geste, ils se débarrassèrent de leurs ultimes vêtements. Ils étaient à nouveau côte à côte et se regardaient, anxieux. Frantz ne se sentait pas prêt. Il avait peur de ce merveilleux instant. C'est Sarah qui l'attira doucement vers elle. Elle l'enveloppa dans ses bras et ferma ses yeux pour ouvrir son corps à celui qu'elle désirait. Au bord de l'asphyxie, Frantz sentit le désir s'emparer de lui. Mais il le refusait, il le redoutait. Alors, par le jeu des mots, Sarah vint à son secours :

« Viens mon amour, donne-toi, sois heureux et rends-moi heureuse. Fais-moi femme... »

Alors, Frantz, comme on entre dans une église, se laissa couler dans le corps tiède de Sarah. Comme on arpente en silence les dalles d'une cathédrale, il se dirigea vers ce cœur intime, avec tout l'amour qu'il éprouvait et avec tout le respect qu'il voulait lui donner. En lui étaient ancrés ces siècles de tendresse, qu'il retenait avec peine pour ne pas la blesser. Il vit Sarah se mordre les lèvres, puis sourire, le serrant très fort contre elle. Ils étaient enfin unis dans le sacré. Elle souleva la tête de Frantz pour le forcer à la regarder.

« Es-tu bien, petit cœur ?... » lui demanda-t-elle, avec une voix douce, presque chantante.

Il essaya de parler, mais ne trouva pas de réponse pour décrire ce bonheur si grand. Puis son envie d'homme fit le reste... il osa bouger dans son corps qu'il craignait de blesser. Comme elle souffrait lentement, il la rendit à elle-même et sagement se coucha à son côté. Sarah caressa sa joue et murmura :

« Pourquoi... ? »

« Parce que tu as mal ! »

« Mais c'est normal, mon petit cœur, c'est ma physiologie... »

« Peut-être ! assura Frantz, mais... je préfère attendre ! »

Soudain, Sarah levant les yeux au ciel éclata de rire.

« Mais, nous avons des voyeurs... »

Frantz se mit sur le dos et aperçut sur une poutre de la mansarde, deux musaraignes qui les observaient attentivement. Sarah ajouta :

« Mon Dieu ! il y en a une qui se penche tellement qu'elle risque de tomber ! »

« Et... que feras-tu si elle tombe ? » demanda Frantz amusé.

« Je lui ferai un petit plâtre et la remettrai sur sa poutre pour qu'elle ne perde rien du spectacle !… »

Ils se mirent à rire, complices, et Frantz imaginait la petite sourie affublée d'une attelle.

Ils reprirent leurs jeux tendres, faits de simples caresses et de baisers volés.

L'aube les surprit. Sarah s'était endormie sur son amour, et celui-ci lui caressait le dos et les reins pour remonter en un geste presque instinctif sur la tiédeur de sa nuque. Frantz ne tarda pas à s'endormir. Il sombra peu à peu, écrasé par ce poids de douceur chaude et moite. De mauvais rêves l'habitaient et l'éveillaient en sursaut. Alors tel un enfant, il s'imprégnait de son odeur, jouait avec ses cheveux, se rassurant de sa présence, puis avec précaution se dégageait pour mieux la laisser dormir. Il lui sembla entendre un grondement lointain.

« On dirait l'artillerie lourde côtière » pensa-t-il.

Ensuite, il se rappela les survols d'appareils dans la nuit, mais ne s'en préoccupa pas outre mesure et réussit à s'endormir. Pourtant, cet aube qui viendrait serait celle du 6 Juin 1944… Elle darda ses rayons à travers les persiennes de la chambre et l'un d'eux s'infiltra sous une de ses paupières. Il s'éveilla et chercha aussitôt Sarah. Elle lui tournait le dos et dormait paisiblement. Attentif et non moins discret, il sortit du lit pour en faire le tour et s'agenouilla pour la contempler dans toute son innocence. Elle était nue, son corps était un peu replié et ses mains étaient croisées sur sa poitrine. Il l'imagina enfant, tenant une peluche sans âge dans ses bras potelés. Il crut mourir de tendresse, « même le bonheur peut faire mal », pensa-t-il.

Son désir se ralluma, il se mit à l'embrasser dans le cou, sur ses paupières, tandis que ses mains parcouraient les courbes de son corps. Il devenait musicien et Sarah instrument, et entrèrent en amour comme on entre en prière. Elle n'ouvrit pas les yeux de suite. Elle se laissait porter par ce concert de caresses. Elle gémissait et souriait en même temps. Sans même ouvrir les yeux, elle le guida et l'invita à venir vers elle.

« Viens, mon amour. Maintenant !… »

Il obéit. Comme la première fois, il se sentit entier, à l'abri, en sécurité dans la chaleur profonde de celle qu'il aimait. Il ignorait encore qu'elle le préparait à une nouvelle naissance. Devant sa souffrance de femme, il voulut la quitter une seconde fois. Mais, Sarah s'agrippa à lui.

« Non, mon tendre amant, maintenant tu dois rester. Donne-moi ton plaisir, laisse-moi l'emporter avec moi. Cette souffrance que je ressens, je voudrais qu'elle ne cicatrise jamais ! »

Malgré lui, il se laissa aller, et dans un ultime moment, il pensa à l'enfant qu'il n'aurait jamais. Il pensa qu'il ne le verrait jamais jouer, ni grandir... Sarah se tenait à lui. En se sentant inondée, ensemencée, elle eut un pincement au cœur. Elle venait de réaliser qu'elle emporterait peut-être dans sa mort un petit être que son amour l'avait aidée à construire...

Les sirènes se mirent à hurler. Et Frantz quitta son merveilleux refuge. La brutalité de leur séparation rendait la situation encore plus pénible, encore plus atroce. Il s'aperçut qu'il n'avait pu dire l'essentiel de son amour à Sarah. Frustré, l'estomac noué, il s'efforça de rassembler ses affaires pendant que Sarah s'habillait avec une rapidité déconcertante. Sans trop s'en rendre vraiment compte, ils furent poussés dans la rue. On entendait sur la côte un très fort bombardement, tandis que des formations serrées de B.17[1] traversaient le ciel... Sarah et Frantz regagnèrent le plus vite possible leurs lieux respectifs, lui sa caserne et elle son lycée. Dès leur arrivée, Frantz remarqua que tous les moteurs de la division tournaient en surrégime. Tout ceci était inhabituel. De surcroît, les portes du lycée étaient fermées. L'instant de la séparation était venu. Ils ne pouvaient même pas s'embrasser, ni même se parler. Tous les regards étaient tournés vers eux. Sarah lui fit face et lui murmura :

« Mon amour, adieu... N'oublie jamais ta promesse... »

---

1 – Bombardiers B.17. Quadrimoteurs pour les missions à haute altitude, ils furent fabriqués en grand nombre et baptisés Forteresses volantes, à cause de leur protection en formation hérisson durant les vols... Le constructeur était Boeing, ils seront remplacés plus tard par les B.29.

Puis, sans se retourner, elle s'en alla, pour se fondre dans le groupe de ses camarades. Il la regarda s'éloigner sans rien dire et comprit, au serrement de son corps, qu'il ne la reverrait plus jamais. Il voulait courir, mais ses pieds lui refusaient tout déplacement. Un ordre venu de l'intérieur de la cour lui fit comprendre que tout était inutile. L'équipage de son char lui fit signe, et il n'était même pas en tenue de combat. Des larmes pleins les yeux, il souhaita la revoir, juste une dernière fois. Il pria Dieu de le lui accorder, et en courant, il sauta sur la chenille du *Tiger*, escalada la tourelle, coiffa ses écouteurs et se brancha sur l'intérieur. Une à une les bêtes, ferraillant, sortirent en colonne. Frantz, le buste dehors, tourna la tête vers le lycée. Une silhouette était là à l'attendre. Elle fit un geste… le dernier. Puis, il ne la vit plus. Dieu l'avait entendu.

Chapitre 3

Le crépuscule des Dieux[1]...

Dans les jours qui suivirent, Frantz n'eut pas la moindre occasion d'avoir des nouvelles de Sarah. Coupé de tout, il laissait voguer son imagination vers des scénarios tragiques, tout en veillant à être attentif à la situation offensive des alliés dans le secteur qu'il occupait. Les têtes de pont américaines et britanniques avaient beaucoup progressé, beaucoup trop... Et les réactions du haut commandement allemand tardaient à venir. Rommel était à Berlin !... Ils pensaient tous que cette offensive était un leurre et que le vrai débarquement aurait lieu plus haut, dans la Manche. Les ordres étaient "de ralentir l'avance des alliés". La division *Das Vaterland* fut la première à partir au contact. Frantz et sa section se trouvaient sur l'aile gauche du dispositif... Ces deux ans de guerre sur le front russe avaient conféré à Frantz une habilité et une hardiesse que beaucoup de commandants de char lui enviaient. Ses galons et ses décorations, il les avait conquis sur la "peau" des lourds T34[2] soviétiques de Kourov...

Son équipage lui était donc entièrement acquis. Dans le bocage normand, une première bataille de blindés s'engagea... Mais le combat tourna rapidement à l'avantage des *Tiger.* Les

---

1 – "Il est fait allusion, tout au long de cet ouvrage, à la Tétralogie de Wagner, compositeur très apprécié par Hitler", (N.d.E).

2 – Chars soviétiques. Le 34 signifie l'année de mise en service.

shermans[1] américains, trop légers, se firent salement étriller... Frantz, comme à son habitude, était hors de sa tourelle. Il observait les départs des tirs, derrière un promontoire. Il les compta, avec vigilance :

« Ils sont trois, pensa-t-il. Je vais les tourner par la gauche... »

Il observa le terrain encore une fois, et fit mentalement le chemin à parcourir. Puis par radio, il donna l'ordre à sa section de suivre...

« En route, Kurtmeister ! et regardez bien où vous foutez vos chenilles !... on est dans un bocage ici... »

Frantz lança dans son micro un dernier encouragement avant l'engagement.

« Ecoutez-moi bien, la *Panzer-Lehr*[2] de Meyer affiche des scores bien supérieurs aux nôtres, et surtout grâce à ce petit malin de Wittman, alors, cette fois-ci il faut surclasser Michael, sinon, il boira encore sur nos poches. »

Frantz entendit vaguement dans ses écouteurs les grognements insolents de Guzmann le *Richtkannoner :* "Herr O.S.U.F.[3] Wittman, c'est nous qui nous remplirons la panse en te vidant les tiennes... !"

Le moral était aussi beau que le ciel de Normandie, le conducteur délivra les chevaux d'aciers et le *Tiger* bondit. Il était adroit ce Kurtmeister. Certainement l'un des meilleurs pilotes de la division. Il faufilait son blindé entre les arbres comme... comme d'autres leur volskwagen[4] dans les embouteillages de Berlin. La manœuvre de Frantz était logique : il se retrouva derrière les trois shermans qui, embusqués derrière leur butte, pilonnaient en tir plongeant la 6e section.

---

1 – Chars américains légers, environ 30 t. Ils firent presque toute la guerre d'Europe et du Pacifique. La 2e D.B. française en était équipée. Le nom de Sherman est celui d'un général américain durant la guerre de Sécession. Il s'illustra particulièrement durant les guerres indiennes.

2 – La Panzer-Lehr est le nom d'une division qui servit sur le front de Normandie, comme "Das Vaterland" ou "Das Reich".

3 – O.S.U.F. Appellation familière et abrégée de "Obersturmführer" (lieutenant).

4 – Littéralement "voiture du peuple". Leur forme actuelle n'a pratiquement pas varié jusqu'à ces dernières années.

Soudain, il aperçut un américain à plat ventre sur le faîte, conduisant le tir par radio. Efficace !... très efficace... Mais trop occupé, il ne vit pas arriver les huit fauves. Puis huit éclairs jaunes en tirs tendus atteignirent presque simultanément leurs cibles. Les trois *shermans* éclatèrent, comme soufflés de l'intérieur. Il ne restait plus que des carcasses, vides de vies et pleines de morts...

Frantz éprouva une douleur intense, une vive souffrance, quelque chose serrait son cœur avec une puissance incontrôlable. Etait-ce possible ? Venait-il enfin de prendre conscience de l'existence de la mort ? La mort, ce n'était plus l'image de la "Dame à la faux", aussi belle dans son habit noir que mortelle pour ceux qui la croisent... La mort, c'était bien elle, la mort de l'autre, la fin d'une existence, la fin en soi...

Des frissons parcoururent son corps, il réintégra l'intérieur de sa tourelle, referma le capot et s'assit sur son siège. Livide, il n'arrivait pas à comprendre ce qu'il ressentait à cet instant. C'était douloureux, mais c'était aussi un mélange de tristesse et de dégoût profond qui lui tordait les tripes. Dans l'abdomen, tout se crispait, tout se nouait. Soudain, il avait envie de vomir comme s'il avait pu se soulager de ce poids trop lourd à porter, désormais. Des séries d'images défilaient à toute vitesse devant ses yeux embués. Elles représentaient des villages russes en flammes, des dizaines puis bientôt des centaines de corps mutilés. Il y avait des hommes mais aussi des femmes et des enfants... et des animaux qui pourrissaient dans une mare de boue, dans une mare de sang. Leur pierre tombale était celle que leur faisaient les chenilles en passant dessus...

Frantz sentit ses yeux se voiler.

« C'était des êtres humains, pensa-t-il. Pourquoi ai-je maintenant cette prise de conscience qui me brûle le cœur ? »

Perdu dans la cruelle réalité, il lui sembla que Sarah était avec lui et qu'elle lui murmurait : « Avant, tu étais mort, Frantz, mon amour ! Tu étais plus mort que tous ces corps froids... Voilà pourquoi tu ne ressentais rien. Ton corps était chaud mais ton cœur était froid comme le sang qui s'échappe d'une blessure. Tu allais jusqu'à ignorer que tu avais une vie... Mais cette vie, Frantz, elle t'est offerte... prends-la ! »

Comme drogué par ses pensées, Frantz n'entendit pas le choc brutal qui ébranla le blindage. Guzman, le canonnier, s'écria :

« Putain, on a été touchés !... Mais, on a tenu... leur merde a ricoché. Mon lieutenant !... Eh, mon lieutenant ! »

Frantz ne répondit pas. Son regard était vide, son esprit était hanté par de cruelles images, il y avait toujours ces villages russes devant ses yeux. Seule cette réalité là lui importait.

« Mein Gott ![1]... Mon lieutenant !... Qu'est-ce que vous avez ? On vient d'être touchés » s'écria le canonnier, effrayé par l'immobilité de Frantz.

« Il est à quatre heures, ce salaud ! » s'écria Kurtmeister.

Guzman orienta la tourelle. On entendit le ronronnement du moteur électrique qui la fit pivoter.

« Recule Kurt !... Recule ! qu'il perde sa distance. Il a déjà dû recharger. Recule encore ! Bloque la droite et présente les angles !... Je vais allumer ! »

Guzmann était le canonnier le plus rapide et le plus précis de la section. On entendit le claquement sec de la culasse qui enfournait son obus. Guzmann tira sans pointage, instinctivement, pratiquement au "jugé" pour devancer l'américain.

« Touché ! cria Kurtmeister, dans la chenille, tu lui as pété les quilles !... Ouais, ils évacuent !... je vais les finir à la lourde. »

Guzmann avait armé les mitrailleuses, bien décidé à achever l'équipage américain qui tentait de se sauver par les trappes de secours. Soudain, il sentit le poids d'une main forte de conviction sur son épaule. C'était celle de son lieutenant.

« Laisse-les... laisse-les partir ! »

Le canonnier tourna la tête vers Frantz.

« Mais... mon lieutenant... ils... »

Il s'interrompit lorsque son lieutenant secoua la tête.

« Non !... ils ne peuvent plus rien nous faire. Laisse et remets en route ! » lui ordonna Frantz.

---

1 – Mon Dieu !

Tous se regardèrent, stupéfaits. Frantz ouvrit le capot et respira une bouffée d'air frais qui envahit l'intérieur. Il revenait à lui, il se sentait un peu mieux. Il sortit la tête hors de l'appareil. Il vit le soleil qui brillait.

« Que c'était bon de vivre ! » pensa-t-il les paupières repliées sur ses yeux fatigués.

Das Vaterland livra ainsi plusieurs combats contre les blindés américains. Mais la supériorité de son "88" sur les *shermans* légers était indétrônable. Dès ce premier combat, Frantz fut très inquiet. En effet, la mort l'avait envahi, elle s'était imprégnée en lui, elle était présente partout. Dehors, dedans, à l'intérieur de lui-même... Il faisait d'incessants efforts pour être "présent", pour être vigilant. Par ses erreurs de pointage télémétrique fréquentes, il se rendait compte du poids qu'elle avait sur lui.

« Trop court, mon lieutenant !... encore trop court... » lui lançait Guzman, fronçant les sourcils, l'air furieux malgré un profond respect. Pourtant, tel un enfant réprimandé, Frantz se trouvait impuissant. Mais là encore, avait-il le pouvoir de dire « Je ne l'ai pas fait exprès... pardon... » ? Comme aurait pu supplier cet enfant pour que l'on puisse lui pardonner son erreur ? Non, il était adulte même s'il avait été ce petit garçon, même si au fond de lui il se sentait encore "enfant".

Soudain, il voulait retrouver son innocence. Il voulait que ces corps lâchement piétinés deviennent des petits soldats de plomb, inertes, commandés par une voix puérile, une voix douce se forçant à devenir grave pour imiter celle d'un adulte. Il ne voulait plus tuer... Au fil des jours, Frantz redoutait ce manque d'attention. La veille encore, pour avoir mal lu une carte, un de ses *Tiger* avait sauté sur une de leurs propres mines. Heureusement, il n'y eut aucune perte d'hommes, seulement la perte d'une chenille Le char allait donc être immobilisé pour un long moment.

La situation empirait. La division entière se trouvait privée de la logistique en carburant et en approvisionnement. Il faut dire que les cheminots français mettaient beaucoup de bonne volonté pour paralyser l'ensemble du réseau ferroviaire... Eparpillés en pleine campagne, sans pouvoir se mettre à couvert et immobiles pour la plupart, ils furent la proie de plusieurs escadrilles de *typhoons*. La section de Frantz avait eu malgré tout assez de gasoil pour se tenir à l'abri dans une petite forêt. Frantz avait ordonné de tendre les filets de camouflage et de garnir ces derniers de branches feuillues.

Angoissé, il regardait les sinistres colonnes de fumée noire qui "dégueulaient" des carcasses et des tourelles de *Panzer* éventrés… Une sueur acide glissait lentement sur son front, sa propre odeur l'incommodait et sa langue était comme collée au palais. Il imaginait l'intérieur de ces tombeaux d'acier quand une envie de rendre le secoua tout entier. La tête appuyée contre le métal froid de son *Tiger*, il se soulagea. Des spasmes le secouèrent violemment, il hoqueta et se mit à rire nerveusement. « Où est-il le fier S.S. ?… » pensa-t-il, le regard tourné vers le massacre. Ah, cette odeur… C'était une odeur insoutenable. Elle stimulait de façon morbide son imagination. Ses compagnons, ses *Kameraden*, n'étaient plus qu'une fumée pestilentielle, qu'une masse difforme, sanguinolente… C'était donc ça la guerre ?…

Pendant deux années, Frantz avait parcouru l'Europe, et son fanion de "chef de char" avait traversé la fumée de plus d'un combat. Et lui n'avait rien vu… rien entendu… rien su, rien compris !… Et maintenant, la force de cette découverte l'anéantissait. Il se sentait mutilé, transpercé, amputé de chacun de ses membres. Oui, il avait un manque. Il avait envie de revoir le corps de Sarah, de sentir sa chaleur. Il avait envie de s'enfermer dans son ventre pour espérer et pour y sentir la vie qui y coulait avec la tiédeur qu'il avait appris à aimer.

Par miracle, la section de Frantz était indemne, comme si une main bienveillante s'opposait, étendue comme une ombrelle protectrice, aux roquettes des chasseurs britanniques. Les hommes restèrent isolés toute la soirée puis toute la nuit. Au matin, il reçurent l'ordre de "résister jusqu'au bout". Et la conversation de Frantz avec le Q.G. avait pris une tournure aigrelette.

« Avec quoi devons-nous résister ? demanda-t-il, nous n'avons plus assez de carburant pour avoir une chance d'évoluer, ni même assez d'obus pour tenir plus de dix minutes ! »

La stupidité de la réponse l'écœura :

« Résistez avec votre courage ! Et mourez pour le Führer et pour la patrie... Votre division ne s'appelle-t-elle pas *Das Vaterland* ? »

La voix de Frantz frôlait l'ironie :

« Ya, herr Major... Nous allons mourir pour la patrie et pour le Führer !... »

Il raccrocha le combiné sans attendre une réponse et sortit de son char pour s'asseoir sous un arbre. Il caressa du bout des doigts la rugosité d'une racine, puis arracha un brin d'herbe qu'il glissa sur l'extrémité de ses lèvres sèches. Ses yeux plongés dans le soleil, il pensa : « Moi, je dois vivre pour Sarah ! Et tous ces hommes doivent vivre aussi. » Soudain, un semblant de sourire plissa ses lèvres : « Ils ne seront pas de trop pour reconstruire l'Allemagne dévastée que nous aurons laissée... *Befehl ist Befehl*[1] *!...* Mon cul !... »

Il fut étonné par ses propres pensées concernant la situation de l'Allemagne, son pays, sa patrie... Mais, il réalisa qu'elles étaient sans doute dues au chemin parcouru avec Sarah. Grâce à ses paroles, à sa présence et à son amour, elle l'avait remodelé. Elle lui avait appris que la vie était belle et que la mort était hideuse. Qu'il n'y avait aucune gloire à mourir pour une idée... Mais mourir "à soi-même" pour renaître d'amour et de lumière... Là, se trouvait sans doute "l'utilité" de la mort.

Avant de connaître celle qui habitait son cœur, il se serait sacrifié, allant même jusqu'à sacrifier son unité en l'engageant dans la fournaise d'un combat perdu. Et tout cela pour la seule gloire du Reich !... Désormais, tout était changé. Il se souvenait de cette phrase prononcée par Sarah : « Il faut parfois bien plus de courage pour vivre, qu'il n'en faut pour mourir... Bien souvent, tu regretteras la longue attente de ta mort, car

---

1 – *Un ordre est un ordre !...*

elle serait pour toi une délivrance. Un homme que les chrétiens connaissent bien a dit un jour : "Prenez courage !... Vous aurez bien des tribulations, mais comme moi, vous verrez, vous vaincrez le Monde..." Alors Frantz, c'est dans ton mal de vivre que tu te retrouveras, mais pour cela, il faut que tu aies du courage... Le courage de vivre ! »

Il souriait en fermant les yeux. Il pensait à celle qui l'appelait "mon petit cœur" ou encore "mon petit soldat". Détendu, il revoyait à travers l'écran noir de ses paupières les moments intenses qu'ils avaient vécus. Ces instants de bonheur qu'ils avaient partagés, saccadés par le rythme de l'amour. Ils avaient été bien plus que des amants... Comment pouvait-il aimer aussi fort ? Ces jeux "d'enfants" qui l'avaient poussé à grandir, comment pouvait-il se souvenir sans souffrir, de leurs corps enlacés, de leurs baisers hésitants ?... Jamais, il n'avait donné un sens aussi pur, aussi vrai, à ce mot : "mariage". Elle l'avait épousé pour une nuit, mais en lui offrant bien plus que son corps, elle l'avait épousé pour la vie. Elle avait donné à la "tradition" sa plus juste valeur, sans cortège, sans habit blanc, sans anneau d'or... Pourtant, elle avait dit "oui". Elle s'était offerte sans témoin, elle était devenue "femme", elle était... sa femme.

Frantz n'entendait plus les bombardements permanents qui crevaient la Normandie. Il ne sentait plus cette odeur étouffante de combustion, l'odeur de ses camarades qui gorgeaient la terre. Non, il était là, au chaud, contre le corps de Sarah. L'aube se levait. Malgré le froid qui tentait d'envahir ses membres, il s'était efforcé toute la nuit, de remettre les chars en état, dans le cas où les citernes pourraient arriver jusque là. Elles leur auraient permis de se ravitailler. Et puis, ils auraient pu se replier... Un sifflement brutal suivi d'une explosion immédiate le fit se jeter ventre à terre. Semblant ne pas être surpris, il retrouva le reste de son équipage, et la moitié d'un autre.

« Bazooka ! » lança Guzmann. C'était comme une sentence...

« *Donner !* c'est une compagnie américaine, des fantassins... Qu'est-ce qu'on fait mon lieutenant ?... »

Le char, touché, vomissait des flammes. Les caissons de munitions se mirent à exploser. Plus personne ne s'entendait. Le lieutenant Frantz Lilienthal découvrit à quel point il était devenu "un autre". En d'autres temps, il aurait donné l'ordre à chacun de réintégrer son blindé pour se dégager, tout en sachant qu'ils étaient perdus, mais celle qui avait traversé sa vie l'avait transformé. Elle l'avait reconstruit en homme responsable, en homme tout court. Elle avait tué à jamais l'enfant fanatique et illuminé qui avait si longtemps régné en lui…

Il répondit calmement :

« Abandonnons l'abri des chars, en rampant jusqu'au muret que vous apercevez au fond du bocage… Nous… nous allons nous rendre ! Il ne nous sert plus de mourir pour un Reich qui agonise et qui, pourtant, devait durer 1 000 ans !… »

Son canonnier Guzmann, plus proche que les autres, ne put s'empêcher, narquois, de lui répondre :

« Vous !… Un officier de la S.S. ! Vous vous rendez ?… Je croyais que la S.S. … »

Frantz l'interrompit :

« Ne croyez surtout plus rien… comme moi ! Pour cesser d'être con, il faut d'abord savoir et comprendre qui on est !… Si j'en ai l'occasion, plus tard, je vous expliquerai ! »

Sans plus attendre, ils se mirent à terre et poursuivirent leur route, entraînant les autres équipages derrière eux. L'air était devenu comme irrespirable, il leur semblait s'étouffer sous la chaleur brûlante. L'odeur de fuel et de cordite piquait les yeux et les narines, et desséchait leur gorge. Les américains, à quelque cent mètres de là, jouaient aux pigeons d'argile sur des cibles immobiles. Les explosions et les déflagrations se succédaient les unes aux autres. Frantz vit une tourelle de cinq tonnes s'envoler à près de vingt mètres de hauteur.

« Le crépuscule des Dieux[1]… pensa-t-il. Quelle merde !… Ah, il est grand le Reich !… »

Des débris de métal incandescents tombaient de toutes parts, des petits, des gros… des bandes de mitrailleuses éclataient

1 - Référence au dernier volet de la tétralogie de Wagner.

en série et leur traceuse ajoutait encore plus d'éclats à ce feu d'artifice d'Apocalypse. Frantz aperçu un de ses hommes qui se tordait de souffrance, l'abdomen ouvert et rouge de sang. Il soutenait son ventre, ses mains couleur pourpre tremblaient. Le pauvre garçon tentait d'empêcher son intestin de jaillir hors de son corps. Il hurlait pour qu'on ne l'abandonne pas... Sous l'énorme pellicule noirâtre de la fumée, Frantz le chargea sur son dos avant de courir. Il était lourd, mais ce n'était rien par rapport au poids de la guerre. Il continuait à crier, sentant ses forces diminuer. Frantz se dirigeait, zigzaguant entre les fournaises de ses *Tiger* qui ne grifferaient plus jamais. L'orgueil de l'Allemagne était là, parmi ces carcasses éventrées et rougeoyantes...

Wotan devait être à la fête, mais pas du bon côté ! Il parvint essoufflé jusqu'au petit muret de pierres sèches. Deux de ses hommes s'emparèrent du blessé qui s'était tu à présent. Puis, ils durent se projeter à terre, le nez plaqué contre le sol. Une rafale de mitrailleuse lourde les encadrait, faisant voler en milliers d'éclats le granit de pierres noires. A la faveur d'une recharge, ils se laissèrent basculer de l'autre côté, sans attendre d'autres pertes. Le blessé ne bougeait plus. Ses grands yeux restés ouverts, venaient de se fermer à jamais au soleil... L'adjudant Breitner, son chef de char, l'ayant reconnu, baissa le rideau de ses paupières et murmura, la mâchoire contractée :

« Il était marié et avait un gosse !... C'était un bon conducteur, mon lieutenant ! »

Frantz hocha lentement la tête et observa ses mains rouges de ce sang qui, il y a encore quelques minutes, circulait dans ce corps jeune. Maintenant, il s'échappait de cet être, de cet homme qui avait tué mais qui avait aussi su donner la vie. Son corps torturé reposait là, inerte, ouvert à l'horreur, ouvert à ce terrible spectacle qu'il ne verrait plus.

Frantz chercha désespérément à effacer ce rouge vif, dans le vert de l'herbe normande. Il frotta énergiquement ses doigts posés dans la terre humide et un soupçon de peur le fit crier :

« Y a-t-il quelqu'un qui ait un mouchoir blanc ou un bout de tissu ? »

« Alors, nous nous rendons, mon lieutenant ? » demanda Guzmann.

« Mais non, voyons, nous ferons semblant… et quand ils seront assez près de nous, nous leur jetterons des pierres du muret… Avec un peu de chance, ils prendront peur et repartiront chez eux ! » répondit Frantz, ironique, en toisant le regard de Guzmann.

« Y en a-t-il parmi nous qui veuillent continuer le combat ?… et mourir pour le petit caporal[1] ? » cria-t-il à ses hommes les yeux plongés dans chaque regard vide.

Personne ne répondit ou n'osa répondre. Il ne fallait pas oublier que cette question était posée par un officier de "l'ordre noir".

Dans le silence profond, Frantz se souvint d'un mouchoir clair que Sarah lui avait donné. Il le sortit de sa veste et le fixa par un nœud à une branche de pommier. Puis, énergiquement, il l'agita au dessus du muret. Il ne restait plus qu'à attendre… A travers les interstices des pierres moussues, l'un des hommes annonça :

« Les voilà !… Ils arrivent… »

Soudain, ils entendirent un G.I.[2] qui leur commanda avec un accent allemand déplorable de jeter leurs armes et de se lever doucement, en mettant leurs mains sur la tête. Ils obéirent, soulagés, et Frantz jeta son Lüger réglementaire loin devant lui. Puis, dans un élan de fierté, il se leva en gardant les bras le long du corps. Des brins de folie adhéraient encore dans son esprit. Mais une voix qu'il connaissait bien, sembla lui murmurer : « Cela suffit, mon amour… Obéis ! ».

Ses hommes, admiratifs, le virent lentement lever les bras. Dans une surprenante harmonie, ils se placèrent en colonne par deux. Les mains posées sur la tête, ils avancèrent sans gloire vers d'autres cohortes de prisonniers. Frantz souffrait

---

1 – Pour Napoléon, l'appellation était affective et prononcée par ses grognards qui lui avaient donné ce grade. Pour Hitler, c'est plutôt insultant, mais ce surnom lui avait été donné par les Officiers supérieurs de la Wehrmacht… En effet, il avait terminé la guerre de 14-18 avec ce grade.

2 – Nom donné aux soldats américains. (Governement'Issue).

de cette humiliation et constatait tristement : « Il me reste encore beaucoup de cette merde dans le cœur ! Pourtant mon amour, tu serais fière de me voir accepter ma défaite avec le courage de lever encore la tête… ». Mais le pire était à venir, il devrait le vivre et il l'ignorait.

Chapitre 4

...Et l'on parla d'un loup noir...

Dans cette fin d'année 1947, un homme sort du camp de prisonniers C.P.40. Vêtu d'un blouson de cuir noir râpé et d'un pantalon léger, il marche lentement. Les portes qui s'étaient ouvertes pour le laisser passer se refermèrent derrière lui. L'homme fait quelques pas, puis s'arrête sans se retourner. Soudain, il lève les yeux vers se soleil pâle de novembre. Il fait froid, ses joues creuses réhaussaient l'éclat métallique de ses yeux bleus. Il s'engage alors sur la route et commence à avancer lentement, s'arrêtant fréquemment, mais poursuivant toujours son chemin. Sur la route, une camionnette le dépasse, ralentit, puis s'arrête à quelques mètres. Arrivée à sa hauteur, deux hommes interpellent cette ombre qui passait lentement.

« Eh, mon gars ! Où c'est que tu vas, comme ça ? »

« A la ville !... » répondit-il avec un accent allemand qui le trahit rapidement.

Un des deux hommes cracha alors à ses pieds en l'insultant.

« Tu nous a fait marcher, hein le boche ? Eh bien maintenant, marche à ton tour et crèves-en ! »

Frantz Lilienthal vit repartir la véhicule. Le froid du matin lui écorchait les bronches. Il regarda à ses pieds la marque de la révolte et pensa « Comme je les comprends... ». En effet, il comprenait, il n'ignorait plus ce que l'on pouvait éprouver devant l'horreur. Il reprit sa route avec la même démarche, cette démarche souple et soutenue qui rendait à son corps toute son élégance. Bientôt, il ne sentit plus le froid, ni la faim, ni même la fatigue. Sa volonté le tirait pour le porter vers un seul but, rejoindre une ville. Une ville qu'il avait quittée depuis plus de trois ans. Et dans cette ville...

Il progressait, un pas après l'autre. Les fines semelles de ses chaussures usées lui faisaient ressentir la dureté de chaque gravier, mais Frantz semblait dévoré, bouffé de l'intérieur, rongé par l'angoisse. Cette angoisse qui n'avait cessé de l'habiter depuis son internement. Les combats oubliés, la captivité avait fait le reste. Et chaque minute vécue, l'avait été dans la douleur de l'incertitude. L'image de Sarah dans son collège, un signe fait par sa main, son adieu... Tout cela l'avait hanté chaque jour. Il se souvenait encore d'un certain matin de Juillet 1944... Il avait ressenti comme un appel qui se perdait dans l'éternité de l'univers. Un froid immense l'avait subitement envahi et glacé. Et puis, il y avait aussi cette impression soudaine d'être mutilé, d'être rempli d'un vide total, d'une noirceur absolue. Il s'était mis à étouffer et s'était terré dans un coin. De la suite, il n'avait aucun souvenir... Ses camarades lui étaient venus en aide, en vain. Lui n'entendait plus, ne voyait plus, ne mangeait plus. Il était comme "mort-vivant". Mais pour combien de temps encore ?... On dut l'hospitaliser. Cependant, dans l'infirmerie précaire du camp, on se souciait peu de la mort d'un jeune officier S.S. !...

Après la défaite du Reich, le monde avait découvert l'horreur des "camps de la mort". Les procès de Nüremberg avaient exhumé la dignité violée de six millions de revenants qui demandaient justice. Et c'est pourquoi, dans une indifférence générale, et même avec un certain soulagement, on le regardait s'éteindre lentement...

« Celui-là au moins ne nous coûtera pas les frais d'une enquête ni même ceux d'un procès ! » disait-on en observant son état.

Pourtant, une psychiatre fut intéressée par ce "cas-là". En effet, elle le considérait comme un "cas clinique" passionnant. Aussi, discuta-t-elle de son projet d'étude avec le médecin-chef du camp.

« Cet homme a reçu un choc ! Et il représente les symptômes dus à l'état de choc… avança-t-elle, on dirait une forme d'autisme. Le regard est rivé dans une direction et il n'y a aucune réaction, aucun mouvement ne se produit. »

En entendant ces propos, le médecin-chef haussa les épaules et ricana, avant de répondre :

« C'est sans doute l'effondrement de son *Grosse Reich* qui en est la cause ! Ce loup noir ne vaut pas les quelques minutes que vous perdez pour lui !… »

« C'est quand même un homme » rétorqua-t-elle d'une voix douce à la limite de la révolte.

« Un homme ?… Çà ?… Tous les jours, on découvre de nouvelles horreurs ! Si ça ne tenait qu'à moi, je le piquerais. Et je trouve que je suis encore bien bon ! C'est du "Docteur Mengele"[1] qu'il faudrait lui servir… Il goûterait alors à la médecine de la "race des seigneurs" ! Laissons-le… il y a mieux à faire sur les pauvres bougres de la *Wehrmacht*. Beaucoup de ces malheureux soldats ont souffert de cette démence collective. Mais ne comptez pas sur moi pour m'apitoyer sur le sort d'un S.S., aussi jeune soit-il ! D'autant que les plus jeunes étaient réputés pour être les plus féroces… ils devaient faire leurs preuves, vous comprenez ? » répliqua-t-il, un sanglot dans la voix. Puis, observant le regard attentif du médecin psychiatre dont le cœur se serrait, il poursuivit, presque aussitôt :

« Enfin,… si vous y voyez une quelconque utilité pour faire progresser vos recherches… allez-y ! Il pourrait être un excellent cobaye… il est à vous ! »

---

1 – Tristement célèbre médecin-chef d'Auschwitz, il se livrait à des expériences médicales et expérimentales sur les Juifs et les prisonniers… Grâce aux organisations ODESSA et CARITAS, il put se réfugier sans aucune crainte en Amérique du Sud, où il mourut tranquille et respecté dans son lit… Le Mossad (services secrets Israéliens) a plutôt concentré tous ses efforts, dit-on, sur Eichmann…

Forte de cette approbation lyrique, elle décida de commencer son enquête auprès de ceux qui lui avaient été les plus proches. Elle les interrogea les uns après les autres, passant d'un baraquement à un autre, essayant de cerner " l'incident" qui avait dû engendrer le traumatisme. Elle voulut réunir tous ceux qui avaient approché le jeune officier et tous ceux qui avaient vécu près de lui. Sa décision prise, elle rassembla les différents équipages qui avaient composé la première section de la *7e Panzer Division S.S. das Vaterland.* Mais elle préféra les rencontrer sur leur terrain... Lorsqu'elle pénétra dans leur unité, une odeur repoussante de fauve attaqua ses narines. Sa démarche était lente, elle avança, le regard plongé dans chaque recoin de la pièce froide. Elle fut accueillie par des sifflements d'admiration. La tête haute, elle refusa de s'attarder sur l'hygiène qui n'avait jamais été le point fort des camps de prisonniers. Sans prononcer une seule parole qui eut pu expliquer sa démarche, elle prit un vieux tabouret qu'elle disposa au centre de la pièce. Maintenant assise, elle toisait les regards goguenards des soudards en tricot de peau rongé de trous. Certains exprimaient un visage de misère, d'autres avaient dû laisser leur fierté à la porte du camp.

Son allemand était correct et c'est sans hostilité qu'elle les aborda.

« Quels sont ceux d'entre vous qui étaient sous les ordres du lieutenant Lilienthal ?... Il va très mal... et j'ai besoin de votre aide » demanda-t-elle, se tournant vers chacun.

Un homme leva le bras. C'était un petit blond à la figure pouponne, encore très juvénile. Il était torse nu. Il enfila ce qui lui restait de chemise avec gêne et pudeur. Le regard plongé dans le sien pour mieux être attentive, elle lui sourit pour le mettre à l'aise. Puis elle l'interrogea avec une douceur certaine :

« Comment vous appelez-vous ? »

« Kurtmeister, madame ! Harold Kurtmeister. J'étais... j'étais son conducteur. Comment qui va le lieutenant, madame ? »

« Eh bien... pas très bien. Aussi aurais-je besoin de votre aide... Qui était encore avec lui ?... »

Soudain, elle entendit une voix derrière elle.

« Ouais, moi !... j'étais son canonnier ! »

Elle se retourna vers une voix en hauteur, et aperçut en face d'elle un grand rouquin. Un de ceux qui l'avaient observée avec toute la lubricité voulue. Assis sur une paillasse, près du plafond, ses jambes pendouillaient et amorçaient de fréquents balancements. Il la regardait l'air malicieux et empli de sous-entendus coquins. Celui-ci elle l'aborda avec plus de réserve.

« Depuis quand le connaissez-vous ? » demanda-t-elle.

L'homme, dans un moment de réflexion qui semblait le dépasser, porta ses ongles à sa bouche et en croqua l'extrémité. Il jouait volontiers les indifférents et finit par marmonner :

« Deux ans !... Il nous a été affecté pendant la campagne de Russie... Quand il est arrivé, c'était un gamin, même pas dix-huit ans. Et *Unterscharführer*[1] avec ses galons tout neufs ! Mais, il nous en a fait voir ce sale gosse !... J'ai même mouillé ma liquette, madame ! Et souvent, passez-moi l'expression, j'ai bien failli chier dans mon froc. Ouais !... Rien ne lui faisait peur à lui. Rien !... Et doué avec ça. Il avait la guerre dans la peau et que le "Führer" dans sa gueule. »

Puis il se tut. L'homme enfonça une main tremblante d'émotion dans une de ses poches pour en extirper un mégot fripé qu'il ne tarda pas à porter à sa bouche. Le médecin chercha à son tour dans sa blouse. Elle en ressortit un paquet de "camel" pas encore entamé.

L'œil du rouquin abandonna aussitôt la lueur de luxure pour celle de la nicotine. Avec précaution, elle lui lança le paquet qu'il bloqua contre lui avec voracité. L'homme regarda autour de lui, méfiant, et avec une certaine fébrilité réussit à sortir une cigarette pour la coincer entre ses lèvres sèches. Il la fit rouler un instant d'un côté, de l'autre, la mouillant avec sa langue comme pour en titiller la saveur. Ses yeux s'orientèrent alors dans toutes les directions jusqu'aux regards douloureux et envieux de ses camarades. A regret, il renvoya le paquet de cigarettes en face de lui pour le faire circuler, tout

1 – Unterscharführer = sous-lieutenant.

en adressant un "merci" à la toubib. Celle-ci profita de cette bonne intention pour poursuivre.

« Quand il est arrivé au camp, était-il... normal ? Il l'était n'est-ce pas ? »

« Ouais ! » confirma le canonnier après s'être rallongé sur son lit. On ne voyait bientôt plus qu'une de ses bottes ainsi que la fumée qui se dispersait entre les lattes du plafond. La jeune femme, ne voulant pas forcer son mutisme, ramena son attention sur son premier interlocuteur.

« Vous rappelez-vous ce qu'il s'est passé ? Essayez de ne rien oublier !... chaque détail a son importance. Et ce qui n'est pas important pour vous, peut être capital pour moi... Je vous écoute... »

En entendant ces mots et touché par l'intérêt que lui portait cette femme, le jeune homme rougit jusqu'aux oreilles.

« Eh... bin, M'dame... C'était quand on discutait de notre libération, de notre possible retour en Allemagne. De ce qu'on ferait quand on rentrerait... enfin... c'était toujours les mêmes choses. Quand d'un coup, le lieutenant s'est levé et qu'il s'est entouré de ses bras comme s'il avait froid ou qu'il avait des frissons... Alors que, M'dame, on était en plein été. Et après, il s'est dirigé vers la sortie de la baraque, comme... comme un robot. Puis, il a marché vers la porte du camp, vers la grande porte. Heureusement, on l'a suivi, il allait faire une connerie... On aurait dit qu'il voulait s'en aller... comme ça ! Comme si y avait pas eu de grillages. On l'a retenu, puis ramené, on l'a mis sur sa couchette, et puis, il a plus bougé... Y mangeait plus, y parlait plus. On le portait même, pour l'appel du matin et du soir. Et au bout de deux jours, on en a parlé à l'officier de service qui a décidé de le faire hospitaliser... Depuis ça, on a plus de nouvelles !... »

« A-t-il reçu du courrier ces jours-là ? » s'enquit la doctoresse.

« Non ! il ne recevait jamais rien. Je crois qu'il n'avait pas de famille... Pourtant... »

« Pourtant quoi ? » demanda-t-elle soudain très intéressée par l'hésitation de son interlocuteur.

« En fait… c'était pas un mauvais officier, surtout vers la fin. Evidemment, au début, il était pas facile. Plus jeune que nous et avec son grade, il nous a pas épargnés pour nous faire comprendre qui était "le patron" ! Nous, au départ, on rigolait en voyant débarquer ce gamin. Après, dans les jours qui ont suivi, on a plus rigolé ! du tout… Les ruskofs s'étaient repris et lançaient des offensives tous azimuts. Ils mordaient salement ces cochons d'Ivans ! Fallait y être pour voir… et c'est là qu'on était vraiment contents de l'avoir. Il avait un sens du terrain terrible, terrible… il prenait des décisions rapides, mais justes. Et il n'avait pas son pareil pour renifler les coups tordus. C'est même à ce propos qu'il a eu sa deuxième barrette et ses décorations. C'était en décembre 1943… ces putains de cosaques nous avaient tournés et on s'était retrouvés dans la nasse[1]. Des T34, y en avait partout… de sales grosses mouches noires qui se tachaient sur la neige… partout que je vous dis ! Au moins deux divisions !… Et il pleuvait plus de *katiouchka*[2] que de flocons. On a vu notre chef de section se faire estampiller, puis il a flambé… lui, c'était vraiment un con ! Alors le lieutenant a pris le commandement. Il a eu le toupet de se faufiler en plein milieu des russes et les autres lui collaient le train pour pas le perdre. Faut dire que nos *Panther* y traçaient secs… Les russes, ils osaient plus tirer de peur de se

1 – Piège à poissons.

2 – Cette arme fit son apparition en juillet 1941. On les appelait aussi "orgues de Staline" en raison de leur bruit. Dans la version M. 8, elles comprenaient un camion classique sur lequel étaient montées des rampes de lancement d'une capacité de 36 roquettes à ailettes de 82 mm, leurs portées théoriques de + 6 km pouvaient détruire n'importe quel char et disloquer l'infanterie. Il y eut aussi le M. 13, 16 roquettes de 132 mm (portée de + 9 km). Au tout début ces armes ne furent pas utilisées par l'Armée rouge, mais par la police militaire NKVD. Son nom de Katioucha (petite Catherine) vient sans doute d'une chanson très populaire à l'époque. La propension à donner des noms charmants à des engins guerriers ne date pas d'hier. Déjà en 14-18, la fille de l'industriel le Baron von Krupp avait déjà donné son nom à la "Gross Bertha". Les parisiens furent sans aucun doute infiniment touchés par cette délicate attention d'une tonne qui leur arrivait régulièrement chaque jour. Quelques temps plus tard, Le "Kronprinz" leur parut encore plus extraordinaire et stupéfiant.

flinguer entre eux ! Et puis, leurs tanks, c'était de grosses poubelles, de vrais saucisses comme on les appelait... On s'est débinés dans un petit bois, mais avant, Guzmann s'en est fait trois !... On a pu regagner nos lignes sans perte... c'est depuis cette fois-là que le lieutenant Lilienthal est resté notre chef de section... »

Le médecin interrompit d'un geste son enthousiasme volubile puis demanda :

« Mais, attendez !... Attendez ! Est-ce que vous... vous aimiez votre lieutenant ? »

Le garçon se gratta la tête, irritant et dérangeant sans doute une famille de poux bien installée.

« Ben... c'est-à-dire que... on l'aimait pas vraiment... mais on l'admirait ! Avec lui, on se sentait en sécurité. Bien que des fois, il poussait un peu. Faut d'abord vous dire, M'dame, que dans notre section, tous nos officiers étaient S.S. Ils étaient là, en effet, plus pour nous stimuler que pour nous commander. Et lui, à cette époque-là, il nous bassinait les tempes avec son éternel refrain sur la grandeur du Reich, sur les sacrifices pour le Führer et pour la patrie... et bla bla-ci... et bla bla là... On l'avait toujours sur la couenne ! Le char n'était jamais assez propre, jamais assez prêt !... "De l'ordre, de la rigueur, de la discipline, qu'il hurlait sans cesse, l'Allemagne et le monde nous regardent ! Si vous devez mourir, mourez propre et bien rasé. Que pas un de vos boutons ne manque à votre uniforme !"... »

« C'était un dingue et un maniaque ! » ajouta Guzmann qui s'était relevé de sa couche. D'une pichenette, il essaya de faire passer son mégot par le carreau brisé d'une fenêtre. Celui-ci s'écrasa à côté. Un de ses camarades s'en empara avidement et l'éteignit avant de l'enfouir dans sa poche. Le canonnier s'assit à nouveau, jambes ballantes et poursuivit, le regard perdu au plafond.

« Il était comme tous ces cons fanatiques qui nous poussaient au cul dans les plus gros merdiers. Il n'était vraiment heureux que dans le combat. Et puis, d'un coup, il a changé !... Comme ça... c'était ?... attendez !... c'était durant le mois de mai 1944, qui a précédé le débarquement… oui ! c'est ça ! » annonça-t-il, sûr de lui maintenant.

« Peut-être le savez-vous ?… n'y avait-il pas une personne proche de lui ? n'y avait-il pas… une femme dans sa vie ? » interrogea la psychiatre, intriguée.

Guzmann éclata bruyamment d'un rire fort et gras, la regardant à nouveau. Après avoir repris un air plus sérieux, il continua sa phrase :

« Lui !… Une femme ?… Y savait même pas à quoi ça pouvait ressembler une femme. Sa seule maîtresse, c'était l'Allemagne. »

Cependant, une voix qu'elle n'avait pas encore entendue coupa rapidement la parole gouailleuse du canonnier. La jeune femme pivota à l'aide de son tabouret pour regarder s'avancer vers elle un colosse d'environ trente-cinq ans. Malgré les privations, il lui restait un bel embonpoint… Miracle de l'obésité, sans doute ! Il stoppa son élan devant elle et la salua d'un signe de la tête à la fois rapide et sec. On aurait presque pu entendre le claquement de ses talons. Il se présenta, la tête relevée comme s'il avait dû parler à son supérieur :

« Breitner ! madame, adjudant Breitner ! »

La psychiatre releva la tête tant il était grand. Puis avec douceur, elle l'incita à continuer.

« Que pouvez-vous nous dire, adjudant Breitner ? »

« Il a connu une femme ! » s'aventura-t-il à dire.

« Qui était-elle ? Qui était cette femme ? » demanda-t-elle, fort intéressée par cette information.

Tous les regards s'étaient maintenant tournés vers lui. Il se sentit le point de mire de toute la chambrée. Embarrassé, il préféra baisser les yeux pour se concentrer sur les "pérégrinations aventureuses" d'une punaise en promenade sur le plancher mal équarri ! D'une voix rauque, il poursuivit :

« Un copain du *48ème Grenadier* l'a reconnu un soir dans une auberge. Il était avec une toute jeune fille, et ils ont passé la nuit ensemble… c'était juste avant le débarquement. Le lendemain, nous partions pour le front. J'étais derrière son char et je l'ai vu faire un signe de la main à une jeune fille du lycée qui se trouvait à côté de notre caserne… »

Le silence s'appuya brusquement sur cette révélation surprenante. Quelqu'un formula alors sa surprise :

« Merde alors ! le lieutenant… avec une fille ?… Ça alors ! »

Mais la jeune femme suivait toujours le fil du sujet :

« Attendez, attendez !… A-t-il eu des comportements quelquefois étranges… qui auraient pu lui échapper ? Je veux dire… il y a-t-il eu des situations où le lieutenant n'aurait pas agi suivant ses habitudes ?… »

Le jeune Kurtmeister reprit la parole :

« Ah, oui… fit-il, enfin… je m'en suis pas aperçu de suite, je sais pas les autres ?… mais il tenait plus de discours à la con ! A vrai dire, je sais pas comment le dire… mais il parlait plus des choses comme il en aurait parlé avant. C'était comme s'il était… »

« Plus humain ?… » reprit-elle convaincue que cette expression convenait parfaitement.

« Ouais ! c'est ça ! Un jour, il m'a même dit un truc que c'était drôlement joli… mais je pourrais pas le redire là parce que j'ai pas tout compris ce que ça voulait dire, mais je sais que ça m'avait fait du bien de l'entendre… »

L'ensemble de la chambrée éclata de rire devant la maladresse verbale du jeune pilote. La jeune femme continua à poser ses questions, tout en prenant des notes.

« D'autres détails ?… » demanda-t-elle à l'adjudant Breitner, excitée par le déroulement de l'histoire. L'adjudant Breitner interrompit alors l'aventure scabreuse de la punaise par un nerveux coup de talon et ajouta :

« Pour corréler les dires de Kurmeister, je peux affirmer que le jour où on s'est fait coincer, le lieutenant Lilienthal a eu une attitude contraire à l'éthique d'un S.S. ! »

« Ah, oui ? riposta la psychiatre, racontez-moi ce qui s'est passé ce jour-là. »

« Eh bien, en tant qu'officier survivant et ce dans le plus haut grade, c'est lui qui a pris l'initiative pour qu'on se rende aux Américains !… Pourtant, on avait encore de quoi les égratigner ces culs-terreux !… Suivant la "tradition", jamais un S.S. n'accepte une reddition. Jamais !… Certains vous conduisent jusqu'au bout de l'enfer et c'est d'ailleurs là qu'ils se sentent vivre, ou d'autres se suicident devant l'échec et l'humiliation. Mais lui, non ! Il a décidé la reddition immédiatement, sans attendre d'autres pertes d'hommes… » avoua-t-il bouleversé.

« Ouais, je me souviens !… dit Guzmann, je me souviens que je l'avais mis en boîte quand nous étions sous le char et que ça sautait de partout. Mais avant, et même bien avant, il avait fait un truc vraiment bizarre, un truc qu'était pas de lui… Je le revois… Faut vous dire, M'dame, que dans l'combat, c'était un vrai fauve ! Comme son *Tiger*, il aimait ça, lui, l'odeur de la poudre, ça l'excitait… Fallait voir, ses yeux étaient plus les mêmes, ils brillaient de plaisir avec leur éclat malsain et cruel. Tout était proie pour lui, c'était un loup, un tueur… un tueur-né !… Alors que nous, on nous a forcés pour le devenir. Lui, non ! il a dû venir au monde avec une mitrailleuse à la main ! Y en a comme ça ! Il est né guerrier. La guerre, son char, c'était ses jouets. Dans tout ce cirque de sang, de morts, de merde, y avait que lui qui s'y retrouvait. Il avait peur de rien, comme si ce que nous craignions tous ne pouvait pas le toucher. La mort, c'était comme la femme, y connaissait pas ! Les morts… un corps ou un tronc d'arbre, il passait dessus indifférent ! C'était pareil pour lui. Dès que les premiers obus dégringolaient, il… il était transformé… son visage devenait plus clair, comme radieux. L'ange à la faux, c'était sa madone, comme d'autres la Vierge ou le Christ ! Lui, il revivait à chaque engagement, et nous on suait sang et eau, on crevait de trouille, on tachait nos calcifs. Mais cet homme-là, M'dame, il jubilait avec toujours le buste dehors pour observer le combat, qu'il tombe de la pluie, de la neige ou du plomb fondu. Son char, c'était lui ou lui c'était son char, c'était comme un "centaure" indivisible… Il nous a fait des trucs pas possibles, les pires coups tordus, la disproportion de forces, y connaissait pas ! Et nous, soldats, il fallait suivre dans ses galères. Et le pire, c'est qu'en partant vers la mort, on était surpris de s'en tirer chaque fois. Mais les "ruskofs", eux, n'en revenaient pas, M'dame !… »

La jeune femme, passionnée par la description que les soldats faisaient de leur lieutenant, coupa court au discours, pour s'intéresser davantage aux conséquences.

« Parlez-moi plutôt de ses bizarreries... celles qui vous ont tant étonnés ! »

Guzmann baissa les yeux, hypnotisé par le balancement cadencé de ses bottes, puis reprit :

« Oui, bizarre !... Comme vous dites. Là, j'ai plus compris ! Quand on nous a retirés du front russe, on s'est retrouvés d'un coup, peinards ! La Normandie, c'était chouette. Ouais, on sortait, on buvait, on rigolait bien... On quittait cette foutue merde. Et puis avec le débarquement tout est reparti... à nouveau au charbon ! Au bout de quelques jours, on a coincé une division de *shermans*, dans un bocage. On les a massacrés... Le lieutenant, toujours aussi malin et rusé comme un renard, les a tournés. Alors, on s'est retrouvés dans leur cul, et y se sont rendu compte de rien. On les a craqués comme des noix, ces cons !

« Pourtant, c'est là qui s'est passé quelque chose... le lieutenant est redescendu de son poste pour s'asseoir sur son siège. Il était pâle, presque vert, j'comprenais pas... et c'est là qu'on s'est fait allumer, à notre tour, par un petit vicieux qui arrivait à l'improviste. Vous savez, M'dame, quand un obus vous ricoche sur la carcasse, ça fait du bruit, mais quand vous l'entendez vous savez au moins que vous êtes vivant! Lui ? non !... aucune réaction, ça aurait dû le réveiller de suite, mais non, pensez vous ! Le fion collé à son siège, y réagissait pas... Une statue que j'vous dis ! Heureusement, avec Kurt, on a remis les pendules à l'heure. Faut dire aussi que notre gamin de lieutenant y m'avait appris à tirer très vite, et au bon jugé ! Et l'américain, eh ben, je l'ai pris de vitesse... Boum ! dans la chenille ! et là encore, le lieutenant a fait un truc pas possible, c'est quand Kurt a voulu finir l'équipage à la mitrailleuse lourde... »

Il passa la langue sur ses lèvres asséchées, puis il reprit, les yeux perdus dans le souvenir de la fumée noire de son combat.

« Il a dit : "laisse-les partir !" Oui, M'dame, "laisse-les partir..." ça c'était pas de lui, vraiment pas ! »

« En somme, dit le médecin, il avait beaucoup changé ? »

« Oui ! avoua le grand Breitner, il avait même beaucoup changé. Il ne tenait plus de discours fanatiques, il souriait parfois. J'ai eu souvent l'impression qu'il était enfin heureux. Avant, c'était de la glace ! »

La doctoresse se leva, considérant l'entretien terminé. Elle remercia tous ceux qui l'avaient aidée en lui dévoilant leurs sentiments ainsi que leurs ressentiments. Avant de partir, elle posa sur une tablette deux paquets de cigarettes. Puis, majestueusement, elle quitta les lieux sans se retourner, laissant derrière elle le regard de ces pauvres diables. La jeune femme retourna à l'infirmerie pour retrouver le lieutenant Lilienthal. On l'avait laissé là, à l'abandon sur un grabat. Il était d'une maigreur extrême, ses yeux clairs paraissaient engloutis par leurs orbites, et une barbe de plusieurs jours salissait ses joues creuses et son menton. Il sentait la mort... Elle s'approcha de lui, lentement. Elle voulait lui parler, lui parler pour qu'il se réveille, pour qu'il lui réponde.

Une douceur infinie brisait presque sa voix lorsque la psychiatre osa lui demander :

« Lieutenant ?... lieutenant Lilienthal ?... m'entendez vous ? »

Mais le regard de Frantz était cloué au plafond jaunâtre de l'infirmerie. Devant son indifférence, la jeune femme chercha ce qui pourrait l'aider à lui répondre. Il fallait qu'elle essaie, elle se devait de l'aider. C'est alors qu'une idée lui traversa l'esprit. Spontanément, elle s'approcha de sa vareuse d'officier mutilée de ses insignes. Embarrassée mais bien décidée, elle osa la toucher, la prendre dans ses mains tremblantes pour fouiller dans ses poches. Elle sentait quelque chose... là, dans le fond d'une de ses poches. Elle plongea sa main à l'intérieur et en sortit un amas de lettres. Elles étaient d'une même écriture, fine et serrée, légèrement penchée vers l'avant. C'était sans doute un style d'adolescente. Elles étaient rédigées en français. Elle venait de découvrir un trésor, et elle ne le savait pas encore. Gênée, mais trop curieuse pour ne pas les lire, elle commença à déplier une des lettres qui commerçait ainsi : "Mon tendre Amour..."

Le docteur Nicole Dubois découvrit alors le secret de Frantz Lilienthal. Nicole lut, ligne par ligne, une main douce et tremblante sur sa bouche comme pour s'empêcher de faire jaillir toute émotion. La dernière lettre achevée, la jeune femme se leva, bouleversée. D'un geste maladroit, elle essuya l'humidité de ses yeux. Et c'est avec beaucoup d'émotion qu'elle se rapprocha du jeune homme. Délicatement, elle passa une main tendre sur son front, comme une mère au chevet de son enfant malade. Elle caressa ses joues qui avaient dû être douces, ignorant la barbe qui piquait l'extrémité de ses doigts. Tout s'éclaircissait maintenant. Elle réfléchissait, elle était pensive. Elle revoyait ces lettres, ces mots d'amour qu'ils avaient dû échanger autrefois.

Soudain, elle eut une idée, une idée folle... « C'est une expérience à tenter ! » se dit-elle. Alors, perdu pour perdu, il fallait qu'elle tente, qu'elle tente de le sauver. Elle ne voulait pas qu'il se laisse mourir. Elle ferma les yeux pour mieux se concentrer et murmura : « Que Dieu me guide... ». Dans sa tête, elle essayait d'imaginer... Imaginer qu'elle était une autre, qu'elle était celle qui l'aimait et celle pour qui il était prêt à vivre. Adoucissant sa voix pour qu'elle soit mélodieuse, elle l'appela :

« Frantz... Frantz !... C'est Sarah, tu m'entends ? C'est Sarah... ton petit cœur ! »

Dieu l'avait guidée. Lentement, elle vit les paupières du jeune homme s'abaisser puis se relever. Sa respiration à peine audible semblait augmenter sa cadence. La jeune femme émerveillée prit son pouls du bout des doigts pour croire au miracle. Il était revenu. Elle recommença à l'appeler :

« Frantz... mon amour ! C'est Sarah... »

Dans un souffle rauque, le jeune homme s'agitait. Péniblement, il essaya d'articuler :

« Sa-Sarah... mor... Sarah morte !... »

Nicole Dubois avait réussi ! Elle sentit un poids énorme qui s'évacuait. Légère, elle était légère, une énergie nouvelle et vigoureuse irradiait son corps. Elle avait su, d'instinct, quelle thérapie il fallait employer pour le sauver. Chaque soir, la jeune femme passait de longues heures au chevet de Frantz. Elle lisait et relisait les mots qui avaient su le changer.

« Frantz, c'est Sarah ! Il faut que tu vives... souviens-toi, tu me l'as promis... »

Après de longues semaines passées auprès de lui, elle put admirer les progrès que Frantz s'évertuait à faire, au son de sa voix. L'ombre de Sarah le veillait toujours. Elle l'aidait à remonter de cet enfer. Jour après jour, il revenait un peu plus de son oubli. De cette mort lointaine, il ne garda aucun souvenir. Plus tard, Frantz dut passer devant une commission alliée. Celle-ci ne trouva rien dans son dossier. Le lieutenant Lilienthal fut libéré en novembre 1947.

Chapitre 5

L'étrangeté d'une pomme…

Frantz n'atteignit la ville que deux jours plus tard. Il marchait lentement, l'esprit enfoncé dans le brouillard douloureux de son cerveau. Comme un automate, il poussait machinalement un pied devant l'autre. Son corps était frêle et décharné par le manque d'exercices et de nourriture. Il n'entendit même pas le bruit qui résonnait à ses côtés. Le bruit du moteur qui peu à peu s'étouffait. Une voiture s'arrêta non loin de lui. Il sursauta en s'entendant appeler :

« Mon fils ! Pouvons-nous vous aider à faire un peu de route ?… »

Frantz se retourna et aperçut une vieille Peugeot 202 noire. Deux religieuses en "cornettes" immaculées l'observaient en souriant. Il s'approcha du véhicule. Il eut du mal à parler, sa mâchoire s'était contractée durant son pénible trajet. Il essaya pourtant d'articuler. Soudain, le froid pénétra dans sa gorge et le fit tousser violemment. Une des sœurs sortit précipitamment pour lui ouvrir la portière à l'arrière. Mais d'un geste, il l'arrêta et retrouvant son souffle, il murmura :

« Je suis allemand, ma sœur… Accepteriez-vous de prendre avec vous un suppôt de l'enfer ? »

La dominicaine lui sourit et fit un geste pour l'inviter à l'intérieur :

« Allons, mon fils... Dieu se moque des nationalités ! Quant à l'enfer, ce n'est ni vous, ni moi qui en déciderons... Montez, à présent ! »

Il fit ainsi le voyage, coincé au milieu d'un tas de provisions diverses et s'endormit sans s'en rendre compte. Ce fut alors sœur Agnès qui, par un geste à la fois tendre et énergique, le tira de son sommeil.

« Mon fils ! Vous êtes arrivé... »

Frantz descendit et voulu les remercier :

« Je n'ai rien d'autre qu'un bon de transport pour l'Allemagne. Mais, il me reste ma montre... prenez-la. Sans vous, j'ignore encore où je serais... »

« Allons, mon fils, les fonctionnaires de Dieu n'ont pas besoin de montre. Nous sommes toujours à l'heure, puisque nous ne quittons jamais son bureau !... Gardez-la, mon ami. Elle vous servira encore. Bonne route et que Dieu soit avec vous !... »

Frantz regarda le véhicule et observa les deux manches blanches qui s'agitaient avec générosité hors des portières. Il fit un signe à son tour, un sourire discret pendu aux lèvres. Lorsqu'il ne vit plus qu'un point à l'horizon, il s'enfonça doucement dans les rues, cherchant à se repérer. Puis un sourire triste modela son visage, creusé par la captivité. Il retrouvait l'ombre des passages où ils se retrouvaient Sarah et lui, pour d'éphémères instants passionnés. Il entendait un chuchotement, percevait une caresse ou un rire clair dans le chant d'un oiseau. Lentement, les images du passé défilaient, puis tout semblait s'accélérer...

Son errance et ses souvenirs s'arrêtèrent brutalement devant le 18 de la rue Victor-Hugo. Troublé, il releva la tête et observa la maison, le cœur en déraille. Les volets étaient clos, le jardin était à l'abandon... Soudain, il eut encore plus froid. Il avait l'impression de se retrouver devant une maison en deuil. Son image devenait floue et il comprenait que l'humidité de ses yeux en était la cause. Frantz se sentait observé. D'un revers de main brutal, il sécha ses cils et se retourna. Une petite fille blonde, d'environ deux ans, l'observait du jardin voisin, et Frantz, devant son regard de jade, se sentit pâlir. La petite fille lui souriait, étreignant sa peluche de ses petits doigts d'enfant. Frantz n'osait bouger, émerveillé par ce spectacle où il découvrait un petit raton laveur au museau masqué et à la longue queue cernée d'anneaux noirs et blanc. Elle souriait toujours à cet inconnu fasciné. Il se dirigea vers la barrière près de laquelle elle se tenait, droite et fière. La fillette s'avança aussitôt vers Frantz.

Il s'accroupit près d'elle et l'interrogea à mi-voix :

« Comment t'appelles-tu ? »

L'enfant, sans le quitter des yeux, lui répondit dans son gazouillis de bébé :

« Marie !... »

Puis, elle lui tendit les bras avec une grande spontanéité. Sans trop comprendre pourquoi, Frantz la souleva et la serra contre lui. Il se sentit "bizarre", perdu dans ses pensées. Il ferma les yeux pour savourer cet instant de douceur qui lui était offert. Quelques réminiscences le bousculèrent encore. Cette peluche lui rappelait celle qu'il avait offerte à Sarah... Elle l'avait appelée "Wolf"... et ce Wolf était devenu le fidèle compagnon à qui elle se confiait pendant des heures, comme s'il avait ce pouvoir humain de l'écouter. Wolf, c'était aussi un poème qu'elle avait écrit à Frantz. Aujourd'hui encore, il se souvenait de ces mots révoltés qu'elle faisait glisser sur du papier blanc. Elle aimait écrire et aimait lire ce qu'elle éprouvait. Elle ne cachait rien comme si ces mots, balancés au hasard, la libéraient du poids de ce monde qu'elle avait du mal à comprendre...

Oui, il aimait ce poème dont il connaissait les strophes par cœur. Lentement, il se le récita, en prononçant d'abord son titre : "Wolf".

« Cet animal sauvage
Si méconnu des hommes,
Portait en sa rage
Le poids de sa couronne...
Tant de fois pour se protéger
Il dut affronter

Les plus féroces guerriers...
Tant de fois pour aimer
Celle qui aura été l'unique,
Il a hurlé dans l'aube...
Cet animal dont les yeux vous transpercent
Aurait pu être roi,
Connaissant tous rivages, ignorant toute peine
Et n'aimant qu'une seule fois...
Tant d'hommes lui ressemblent
Et à la fois tant en différent
Qu'il reste humble, loup solitaire
Et maître de ses terres... »[1]

Frantz ouvrit les yeux et se rendit compte que cette chaleur donnée par Marie l'avait presque endormi. Une phrase prononcée par Sarah lui revint à l'esprit : "Et ta quête ne prendra fin qu'à mon retour..." La petite Marie avait entouré son cou de ses bras potelés et avait posé sa joue rose et tiède contre celle de Frantz. Elle semblait aimer sa peau douce, malgré un mauvais rasage. Il reçut son souffle frais sur sa nuque et n'eut plus envie de bouger. Le monde lui sembla se figer, en écoutant palpiter cette petite vie. Soudain, une voix de femme le fit sursauter :

« Que faites-vous avec ma fille ? Reposez-la tout de suite, et passez votre chemin ! »

A regret, il reposa délicatement l'enfant blond derrière la barrière et s'adressa à son interlocutrice qui, le regard sévère, détaillait cet inconnu pâle, mal rasé, portant des vêtements sales et défraîchis... Frantz releva la tête d'un coup sec, pour retrouver son assurance. Il savait, après s'être vu dans les glaces des vitrines, que son image était devenue celle d'un vagabond inquiétant. Il comprenait la réaction de cette femme et s'excusa de son élan de tendresse envers sa fille.

« Je vous prie de m'excuser, Madame. Je cherche la famille Meyer qui habitait encore ici en juin 1944... Savez-vous ce qu'ils sont devenus ? »

---

1 - Poème gracieusement offert par Melle Maguelonne Bon.

La jeune femme, devant la politesse de Frantz, s'adoucit un peu.

« Je l'ignore ! Nous avons emménagé il y a un peu plus d'un an, et j'ai toujours vu cette maison fermée !... »

Déçu, Frantz reporta son attention vers la maison morte, et se risqua encore à poursuivre :

« Donc, vous ne savez rien ? Vous n'avez rien entendu dire à leur propos ?... »

« Non ! Non... Vous êtes Allemand ? »

D'un seul coup, il eut peur en entendant cette "sinistre" phrase. Mais il préféra avouer :

« Oui, madame. Je viens d'être libéré et avant de repartir, j'aurais aimé avoir de leurs nouvelles... »

Pendant qu'ils échangeaient ces paroles, aucun des deux n'avait remarqué l'absence de la petite Marie. Elle revint un peu plus tard, en titubant, château branlant, et tendit une pomme qu'elle offrit à Frantz. Celui-ci, surpris, se baissa et regarda l'enfant au fond de ses prunelles. Il se sentit tanguer sur un souvenir vivace. Un vertige le prit en éprouvant encore l'envie d'étreindre l'enfant, de la serrer contre lui. Il eut aussi cette impression étrange, celle du temps qui s'arrêtait, celle du temps qui prend son temps. Cette impression qui lui faisait croire à une chose impossible. Tout se mélangeait dans sa tête, et cela le bouleversait : cet enfant au visage poupin, un sourire inébranlable pendu à ses lèvres, son expression douce, ses yeux verts légèrement tirés en amande, son air fier presque arrogant devant un étranger, et ce geste d'une main tendue vers lui, cette compréhension devant la détresse et ses passages furtifs indétectables...

« Auprès de Sarah, on se sentait plus fort mais jamais plus fort qu'elle... » pensait Frantz, les yeux figés vers deux petites dents légèrement en avant.

Mais là encore, la voix de la mère le ramena à la réalité.

« Prenez cette pomme, je vais vous en donner d'autres pour le chemin... »

« Oh, je vous en prie madame. Celle-ci suffira, merci. »

Il ignorait pourquoi, mais ce fruit qu'il glissa dans sa besace, il préférait ne pas le manger. Il resterait là avec l'empreinte de petits doigts fins. Il voulu repartir, pourtant un lien invisible retenait son corps.

« Bonne route ! » lui lança la jeune femme.

« Merci, madame… Merci. »

Il reprit sa marche, contenant difficilement l'envie de se retourner. Puis, il n'y tint plus, et c'est au moment où il passa le coin de la rue que sa tête se tourna. La mère était rentrée tandis que, comme il l'avais espéré, Marie était restée là, le regardant s'éloigner. Son raton laveur chevillé à la poitrine, elle agita sa main, et Frantz sentit son cœur se serrer. A son tour, il lui fit un signe, puis comme un voleur accéléra son pas. Il fit ainsi le tour des lieux connus et retrouva le parc Karedech. Mais cette fois, il y avait des arbres sans feuilles, dépouillés, aussi maigres et tristes que lui. Il se laissa tomber sur le vieux banc de pierre, en éjecta quelques feuilles mortes et tourna son regard vers la statue d'Aphrodite. Muettement, il l'interrogea, et elle lui répondit pareillement.

Il resta immobile, gagné lentement par le froid. Il avait faim… Il glissa alors une main dans son sac, et sentit la peau fine et douce de la pomme. Un flot de salive lui monta à la bouche. Il saisit la pomme et la contempla. Puis, il la sentit avant de la caresser. Restait-il du parfum du petit ange blond ? Seule une bonne odeur normande l'assaillit. Il rangea la pomme, et cassa ses dents sur un morceau de pain. Sa vision se perdait dans le gris d'un ciel devenu désormais plus calme, sans fureur, sans combats, sans fumée. Il avala d'un coup les quelques miettes qui restaient dans sa main, se leva et quitta le parc à regret.

Dans la grande allée, l'ombre d'un lutin blond joyeux, sautillant sur une marelle imaginaire, passa devant ses yeux… Il alla se mettre en dessous du phare et renoua avec le soleil gravé dans la roche depuis trois ans. Du monolithe sortit une voix douce et chaleureuse, la voix de Sarah…

« Emporte ce soleil dans ta mémoire et qu'il réchauffe ton cœur si, par malheur, tu le sens trop froid. »

Oh, oui ! qu'il avait froid. De longs sanglots le secouèrent, et il se laissa aller complètement, totalement, comme elle lui avait appris à le faire, afin de revitaliser les fonctions d'un cœur trop longtemps asséché. Il évacua ainsi ce trop-plein de nostalgie. Ce pèlerinage devint bientôt insupportable et pourtant il le continua. Dans les rues, il lui sembla que les passants devenaient invisibles, transparents. Quelques inconnus le croisèrent furtivement, il ne les voyait pas. Il parvint à l'auberge qui abrita la nuit d'autrefois... Là aussi, les volets se retrouvaient fermés et le rideau sale, tapissé de vielles affiches, était baissé. Frantz ignorait alors qu'à la libération, beaucoup de comptes s'étaient réglés avec les "collabos". Et pour le gros aubergiste... c'était en monnaie de plomb.

Frantz aurait donné n'importe quoi pour revoir la chambre, leur chambre, où ils s'étaient aimés. Rien qu'une fois... il se serait assis sur le lit et il aurait contemplé le paravent... De sa mémoire, il aurait tiré un fil, et doucement à travers le silence, serait apparue une "Madone" enfant. Il ferma les yeux et se plongea dans de douces réminiscences. Pour la millième fois, il revoyait son corps souple et chaud, sa façon à la fois ferme et douce de poser ses pieds sur le sol, son balancement... chaque détail gravé réapparaissait. Il s'y cramponnait avec force avant d'être bousculé par la réalité. La jeune vierge se dilua dans la foule.

Frantz s'arrêta, pétrifié. Il ne savait plus où il était. Il avait dû marcher longtemps ainsi dans son rêve. Soudain, il paniqua... Il avait sommeil et il titubait. Enfin, il découvrit un repère et retrouva un peu de lui-même. Il repassa devant la caserne qui avait récupéré ses anciens occupants. En un éclair, il revit les *Tiger* sagement rangés les uns auprès des autres, félins maudits, griffes rentrées, presque endormis. Il stoppa sa démarche, puis fit encore quelques mètres. Là, c'était le lycée... c'était là que tout avait commencé et que tout avait fini. L'Alpha et l'Oméga... Il s'approcha des grilles et les enserra dans ses mains. Il contempla le terrain de basket. On en avait repeint la surface qui était verte maintenant. Un filet neuf avait remplacé l'ancien et là encore, une silhouette lui apparut.. Un joli fantôme immobile et figé qui l'enrobait de douceur et de tendresse.

Frantz s'arracha des grilles et de sa vision, et attendit 18 heures. Mais dans cette attente, il retourna vers la caserne en faisant les cent pas. La nuit venait de sombrer sur la ville, les réverbères s'auréolaient d'un jaune sale et les trottoirs humides exhalaient des odeurs de gasoil qui le ramenaient peu à peu en arrière. A travers le portail, il aperçut des véhicules militaires et lut l'enseigne. C'était une "Unité du Génie"... Puis, la sonnerie du lycée fit entendre sa musique aigrelette, et il fit demi-tour rapidement. Les mains enfoncées dans ses poches humides, il se mit un peu à l'écart. Il ne savait pas à qui s'adresser. Il regarda sortir des groupes de jeunes filles qui se bousculaient. Il entendait leurs fous rires et leurs cris résonnaient dans sa tête. Le passé l'arracha alors sans ménagement, pour le projeter plus loin, à l'entrée du parc. Cette sonnerie était mémorisée en lui, elle était associée à l'amour, à la joie, à la tendresse... Mais ce soir, il n'y avait personne... personne pour lui sourire et pour lui dire « Viens ! ».

Déçu, il se dirigea vers un groupe d'élèves qui, à son approche, s'écarta aussitôt. Les jeunes filles restèrent méfiantes, presque inquiètes. Timidement, il s'avança encore et osa aborder l'une d'entre elles qui bavardait paisiblement.

« Excusez-moi, mademoiselle... Je voudrais un renseignement... » demanda-t-il la gorge nouée.

« Comment ? Qu'est-ce que vous voulez ?... » interrogea une fille brune vêtue d'un dufflecoat.

« Y a-t-il encore dans votre lycée un professeur de français, celui des 1ère A, du nom de Mme Cahors ?... »

La même jeune fille répliqua, un peu plus rassurée :

« Oui, mais elle n'est pas encore sortie, semble-t-il ! »

Frantz se sentit immédiatement soulagé. Mme Cahors était la seule ligne qui le reliait encore à Sarah. Avec plus d'enthousiasme, il poursuivit :

« Oh... pourriez-vous me la montrer, je vous prie ?... Je ne la connais que de nom ! »

Les filles autour de lui étaient embarrassées, elle n'auraient pas voulu être vues en compagnie de ce garçon mal vêtu, à l'air pathétique. La brunette voulu abréger l'entretien :

« ...C'est-à-dire... que nous sommes pressées... Nous ne pouvons pas rester ici plus longtemps... nos parents risqueraient de s'inquiéter ! »

La copine de cette dernière montra du doigt le bâtiment pour désigner quelque chose ou quelqu'un et affirma :

« Vous avez de la chance... c'est elle là-bas, avec la sacoche sous le bras ! »

Et aussitôt, elles le contournèrent sans attendre de réponse, pour se confondre dans le désespérant crachin de la ville. Frantz accrocha immédiatement la silhouette et bafouilla un "merci" inutile. Il se dirigea rapidement vers la femme qui sortait et qui allait peut-être lui amener l'espoir... Alors dans son meilleur français, il l'aborda :

« Je vous prie de m'excuser, madame... Mais vous avez bien été le professeur de français de Sarah Meyer ? »

Madame Cahors sursauta devant l'allure de ce jeune inconnu à l'air misérable et qui, sans prévenir, faisait soudain rejaillir en sa mémoire de dramatiques souvenirs. Puis, en quelques secondes, les pièces du puzzle se mirent en place : l'accent allemand, qui trahissait ses origines, et son âge... tout concordait. Elle était émue devant sa détresse.

« Mon Dieu !... pensa-t-elle, il ne doit pas être au courant... »

Elle essaya de gagner du temps, ne sachant pas vraiment comment lui répondre, comment lui expliquer ce qui c'était passé, l'inévitable...

« Oui, je suis bien Mme Cahors... Qui êtes-vous ? »

« Je suis Frantz Lilienthal. J'étais en garnison ici pendant la guerre et... » de ce moment d'hésitation allait surgir un mensonge pour ne pas compromettre Sarah. Il poursuivit :

« Et, j'étais un ami de ses parents, je suis resté prisonnier durant trois ans. J'ai vu à mon retour que leur maison était fermée... vous n'auriez pas de leurs nouvelles ? »

Mme Cahors baissa la tête et se mordit les lèvres. Dans un élan de tendresse, qui aurait pu la surprendre elle-même dans une autre situation, elle prit Frantz par le bras en murmurant :

« Allons... venez ! Ne restons pas là !... »

Elle ignorait comment lui annoncer la déchirante vérité. Il était devant elle, aussi fragile qu'un enfant perdu, son désarroi lui brisait le cœur. Elle secoua la tête.

La pauvre femme le regardait maintenant avec pitié, essayant de lui dire ce qu'elle savait sans parler. Mais Frantz, lui, était tendu vers des paroles qu'il avait souhaitées, désespéré. Il voulait savoir, il voulait entendre, il voulait comprendre ce silence qui pesait autour d'eux. Devant ce cruel non-dit, il sentit d'instinct le malheur qu'il y avait dans l'écho du silence. Il s'arrêta, lui prit les mains et cria presque affolé :

« Sarah… Qu'est devenue Sarah ?… Qu'est-ce que vous savez ?… Je vous en prie madame, aidez-moi !… Dites-moi… »

Alors la malheureuse se mit à sangloter, ne pouvant supporter le regard affolé et halluciné du jeune homme. Elle savait combien "elle" comptait pour lui. Elle fixa la pointe de ses chaussures et d'une voix cassée, elle l'assomma de mots terribles :

« Sarah !… Sarah a été arrêtée trois jours après votre départ, par la Gestapo. Puis, elle fut déportée au camp de Bergen-Belsen… Elle elle y est morte en Juillet 44… Je… Je suis désolée… Ses parents eux, ont pu s'enfuir… »

Prise d'angoisse, la femme plaqua ses mains contre son visage et continua à déverser sa peine.

Frantz recula comme frappé par un coup brutal. Son corps tout entier se ramollissait. Il remuait la tête en signe de contestation. Il sentit en lui comme une explosion, un détachement suivi de milliers de fragments. Il avait chaud, sa respiration se faisait plus forte. Puis, il eut froid, ses membres se bloquèrent, crispés. Il crut qu'il allait mourir… mais maintenant, mourir c'était bien, il allait mourir… ce ne serait pas sa faute. Il ne se serait pas tué, la vie elle-même lui aurait donné la mort. Sarah ne pourrait pas lui en vouloir. Il serait mort, mort d'avoir aimé, mort d'avoir cru pouvoir l'aimer plus fort qu'une sentence injuste, il voulait mourir car elle n'était plus là. Tout se mettait à tourner derrière lui. Il attendait d'être libéré d'un autre camp, de son camp de chair, pour la rejoindre. Il disait n'importe quoi, en plein délire, il sombrait. Il s'engloutissait dans un coma qui abrégeait ses souffrances inhumaines... Sarah, son prénom résonnait... sa voix se perdait, son ombre s'éloignait... Madame Cahors compris qu'il allait tomber. Elle le supporta du mieux qu'elle put. Sa maigreur le rendait léger. Elle l'adossa contre le mur de la caserne et prit peur devant son regard vide.

« Allons, Allons !... Jeune homme. Reprenez-vous, je vous en prie ! Reprenez-vous !... »

Mais Frantz n'entendait plus. Il avait basculé dans une autre dimension, déconnecté du réel, son imagination le nourrissait de flashes, de ces belles images où régnait Sarah. L'inconscient, écorché à vif, dégueulait ses souffrances et l'assaillait violemment. Il bafouillait des bribes de vies, des moments intenses se multipliaient, un kaléidoscope déréglé, tournant en folie dans sa tête.

« Sarah ! Sarah.... viens ! Reste auprès de moi, mon cœur... viens, mon bébé !... »

Il tendait la main vers Mme Cahors, lorsqu'elle saisit aussitôt toute sa confusion. Elle était désemparée. Elle eut le réflexe d'interpeller un des taxis en maraude. Elle y installa le jeune homme à l'intérieur, avant de s'y glisser à son tour. Pendant le trajet, Frantz continua son délire, criant parfois après avoir serré les dents à maintes reprises. Il parlait en français, puis enchaînait en allemand... Le chauffeur se retourna et demanda à sa cliente :

« Dites, qu'est-ce que vous foutez avec un boche ? »

« Ne vous mêlez pas de ça ! Conduisez-nous plutôt à l'adresse que je vous ai indiquée ! » répondit-elle énervée.

« Oh, mais que si je m'en mêle ! Moi, les "frisés" y peuvent tous crever ! Vous allez m'en débarrasser et vite fait encore, compris ? »

Il ralentit pour mettre sa menace à exécution. Madame Cahors trouva une solution et proposa au chauffeur :

« Ecoutez,... je vous double votre course si vous allez jusqu'au bout ! »

« Ah, non ! Le transport de charogne, c'est au moins trois fois le prix ! Vous prenez ou vous descendez ! »

Décidée à en finir, elle accepta :

« Je prends, mais faites vite ! »

L'homme grogna et se frotta les mains sur le volent, l'air content. Les temps étaient durs et la dignité, elle aussi, avait un prix. Au bout de quelques minutes, il arrêta le véhicule à l'adresse demandée. Il descendit et ouvrit la portière arrière avec brutalité.

« Allez ! Sortez ! et évacuez-moi vite ce porc, c'est pas une bétaillère mon taxi ! Et payez-moi ce que vous m'avez dit ! »

Mme Cahors sortit la première, Frantz était trop faible, il ne bougeait pas, il était comme ivre. La femme tendit les billets au chauffeur qui s'empressa de les compter avant de les enfermer rapidement dans son blouson. Puis Mme Cahors essaya de sortir Frantz, mais celui-ci inerte était devenu trop lourd pour elle. Elle demanda au chauffeur :

« Aidez-moi, s'il vous plaît ! Vous voyez bien que je n'y arrive pas seule… »

L'homme ricana sans mesure…

« J'veux bien… vous le voulez en combien de morceaux ?… »

Il s'engouffra à l'intérieur de la voiture et saisit Frantz par le col de son blouson. Sans pitié, ni ménagement aucun, il l'extirpa de son véhicule.

« Mais… doucement ! s'indigna Mme Cahors. Vous ne voyez pas qu'il… est malade ! »

« Et ben… qu'il crève ! Mais pas dans mon taxi ! »

Il claqua la portière avec férocité et démarra sans rien ajouter. Mme Cahors passa un bras autour des épaules du jeune homme pour l'aider à gravir les quelques escaliers de l'immeuble. Frantz accrochait ses pieds au rebord des marches en pierre. Il se laissait guider, tel un aveugle, par celle qui soutenait son corps fatigué. Plusieurs fois, elle dut le retenir pour éviter qu'il ne s'étale.

Parvenue chez elle, elle le dirigea vers le canapé en velours vert qui décorait la pièce. Elle l'installa du mieux qu'elle put. Délicatement, elle posa une main fine, très maternelle, sur le front glacé du jeune homme. Puis, elle alla chercher une grosse couverture en laine pour le couvrir. Dans sa misère profonde, elle le contemplait. Il avait les traits fins, ses vêtements masquaient un corps aux muscles généreux. Mais, il avait vieilli comme si ce jour lui avait donné vingt ans de plus. Sa pâleur devenait effrayante. Ses yeux cherchaient à reconnaître, en vain. La jeune femme se dépêcha de lui servir un verre d'alcool, le calvados l'aiderait peut-être à se reprendre. Elle lui porta le verre à la bouche et le força à boire une gorgée. Frantz déglutit avec peine, cracha, avala encore, puis s'étouffa... Il fut secoué par de violentes quintes de toux. Mme Cahors pensa aussitôt à la tuberculose, cette maladie qui tuait bien plus d'hommes qu'une guerre et ses armées.

« Que puis-je pour ce malheureux ?... » se demanda-t-elle.

Frantz s'essuya les lèvres machinalement. Il reprenait un peu de couleurs. Il revenait lentement à lui, escaladant les terribles sentiers de l'ombre et du désespoir. Il se sentait sortir de l'enfer, couvert de solitude âpre et rugueuse. Il comprenait mieux cette phrase de Sarah sur la souffrance : « Connaître le goût de la souffrance... ». Quelle horreur ! Il l'avait dans la bouche ce goût. C'était comme de l'acide qui lui brûlait le corps et l'âme. C'était donc cela, il se débattait dans ce filet gluant de peine.

« Jamais, je ne pourrai accepter, mon amour, jamais », et il entendit encore sa voix.

« Il faudra bien que tu l'acceptes... tu n'es pas seul. Je serai toujours près de toi... toujours... »

Alors d'un coup sec, la réalité se manifesta à lui sous la forme d'un intérieur de maison. Il se découvrit installé dans un salon, une couverture sur le corps et une femme près de lui. Il reconnut le professeur de français et sembla se demander comment il était arrivé jusqu'ici. Il la regarda et osa enfin prononcer ces mots décousus :

« Sarah... Sarah est... Elle est partie ? »

Un spasme l'engloutit, puis vinrent des larmes de haine, de souffrance, de refus, d'indignation, de révolte. Il sentit une colère immonde l'enlacer. Dieu qu'il se sentait coupable. Il aurait voulu se donner la mort. C'était ses semblables, des êtres tels que lui qui avaient fait cela, qui avaient tué son amour. Il leur avait appartenu et il fallait qu'il le paye. Soudain, il réalisa :

« Je ne m'appartiens plus maintenant, j'appartiens à sa parole, je suis condamné à vivre ! »

Par pudeur, il cachait son visage dans ses mains. Mme Cahors émue, hésita, puis franchement le prit dans ses bras, comme on console un gosse. Elle était néanmoins consciente de la situation incongrue qu'elle était en train de vivre. Mais ce geste, elle le faisait pour Sarah.

« Elle l'avait tant aimé, pensait-elle. Il se sont tant aimés. Et lui, ce pauvre Frantz est comme un enfant perdu. Sa vie ne sera plus que misère et désespérance. Que Dieu lui vienne en aide. »

Elle garda Frantz quelques jours chez elle et il s'appliqua à dissimuler sa peine pour ne pas l'inquiéter. Maintenant, il lui tardait de partir vers l'Allemagne, pour s'y réfugier telle une bête blessée. Mais elle insistait pour qu'il reprenne des forces et il se laissa faire.

Un jour, il lui fit ses adieux. Il l'avait décidé, il se sentait mieux. C'était par un froid et pluvieux matin de novembre. Madame Cahors le serra contre sa poitrine et lui souhaita bonne chance, pensant ne plus jamais le revoir… Frantz avait envie de pleurer mais il n'en fit rien. Il devait se battre pour Sarah, pour lui et pour cette femme qui, oubliant les atrocités de la guerre, l'avait aidé. Le jeune homme ému par cet élan de tendresse prit la main de Mme Cahors pour y déposer un baiser. Puis, il la salua avant de partir pour un long voyage…

DEUXIEME PARTIE

Chapitre premier

Vérité... tu me fais peur... !

En cette nouvelle rentrée d'octobre, Mme Cahors était en avance d'au moins dix minutes, et son impatience grandissait de seconde en seconde. Elle vérifia pour la énième fois que tout était bien en ordre : le tableau repeint attendait d'être inauguré par les beaux bâtons de craie blanche, posés bien en évidence dans la gorge du bas. Les murs, comme d'habitude, avait été lavés et sentaient bon le désinfectant. Les pupitres chargés d'histoires signées par leur auteurs portaient toujours les cicatrices de générations de potaches. Les chaises en bois étaient bien alignées pour attendre l'arrivée de leur fardeau léger qui se balancerait dans un moment d'inattention telle une feuille morte agitée par le vent. Tout était donc prêt pour accueillir les nouvelles jeunes filles de la 1ère A.

Mme Cahors s'attarda sur le tableau. Une pensée lui vint, et elle se décida à prendre une craie. Elle la cassa d'un tiers pour la raccourcir un peu et écrivit de sa calligraphie souple : "Aujourd'hui, 1er octobre 1961... Soyez les bienvenues, mesdemoiselles !". Puis, elle prit un peu de recul pour juger de l'effet de son acte et s'assit à son pupitre, un sourire charmeur pendu à ses lèvres. Des murmures et des chuchotements divers précisaient que l'instant tant attendu arrivait enfin. Le professeur, après avoir entendu trois coups discrets à la vitre, se racla la gorge, et de sa voix claire, lança un "Entrez !..."

sonore et engageant. La porte s'ouvrit alors dans un léger couinement, et sans trop se bousculer, les élèves firent leur apparition. Dans ces moments-là, Mme Cahors était très émue. Timide, elle préférait leur tourner le dos et attendre que le silence se soit installé pour faire face. Enveloppée par cette atmosphère de sérénité, elle se retournait pour contempler les visages de ces charmantes inconnues. Comme à l'accoutumée, elle commença son exploration par la droite. Là, elle aperçut quelques redoublantes au sourire emprunté. Son regard s'étala sur la rangée du milieu et se détourna ensuite pour se diriger vers la gauche. Toujours un peu intimidées, les nouvelles venues l'observaient à la dérobée. "Vache... ou pas vache !" était la pensée qui hantait leur esprit et qui se promenait de têtes blondes en têtes brunes. Tout ce petit monde spéculait, imaginait, le regard interrogateur, braqué sur l'enseignante immobile.

Soudain, elles virent leur nouveau professeur qui se figeait, qui se crispait, l'œil halluciné, accroché, rivé sur un point mystérieux. Mme Cahors ouvrit plusieurs fois la bouche pour aspirer un air semblant devenu rare, tout en portant une main sur sa poitrine. Puis, titubante, elle fit trois pas chancelants qui l'entraînèrent dans une courte valse. Mais le tableau arrêta sa fuite. Elle finit sa chute, s'écrasant sur le parquet tel un mannequin désarticulé. Un cri de fille explosa le silence. Tous les regards étaient plongés désormais sur le corps inerte. Une redoublante se précipita vers la porte pour aller prévenir la directrice de l'accident. Quelques minutes plus tard, à l'aide du concierge et du proviseur, on déposa le corps inanimé sur un banc de l'infirmerie, la nouvelle jeune directrice était inquiète. Après l'absorption de quelques gouttes d'alcool et l'inhalation de l'incontournable sel d'ammoniaque, Mme Cahors reprit connaissance, prononçant les éternelles questions de ceux qui ont défailli :

« Où suis-je ?... Que m'est-il arrivé ?... Mais où est ma classe ?... Qu'est-ce que je fais ici ?... »

Discrètement, Melle Saulnier demanda aux autres personnes présentes dans l'infirmerie de quitter le lieu afin que la malheureuse puisse se retrouver un peu, sans trop d'affolement. Puis avec douceur, elle l'interrogea :

« Comment vous sentez-vous, à présent ? Vous êtes à l'infirmerie, vous venez d'avoir un léger malaise. Il n'y a rien de grave, rassurez-vous !... »

Mme Cahors réunit ses forces pour se lever tandis que la jeune femme tentait de l'en dissuader.

« Non ! Non... restez encore allongée ! Prenez votre temps pour récupérer... si vous désirez rentrer chez vous, je vous raccompagne... »

Mme Cahors sembla foudroyée.

« Comment ? Rentrer chez moi ? Mais, il n'en est pas question !... maugréa-t-elle. C'est ma vingt-neuvième rentrée, et je compte bien la faire jusqu'au bout ! Fantôme... ou pas fantôme, je la ferai ! » rajouta-t-elle énervée par l'idée de devoir s'absenter de sa classe.

Mlle Saulnier fut surprise et se demanda si tout allait vraiment bien. Elle se décida sur la pointe des lèvres à poser une question.

« De quel fantôme parlez-vous ?... »

Mme Cahors la regarda, inquiète à son tour par la formulation de sa question. Elle se passa la main sur le front en se remémorant la scène qu'elle venait de vivre. Elle sentit la sueur qui coulait. Elle fit un effort pour descendre du banc de l'infirmerie, puis elle essaya de chasser "l'image" qui devenait au fil des minutes envahissante.

« Je ne sais pas, j'ai dû rêver !... J'ai cru voir une de mes anciennes élèves... » répondit-elle les yeux tournés vers le visage de Mlle Saulnier.

La jeune femme parut étonnée et fronça les sourcils :

« Et alors !... qu'y avait-il de si terrible ? »

Mme Cahors se ressaisissait difficilement, et se remettait debout avec peine.

« Non, ce n'est rien... j'ai dû rêver. Je n'ai pu que rêver !... »

Alors la directrice insista plus fermement :

« Mais, qui avez-vous vu ? Je vous en prie, dites-le moi !... »

Mme Cahors releva la tête, s'épongea encore le front d'un revers de main et désemparée, murmura :

« J'ai vu... j'ai vu enfin, j'ai cru voir, ou revoir, une jeune fille qui vécut ici un destin tragique. Vous n'en avez jamais entendu parler parce que c'est une vieille histoire, et que vous n'avez pris votre poste que cette année. Elle... Elle s'appelait Sarah. Sarah Meyer ! C'était durant la guerre... en 1944. Plus exactement, dans le courant du mois de mai. Et au mois de juin, lors du débarquement en Normandie... Elle aurait sensiblement le même âge que vous aujourd'hui. Hélàs... Elle fut arrêtée le 9 juin par la Gestapo et déportée en Allemagne où elle mourut quelques temps après, gazée... avec des milliers d'autres, car elle était de confession juive... »

« Quelle horreur ! » s'indigna Mlle Saulnier.

Mme Cahors se hasarda à faire quelques pas et continua son récit :

« Vous comprendrez mieux mon émotion quand je l'ai vue ou quand j'ai cru la voir, d'autant plus que... »

Sa voix se brisa légèrement et Mlle Saulnier soudain devenue anxieuse l'encouragea :

« D'autant plus ?... continuez !... »

La professeur poussa un long soupir pour se dégager et écarta les bras pour mieux affirmer son incompréhension.

« D'autant plus qu'elle était assise... à la même place que Sarah Meyer ! »

La jeune femme eut des doutes sur la santé mentale de Mme Cahors. Pour elle, les histoires de "revenantes" n'existaient pas. Seul un sosie aurait pu rendre crédibles les propos du professeur. Mme Cahors s'apercevait que ses paroles étaient mises en doute, aussi désirait-elle poursuivre. Elle s'empressa de donner des précisions sur des faits qui remontaient déjà à plus de dix-sept ans.

Quand elle eut terminé, elle ajouta en conclusion :

« Personne n'a oublié cette jeune fille. D'autant plus qu'une histoire d'amour s'était créée entre elle et un jeune officier S.S. Le jeune homme était à la caserne, juste à côté du lycée. Ah ! je peux dire qu'ils m'en ont gâché des heures de cours ceux-là !... Ces S.S., avec leurs moteurs bruyants et leurs voix autoritaires. Enfin ! nous avons longtemps cru que le jeune officier que Sarah Meyer voyait en cachette était responsable de son arrestation. Pensez ! un S.S.... c'était les pires ceux-là. Ils épiaient vos moindres gestes, un air narquois qui pointait sur leur beau visage d'ange envoyé par le diable !... Ce n'est que trois ans après que j'ai rencontré ce jeune officier. Il n'était au courant de rien. Et il la cherchait, perdu... le malheureux s'est effondré lorsque je lui ai raconté le drame qui avait frappé la famille Meyer. Tout ceci, l'arrestation puis la fin tragique, nous l'avons appris par sa plus proche camarade. Eux, Sarah et le jeune officier étaient très discrets... Bon, n'en parlons plus !... Je vais remonter et faire front. Après tout, ceci est peut-être dû à la surexcitation de la rentrée ! Pourtant, je commence à avoir de la bouteille dans ce métier !... »

Rassurée, Mlle Saulnier demanda :

« Voulez-vous que je vous accompagne ? ... »

Mme Cahors prit volontiers la perche tendue par la directrice.

« Je n'osais vous le demander !... Mais ce sera avec plaisir... »

Elle remontèrent au premier étage, côte à côte, dans un profond silence. Mme Cahors revivait le film du drame vécu pendant ces années d'occupation. Avant même de le réaliser, elle se retrouva devant la porte de sa classe. Elle saisit en tremblant la poignée tout en fixant Mlle Saulnier. Puis bravement, poussa la porte et pénétra à l'intérieur suivie de la directrice. Elle n'osa pas regarder immédiatement la troisième rangée. Toutes les élèves s'étaient levées en les apercevant. Mais d'un geste de la main, la directrice les invita à s'asseoir. Mme Cahors leva les yeux pour affronter le passé. Aussitôt, en voyant la jeune inconnue, elle ressentit comme une confusion temporelle, un mélange où deux espaces cohabitent en même temps. Sans s'en rendre compte, elle s'était installée à l'intérieur d'un rêve la ramenant en 1944. Elle retrouva ce serrement de cœur et de mauvaise peur latente qui habitaient chaque Français en ce temps-là. Ce fut cette étrange secousse qui la ramena vers le présent. Elle sentit la main de la directrice qui lui serrait le bras. Elle se décida enfin à avancer et à affronter le regard doux et souriant d'une jeune fille blonde aux yeux verts. Mlle Saulnier s'approcha du professeur de français et lui murmura :

« C'est elle ?... »

« Oui, c'est elle... » répondit Mme Cahors le regard fixe.

Avec courage, elle se dirigea jusqu'au lieu de son trouble où la jeune fille, pas le moins du monde inquiète, était assise. En voyant que les deux femmes se dirigeaient vers elle, elle repoussa sa chaise pour se lever. Elles s'arrêtèrent devant son pupitre et Mme Cahors d'une voix tremblante, l'interrogea :

« Comment vous appelez-vous... mademoiselle ? »

D'une voix calme et réfléchie, elle répondit :

« Marie, madame... Marie Gauthier. »

Alors, Mme Cahors expulsa un énorme soupir de soulagement et répondit :

« Eh bien... Je vous remercie Marie. Vous pouvez vous rasseoir. »

Elle entraîna la directrice au-dehors, laissant sa classe sur des sommets de curiosités.

« Je suis encore bouleversée, avoua-t-elle, c'est plus que... enfin, je ne comprend pas qu'une telle ressemblance... ce n'est pas possible ! C'était à un tel point que pendant quelques secondes je me suis retrouvée en 44... Je dois ajouter aussi que c'était une enfant... enfin... je... vous ne pouvez pas comprendre... je l'ai tant aimée... cette petite était merveilleusement douée et pour toute sa classe, elle était un soleil, toujours gaie, toujours dynamique... quand la Gestapo est venue la chercher, oui... ici, dans cette même classe, oui... ils ont osé... elle s'est levée, toujours avec le même sourire, je la revois encore... »

De son cauchemar, Mme Cahors semblait halluciner. Elle poursuivait son récit d'une voix éteinte :

« Sarah... a refermé son livre, elle est venue déposer un baiser sur ma joue et elle s'est tournée vers ses camarades, le sourire aux lèvres, en leur disant "Au revoir, mes amies..." Même ces salopards qui l'on emmenée ont été impressionnés par son sang-froid. »

Elle sortit de sa poche un mouchoir bleu avec lequel elle s'épongea le front dans un réflexe rapide et reprit :

« Quand nous aurons notre pause à 13 h, nous descendrons aux archives pour voir les photos de toute la classe depuis 1938, vous verrez bien... »

Mme Cahors sanglotait et la jeune directrice lui tapotait le dos amicalement.

« Allons, Allons... Remettez-vous ! »

Mme Cahors secoua la tête, s'essuya les yeux et la fontaine qui lui servait de nez.

« Non, non... c'est à cause d'un souvenir terrible qui me revient. Deux jours après son arrestation, je corrigeais leurs devoirs, le sujet était "l'amour et la liberté". Quand je suis "tombée" sur le devoir de Sarah Meyer, je n'ai pas osé le lire de suite. Je n'en avais pas le courage... ce n'est que plusieurs jours après que j'ai pu me décider. Et bien, croyez-moi, j'en ai corrigé des devoirs, des centaines... des milliers de copies sont passées devant mes yeux... Mais, je n'avais jamais rien lu de plus beau, de plus noble, de plus généreux et en même temps littéraire. Son devoir était une Vérité, l'amour décrit par elle, qui l'avait vécu, était pur... La liberté était une valeur, quelque chose qui n'aurait jamais dû être étouffé. Cette enfant avait dans le cœur l'amour de la vie, du monde, de tout... Elle était un hymne vivant.. Je vous montrerai ce devoir, ce fut son dernier... »

A peine sa phrase terminée, elle renifla encore quelques fois, puis se sentant plus calme rempocha son mouchoir trempé de souvenirs cruels et décida de retourner à sa classe.

« Ça va aller, maintenant. Dans quelques minutes, tout rentrera dans l'ordre... ! »

Persuadée par ses propres paroles, Mme Cahors esquissa un sourire à la directrice avant de rentrer dans sa classe pour affronter encore une fois son angoisse. Pendant toute la durée du cours, le professeur de français vécut dans le malaise. Elle essaya de lutter contre le flux de questions qui hantaient son esprit. Elle donna à ses élèves le programme de l'année en leur indiquant les auteurs sur lesquels elles allaient travailler. Puis, elle voulut faire quelques sondages pour évaluer les connaissances de ces pupilles, nouvelles venues. Elle osa s'avouer que cette idée était en fait un prétexte pour interroger la jeune Marie Gauthier. Pour ne pas donner l'éveil, elle posa certaines questions à trois jeunes filles avant elle. A la fois inquiète et curieuse, elle se tourna vers celle qui animait ses souffrances et ses incertitudes.

« Marie ! ... »

Marie Gauthier se leva, bien droite, un sourire attentif aux coins des lèvres et répondit :

« Oui, Madame ? »

Mme Cahors sentit à cet instant un frisson glacial qui la secoua, et contracta ses épaules.

« Bien... pouvez-vous m'expliquer la différence existant entre les personnages de Racine et Corneille ? »

« Oui, Madame... Corneille dépeint les hommes tels qu'il devraient être tandis que Racine les dépeint tels qu'ils sont. C'est-à-dire avec leurs faiblesses et leurs passions. Les héros de ces deux auteurs sont toujours soumis à des choix manichéens. Ceux créés par Corneille, bien que crucifiés par des situations douloureuses, prennent toujours le chemin de l'honneur et de la dignité sans hésitation aucune. Le héros racinien est plus humain, il hésite plusieurs fois avant de retrouver le sens du devoir... Mais tous ces personnages ignorent qu'ils sont régis par des mécanismes qui sont en fait des réactions compulsives aux situations rencontrées et alors qu'ils croient être maîtres de leurs actions, ce n'est qu'un leurre... »

Mme Cahors écouta Marie tout au long de son explication avec beaucoup d'intérêt. L'émotion était très forte car les mots de la jeune fille résonnaient comme un écho venu du passé, d'un lointain passé. Mme Cahors faillit s'étrangler en voulant parler. Elle se sentit trembler de la tête aux pieds. Une sueur moite l'envahit toute entière. L'ensemble de la classe s'était tourné vers Marie et beaucoup n'avaient pas dû saisir un traître mot de son exposé. Mme Cahors jeta l'éponge.

« C'est très bien, Marie ! C'est très bien... »

Elle ne se sentit pas d'en demander plus... Son tremblement ne la quittait plus, elle refusait absolument de toutes ses forces ce qui venait de se passer.

« Je rêve, se disait-elle. Je rêve et je vais me réveiller !... D'ailleurs les veilles de rentrée, je fais des cauchemars... »

Mais hélas, le réveil ne s'annonçait pas, tout paraissait bien réel et à présent, elle s'en voulait de s'être montrée curieuse.

« Mais, bon Dieu ! Qu'est-ce qu'il m'a pris !... comme si je ne pouvais pas laisser passer un peu de temps. »

Elle se racla la gorge puis expliqua à ses élèves sa façon de travailler et comment elle désirait que soient rédigés les devoirs. La sonnerie de la fin du cours retentit et comme un boxeur groggy entendant le gong, elle s'écroula sur sa chaise. La classe s'écoula lentement vers l'extérieur, et toujours sans réaction Mme Cahors prit sa tête entre ses mains.

« Non !... se dit-elle, dans toute ma carrière, je n'ai jamais entendu une définition aussi claire, aussi rapide... Jamais !... à l'exception d'une seule... oui, une seule de mes élèves aurait pu... C'était elle ! Oui, c'était Sarah !... C'est bien, c'est très bien. Je deviens folle !... Vive l'entonnoir et bientôt Charenton !... »

Elle se leva difficilement comme si les dix-sept années qui séparaient Sarah de Marie s'étaient rajoutées sur ses épaules. Elle arriva sans trop savoir comment, dans le réfectoire où l'attendait Mlle Saulnier. Cette dernière en lui présentant une chaise, lui demanda :

« Alors !... Comment cela s'est-il passé ? »

Mme Cahors attrapa une miette de pain qu'elle glissa entre ses dents. Elle était pâle et s'efforça de répondre. Elle avait l'air absente.

« Mal !... Enfin, pas du côté des élèves... Je vous expliquerai plus tard, je préfère attendre encore. »

La directrice n'insista pas, évitant de porter un jugement sur son comportement distant et mystérieux. Devant les plats présentés, Madame Cahors affichait une bouderie absolue et n'éprouvait aucun plaisir à retrouver les consœurs et les confrères de l'année précédente. Elle croqua une pomme et avala beaucoup d'eau pour la faire passer. Elle sentait bien les regards qui convergeaient sur elle. Ils étaient lourds et curieux. Elle pensait alors que son histoire avait dû faire le tour du comité des enseignants. A la fin du repas, elle se leva, adressa un sourire timide aux autres professeurs et partit aux archives avec la directrice. Elles feuilletèrent les classeurs dans lesquels étaient soigneusement rangées les photos où plusieurs générations de filles avaient posé avec plus ou moins de bonheur…

« Voilà ! 1944… » s'écria Mme Cahors.

Elle saisit le classeur avec prudence et l'ouvrit.

« Non, ceux-là ce sont les 6e, 5e, 4e, 3e A et 3e B… Les 2e A et 2e B ?… Ah, voilà ! Les 1e A. »

Elle sortit avec une infinie précaution une photo en noir et blanc qui commençait à jaunir.

Elle se contempla avec un peu d'émotion car elle se trouvait au centre de la photo.

« Comme le temps passe », se dit-elle émue.

Puis, ses yeux glissèrent de droite à gauche et s'accrochèrent avec tendresse sur une élève.

« Regardez, la voici !… n'est ce pas saisissant ? »

Elle était bouleversée en revoyant la jeune Sarah Meyer. La photo tremblait légèrement entre ses mains. Délicatement, Mlle Saulnier la lui enleva pour l'observer à son tour :

« C'est… c'est tout à fait remarquable ! C'est… vraiment troublant ! Il n'y a que la coiffure qui diffère… Elle est un peu plus longue. Mais, si vous me parliez plutôt de ce qui ne va pas !… »

Mme Cahors fut agacée par l'insistance de la jeune femme.

« Je ne peux rien vous dire pour l'instant… Par contre, je vous propose un arrangement qui, je l'espère, me soulagera et remettra tout en ordre ! ou alors… c'est que Descartes m'a abandonnée… »

« De quoi s'agit-il ? » s'empressa de demander Mlle Saulnier.

« Demain matin, je vous confierai le devoir de Sarah Meyer, son ultime dissertation. »

« Mais… dans quel but ? » insista la directrice dont la curiosité allait grandissant.

« Disons que j'y tiens beaucoup et je vous dirai pourquoi plus tard ! »

Dans la tête de Mme Cahors, une idée effrayante venait de germer. Une hypothèse terrible qu'il lui fallait détruire immédiatement pour que cette année ne soit pas un cauchemar. A 5 h, elle donna à la 1ère A son dernier cours. Elle évita le regard de Marie Gauthier autant que cela lui fut possible et donna le sujet du premier exposé de l'année. Elle savait que les nouvelles élèves n'auraient pas le niveau pour un pareil sujet. Mais ce qu'elle demandait ne s'adressait en fait qu'à une seule d'entre elles.

« Voici le sujet de dissertation que vous aurez à me rendre pour vendredi prochain. Traitez-le, mesdemoiselles, de manière cohérente et appliquez-vous à me le donner à temps ! Le sujet est "L'amour et la liberté" ! »

Mme Cahors n'eut que faire de tous ces murmures qu'elle entendait comme des signes camouflés de protestation. Sans ajouter un seul mot, elle fit un signe de reconnaissance envers les jeunes filles qui s'étaient tues. Elle attendait à présent avec impatience que vendredi arrive, et elle se doutait bien que son anxiété allait s'accroître au fil des jours.

Après cette rentrée pour le moins tourmentée, Mme Cahors s'était recentrée. Elle avait pris du recul et se sentait plus forte. Lors d'une promenade dans le parc Karedech, elle osa se remettre en question une énième fois.

« Ma pauvre fille, s'interpella-t-elle sans indulgence, qu'est ce qui te dérange dans toute cette histoire ?… Qu'est-ce qui t'affole ainsi ?… Penses-tu vraiment que Sarah Meyer et Marie Gauthier pourraient être une seule personne… comme si Marie était… sa réincarnation ? En quoi le fait que la vie et la mort soient une seule boucle te gêne-t-il ? Ce ne sont pas tes conceptions religieuses qui coincent aux coutures que je sache ! Pourquoi diable cette angoisse, lorsque tu regardes Marie ?… Elle est blonde, a les yeux verts comme des milliers d'autres jeunes filles… Sarah était blonde, avait les yeux bleus... Cesse donc de dire qu'elles se ressemblent comme deux sœurs ! Oui, elle se ressemblent, c'est pourtant vrai !... A la limite... tu devrais être heureuse que Sarah soit de retour ! »

Elle poursuivit ainsi son monologue sans faire attention aux regards inquiets des passants.

« Oui, mais... tout ceci n'est pas possible ! Et pourquoi ? Après tout, la mort reste un mystère pour ceux qui ne l'ont pas connue ! Nos conclusions de "vivants" se limitent toujours à l'apparence... La mort du corps ! Très bien, il se décompose... Mais s'il y avait autre chose ?... Un esprit hanté par son histoire inachevée qui, on ne sait par quel miracle, revenait des années ou des siècles après pour achever cette histoire, sa vie, la continuité de ses actes manqués ?... On dit bien que les chats ont plusieurs vies ! Pourquoi y a-t-il dans ce monde des êtres qui ont d'étranges ressemblances ou de mystérieuses affinités ? Peut-être que seuls les anges ont le droit de revenir ?... Non !... Non !... Je ne sais pas ! Je m'évade, je me tyrannise parce que des doutes incroyables persistent à hanter ma mémoire... Sarah... Sarah ! ma pauvre enfant... aide-moi ! entends-moi ! Où es-tu ? Est-ce toi dans les yeux de Marie ? Fais-moi un signe ! Aide-moi !... »

Madame Cahors respirait fort, son regard levé au ciel semblait supplier une âme, un fantôme. Des larmes brûlantes lui creusaient le visage. Ses mains devenues moites se crispaient. Elle avait peur, elle avait mal. Le passé entraînait bien des souvenirs avec lui et elle était spectatrice d'une pièce folle. Les gens autour d'elle s'écartaient de peur qu'elle ne les touche. Elle était folle pour certains, hystérique pour d'autres et pitoyable pour ceux qui croisaient son regard sans s'interroger. Absorbée par ses réflexions métaphysiques, elle n'avait aucunement conscience de l'étrangeté de son comportement. Elle poursuivait sa route, pensée après pensée.

« Peut-être suis-je victime de pures coïncidences ? Un faisceau de conjonctures favorables m'a entraînée et ébranlée jusque dans mes fondations cartésiennes ! Pourtant, ce qui m'est le plus insupportable, c'est d'être dans le doute, dans l'incertitude... Pourquoi cela est-il si douloureux ? Qu'est-ce qui t'est le plus douloureux ? Croire que Sarah est là à travers Marie et découvrir ensuite que tu t'es trompée, que tes pensées t'ont conduite jusqu'à l'absurde ? Oui,... c'est bien cela ! Je crois que j'ai envie de croire mais que j'ai peur de ce désir de croire pour ne pas être triste ou déçue !... »

Elle était étonnée par la précision de ses multiples réflexions. Aussi se vota-t-elle une motion de félicitations.

« Eh bien ma fille ! En dehors du professorat, tu aurais pu réussir une carrière de psychanalyste ! »

Elle se sentait plus sereine à présent :

« Demain, je ne vais pas m'emballer... je vais tout noter. Pour commercer, je vais épier ses moindres gestes, ses divers comportements en classe, ses attitudes envers ses camarades, ses réponses à mes questions piégées... et par la suite, à froid, je les analyserai ! »

C'est ainsi que Marie Gauthier, sans s'en douter une seule seconde, se trouva placée sous haute surveillance... ses moindres gestes étaient notés, ses actes décortiqués et comparés à ceux de sa jumelle du passé...

Les jours précédant le vendredi, Mme Cahors rongea son frein, faute d'ongles trop longs. Pour elle, la vérité l'accablait, mais elle la refusait encore, se traitant presque d'aliénée. C'était toujours des "oui... mais" ou des "peut-être que..." qui lui permettaient encore de s'agripper au monde de la raison pure. Mais, les derniers pitons décrochés les uns derrières les autres, la chute était inévitable. En attendant, elle avait remis précisément le devoir de Sarah à Mlle Saulnier. Celle-ci l'avait lu d'une traite, curieuse de découvrir à travers quelques lignes l'enfant mystérieuse qu'elle devait être. A la première heure, le lendemain, elle avait littéralement agrippé le professeur de français. Son visage était encore empreint de beaucoup de gravité et d'une émotion qu'elle avait du mal à cacher. Aussi, elle avoua :

« Madame Cahors !... Quand vous me parliez de Sarah... avec cette ferveur, j'avais peur que l'affection que vous lui portiez n'entache votre objectivité. Désormais, je comprends... Je n'avais pas cru possible que l'on puisse atteindre de tels sommets en ce qui concerne l'amour. J'y ai trouvé des ouvertures et des dimensions qui m'obligent à me remettre en question. Toute mon éducation, toute ma culture, tout ce en quoi je croyais est remis en cause... Certains passages m'ont émue aux larmes... et puis quel lyrisme ! Cette jeune fille devait être merveilleuse !... »

« Elle l'était ! repris Mme Cahors, bien plus que cela, mais je crois que nous ne sommes pas au bout de nos surprises ! »

« Que voulez-vous dire ? » s'enquit aussitôt intriguée Mlle Saulnier.

« Il faudra attendre vendredi... » répondit-elle.

« Je vous en prie, dites-moi ! » supplia la directrice, les mains jointes sur sa poitrine.

Mme Cahors avoua l'expérience à laquelle Marie Gauthier était en train de se livrer sans le savoir.

« Mais, qu'attendez-vous réellement de ce devoir ? »

« Ce que j'attends ?... Un devoir très ordinaire, j'espère ! ou encore un très bon devoir ! Dans tous les cas, une réponse qui chasse définitivement un fantôme blond de mon passé ! »

La directrice se sentit embarrassée :

« Madame Cahors, vous êtes énigmatique ! Ou vous en dites trop ou pas assez ! Soyez plus claire... »

Mme Cahors se sentit agressée et répondit à la jeune femme d'un ton agacé :

« Mademoiselle, c'est vous qui m'avez forcée ! Pour l'instant, je ne peux rien vous dire de plus !... J'espère juste une infirmation, c'est tout ! »

Mlle Saulnier baissa les bras, vaincue :

« Bon, je ne vous indispose pas davantage... tenez-moi simplement au courant de vos résultats, je vous prie... »

« Vous le serez, Mademoiselle, soyez-en sûre ! »

Elles se quittèrent sur cette légère froideur. La nuit de jeudi à vendredi fut une mauvaise nuit pour Mme Cahors. Les scènes de l'arrestation de Sarah qui avaient pourtant fini par s'estomper et quitter ses cauchemars étaient réapparues aussi vivement qu'au début. Elle se réveilla en sursaut, sa peau était moite et sa langue sèche. Elle fit revenir un peu de salive et consulta son réveil : 5 heures !...

« Encore une heure à dormir… se dit-elle, ou à cauchemarder… au choix ! Je préfère encore me lever et faire un peu de ménage. »

Ce matin-là, elle fut en avance au lycée. Elle dissimulait mal son impatience. Jetant de fréquents coup d'œil à son montre, elle faisait les cent pas dans sa classe. Enfin, la sonnerie retentit et augmenta aussitôt les pulsations de son cœur.

« Mon Dieu, faites que je me sois trompée » murmura-t-elle.

Outrée par son propos, elle se secoua légèrement pour reprendre une allure stricte.

« Mais enfin, tu es stupide ! Reprends-toi, les choses seront ce qu'elles seront, voilà tout. »

Les silences de la rentrée étaient terminés. On avait déjà pris les mauvaises habitudes. Tout le monde parlait à voix basse en regagnant sa place, se bousculant légèrement dans les rangs. Seule Marie passait sagement entre ses camarades, sans rien dire, tenant serrées sur sa poitrine ses affaires de français. Un sourire flottait sur ses lèvres comme un bateau guidé sur une mer calme et limpide. Elle était souriante comme si un bonheur intérieur l'habitait depuis toujours. Mme Cahors, tête baissée, la suivit discrètement du regard, par-dessus ses lunettes. Comme à son habitude, elle observait chacun de ses gestes et, en fin de semaine, les gestes de la jeune fille étaient précis, rien n'était brouillon ou laissé au hasard. Rien n'était précipité, comme chez ses camarades qui faisaient grincer leurs chaises ou cogner leurs pupitres. Un souvenir effleura le professeur : « C'est vrai que vers la fin de l'année, Sarah avait aussi ce calme serein, olympien, cette extraordinaire présence à elle-même… Enfin, nous allons bien voir ! L'heure de vérité, c'est maintenant… »

Afin de ne pas être obligée de chercher la copie de Marie, elle eut l'astucieuse idée de faire relever les devoirs par l'adolescente. Elle l'interpella :

« Mademoiselle Gauthier ? ! Pouvez-vous, je vous prie, relever les copies que vous deviez me rendre aujourd'hui ? »

« Oui, madame ! » répondit Marie qui, avec dextérité extrayait celle-ci d'un vieux classeur. Elle commença à circuler dans les rangées en les empilant les unes sur les autres, délicatement.

« Très bien, pensa Mme Cahors, c'est donc la dernière de la pile. »

Elle se frotta les mains l'une contre l'autre pour chasser une sueur désagréable de ses paumes. Marie déposa le tout sur le bord du bureau, fit un charmant sourire instinctif à son professeur et retourna à sa place. Mme Cahors s'en empara aussitôt et les glissa dans sa serviette. Puis discrètement elle fit glisser la dernière copie de son ensemble pour la déposer dans une chemise. N'y tenant plus, elle se leva et annonça à sa classe :

« Je suis obligée de m'absenter quelques minutes... Alors, soyez raisonnables ! Je ne veux entendre aucun bruit. Pensez aussi aux classes qui travaillent à côté... En m'attendant, ouvrez votre "Lagarde et Michaud" à la page 62 et lisez le texte de Voltaire sur Candide... »

Elle sortit rapidement sans attendre de commentaire et alla s'asseoir sur un petit banc au fond du couloir. Elle respira profondément, regardant le mur blanc qui lui faisait face. Maintenant que l'heure était venue, elle n'osait plus. Sa témérité lui faisait soudain peur. Elle se força doucement, puis sans trop de hâte, ses doigts sortirent la copie de sa vieille chemise, pour la poser sur ses genoux. A présent, elle transpirait de tout son corps et son cœur cognait sec.

« Je sens que je vais faire un infarctus ! » pensa-t-elle.

« Allons, ma petite, affrontes-en les conséquences, après tout c'est toi qui l'as voulu ! Si ça se trouve, il n'y aura rien !... »

Elle baissa les yeux pour se concentrer. Jusqu'à ce jour, elle s'était toujours refusé de voir l'écriture de Marie. Sans doute était-ce là encore la crainte d'y voir une coïncidence de plus. Mais dès l'instant où ses yeux se posèrent sur les caractères fins, serrés et penchés vers la droite, elle sut. Son tremblement devint insoutenable. Elle serra les dents croyant pouvoir empêcher d'innombrables images de défiler. Elle contracta alors tous ses muscles pour que cela cesse. Elle chercha à mieux respirer et retrouva un peu de son sang-froid. Et puis, elle commença à lire... les trois premières lignes lui suffirent.

D'un seul coup, elle vit l'encre du mot "amour" se diluer doucement. Elle ne saisit pas de suite qu'elle pleurait. Elle releva la tête et se mit à la bercer d'avant en arrière. Elle balbutia des mots de mère, des mots de tendresse, des mots d'amitié retrouvée.

« Sarah, ma petite Sarah ! tu es revenue ! Mon Dieu,... merci ! merci de nous l'avoir rendue !... »

Elle découvrit l'intensité du sentiment qui la liait à cette enfant. Elle ne se posait plus de questions qui auraient pu la rendre plus catholique. Elle ne se demandait plus par quel miracle, par quel mystère cela avait pu se passer. Cela ne l'intéressait plus... Elle était revenue, là était l'essentiel. Seule une envie de courir vers la jeune fille pour la serrer dans ses bras persistait dans son esprit. Puis, elle réalisa l'inanité de son attitude et l'incompréhension qu'elle entraînerait. Elle continuait à sangloter tandis que les mots de la copie se changeaient en fleurs de violette sous une pluie de larmes. Mlle Saulnier la découvrit ainsi, assise, le regard fixe. Remarquant son état, elle s'assit sans rien dire. Lentement, elle lui prit le bras.

« Madame Cahors, qu'est-ce encore qui ne vas pas ?... »

Celle-ci lui tendit le devoir en réponse. La directrice s'en saisit et commença sa lecture. Au bout d'un quart d'heure, elle reposa soigneusement les feuillets sur ses genoux et resta immobile. Mme Cahors continua de pleurer, mais c'était des larmes de joie et d'émerveillement confondues.

« Je ne peux pas y croire, murmura Mlle Saulnier, le fond, la forme, le style... tout est tellement ressemblant ! Certaines phrases sont même identiques. Je les reconnais, et il y a aussi cette écriture fine penchée vers l'avant... »

Dans sa tête, l'idée d'une supercherie l'effleura, mais fut chassée aussitôt par une étrange conviction. Elle reprit, toujours à voix basse, comme si le poids de cette révélation l'étouffait.

« Ainsi, vous soupçonniez l'insoupçonnable ! conclut-elle, s'adressant à Mme Cahors.

« Comment une chose pareille peut-elle se produire ? C'est impossible ! Je voudrais tant que ça ne soit pas possible...

Cela m'effraie ! Pourquoi ? J'ai l'impression d'avoir violé un des secrets de l'univers, un mystère de Dieu... Madame Cahors, nous avons ouvert la "boîte de Pandore"... nous... nous ne serons plus jamais comme avant !... Nous venons de perdre notre innocence... je suis mal, si mal !... »

Elles restèrent ainsi silencieuses, abasourdies d'être confrontées aux desseins du "Grand Architecte", à sa volonté qu'elles sachent. Un vieux verset de la Bible revenait à Mlle Saulnier "Et rien dans l'univers ne peut se faire sans la volonté de Dieu!". Elle joignit ses mains et formula une courte prière :

« Il sera fait selon ta volonté... »

Elle poussa un soupir fait d'acceptation et de résignation, puis murmura :

« Et maintenant ! Qu'allons nous faire ?... »

La reprise brutale de sa collègue la fit sursauter.

« Mais, nous n'allons rien faire du tout ! Mais rien du tout !... Marie doit ignorer qui elle était auparavant. Lui révéler ce que l'on sait serait une folie. Qu'y comprendrait-elle ? Pour elle, elle se nomme Gauthier, Marie Gauthier et même si elle a une largesse d'esprit assez étonnante pour son âge, on ne peut lui révéler ce qui serait à ses yeux que pure coïncidence ! Elle ne doit rien connaître de sa vie,... de sa vie antérieure, il faut la préserver ! Laissons-la vivre celle-ci, qui sera sans aucun doute plus juste et je l'espère plus longue ! Maintenant que je détiens ce lourd secret, je suis heureuse... et en même temps, je n'aurais jamais voulu le savoir. Tout ceci me fait frissonner. Comme vous le disiez, j'ai le sentiment d'avoir commis une grave erreur, une indiscrétion ?... comme si j'avais osé regarder par-dessus l'épaule de Dieu... Oublions tout cela... Décidément, nous les filles d'Eve, nous sommes indécrottables J'ai la désagréable sensation d'avoir croqué cette satanée pomme... et vous ?... »

La directrice approuva en hochant la tête et ajouta :

« Mais ce garçon, ce garçon qui la croyait morte ?... »

Mme Cahors se fit virulente :

« Et bien... qu'elle le reste ! Et d'ailleurs elle l'est ! Sarah... Sarah est morte ! Même si elle est revenue sous l'identité de Marie, avec son physique, sa personnalité et tout le reste... il faut qu'elle reste morte pour lui. D'ailleurs, il a dû refaire sa vie, ou il est peut-être mort !... Mais, il ne faut surtout pas la renvoyer dans son passé. A savoir... que se passerait-il, si elle savait ? Peut-être y laisserait-elle sa raison ? et je... je ne veux pas risquer de la perdre une deuxième fois ! »

Cette dernière phrase fit comprendre à Valérie Saulnier le but inavoué et sans doute inconscient de Mme Cahors, et elle pensa :

« Tout ceci est injuste et paradoxal. Elle veut la protéger mais c'est pour ne pas la perdre. Je ne peux pas ne pas comprendre le mécanisme de cette histoire fantastique. Tant pis, si je suis damnée !... D'ailleurs, pour avoir découvert un truc si fou, je dois déjà l'être !... J'entends déjà ce crétin de "Cornu" qui ricane. »

Elle essaya de plaisanter, de se faire rire pour retrouver un peu de courage, et poursuivit son curieux monologue :

« J'agirai doucement, mais il faut que je sache. »

A partir de cette seconde, le destin de Marie fut scellé une seconde fois. Mais était-ce vraiment le destin qui agissait par l'entremise de cette jeune femme ?...

Chapitre 2

De Sarah… à Marie…

Valérie Saulnier, trop intriguée pour attendre avec sagesse que le sort en soit jeté, décida de mener sa propre enquête. Elle savait ne pas pouvoir compter sur Mme Cahors qui, bec et ongles, protégerait Marie contre toute révélation sur son ancienne vie. Résignée à diriger quelque peu la fatalité, elle mit à profit sa liberté d'action en tant que directrice pour découvrir tout d'abord les raisons de ce troublant retour. Pour commencer, elle sortit le dossier de Marie Gauthier afin d'obtenir son adresse, et commença à prendre quelques notes.

« Alors… voyons un peu !… Marie Gauthier, née le 11 août 1945 à Calais. Enfant prématurée de 15 jours… ça alors ! Et bien, on en revient vite de l'au-delà ! pensa-t-elle. Fille de Nicole née Duclos et de Pierre Gauthier. Profession restaurateur. Ils sont arrivés ici… en Juillet 46 et habitent le 16 de la rue Victor-Hugo. Dieu !… »

Elle termina la lecture de sa petite fiche puis se leva. D'une main agile, elle attrapa son manteau et prévint sa secrétaire qu'elle devait s'absenter pour quelques formalités concernant le lycée. Rapidement, Valérie Saulnier se trouva dans le froid humide et glacé de la rue. Elle longea le parc Karedech et tout en marchant, réfléchit à certaines éventualités.

« C'est bien joli tout ça, mais que vais-je faire exactement ? Il ne s'agit pas de commettre une maladresse quelconque ! Tant pis, j'improviserai si besoin est tout en étant prudente… »

La directrice arriva dans la rue Victor-Hugo et se rapprochant du numéro 16, ralentit. C'était une petite maison bourgeoise avec un jardin donnant sur la rue. Une volée de marches arborée de fleurs et de lauriers donnait l'impression que toutes les maisons du quartier étaient construites sur un même modèle. Elle poursuivit son chemin en réfléchissant au meilleur moyen d'entrer en contact avec les parents de la jeune fille, sans les effrayer par sa venue ou sans risquer de faire une "bévue". Elle mûrit donc un plan dans sa tête et retourna sur ses pas. Elle s'arrêta devant la grille du portail et tourna la poignée quand une voix l'interpella :

« C'est chez les Gauthier que vous allez, madame ? »

Valérie Saulnier, surprise, se retourna et par-dessus une haie de troènes, aperçût une petite femme d'une cinquantaine d'années. Cette dernière avait l'air curieux mais sympathique. Des cheveux gris blancs couronnaient son visage, sa taille était ceinte d'un tablier bleu et sa main tenait fermement un sécateur. Elle l'observait en souriant, attendant une réponse.

« Oui !... Je vais chez les Gauthier ! »

Son interlocutrice l'informa, toujours avec le même sourire, une branche d'arbuste dans l'autre main :

« Oh, mais vous ne les trouverez pas à cette heure-là ! Ils ont un restaurant et ne rentrent chez eux que très tard le soir... »

« Ah ! » fit la jeune femme déçue.

« Mais, si c'est important, reprit l'autre, vous pouvez parler à leur fille Marie... Elle rentre vers 18 heures 30. »

Valérie fit un signe de remerciement tandis qu'une idée lui venait à l'esprit. Comme cette brave femme avait appelé Marie par son prénom, peut-être saurait-elle répondre à quelques questions ? Cela lui paraissait plus judicieux de parler avec la voisine.

« Justement... dit-elle, je suis la directrice du lycée Sainte-Geneviève... et ... je venais à propos de Marie ! »

La petite femme se mit soudain à trembler et à bégayer.

« Mon Dieu, il... il n'est rien arrivé... à Marie au moins ?... »

Mlle Saulnier fut surprise par cette immédiate inquiétude ainsi que par cette sollicitude dont une mère pourrait être l'auteur. Aussi se dit-elle qu'elle avait sans doute frappé à la bonne porte. Elle reprit aussitôt avec un sourire rassurant et attaqua son programme.

« Mais non, Mais non !… Marie va très bien, mais peut-être allez-vous m'aider ?… Connaissez-vous bien Marie ? »

A peine la jeune femme eut-elle fini de poser sa question que la petite femme s'empressa, soulagée, d'entretenir un discours volubile.

« Oh, si nous connaissons bien Marie… Mais bien sûr ! Depuis qu'elle est toute petite… Ecoutez, ne restez pas là, rentrez !… Si c'est pour parler de Marie, vous êtes la bienvenue chez nous ! »

Elle s'agitait, tournait dans tous les sens, comme perdue entre mille pensées et eut du mal à ouvrir le portail. Soutenant son effort, elle criait en regardant la porte d'entrée.

« Shimon ! Shimon, viens voir !… »

La porte de la maison s'ouvrit aussitôt sur un homme grand, assez âgé. L'embonpoint prononcé, le cheveu rare et dégarni, il semblait alarmé par les cris de sa femme qui l'informa :

« Shimon, cette dame est la directrice du lycée de Marie. Tu te rends compte ?… Elle venait voir Nicole et Pierre quand j'étais dans le jardin. Un coup de chance… »

L'homme perdit immédiatement son air inquiet et tendit la main à Valérie Saulnier.

« Je me présente, Madame, Shimon Meyer et voici ma femme Rachel. Pouvons-nous vous être d'une quelconque utilité en ce qui concerne Marie ? »

En entendant son nom, Mlle Saulnier frissonna. Elle eut soudain froid comme si son corps avait réagi au son de sa voix. Machinalement, elle réussit à tendre la main avec un sourire un peu gauche.

« Dieu du Ciel ! jura-t-elle secrètement, seraient-ce les parents de… de Sarah? Ah, non ! Non ! Trop c'est trop ! Ce ne peut être que des homonymes… Il faudrait que ce ne soit que ça… Il le faut ! sinon je vais basculer à mon tour… »

Elle était toujours pétrifiée par ce nom. Elle l'entendait encore résonner dans sa mémoire, comme l'écho d'un tambour. Meyer... Meyer... Sarah Meyer ! Alors que ses pensées la poussaient vers le passé, l'euphorie des braves gens la tira de son trouble. Ils se pressèrent autour d'elle, lui tenant chacun l'épaule.

« Mais ne restons pas dehors, venez ! Rentrez à l'intérieur pour prendre du thé, nous parlerons de Marie... Gauthier ».

La directrice perçut que le son de la voix de Monsieur Meyer avait été interrompu par un bref silence. Il avait dit Marie et s'était arrêté à ce prénom avant de poursuivre par Gauthier. Ils montèrent les quelques marches et avant de réaliser, Mlle Saulnier se trouva installée confortablement dans un canapé de style 1900. Assaillie par cette convivialité, elle essaya de se reprendre. Mme Meyer se dirigea vers la cuisine pour préparer le thé, tandis que Shimon Meyer se laissa choir pesamment dans un voltaire, sans doute habitué à recevoir son poids. Il se pencha en avant, et un sourire léger sur ses lèvres fines engagea la conversation.

« Alors, mademoiselle... Saulnier ? Que désirez-vous savoir au sujet de Marie ? Ou plutôt devrais-je dire que voulez-vous nous apprendre ?... »

Valérie Saulnier était embarrassée car elle ne s'attendait pas à la gentillesse de ses "victimes". Cependant, elle se devait de continuer ses recherches et pour cela elle glissa son discours finement préparé.

« Oh, ce n'est pas important ! Mais, voyez-vous, lors du premier devoir de Marie Gauthier, son professeur de français et moi-même, nous nous sommes aperçues qu'elle était douée en littérature... Mais peut-être l'ignoriez-vous ?... »

Le brave homme reprit en éclatant de rire :

« Oh, mais que si, que nous nous en étions aperçus ! Marie, nous la connaissons depuis son plus jeune âge. Comprenez-vous, ses parents sont restaurateurs et n'ont jamais eu beaucoup de temps libre. Alors, quand nous sommes revenus chez nous après la guerre, nous avons pensé que plutôt que de voir cette enfant en nourrice, nous pourrions... enfin, il valait mieux que nous la gardions. Ce qui fait que nous sommes un peu ses par... ses grand-parents ! Hélas, les siens sont décédés dans le bombardement de Calais. Ils n'ont pas eu la chance de voir naître leur petite fille ! Les pauvres gens ... »

Valérie Saulnier avait été très attentive aux paroles de M. Meyer, qu'elle cernait comme un personnage à la fois tendre et vulnérable. Madame Meyer, un plateau dans les mains, entra dans la pièce pour servir le thé. Prenant immédiatement part au discours commencé, elle enchaîna :

« Pensez... si elle est douée en littérature ! Nous sommes bien placés pour déceler en elle cet atout. Mon mari était professeur de littérature allemande à l'université d'Heidelberg, avant la guerre. Alors, il l'a aidée quand il a pu, pour suivre ses devoirs, pour les corriger... mais je vais vous confier un secret... »

Elle adressa une mimique moqueuse à l'intention de son mari et continua :

« En fait, mademoiselle, elle n'a pas eu souvent besoin de lui... il lisait ses copies et écartait les bras en finissant toujours par la même conclusion "c'est magnifique !" »

Elle se mit à glousser, puis regarda la jeune femme en souriant légèrement. La directrice lui rendit un sourire complice et l'interrogea :

« Vous dites que vous êtes revenus après la guerre... Pourquoi ? Vous habitiez déjà ici ? »

Il y eut un silence, bien pesant, et un air de tristesse empreignit le salon. Il sembla plus gris... M. Meyer reprit :

« Oui... nous étions déjà là pendant l'occupation. Nous avions fui l'Allemagne nazie pour nous réfugier en France. En 1944, nous avons regagné l'Angleterre pour échapper aux rafles de la milice française et de la Gestapo. Là-bas, mon épouse à été gravement malade. Nous ne sommes rentrés qu'en 1948... »

Valérie Saulnier ne tenait plus en place. Elle cherchait des indices en se mordant les lèvres. Elle essayait de rassembler les événements pour leur donner un sens moins subjectif dans le but de relier Marie et Sarah sans aucun doute. Tout allait très vite, les événements s'étaient enchaînés, les homonymes venaient pratiquement d'éclater au grand jour… Valérie se demandait si elle aurait le courage de continuer. Elle ne voulait pas embarrasser ces braves gens. Pourtant, le destin semblait l'encourager. Avec les Gauthier, elle n'aurait sans doute rien su, tandis qu'avec les Meyer…

Valérie avisa une photo qu'elle reconnut tout de suite. Elle enchaîna aussitôt, le regard tourné vers le cadre en cœur dans lequel était glissée la photo.

« C'est… Marie, n'est-ce-pas ? »

Valérie avait saisi que la jeune fille était leur sujet de conversation favori. Elle se jeta donc à l'eau et joua l'ambiguïté.

« C'est étrange !… Monsieur Meyer, cette photo me rappelle quelqu'un… »

« Ah, bon !… » lança l'homme sans méfiance.

Puis la jeune femme porta l'estocade, comme mue par une inspiration soudaine.

« Oui,… elle me rappelle une autre jeune fille, sur une autre photo… une photo beaucoup plus ancienne, en fait vieille de 17 ans… Elle s'appelait… Sarah… Sarah Meyer… C'était votre fille… je crois !… »

Un silence angoissant tomba sur tous. M. Meyer, l'air sévère, se leva et regarda la directrice. Il était pâle et comme épuisé. D'une voie cassée par l'émotion, il murmura entre ses dents.

« Qu'êtes-vous réellement venue chercher dans cette maison, mademoiselle ? »

Valérie préféra rester assise pour accuser le coup qu'elle venait de recevoir. Elle leva la tête, et observa M. Meyer avant de répondre d'une voix douce :

« La vérité, Monsieur Meyer ! La vérité, sans que… sans que Marie Gauthier puisse se douter de quoique ce soit. Il est vrai que je ne suis pas là par hasard. Je pense comprendre… enfin, je crois comprendre que ce que vous avez… découvert, il y a peut-être longtemps, nous, nous l'avons découvert il y a quelques jours à peine… Marie Gauthier est une charmante jeune fille comme l'était Sarah… Sarah Meyer était votre fille, n'est-ce pas ? Ecoutez, je suis catholique et par conséquent, il m'est difficile de croire en autre chose qu'en la sainte Bible. Pourtant, je ne peux nier l'existence de certains phénomènes qui me dépassent. Peut-être parce qu'une puissance inconnue ou qu'un Dieu ramène sur la terre certains êtres… Peut-être parce qu'ils doivent vivre… vivre encore dans un autre lieu, entourés de gens différents pour apprendre ou pour "purifier" leurs actes manqués d'une vie précédente… je sais que cela paraît fou ! surtout pour vous, juifs… mais dites-moi que vous pensez que Marie aurait pu être… »

M. Meyer leva les bras au ciel, les yeux remplis de larmes. Il fit quelques pas pour s'effondrer dans un fauteuil qui semblait se plaindre de sa brutalité.

« Sarah… oui !… Sarah… et Marie… nous avons pensé ces dernières années que le ciel avait bien voulu nous rendre notre petite Sarah… c'était trop beau et croire en tout ce qui est beau effraie parfois le peuple juif qui a vécu de souffrances en exils et qui a plongé sa peine en une croyance saine. Comme pour vous sans doute, il était impossible de croire en l'existence d'un corps mort depuis des années… pourtant, une mère, un père n'oublient pas chacun des événements qui ont fait grandir leur enfant, chacun des gestes qui lui sont propres… Comment avez-vous… comment vous êtes-vous doutée ? »

Mlle Saulnier joignit ses mains sur sa bouche et par un émouvant sourire s'efforça de répondre d'une voix suave :

« Monsieur Meyer… la ressemblance entre Sarah et Marie est quasiment parfaite. Seule la couleur de leurs yeux diffère. Marie a les yeux verts, alors que… votre fille avait les yeux bleus… Cette ressemblance a fait tomber en syncope le professeur de français, Mme Cahors, le jour même de la rentrée !… Vous n'auriez pas dû inviter les parents de Marie à l'envoyer dans notre lycée… je suppose que c'est vous qui leur en avez soufflé l'idée ?… Je me souviens que lors de son inscription, sa mère, Mme Gauthier, m'a précisé qu'elle nous confiait sa fille parce que ses voisins avaient vanté notre établissement.

La vérité sur l'identité de Marie fut, en fait, mise à nue par un devoir… un devoir de français… que Sarah avait rédigé il y a longtemps, quelques jours à peine avant son arrestation. Mme Cahors l'avait conservé dans une chemise, car il l'avait marquée par sa valeur littéraire et par l'époque terrible à laquelle elle l'avait écrit. Mme Cahors, frappée par l'image de Sarah puis par celle de Marie, a tout de suite pensé que le ciel lui avait rendu celle qui était sa meilleure élève. Elle a alors décidé de donner à ses élèves le même devoir que celui qu'avait fait Sarah des années auparavant… ensuite, il a suffi de comparer les deux copies.

Même écriture fine et penchée, même forme, même style… des phrases entières écrites sur l'amour et la liberté dont les mots se retrouvaient par une même conviction… une même innocence, les mêmes idées, la même imagination… la même espérance se trouvaient là, sur une feuille jaunie par le temps et aussi sur une feuille blanche caressée d'un jour. Comment pouvions-nous expliquer cela sans oser penser que Sarah était devenue… Marie ?… Marie Gauthier a tout simplement "pompé", oui, mais elle a pompé dans sa mémoire, dans la mémoire de Sarah Meyer… Que vouliez vous que l'on en déduise ?… »

M. Meyer soupira tristement, les plis de ses lèvres s'étaient accentués. Il hocha la tête avec beaucoup de regrets et avoua :

« Nous n'avions pas pensé au lycée… nous ignorions que l'on se souviendrait d'elle… »

« Je dois avouer que je n'ai pas eu la chance de connaître Sarah. Mais je suis entourée chaque jour de ceux qui l'ont connue et aimée. Son professeur dit d'elle qu'elle était un soleil, une chaleur étouffante d'amour pour tous ceux qui avaient froid au cœur. Elle était un sourire pour celui qui croisait son regard sans se soucier de ce brin d'arrogance qu'il laissait paraître… Mme Cahors s'est à peine remise du choc en découvrant Sarah à travers Marie. L'aspect religieux et philosophique de la situation n'a pu l'empêcher de croire que votre fille était bel et bien là, devant elle. Et vous ?… Comment avez-vous su ?… »

Alors que Mme Meyer sombrait dans le silence, l'homme sembla se libérer d'un poids sans doute trop lourd à porter depuis des années. Valérie Saulnier pensa distraitement que le thé ne viendrait jamais, fixant le comportement inerte de Mme Meyer. Elle allait entendre une révélation fascinante, une histoire bouleversante. Le regard un peu flou, plongé dans celui de l'homme, elle attendait avec impatience une parole qui la guiderait vers le chemin de la vérité, qui, pour certains, serait sans doute une pure invention de son imagination. Soudain, les pas de M. Meyer s'arrêtèrent et d'une voix calme telle celle d'un conteur, il avoua :

« C'est une longue histoire… Une histoire qui commença au début du mois de mai, en 1944, et qui se termina tragiquement le 9 juin. C'était lorsque la solution finale fut relancée. La milice et la Gestapo lancèrent leurs filets sur toute la ville et ensuite ce fut dans toute la région. Mais un manque de synchronisation de leur part et un coup de fil providentiel nous ont permis de nous enfuir. Hélas !… Sarah avait déjà été arrêtée. Nous avons eu la confirmation de… de sa mort, en 1946. Inutile de vous dire ce que nous avons vécu après ce drame… Ma femme a cru mourir et j'ai bien craint de ne pas avoir assez de courage pour nous deux. Et puis… Marie… Marie Gauthier est entrée dans notre vie… c'est cette rencontre qui nous a aidés, qui nous a sauvés et qui nous a appris… »

« Oui, l'interrompit la jeune femme, mais… Comment avez-vous su que Marie… enfin, que Sarah et Marie n'étaient qu'une seule… personne ?… Tout ceci est tellement incroyable !… tellement stupéfiant ! »

« Quand nous avons rejoint notre domicile, reprit M. Meyer calmement… les Gauthier étaient déjà installés depuis deux ans. J'étais dans le jardin, essayant de remettre un peu d'ordre après nos quatre années d'absence… Quand j'ai aperçu une petite fille blonde qui me regardait avec un sourire coquin… mi-ange, mi-démon… Vous savez, sur le coup, j'ai eu l'impression que je rêvais. La tête me tournait, des frissons glacés me parcouraient le corps. J'ai eu peur en voyant devant mes yeux, ces deux éclats de jade qui me fixaient longuement. J'ai bien cru que j'allais m'évanouir. J'étais paralysé par la peur que cette image ne soit qu'un mirage… J'avais devant moi le portrait de Sarah quand elle avait son âge. Alors, lorsque j'en ai parlé à ma femme, et lorsqu'elle a vu Marie, nous avons décidé de… enfin de ruser auprès des Gauthier. Ça leur rendait bien service qu'on leur garde la petite… et nous… nous étions fous de bonheur ! Nous avions l'impression de revivre la seconde enfance de Sarah.

« Mais, je crois que nous ne savions pas vraiment ce que nous faisions !… Au début de cette merveilleuse rencontre, on ne se rendait compte de rien. Nous étions dans une totale confusion… et, quand je dis confusion, c'est parce que nous ne faisions plus la différence entre Sarah et Marie. Surtout que la petite répondait aussi bien à un prénom qu'à un autre. Souvent, j'oubliais qu'elle n'était que Marie, et l'appeler Sarah sans qu'elle ose me répondre "non, moi c'est Marie !" me confortait dans ma conviction. Par la suite, nous avons peu à peu retrouvé le réel de la situation. Nous nous sommes efforcés de l'appeler "Marie", surtout par rapport à ses parents.

« Pourtant, en revenant à la réalité, nous devenions de plus en plus perturbés… Marie avait exactement les mêmes comportements que notre fille, les mêmes goûts, les mêmes peurs, jusqu'à sa façon de dormir qui était identique… vous, vous êtes jeune, vous n'avez pas d'enfant. Mais vous savez, un enfant, on le suit toute sa vie, on connaît ses habitudes, ses plaisirs, ses craintes… on le voit naître, il est fragile, on le voit grandir et l'on devient fragile à notre tour ! Nous n'avons rien oublié de notre petite Sarah. Tout était là, dans notre mémoire, les souvenirs étaient rangés dans un ordre incontournable. C'est pour cela qu'en voyant Marie, nous ne pouvions pas ne pas faire le rapprochement… Bien sûr, tout cela était bien étrange et anormal.

« On se demandait parfois si la folie ne nous tournait pas autour ! Nous refusions de croire à… ce que nous avions terriblement envie de croire. Jusqu'au jour où… Marie venait d'avoir six ans. Comme d'habitude, nous la gardions à la maison. Ce jour-là, nous lui avions accordé un vœu. Elle devait nous le dire avant de rentrer le soir chez ses parents et nous attendions qu'elle se décide à choisir. La seule chose qu'elle désirait c'était d'avoir l'autorisation de rentrer dans une pièce qui l'avait toujours intriguée. C'était la chambre de Sarah… Marie passait des heures entières à regarder la porte de la chambre comme si elle avait toujours su qu'un jour elle s'ouvrirait à elle. Assise sur les marches du grand escalier en pierre, il lui arrivait de rester immobile, pensive, le regard rivé sur la poignée blanche de la porte de Sarah. Oui, ce jour là, elle m'a agrippé par le bras pour que je la suive. Nos pas se sont arrêtés devant la chambre. Rachel tenait la clé cachée dans un pot de porcelaine posé sur la commode. Elle s'empara de la clé et lui ouvrit… »

Mme Meyer qui, jusqu'à présent était restée silencieuse, l'interrompit.

« Je ne sais pas ce qui m'a pris !… J'ai ouvert la porte par un geste machinal comme si c'était une habitude d'y faire un peu de ménage. La chambre était restée fermée depuis… depuis notre retour. Marie y est entrée ce jour-là, c'était la première personne qui y pénétrait. Elle a fait le tour de la chambre, regardant tout sur son passage. Elle avait un drôle d'air, comme si… comme si elle reconnaissait ce lieu. Puis elle s'est dirigée vers une petite chaise, près du rideau, là où se trouvait assise la "poupée de Sarah". Cette poupée n'était plus qu'une tête, un visage délicat et doré dont la chevelure était frisée par les années de passage des petits doigts fins qui en tournaient sans cesse les mèches. Elle aimait poser son nez dans cette chevelure rêche parce qu'elle avait une odeur particulière. Elle nous demandait toujours de la sentir, persuadée que l'on n'y sentirait pas que la poussière, mais aussi cette odeur qui la faisait "téter". Marie l'a prise dans ses mains et a commencé à lui parler. J'avais la tête qui tournait, oui, je me sentais mal et pensais qu'il allait se passer quelque chose… je me revoyais en Allemagne avec la petite, la poupée… je ne faisais plus la différence. Le temps s'en allait, disparaissait… pfft »

Mme Meyer fit un geste de la main et poursuivit, le regard plongé dans le passé.

« Je n'ai pas osé la lui enlever des mains. Pourtant, si c'était une autre enfant qui l'avait prise, je l'aurais vécu comme un sacrilège et la lui aurait ôtée immédiatement. Mais pour Marie, tout était si différent… je me souviens de m'être mise à pleurer. Puis j'ai pensé que ma fille ne m'en voudrait pas d'avoir donné sa poupée à une autre petite fille qui lui offrirait autant d'amour. Je lui ai demandé : "Alors, elle te plaît la poupée ?" et elle m'a répondu "Oui, elle me plaît, parce que c'est ma poupée !" Je n'y ai pas pris garde de suite, car les enfants ont tendance à anticiper sur la propriété d'un nouveau jouet. Alors, je lui ai demandé : "Elle te plaît mais quel nom vas-tu lui donner ?" et là… là… »

Mme Meyer s'étrangla d'un gros sanglot. Son mari lui passa le bras autour des épaules et lui demanda si elle désirait qu'il continue à sa place. Elle fit "oui" de la tête, et M. Meyer ému, poursuivit l'odyssée interrompue après s'être raclé la gorge :

« Quand mon épouse lui demanda quel nom elle allait lui donner, Marie répondit sans hésitation : Myriam. Comprenez-vous, Mademoiselle Saulnier, c'était le nom que lui avait donnée Sarah! Vous imaginez notre émotion ?… Nous ne savions plus où nous en étions.

« Nous étions complètement déstabilisés. Tellement déstabilisés que je suis allé voir un rabbin. Il m'a rassuré, tout en restant très évasif et mystérieux sur ce thème. Il m'a réconforté en disant "Quelle importance cela aurait-il que Sarah soit devenue Marie ?". J'ai répondu un peu agressivement "Mais… Sarah était notre fille !". Alors, secouant la tête, il m'a expliqué "non, non, les enfants ne sont les enfants de personne… Il nous en est confié leur garde seulement ! N'oubliez jamais, Sarah n'était pas votre fille, mais vous étiez son père, c'est très différent. En fait, tous les enfants sont les enfants de Dieu. C'est tout ! Alors que vous fussiez le père de Sarah autrefois, et qu'aujourd'hui, elle ait des parents différents, elle est toujours une enfant de Dieu qu'il faut aimer et protéger. Comme pour le passé, soyez pour elle et non elle pour vous !…"

« J'étais très troublé par son discours qui comportait beaucoup de sagesse. Rachel et moi nous sommes faits à cette situation même si nous n'étions pas toujours convaincus que Marie ne soit qu'une enfant de Dieu. Aussi, depuis cet incident, nous avions décidé de laisser la porte de la chambre ouverte. Marie prit rapidement l'habitude d'y jouer et même d'y dormir parfois lorsque ses parents rentraient tard. Un jour, la table de nuit qui était depuis toujours dans la chambre de Sarah eut un petit ennui. La petite porte était coincée. Etant assez manuel, je décidai de changer les charnières. Je me mis à tout débarrasser pour la descendre. C'est quand elle fut installée sur l'établi que je remarquai une plaquette en bois assez mal assortie avec le reste du meuble. Ça faisait comme un double fond, maintenu par deux petits taquets de bois. Après l'avoir retiré, j'ai découvert un cahier. Et là, j'ai reconnu l'écriture de Sarah. »

M. Meyer marqua un temps d'arrêt. Il écarta les bras pour signifier son incompréhension et son impuissance à expliquer ce qui allait suivre.

« Sept ans ! Ce cahier avait dormi là sept années. Bien sagement, sans éveiller le moindre doute. Sarah n'avait pourtant aucun secret pour nous... mais j'ai pu comprendre son geste, son secret troublant. Si nous étions tombés dessus trop tôt, nous aurions eu peur, car il y avait vraiment matière à s'inquiéter. Oui, ce qui va suivre appartient à l'incroyable, à la limite de la folie ou celle du délire... pourtant notre Sarah était bien saine de corps et d'esprit. Mais c'est... c'est la suite... hélas, qui prouva la véracité de ses écrits !...

« Ce que j'avais entre les mains, c'était son journal. Un journal pas comme les autres... c'était plutôt son histoire à travers les temps... tout y est très bien expliqué. Des lignes d'espoir, des poèmes pour celui qu'elle aime, des traces de peines qui traversent les siècles... mais ce qu'il y a de plus extraordinaire dans son récit, c'est sa métamorphose, son changement de personnalité. Au début, c'est bien Sarah... ses écrits correspondent encore à une jeune fille, adolescente sans histoire, heureuse de vivre, avec ses jeux, ses humeurs et les préoccupations de son âge. Au fil des lignes, les choses changent... et dans son discours, nous avons découvert sa "lente descente aux enfers", puis la remontée progressive... tout ceci nous est revenu en mémoire car nous n'avons rien oublié de ses comportements...

« Tout a commencé le 5 mai... Elle décrit très bien cette scène ainsi que ses réactions dues à des effets secondaires. Elle va ainsi traverser une période très douloureuse. Elle appelle ceci "sa mutation"... ou son "retour à l'Etre". Elle écrit toujours "Etre" avec un E majuscule. Je ne sais pourquoi, mais on sent qu'elle attache à ce mot une importance considérable, quasiment divine. Ainsi, chaque nuit, elle fait des rêves étranges qui ne lui semblent pas être réellement des rêves, mais des champs d'expériences vécues dans d'autres existences... Mademoiselle Saulnier... la tragédie qu'a subie notre fille m'interdirait tout mensonge ou affabulation... Une nuit... nous nous sommes levés, Rachel et moi, car nous l'entendions parler à voix haute dans sa chambre ! et à notre grande surprise, nous avons découvert que dans son sommeil, elle parlait hébreu... oui, hébreu ! Et de plus, c'était un dialecte ancien du temps de la Palestine romaine !

« Mais, dans les jours qui suivirent, elle explique qu'elle se découvre encore bien d'autres expériences... et ce qu'il y a de tragique, c'est que la même histoire se répète, suivant un schéma identique : elle rencontre toujours le même personnage, un jeune homme qui se trouve être dans un camp opposé au sien... Leur amour passe au-dessus de cet antagonisme. Ils sont séparés... elle, elle meurt... et lui se suicide peu après, désespéré ! Quand notre fille a rencontré ce jeune homme, enfin... ce jeune officier S.S., la monstrueuse machine s'est remise en marche. Stimulant son ancienne mémoire, peu après tout lui revient... elle connaît avec exactitude tous les événements qui suivent... Elle sut ainsi que les jours qu'il lui restait à vivre étaient comptés !... Je ne sais pas quelle malédiction entoure ces deux enfants...

« Cependant, Sarah était persuadée qu'elle le sauverait, qu'elle sauverait ce jeune homme grâce à l'amour qu'elle lui portait. Et c'est par son suicide qu'il perdait chaque fois son rachat… Sarah l'aimait d'un amour brûlant, mais aussi d'un amour presque maternel. Elle essayait de le guider vers un chemin plus juste, moins fanatique, pour sauver son âme et accorder son pardon. Elle allait jusqu'à se sacrifier pour qu'il existe sans elle, pour qu'il grandisse… invraisemblable ! Sarah acceptait de mourir jusqu'au jour où il accepterait enfin la mort de celle qu'il aimait tant ! Jusqu'au jour où il déciderait de lui survivre. "Pour qu'il vive sa peine, pour qu'il découvre… écrit-elle, ce qu'il a à apprendre !"

« Sarah n'en écrit pas plus… si ce n'est qu'il doit atteindre sa dimension humaine, son Eveil ! Là, je n'ai pas vraiment saisi le terme de cet "Eveil". Vous verrez, ce mot "Eveil" revient souvent, et lui aussi avec un E majuscule ! On le trouve d'ailleurs à plusieurs reprises en parallèle avec l'ignorance… ou encore avec le sommeil ! Attendez… je me souviens d'une phrase qui m'avait beaucoup frappé… Elle faisait référence à Socrate… dont elle ignorait totalement l'existence. C'était "les hommes endormis vivent tous dans un monde différent, seuls les hommes éveillés vivent dans le monde !". Et elle-même ajoutait "Il faut vivre dans le monde et non pas dans son monde"…

« Quand j'eus terminé le lecture de ce journal, je suis retourné à la synagogue, dans l'espoir de retrouver le rabbin avec lequel je m'étais entretenu la première fois à ce sujet. Je lui ai laissé les écrits de Sarah… Et, savez-vous ce qu'il m'a dit avec un sourire étrange ?… Bien étrange, son sourire… "Mon fils, ne cherchez pas trop à comprendre ! Restez fidèle à la Thora mais sachez que cette enfant que Dieu vous a donnée, pourrait avoir le titre de "Rabbi"… et que beaucoup d'entre nous aimeraient lui ressembler ! Ne vous laissez pas troubler par ses anciennes vies… ceci n'est pas vraiment important… ce qui est important, c'est la vie que vous vivez ici, maintenant !" J'ai toujours ressenti ce brave homme comme peu orthodoxe, allez savoir pourquoi !…

« Enfin ! Le moins que je puisse faire, c'est de vous prêter ce journal. Ainsi, vous comprendrez mieux cette histoire criante de vérité, une vérité incroyable pour ceux qui ont perdu l'espoir de croire. Cette vérité prend aujourd'hui une nouvelle résonance ! Au fond, c'est bien ce que vous étiez venue chercher ici ?... La vérité, la voici... nous, nous nous sommes rendus à l'évidence. Sarah est de retour mais elle porte le nom de Marie... Marie Gauthier. Chaque jour, nous remercions Dieu de nous l'avoir rendue, même si c'est une autre famille qui l'élève et qui lui a donné son nom. Nous savons qu'elle nous aime comme si nous étions ses parents. Qu'elle ne sache pas qui elle est pour nous n'a aucune importance ! D'ailleurs... nous-mêmes savons-nous ce que nous étions autrefois ? En vérité, je vous le dis, mademoiselle, je préfère ne pas le savoir. Et je crois que Dieu, en nous accordant cet oubli, a bien fait les choses... Aujourd'hui pourtant, nous sommes très angoissés... Marie a maintenant seize ans et demi. Dans un mois environ, elle atteindra l'âge fatidique où Sarah est décédée et... et nous avons peur... tous les jours... de voir apparaître dans sa vie un jeune homme qui... qui serait celui qui relancerait le processus diabolique ! »

« Attendez, Monsieur Meyer ! l'interrompit Valérie Saulnier, pour cela, il faudrait être sûrs que ce jeune officier allemand se soit suicidé ! Il vit peut-être encore et s'est peut-être marié, et sans doute a-t-il des enfants... »

L'homme leva les yeux au plafond et joignit les mains pour simuler une prière :

« Que Dieu vous entende, mademoiselle ! »

Un silence troublant prit la place d'un discours inutile. Chacun absorbé par ses réflexions n'osait parler. Puis brisant cette atmosphère lourde d'incertitudes, la jeune femme demanda :

« Mais que voulait au juste Sarah de ce jeune homme ? Hormis le fait qu'il ne se suicide pas après son départ ?... Qu'attendait-elle, Qu'espérait-elle ? Fait-elle mention de ce fait ? »

« Oui, je vous l'ai dit ! Vous trouverez tout ! vous comprendrez tout, enfin, vous essayerez... Moi, je n'ai pas tout compris... elle voulait le conduire à l'état d'homme, non ! un "humain" écrivait-elle ! "Qui doit réaliser l'absolu de l'Etre".

Là, je ne sais pas ce qu'elle veut dire, c'est abstrait ! Elle ajoute que "lui seul doit faire une partie du chemin, et que pour le reste, elle sera à nouveau à ses côtés, pour passer sur l'autre Rive", avec un grand R, là aussi ! Ce qui m'est le plus douloureux, c'est qu'il m'est impossible de suivre ma fille dans sa démarche. Je pressens quelque chose de grand… de magnifique, un but ultime à atteindre, qui est le privilège de tout être humain… "son héritage", assure-t-elle. Alors, je lui fais confiance.. Elle est là maintenant, et elle ne se doute de rien. Elle semble être une jeune fille ordinaire. Mais plus je la regarde, plus je l'observe, plus il me semble retrouver Sarah dans ses derniers jours… elle était illuminée, dans le sens le plus beau du terme. Elle était un soleil, elle n'avait plus que l'apparence physique de notre petite fille, et encore !… Même dans son visage, quelque chose avait été modifié. Elle nous semblait être une femme, et une immense beauté intérieure s'irradiait d'elle… »

M. Meyer se leva péniblement et alla vers un buffet deux corps, ouvrit un tiroir et en sortit avec précaution un cahier à couverture bleue. Il le tendit à la jeune femme et ajouta :

« Faites-y bien attention. Et je… je ne voudrais pas vous mettre à la porte, mais Marie ne va pas tarder à rentrer… elle pourrait s'inquiéter de votre présence ici » expliqua M. Meyer, jetant un rapide regard sur sa montre.

Mlle Saulnier glissa le manuscrit dans son sac, puis prit congé de ses hôtes, les remerciant de s'être livrés à elle avec autant de gentillesse.

« Je vous téléphonerai pour revenir vous voir et pour vous rendre les notes de Sarah. Soyez tranquilles, pour notre secret… »

Mais elle n'en pensait pas un traître mot. Ainsi va la vie !… personne ne fait jamais le mal pour l'amour du mal. Chacun fait le bien pour l'amour du bien, ou pour son bien à lui, tel qu'il le croit ou tel qu'il le comprend. Ainsi font les êtres endormis…

Chapitre 3

Au fil des siècles…

Valérie se retrouva dans la rue avec une rapidité surprenante. Elle frissonna un grand coup. Etait-ce le froid de la nuit ? Elle se décida à rentrer au lycée. Chemin faisant, elle pensa qu'elle avait volontairement omis de dire que "ce garçon" vivait encore en 1947, et que Mme Cahors l'avait gardé quelques temps chez elle. Qu'était-il devenu ?… Avait-il tenu le coup après la révélation douloureuse que lui avait faite Mme Cahors ? S'il vivait encore, ce devrait être un homme d'âge mûr ! Que se passerait-il s'ils se revoyaient ? Les craintes des Meyer étaient-elles fondées ? Autant de questions qui restaient sans réponse…

Il était trop tard pour retourner au lycée, aussi Valérie Saulnier préféra rentrer chez elle pour réfléchir et aussi pour lire sans être dérangée ce qu'elle appelait déjà le "Roman de Sarah". Elle retrouva son appartement puis sans perdre une seule seconde se prépara un plateau-repas. Elle s'installa confortablement, ouvrit le cahier bleu et commença sa lecture sans se douter qu'elle aussi avait sa place dans ce lointain passé. Au fur et à mesure, Valérie fit connaissance avec une Sarah adolescente qui relate sa rencontre avec Frantz. La façon dont elle consigne sa relation avec le jeune homme est bien décrite, dénotant un caractère adulte. Elle pressent, par intuition, des événements tragiques. Puis, arrive la description des premiers rêves… sa façon de les analyser et de comprendre que tout ceci n'a rien d'ordinaire. Elle distingue en fait trois parties de vies bien distinctes qui ont souvent interféré entre elles. Avec le temps, elle arrive à maîtriser le phénomène et à le situer chronologiquement, d'abord entre "eux" et ensuite dans le temps.

Elle situe sa première expérience en Palestine, pendant le siège de Massada. Elle se revoit très bien descendue de nuit le long de la falaise dans un immense panier... son arrestation brutale par des légionnaires... elle est conduite aussitôt devant un jeune centurion qu'elle reconnaît immédiatement... De cette rencontre va naître un amour impossible qu'elle identifie aussi comme la cause de la mort... Elle sait qu'il lui reste peu de temps à vivre et s'efforcera de tout faire pour convaincre celui qu'elle aime de lui survivre. Elle sera prise dans un camp de Zélotes[1] et crucifiée sur la route de Jérusalem. Lui se jettera du haut d'une falaise, ne trouvant plus le courage de vivre sans elle. En ce temps là déjà, elle se nommait... Sarah ! Elle se souvient de son agonie et la décrit avec un luxe de détails, expliquant que, passé un certain seuil, la souffrance physique s'atténue pour nous laisser rentrer dans d'autres états de conscience plus forts et plus réceptifs. "Le crucifié, assure-t-elle, meurt lentement par asphyxie".

La seconde rencontre a lieu pendant la croisade contre les Cathares. Elle avait adhéré à la foi des "Parfaits"[2] quand elle fit la connaissance d'un jeune chevalier appartenant aux troupes de Simon de Monfort[3]. Elle meurt au champ des

---

1 – En grec : fanatique, Les Zélotes n'étaient en fait que des résistants Juifs qui luttaient avec courage contre l'occupant romain. Leur foi en Dieu les transformait aussi en redoutables sicaires (sica : lame recourbée).

2 – Religieux cathares connus aussi sous le nom de Bons Hommes. Ils furent torturés, brûlés et exterminés sous les coups de l'Inquisition. Créés par ce Saint homme de Saint Dominique... "Domini Cane"... Les chiens de Dieux comme ils aimaient s'appeler eux-mêmes.

3 – Homme fort de la croisade contre les Cathares, cet homme "charmant" sous tous rapports dans l'extermination qu'il mena, autant par la trahison que par l'ignominie, eut sa magnifique carrière interrompue malencontreusement par une pierre expédiée d'une catapulte servie par des Toulousaines. Ladite pierre lui fendit le crâne et on ne sait toujours pas à qui il rendit son âme... Le diable lui-même, dit-on, en eut peur et la refusa. Il

"Cremas" après que soit tombé Montségur, le 16 mars 1244. Le malheureux chevalier épris de la jeune fille la reconnaît au moment même où les flammes la couvrent sur le bûcher. Pour se repentir de ses erreurs, il décide de se perdre dans la montagne. Démuni de toutes ses fausses convictions, il coince la garde de son épée dans l'anfractuosité d'un rocher et se laisse tomber dessus... là encore, Sarah relate l'expérience de cette mort, de sa mort. Pour elle, sa mort fut douce. Elle eut l'impression de s'endormir dans la fumée... Elle explique avec une assurance saisissante, que plus la mort est refusée, plus elle est douloureuse et tragique à celui qui la vit.

Pire encore, elle laissera son empreinte dans la mémoire inconsciente du sujet dans la vie suivante, s'il a eu l'impression que sa vie était inachevée. "La mort, écrit-elle, doit être vécue de façon consciente, ainsi il n'y a pas de mort réelle, il n'y a qu'un passage d'un état de conscience à un autre. Il n'y a pas d'arrêt, seulement la découverte de sa vraie nature... C'est pour cela qu'il m'est facile de mourir ! affirme-t-elle. Je quitte l'exil pour retrouver mon royaume. Peu importe de savoir de quelle façon arrive la mort, car elle n'est pas douloureuse quand elle est acceptée dans la totalité de son Etre. Lors de la perte du corps physique se révèle un nouvel état d'Etre absolu, qui est notre nature divine. C'est un état que l'on doit réaliser de son vivant, dans le corps." Sarah répond alors aux trois interrogations métaphysiques que l'homme ne cesse de se poser depuis l'aube des temps où il osa se tenir debout... "Nous venons de la lumière, nous sommes lumière et nous retournerons à la lumière..."

Sa troisième vie se passe en Vendée, au temps de la Révolution française... Elle fut prise avec sa famille, et noyée peu de temps après à l'intérieur des tristement célèbres ba-

---

faisait une excellente paire d'assassins avec son non moins charmant ami, Arnaud d'Amaury, qui fit le sac de l'église de Béziers. Celui-ci s'illustra car ne sachant pas distinguer les Catholiques des Cathares, il s'en remit carrément à Dieu pour le tri en disant : Tuez-les tous, Dieu reconnaîtra les siens...

teaux à soupapes... Quant à lui, il se suicidera une fois de plus, ne supportant plus son absence, en chargeant dans l'avant-garde de Marceau contre l'armée de Charette et Bonchamps.

La directrice se demandait comment la jeune fille pouvait se souvenir de ces détails alors qu'elle mourait tragiquement la première... Elle se dit que peut-être Sarah avait eu un pouvoir de vision prolongé, comme si son corps s'élevait lentement, veillant à ce que tout se qui se raccrochait à elle, que ce soit les personnes ou les actes, lui soit révélé. Valérie Saulnier poursuivit ainsi sa lecture sans se soucier des heures écoulées. Elle était à la fois émue et troublée par le récit de ces vies éphémères qui n'avaient jamais excédé seize ans !...

Sur les quelques pages qu'il lui restait à lire, elle découvrit que Sarah pensait vivre la fin de son périple. Frantz semblait plus mûr, plus adulte que lors de ses premières vies vécues dans une insouciance et dans un fanatisme incontrôlables. Sarah s'était appliquée à le préparer à ses échecs, puis à sa mort et considérait que les événements s'incurvaient favorablement. Déjà, un soir où l'amour les unissait, elle avait désiré lui offrir sa jeunesse, sa pureté. Fragile, elle voulait lui "appartenir" pour une nuit, pour une vie... qui laissera sa place à une autre, dans un lointain futur. Elle voulait offrir à celui qui l'aimait plus que sa vie, un espoir, un support pour qu'il s'y accroche, délaissant sa solitude. Mais, parfois les situations ignorent le désir et contrent les choix pour suivre un destin sans le changer...

En Vendée, Sarah avait pu rejoindre Frantz dans sa tente, mais une embuscade dans la nuit mit tout le monde en alerte, et il n'eut que le temps de lui faire franchir les lignes pour la mettre à l'abri. Et maintenant, elle sentait que rien ne s'opposerait à leur union. A mesure qu'ils avançaient sur ce chemin de sang, elle s'apercevait que le temps qu'il leur était donné à vivre ensemble était à chaque fois plus long, plus rempli que les fois précédentes. "Alors, conclue-t-elle, dans notre prochaine vie, nous pourrons toucher à l'ultime, réaliser une œuvre restée enfouie dans le silence de chaque être humain... pour passer de l'autre côté de la Rive... Là, où la vague ne croit plus qu'elle est vague, mais se découvre "océan éternel".

Là où chaque autre vague n'est que la manifestation de cette immensité qui perdure dans le "non-né". Mon amour, tu me rejoindras et je te prendrai la main. Ensemble, nous franchirons le point qui nous sépare de l'éternité ! "

Valérie Saulnier referma le cahier bleu, exprimant un profond respect pour ces écrits qui l'avaient émue. Soudain, elle se sentit envahie par une force qu'elle n'avait jamais ressentie auparavant. Elle avait conscience de sa grandeur et de sa dignité d'être humain. A travers les mots qui avaient croisé ses yeux, elle avait senti son âme et son esprit plus vivants que jamais.

« Il faut revitaliser Sarah !... pensa-t-elle avec force. Je dois retrouver ce garçon et s'il est... vivant, ce sera un signe du destin ! Et pour eux, tout pourra enfin commencer... »

Une illumination traversa son esprit brutalement, mais venait-elle vraiment d'elle ?

« Mais... mais je pense, tout à coup, qu'entre chaque retour, il s'est écoulé du temps... des siècles... pourquoi ? Pourquoi Sarah est-elle revenue aussi vite aujourd'hui ? Si ce n'est pour retrouver Frantz ?... Après tout combien d'années les séparent ?... D'après Mme Cahors, Frantz semblait tout juste sorti de l'adolescence... il doit donc avoir au plus trente quatre ans ou trente cinq !... Pourquoi diable Sarah reviendrait-elle sous la forme humaine de Marie si ce n'est parce que Frantz est vivant ?... »

Sa décision fut prise rapidement. Elle allait entreprendre les démarches nécessaires pour le retrouver. Mais conjointement, elle chercherait à mieux connaître la jeune fille, en la sondant adroitement pour essayer de découvrir si au fond d'elle-même, elle n'était pas en situation d'attente... Comme si elle soupçonnait qu'un inconnu allait apparaître dans sa vie, et comme si elle l'attendait, persuadée qu'elle le reconnaîtrait...

Chapitre 4

J'attends... c'est cela, j'attends... !

Valérie Saulnier énuméra les différentes phases de son plan. Le lendemain, elle téléphonerait à l'ambassade d'Allemagne de l'Ouest, expliquant qu'elle voudrait y retrouver quelqu'un. Comme prévu, on ne manqua pas de lui donner l'adresse de l'administration compétente. Elle fit un brouillon de lettre qu'elle fit ensuite traduire par une ancienne condisciple, aujourd'hui professeur d'allemand dans une autre école. Elle préférait rester prudente. Puis, sans que Mme Cahors s'en doute, elle s'informa des allées et venues de Marie. Elle constata que le soir, elle rentrait directement chez elle, après avoir fait un bout de chemin avec une camarade. Elles se quittaient à un carrefour où Marie rejoignait seule son domicile. La directrice fut par contre très étonnée par son "petit manège" du jeudi matin : Marie sortait à onze heures et pénétrait dans le parc Karedech. A chaque fois, Valérie la perdait de vue, car la jeune fille s'infiltrait à l'intérieur du parc avec une rapidité surprenante. Elle prit un peu plus de risques pour ne plus la perdre, en la suivant discrètement de plus près... Marie marchait nez au vent, distraite, l'air heureux, musardant comme un oiseau en liberté, caressant du plat de la main les feuilles d'un buisson, s'arrêtant quelquefois pour écouter le chant d'un merle.

Valérie Saulnier était fascinée par le comportement de Marie, qui était à ses yeux un mystère vivant. La jeune fille sautillait parfois, retenant son joli bonnet de laine bleu qui la protégeait d'un froid vif régnant ce matin-là. Puis elle la vit prendre un sentier qui quittait l'allée principale. Le parc Karedech était rempli de ces charmants recoins qui abritent depuis toujours les amours naissantes, "ces amours débutantes" comme Brassens le chantait si bien… La directrice se cacha près d'un buisson, car elle n'osait pas la suivre davantage, craignant que l'adolescente ne soupçonne quelque chose. A travers le feuillage, elle put observer sa silhouette de femme-enfant ainsi que ses déplacements. Elle la vit s'asseoir sur un banc de pierre face à une statue représentant Vénus… Marie avait posé son cartable entre ses jambes et, les coudes bien coincés sur ses genoux, elle posa son menton sur ses phalanges repliées. Elle semblait attendre quelqu'un… sans vraiment l'attendre… ses yeux perdus sur les courbes rondes de la statue.

« Elle rêve, pensa Valérie, mais à quoi ?… »

Elle fut soudain dérangée dans son observation par deux garçons qui passaient, un transistor cloué à l'oreille. De leur voix de fausset, ils reprenaient une chanson de Richard Antony.

« Depuis que ce maudit train siffle ! grogna-t-elle, a-t-on besoin de supporter ces loufoqueries musicales à longueur de journée ?… Et "yé-yé" par ci et "wap dou wap" par là… ces onomatopées incongrues me froissent les oreilles ! Il ne manque plus que cet attardé de Filipacchi et son "Salut les copains" dégénéré… »

Elle fulmina encore jusqu'à ce que le train diabolique disparaisse au loin…

Marie s'était levée, ne restant jamais plus d'un quart d'heure, et reprit sa route, des "rêves bleus" plein son sillage…

Les semaines passèrent et les filatures se poursuivirent. Mme Cahors avait rajeuni de dix ans et avait sombré dans un délire subjectif… tous les devoirs de Marie étaient parfaits, même lorsque quelques belles fautes d'orthographe en pimentaient l'ensemble ! Tout le monde avait compris que Marie

Gauthier était la "chouchou" du professeur de français, mais la jeune adolescente ne s'en rendait pas compte ou feignait de l'ignorer, se considérant juste comme une élève attentive appréciée pour cette valeur par son professeur.

Elle était toujours d'humeur égale, gaie comme un pinson, pleine d'humour et rendant service à tous, chacun recevait à point nommé parole ou geste qu'il attendait. Mme Cahors exultait, elle retrouvait enfin la magie de Sarah... La vie lui était plus facile. Doucement, elle commença à tisser des liens avec la jeune fille qui se laissa faire sans peine. Quelques sourires de celle-ci dans la journée suffisaient à la remplir de bonheur. Elle regrettait parfois de ne pas avoir eu d'enfant, une enfant comme Marie avec qui elle aurait pu rire et aussi enseigner son savoir à titre personnel comme une mère qui explique à sa fille ce qu'elle a vécu et ce qu'elle a retenu de ses expériences... Le destin en avait décidé autrement, ses élèves étaient en quelque sorte ses filles, et elle nourrissait leur culture de son amour.

Valérie Saulnier de son côté désespérait de ne pas recevoir de courrier d'Allemagne. Elle était de plus en plus étonnée de voir Marie et son rituel... chaque jeudi, Marie retrouvait immanquablement son petit rond-point de troènes... et elle restait là, immobile, au chaud dans un songe.

« A quoi rêvent les jeunes filles ? plaisanta Valérie. Que vient-elle espérer ici ? »

Elle décida de hâter les choses, et le jeudi suivant s'arrangea pour créer une rencontre qui ne serait en rien fortuite. Connaissant l'heure d'arrivée de Marie, elle la précéda et se tint à l'abri d'un grand genévrier. Elle la distingua au loin, à travers les branches, et c'est au moment où elle s'engageait dans le petit sentier qu'elle fit une apparition impromptue. Marie tourna la tête vers l'écho d'un bruit de feuillages et sans aucune gêne, elle lui adressa un sincère signe de tête.

« Bonjour, madame la directrice !... »

Valérie Saulnier joua les étonnée et répondit :

« Bonjour, mademoiselle... Mais, vous êtes une élève de Mme Cahors, me semble-t-il ?.. Attendez, n'êtes-vous pas

Marie, celle dont les devoirs ravissent votre professeur de français, qui ne cesse de me parler de vous ?... Marie... Gauthier, non ?... Gagné ou pas ? »

Elle avait pris un ton enjoué, quittant volontairement ce côté un peu sec et solennel d'une directrice face à une de ses élèves...

Marie lui rendit sa "boutade" avec la même touche d'humour :

« Eh bien... Touchée... coulée, madame ! »

Elles rirent ensemble et Valérie Saulnier fut un peu désarçonnée par cette décontraction spontanée, toujours à l'aise, en toutes circonstances, ne se souciant pas d'une image hiérarchique pour attraper un fou rire ! Elle commençait malgré tout à la connaître et à s'habituer à son naturel parfois déconcertant.

« Vous étiez en pleine rêverie quand je vous ai vue ?... Venez-vous souvent ici ? »

Marie était "innocence" toujours. Elle répondit dans le vague.

« Chaque jeudi, oui ! Quand le soleil veut bien me tenir compagnie, madame, je viens dans cette enceinte d'arbres et de buissons. »

Sans en avoir l'air, Valérie pénétra lentement dans la petite allée. Elle arrivèrent ainsi dans le demi-cercle de verdure et s'assirent ensemble. Toujours avec beaucoup de retenue et de perspicacité, Valérie Saulnier regarda autour d'elle et commenta :

« Mais, c'est très mignon ici ! Est-ce là votre petit coin de paradis, comme le dit la chanson ?... »

Marie avait encore les yeux dans le vague, mais rétorqua :

« Oui... je me sens bien ici ! Je ne sais pas vraiment quelle en est la raison... »

La directrice ne savait au juste ce qu'elle cherchait, mais se hasarda plus franchement.

« Mais peut-être parce qu'un prince charmant doit venir ? »

Marie éclata de son rire frais, d'un rire d'enfant heureux ne se souciant pas de savoir quel intérêt lui portait son interlocutrice. Naïve, elle ne s'apercevait pas qu'une directrice aurait plutôt eu tendance à garder quelque distance à l'égard d'une élève. La jeune fille répondit sans réaliser ce que sa réponse pourrait entraîner comme indice.

« Peut-être... C'est très étrange. Quand je suis ici, il y a comme une vieille image qui colle à ma mémoire... je ne sais pourquoi... cela ne repose sur rien ! »

Valérie eut soudain tous ses sens en alerte et insista plus profondément :

« Ah, vous voyez... ! Il s'agit bien d'un prince charmant... A-t-il une apparence de crapaud ? »

Marie continua à rire et secoua la tête, laissant valser ses cheveux sous son bonnet.

« Non, non ! pas un crapaud !... »

Soudain, elle eut un sourire mélancolique et ajouta comme pour elle-même :

« Ce serait plutôt... un aigle ! Un bel aigle noir... il est triste et solitaire. Il a comme un uniforme couleur de la nuit. Je suis près de lui sans pouvoir le toucher... je ne suis ni heureuse, ni malheureuse. J'attends... C'est ça, j'attends ! »

La directrice réalisa que son interrogatoire dissimulé devait s'arrêter là, et qu'il valait mieux changer de sujet. Elle avait le sentiment que tout était à fleur d'eau et que la moindre réminiscence pouvait la remettre en état d'anamnèse... Elle préféra trouver un terrain moins mouvant pour Marie, et la sonda sur ses devoirs de français.

« Dites-moi, Marie ?... Je me souviens d'un de vos premiers devoirs... Mme Cahors me fait toujours passer ses copies corrigées, alors j'en profite pour les lire sans, bien sûr, porter un jugement quelconque sur quoi que ce soit... le thème du devoir était "la liberté et l'amour", vous en souvenez-vous ? »

L'adolescente hocha la tête en la regardant et répondit aussitôt :

« Oui, madame ! C'était un très bon sujet... très agréable à traiter ! »

Son interlocutrice se racla la gorge, sans risquer d'avoir l'air trop curieuse.

« Une phrase de votre exposé me revient en mémoire. C'était... oui... c'est ça ! Vous soutenez une argumentation très hardie, en affirmant qu'il est impossible d'aimer vraiment tant que l'on ressent soi-même le besoin d'être aimée. Etes-vous toujours convaincue de cette théorie ? »

Marie leva la tête un instant et suivit du regard l'envol d'un merle de passage. Elle répondit d'une voix suave sans se presser.

« Vous voyez, je ne chéris plus d'opinions depuis longtemps, et ne cherche à poser aucun postulat dans ce domaine. Chacun doit découvrir par l'expérience qu'il a vécue ce qu'il y a à découvrir. Etymologiquement, "découvrir", c'est enlever ce qui couvre, donc ce qui obscurcit la vue... Quand je dis que, pour aimer, il ne faut plus ressentir le besoin d'être aimée, ce n'est pas une pensée issue de cogitations personnelles. C'est en fait mon expérience propre... je pense ce que je dis et non pas l'inverse. Tout doit être vérifié et rien ne doit être pris pour argent comptant, ni même à la légère... chacun doit librement expérimenter afin de voir ce qu'il y a de vrai dans tout cela ! »

Valérie Saulnier se sentit désorientée par cette étrange réponse. Un léger silence troublé par le chant des oiseaux s'était installé à présent. Cependant, une autre question montant du plus profond d'elle même.

« Et vous ?... Dans tout cela, comment vous sentez-vous aimée ? »

Le visage de Marie se tourna vers elle. Il était radieux.

« Totalement... »

La jeune directrice était embarrassée. A travers le discours de l'adolescente, elle retrouvait les thèmes majeurs de Sarah. Des thèmes où s'enroulaient intimement métaphysique, ésotérisme et mystère... Insatiable, elle poursuivit, insistant pour en savoir plus :

« Qu'attendez-vous de la vie, Marie ? »

Il y eut encore un silence avant que la jeune fille ne regarde à nouveau sa directrice et se décide à apporter une réponse.

« De la vie... ? Rien ! J'ai, il me semble, déjà tout ! Tout m'a été donné !... J'ai juste quelque chose à accomplir... mais je ne sais pas encore ce que c'est. Je suis très croyante... pas comme une personne qui se dirige vers l'église fidèlement, mais plutôt comme quelqu'un qui croit en une force, en une puissance. Elle m'aide dans la vie, elle me dirige par cette voix que j'entends au fond de mon cœur... Alors, j'attends... sans impatience... Mais je sais que ce que j'attends est très important !... Elle se leva brusquement, reprit la poignée de son cartable et prit congé en saluant Valérie.

« Au revoir, madame la directrice... peut-être vous reverrais-je un prochain jeudi ? »

Mlle Saulnier s'était levée à son tour, et lui tendit la main :

« Bien sûr, Marie ! Pourquoi pas !... »

Elle la vit s'éloigner le long de l'allée, observant toujours sa silhouette fragile et gracieuse, et dont l'ombre légère sautait de buissons en buissons. Elle s'était assise à nouveau, décontenancée. Elle réfléchissait et pensait :

« Qu'il est difficile de la suivre ! Ses paroles sont toujours en demi-teintes... Cette enfant est trop sérieuse... à son âge, il faudrait qu'elle sorte, qu'elle danse, qu'elle ait des flirts... Elle est pourtant très gaie, très vivante... Elle s'amuse d'un rien qui la fait sourire.... les apparences sont trompeuses, ce n'est pas une enfant qui était devant moi, ni une femme, qu'est-elle vraiment ? »

N'en finissant plus de se torturer avec des questions sans réponse, elle prit finalement le chemin de son appartement. En prenant son courrier, elle vit une lettre à en-tête officielle en provenance d'Allemagne. Son cœur se mit à battre plus fort. Elle se dépêcha de l'ouvrir, tout en grimpant les escaliers. Elle fut ravie de lire que la missive était rédigée en français et en allemand.

Ainsi, il apparaissait que deux personnes seulement portaient le nom de Lilienthal... Frantz. L'une était trop âgée et habitait "Düsseldorf". L'autre dans un village de Basse-Saxe, près de Hanovre. Elle se procura difficilement une carte et finit par découvrir le "Burg" en question. Juste à côté, un nom attira son attention. Elle sourit d'un peu de tristesse... elle comprit qu'il était là !... Qu'il ne pouvait habiter que là ! Près de ce vieux camp de concentration dont le nom résonne encore sinistrement dans la mémoire collective... "Bergen-Belsen". Elle décida donc de profiter des vacances de Noël pour mettre son projet à exécution, et pendant tout le temps qui précéda son départ, elle imagina mille et une conversations possibles.

« Et s'il était… marié ? non !… mais non ! Que ferait-il près de ce vieux camp désaffecté ? Si… ce n'est pour être à ses côtés… à côté de celle tant aimée qui est… qui n'est jamais revenue ? Il doit être encore plein de son amour, pensa-t-elle soucieuse. Rien n'a dû s'effacer !… »

Chapitre 5

L'aigle jette ses lauriers… pour l'olivier

Le ronronnement monotone du moteur berçait doucement son pilote. Sous l'avion se déroulait un paysage enneigé d'un blanc lourd et somptueux. Il rentra dans une légère masse cotonneuse puis en ressortit aussitôt sans trace aucune. D'un coup d'œil, Frantz observa le compte-tours : 2 500 t/mn… Il était au-dessus du point de repère et prit son micro.

« Gulf Fox en point Novembre ! »

Un contrôleur lui répondit aussitôt :

« Rappelez vent arrière, travers tour, Gulf fox ! »

Il collationa[1] et amorça sa descente en ouvrant sur son aile et mentalement, comme une litanie, répéta sa check-list. Il se força à un peu plus de vigilance, il enclencha la pompe moteur, alluma ses phares, mis le réchauffage carburateur sur "ON", vérifia qu'il était sur le bon réservoir et constata en l'effleurant du bout des doigts que la mixture était sur "riche"… Il baissa la puissance à 2 000 t/mn et perdit 500 pieds, sortit ses volets, remit 200 tours de plus au moteur… Il était bien, en plein ciel.

1 – C'est le fait de répéter les ordres donnés par le contrôleur au pilote, ou l'inverse, ceci afin d'éviter toute erreur dans la compréhension des messages reçus.

Là, il se retrouvait plus que d'ordinaire. Cette immensité, c'était son territoire ; au sol il étouffait un peu. Ce n'est que lorsque ses ailes le portaient dans l'altitude de l'azur qu'il se libérait de son fardeau... Alors, il ne pensait plus à elle ; pour quelques instants, il oubliait Sarah, il pouvait se récupérer. Son souvenir restait au sol.

Il rappela la tour, pour signaler sa position :

« Gulf fox en numéro 1, rappeler en finale précisa le contrôle. »

Il entama sa base, réduisit encore sa puissance jusqu'à 1 700 tours, vérifia le vario en négatif et sa vitesse : 75 Kts[1]. C'était bon... Il aborda son dernier virage avec sécurité. Et soudain, comme à chaque prise de terrain, apparut dans sa tête l'image d'un *Messerschmitt 110* criblé de balles, celui de son père, qui s'était écrasé en début de piste dès le commencement de la guerre. De retour de mission dans le ciel français, il avait rencontré son destin à travers un de ces redoutables *Dewoitine 520*[2], heureusement peu nombreux en ce temps-là, pour la *Luftwaffe*. Il chassa l'image, et sortit ses pleins volets, vérifia son axe et son plan puis rappela le contrôleur :

« Gulf fox en longue finale... »

« Atterrissage autorisé Gulf fox, pour la 33, vent du 270, 7 nœuds. »

Frantz sentit que la piste s'agrandissait un peu trop vite et un seul coup d'œil au badin lui fit comprendre pourquoi : 75 nœuds...

« Tu vas effacer la piste... Nom de Dieu, où tu es encore ?... »

Il réduisit sa puissance, tomba à 65 nœuds, poursuivit, donna un peu du pied au palonnier droit pour rester dans l'axe, et sentit l'appareil qui s'enfonçait doucement ; l'avertisseur de

1 – Cette mesure de vitesse s'exprime en nœuds. 75 nœuds représentent donc une approche à environ 130 km/h.

2 – Avion de chasse français, très performant, mais construit en petit nombre. Ils tombèrent nombreux face au ME 109. La disproportion était d'environ 1 pour 10... En juin 40, la Luftwaffe alignait facilement 3 500 chasseurs.

décrochage se mit à couiner, il coupa la puissance et commença son arrondi. Il entendit les roues qui mordaient le ciment de la piste… Quelques mètres plus loin, il rendait du manche pour poser sa roulette avant.

« Bien, pensa-t-il, voilà un joli "Kiss"[1], c'est mieux ! »

De la pointe des pieds, il freina légèrement pour ralentir et quitta la piste par un taxiway pour rejoindre le parking. Frantz arrêta son appareil au-dessus des anneaux de clampage et clôtura son vol.

« Gulf fox au parking fréquence, au revoir ! »

Il décrassa les bougies quelques secondes, et étouffa avec regrets le moteur. Un énorme silence remplit aussitôt le cockpit, il n'aimait pas cela… Mais, il faut bien revenir sur terre… Il déverrouilla les portes et descendit, il prit le carnet de bord, bloqua les commandes et partit sans se retourner vers le bar de l'Aéro-club.

Il poussa la porte, c'était plein de rires, de conversations, de chaleur d'hommes. Il s'assit à une table vide et attendit la serveuse. Bien calé sur sa chaise, il réalisait qu'il n'était pas encore tout à fait au sol ! Il sentit une main qui se posait sur son épaule, cette main, il la reconnut de suite, elle venait d'un lointain passé, une main lourde d'amitié. Frantz se retourna avec beaucoup de lenteur, et savoura ce moment… Un homme se tenait debout derrière lui, il avait environ cinquante ans, très grand, les cheveux blonds et des yeux bleus rieurs… C'était Ray Faulkner, son ancien instructeur, ils se regardèrent puis l'homme, sans attendre, s'assit à sa table.

« Mais, c'est le beau Frantz, dis-moi que je rêve ! C'est bien toi ? »

Il secoua la tête, comme s'il n'y croyait pas.

« Je suis content de te revoir entier, alors… !… Comment se sont passées toutes ces années en Inde ?… Ton retour est définitif, ou tu es en transit ? »

---

1 – Toucher la piste en douceur, sans secousse à l'impact des roues. C'est un baiser au sol, littéralement.

Frantz commanda deux grogs à la serveuse et répondit :

« Non, c'est définitif, il y a une semaine que je suis de retour au pays. Et là, je viens juste de faire un vol d'entretien… Et toi, l'instruction ? Toujours beaucoup d'élèves ?… »

Ils avaient tous deux la gorge serrée, et se revoir aussi inopinément après plus de dix ans les avait surpris. Leurs mémoires, brutalement sollicitées, s'encombraient soudain d'une foule de souvenirs qui accouraient comme une bande de vieux copains, les submergeant, les remplissant de tendresse. Ils ne savaient par quoi commercer, si ce n'est par des banalités et par un silence chargé d'émotion. Ils virent arriver les grogs, et leurs mains entourèrent les verres fumants pour s'y chauffer. Ray osa poursuivre :

« Tu vas mieux maintenant ?… Tu sais, après toutes ces années, beaucoup de choses ont changé, je me souviens quand tu es parti pour l'Inde avec cette mission de coopération, tu vomissais l'Allemagne par tous les pores de ta peau… Tu as bien fait !… Tu m'as manqué… mais, on t'avait trop pris, ton père, ta mère à Dresde ! Puis cette jeune fille… Je te comprenais, tu avais voulu mettre de l'espace et du temps entre eux et toi… J'espère que tu as réappris à vivre et que toutes ces années t'ont permis de cicatriser tout ça !… »

Frantz lui offrit un sourire serein, rassurant, comme pour lui répondre.

« Oui, Ray ! Ça va !… Ça va beaucoup mieux, je te remercie. Tout est presque rentré dans l'ordre, j'ai fait la paix, ou plutôt, j'ai retrouvé ma paix, la meilleure preuve, c'est que je suis de retour, je vais reprendre la ferme que j'avais laissée à mon oncle… »

Ray bougonna un peu entre ses dents.

« Tu devrais quitter ce coin, Frantz, ce putain de camp de merde, juste à côté de ton exploitation, c'est pas sain pour toi… Tu vas encore ressasser le passé ! Tu es trop dans le passé, Frantz, avance… bordel, avance ! T'as toujours le regard derrière, c'est pas d'hier. Ou plutôt si, t'es toujours dans hier, dans des regrets… Souviens-toi comme tu te reprochais de ne pas avoir vraiment connu ton père, mais pour avoir pu le connaître, il aurait fallu que tu sois moins con, et qui sait si tu l'étais en ce temps là !... Con a un point que tu ne peux savoir... mais rien n'y faisait, il t'a pourtant secoué, Frantz, il a fait ce qu'il a pu pour te réveiller, mais il faut croire que le temps n'était pas venu. Tu te perdais dans tes rêves de la grande Allemagne, tu faisais chier tout le monde... »

Il éclata d'un rire désabusé, et continua à étaler sa mémoire entre deux lampées de grog.

« Tu ne dois rien regretter, maintenant, l'important c'est de t'être repris, ton père doit être content là où il est, tu sais. C'était un type merveilleux, je le sais, je faisais partie de son *Jag*[1], un excellent pilote, et toi tu faisais partie de ces jeunes loups qui ne faisaient rien d'autre que de hurler la gloire du *Reich*, tu ne pouvais pas comprendre ce qu'il te disait. Et pourtant, je te jure qu'il t'aimait. Et toi, t'avais presque honte de lui, il était malheureux de te voir appartenir à cette bande de fous furieux... Tu ne voyais rien, tu n'entendais rien... Hormis, les mascarades de Nüremberg... Qu'est-ce que vous étiez vulnérables, vous les jeunes, à cette époque... Faut dire, pour votre décharge, que la propagande ne lésinait pas sur les moyens, quoi de plus beau pour un gosse que de servir son pays. On lui colle un bel uniforme sur le dos, des dizaines de beaux saluts fascistes toute la journée, et des *Deutschland über alles*[2] comme une rengaine. »

« Ah, il vous avait bien en main le petit père *Goebbels*[3]. Tout ce que ton père a pu faire pour te sortir des *Hitler Jugends*[4], mais rien n'y a fait, tu devenais même menaçant pour lui. Il y avait un fossé que t'as jamais voulu combler, même

1 – Groupe.
2 – Hymne national allemand pendant la guerre 1939-1945.
3 – Ministre du Reich et de la propagande. Ses discours anti-sémites furent un modèle du génie... de la bêtise humaine.
4 – "Jeunesse Hitlérienne" groupe para-militaire de la Jeunesse Allemande. Leur recrutement s'est réalisé au départ avec les mouvements scouts... Ils faisaient office de Police parallèle et avaient tout pouvoir sur les contrôles d'identité... En conclusion un gamin de 13 ans pouvait exiger la présentation immédiate de ses papiers à n'importe quel citoyen allemand... Chaleureuse ambiance à n'en pas douter.

quand il est mort, t'as pas versé une larme, aussi froid que ta dague[1]... Eh, ouais... »

Dans les yeux de Ray on pouvait y lire encore toute l'histoire, la nostalgie l'envahissait.

Frantz posa une main sur son avant-bras et serra avec gentillesse.

« C'est fini, Ray ! C'était déjà fini quand je suis revenu de captivité, et si j'ai voulu devenir pilote, c'était pour mieux le comprendre. Oui, moi qui ne l'avais jamais compris, c'est vrai qu'il a essayé de m'ouvrir les yeux... Enfin, on... Elle me les a ouverts, mais tard, tellement tard !... J'avais déjà perdu le meilleur... Alors, j'ai voulu lui ressembler, tu sais. Devenir pilote, à mon tour, c'était une façon de le rejoindre, de me serrer un peu plus contre lui... »

Frantz eut soudain la gorge serrée, il s'arrêta et se cogna à son silence. Ray s'aperçut de l'émotion dévastatrice qui l'envahissait, tout n'était donc pas vraiment fini, non... Il en restait encore beaucoup du manque de ce père... Il plongea son nez dans son verre et en avala la moitié. Il continua, le regard ailleurs.

« Pourquoi t'es revenu, Frantz ? T'es sûr que ça va mieux ?... J'ai peur qu'en étant revenu trop tôt, tu te fasses encore rattraper par ton passé... »

Frantz jouait avec la buée de son verre, il l'essuyait elle revenait.

« Je reviens parce que j'en ressens le besoin... En fait, cette envie est venue brutalement, comme ça ! Un beau matin, j'ai eu envie de revoir l'Allemagne, c'était presque impératif... »

Il regarda Ray et sourit. Son ami fut rassuré et lui mit une claque amicale sur le cuir de son blouson.

« Te pose pas de questions... Gamin ! L'essentiel, c'est que tu sois bien... Vis, maintenant ! Vis plein pot ! T'as du temps

1 – Les officiers allemands portaient une dague lors des cérémonies en uniforme de parade.

à rattraper. Y'a de belles filles partout. Marie-toi ! Au fait, t'as pas ramené une belle indienne dans ta soute ? »

Frantz en riant secoua la tête. Et Ray continua, encouragé à devenir plus volubile.

« Putain, si tu savais, dans ce pays y'a maintenant plus de femmes que d'hommes. T'as qu'à sortir un soir avec moi, tu vas voir comme tu vas te faire chasser, c'est fou !… Une belle fille chaude, dans ton lit toutes les nuits, des enfants… vraiment, ça te tente pas ? »

Frantz faillit pouffer de rire et Ray s'étonna.

« Mais, ma parole, tu viens de rire, fais-moi voir encore ça ?… Je vais continuer à te sortir mes conneries, ça me fait trop plaisir de te voir ainsi ! »

Ils rirent de bon cœur, enfin totalement décontractés. Ils finirent leur grog et continuèrent à la bière.

« Ça t'a pas manqué la bière ? en Inde ? Et question pilotage, ça allait aussi ? C'est que là-bas, les conditions météo… Parce qu'au début, mon cochon, qu'est-ce que t'étais distrait ! J'y ai mis du temps pour faire de toi un pilote, Ouais… »

Ray s'enivrait doucement, il ne s'était pas aperçu que Frantz ne le suivait plus dans les pintes qui s'additionnaient. Il continuait son monologue tout seul, mélangeant tout, passant d'un sujet à l'autre.

« Ouais, t'es pas aussi bon que ton père !… Mais, tu lui ressembles, dans la souplesse, dans l'anticipation et la sécurité… Quel type, ton père ! Dire qu'il aurait pu sauter… Mais, non !… Son ME 110 était troué comme une passoire, ça giclait l'huile et le glycol partout… son mitrailleur était pratiquement mort… Je lui criais : Saute Dieter !… Saute… Tu peux plus rien pour lui, je voyais bien que le pauvre avait pris toute la purée dans sa part de cockpit. Y'avait plus que du sang, on le voyait plus… Mais, non… ton obstiné de père, il a pas voulu abandonner son pote, son ami, il est resté jusqu'au bout, dans son taxi pourri, un moteur en flamme et son hélice en drapeau… Tu sais ce que c'est, hein Frantz ? Quand t'as plus qu'un moulin qui tourne ?… Tu sais ce que tu te prends comme dissymétrie, à cause du couple, hein ?… Eh bien…

malgré tout, il a voulu le tenir... J'ai compris que ce putain de zinc, il allait pas tenir... Il a pas tenu ! A quelques mètres du sol, il a décroché, y sortait d'une trop grande incidence, mais il a tenté le coup. C'était jouable !... Bordel ! Qu'est-ce qu'il m'a manqué... Tu peux pas savoir. Tous ces copains, tous ces gosses que j'ai vu tomber en cendres...

Ray s'arrêta, il venait de sentir la main de Frantz sur la sienne.

« Tu me demandes d'oublier, Ray, mais il y aura bientôt dans ta chope plus de souvenirs que de bière. Je sais combien toi et papa, vous étiez liés. Mais tout ça, c'est terminé. Tu l'as dit toi-même ! Rangeons-le au fond de nous et ne le sortons plus... »

Ray hocha la tête, il repoussa du dos de la main ce qui lui restait à boire et l'œil soudain plus vif, interrogea Frantz.

« Qu'est-ce que tu foutais au juste en Inde ? »

Frantz répondit, le regard perdu dans les volutes de tabac blond qui serpentaient au plafond.

« Je faisais du frêt, du courrier, je transportais des médicaments, quelques passagers, enfin tout ! C'était dans le cadre d'une coopération mi-économique, mi-humanitaire, quel pays !... J'y ai rencontré les gens les plus miséreux du monde et pourtant les plus heureux. Ah, et puis la mousson... Quelle merde !... J'avais peur de trouver des champignons dans les cylindres... Enfin, j'ai beaucoup appris d'eux, là-bas ! Oui, beaucoup... »

Ray l'interrompit :

« Qu'est-ce que t'as appris ?... »

Frantz hocha la tête doucement, regarda son vieil ami et répondit :

« J'ai appris comment apprendre à être heureux ! Tout seul, sans l'aide de personne... C'est bien non ? J'ai surtout découvert une chose qu'en Occident personne ne connaît... C'est que le monde ne coïncidera jamais avec mon monde ! »

Ray fut un peu abasourdi, la bière, cette réponse, l'émotion de revoir Frantz après tant d'années... Il insista.

« Attends, tu peux répéter ?... Ça veut dire quoi tout ça ? »

Frantz lui fit un clin d œil et précisa :

« Ça veut dire que jamais les choses ne se passent comme on le désire… »

Ray éclata de son rire clair et joyeux, sa main s'écrasa en claque fracassante sur sa cuisse.

Frantz fut heureux.

« Et t'es resté si loin, si longtemps pour apprendre ça !… »

Il continua de rire et ajouta :

« Vois-tu, fiston, tout le monde sait ça ! Bien sûr que rien ne se passe jamais comme tu veux… T'avais pas besoin d'aller au bout du monde. Tu le savais déjà ! Je vois pas où est la découverte ? »

Frantz fronça légèrement les sourcils et l'interrogea fermement.

« La découverte n'est pas là. Mais toi, que fais-tu exactement dans ce cas où rien ne va comme tu veux ? »

Ray continua sa farandole de mimiques.

« Comme tout le monde, je mord le premier qui passe… »

Frantz hocha de la tête avant de lui répondre.

« C'est bien ce que je pensais ! Vois-tu, ce que j'ai appris en Inde, c'est d'accepter ce qui est au moment où cela est. Et quand tu es honnête avec toi-même et que tu acceptes totalement la situation, pas de façon fragmentaire, bien sûr, eh bien, tu découvres que cela ne cause aucune douleur, aucune colère, aucune souffrance !… Voilà ce qu'il y a à découvrir, à comprendre et à expérimenter… Çà c'est l'Inde. En tous les cas, une bonne partie… »

Ray resta perplexe et cessa de se gausser, il ajouta quand même :

« Ouh, là, Mais qui t'as vu là-bas pour apprendre des trucs pareils ? »

Frantz lui avoua :

« Quand je suis arrivé, il faut pas croire que j'allais mieux, j'emportais ma merde sous mes ailes, ça me collait partout. Je dormais mal, alors des gens m'ont aidé, ils m'ont donné de leur temps, un amour infini et une extraordinaire patience, pour me faire remonter de mon enfer… C'est ce qu'on pourrait appeler ici des saints hommes. Là-bas, on les nomme des Swamis, c'est-à-dire des sages… des maîtres… »

Ray prit soudain l'air faussement inquiet.

« Dis, tu vas pas me faire le coup du monastère, Saint Frantz, priez pour nous ! Epargnez-nous ça, un si beau mec en religion… Va pas me jouer les Saint-Ex… »

Ils se mirent à nouveau à rire, et bras dessus, bras dessous, ils se levèrent heurtant leurs chaises. Ils quittèrent le bar, épaule contre épaule, à la recherche de leurs souvenirs les plus beaux.

En sortant Frantz s'aperçut que Ray traînait un peu la jambe, il s'enquit aussitôt.

« Tu boites maintenant ? »

« Ouais, c'est le reste de ferraille que m'a laissé ce *Spitfire* dans la jambe, quand on faisait les *Blitz* sur Londres. Ah, il m'avait pas manqué celui-là !… J'en ai hurlé des insanités à son adresse et ça m'arrive encore. Ça dure depuis deux ou trois ans. Ça me lance, surtout quand il fait froid, comme ce soir… »

Ray s'était mis à frissonner et Frantz le sentit pensif, il le questionna sans l'effaroucher.

« Qu'est-ce que tu as ? T'es en pleine dérive, Ray ! Fous un coup de botte et remets-toi dans l'axe, où es-tu ?… »

Ray souffla à peine ses mots.

« J'étais dans le ciel de Londres, petit ! En train de lâcher mes bombes, je ne sais où ! Mais je sais qu'elles devaient tuer… Frantz, j'ai eu beaucoup de nuits sans sommeil ! J'ai pensé à toutes ces tragédies dont chaque soir j'étais l'auteur. Chaque soir, nous partions faire nos moissons de malheur. On fabriquait des gerbes d'orphelins, de veuves, des amours à peine naissantes et déjà fauchées, des larmes, des torrents de larmes… Je les entendais couler dans mes nuits. Pourquoi ! Putain ! Pourquoi ? Tes sages y t'ont expliqué d'où nous vient cette folie ?… 50 millions de morts ! 50 millions de misère et de souffrance, c'était quoi ?… Comment ça peut arriver, un truc pareil ? »

Frantz ne répondit pas tout de suite, il comprenait que les cauchemars de Ray secouaient ses nuits régulièrement. Il prit son temps :

« On est tous des malades, Ray... Seulement, le drame, c'est qu'on ne le sait pas. C'est seulement quand tu le sais que tu commences à cesser de l'être. Mais au tout début tu crois surtout que ce sont les autres qui le sont... ou alors, que ce sont tous des salauds. On a encore jamais tué quelqu'un parce que c'était un brave type, non ! Toujours parce que c'est un salaud ! Et dans ces moments-là, on se sent parfaitement justifié de le faire. Même si parfois, après on le regrette. Mais qui regrette ?... Est-ce le même personnage que nous étions, il y a 15 ans ? Ou celui d'aujourd'hui, qui parle ainsi ? Est-ce celui qui lâchait ses bombes au hasard, ou celui d'aujourd'hui qui se demande "comment ai-je pu en arriver là ?...". Ça c'est une bonne question !

« Vois-tu, Ray, nos ennemis, ce ne sont pas les Russes, ni les Américains, ce n'est pas le socialisme de l'Est, ni le capitalisme de l'Ouest, ni les Juifs... c'est notre mental ! Ils appellent cela *manas* en sanscrit. C'est lui notre ennemi à tous. C'est un dysfonctionnement de la pensée qui altère la vision réelle des choses et où tu finis par voir, dans l'obscurité, un serpent là où il n'y a qu'une corde... Là, où moi, j'ai cru que le nazisme allait sauver le monde de la misère, où l'Allemagne avait la mission solennelle de conduire les autres peuples... J'étais sincère, je croyais réellement que nous étions la race des seigneurs, ceux qui étaient appelés aux plus hautes destinées.

« Oh, oui ! que j'y croyais, c'est vrai que je regardais le reste du monde comme de la merde. Pourri d'orgueil, mais je ne voyais rien. Oui, je n'entendais rien... Voilà la puissance de *manas*, du mental... Alors, tu cries ! On crie n'importe quoi ! "Sieg Heil" ou encore "Ad majorem Dei gloriam" et tu pars pourfendre l'infidèle, ou ton frère, parce qu'il n'a pas la même couleur de peau, ou les mêmes idées... C'est lui qui se trompe... C'est sûr, pas une seconde il ne te vient à l'idée que c'est peut-être toi, ou même les deux ensemble... Non, personne ne doute ! Et c'est là que commence la tragédie... Je me souviens... En Inde, je me suis trouvé un jour dans une situation difficile... J'étais dans un Ashram et dans une réunion, un Juif m'a interpellé violemment en disant que tous les allemands étaient des "nazis" potentiels. Je ne savais que répondre… Tu t'en doutes !… »

« Alors le Swami lui a coupé la parole, c'était très rare, et pourtant il l'a fait : "Si vous vous reconnaissez, vous, le droit de haïr les nazis, alors reconnaissez que les nazis, eux, avaient le droit de haïr les Juifs, sinon vous êtes incohérent !". Le gars a répondu "Mais, nous n'avions rien fait pour mériter ce que nous avons vécu !…" Alors le Maître a répondu "Ceci est très juste. Mais les nazis, eux, ne le croyaient pas… Sachez bien ceci, c'est en continuant à chérir des idées, des schémas, des opinions que vous vous faites complices des nazis et de tous ceux qui ont créé des océans de souffrance dans le monde… Vouloir continuer à fonctionner ainsi, c'est cela, le véritable crime ! Tous vous devez dire "Assez ! C'est assez! Combien d'entre vous voient le mental de l'autre à l'œuvre et jamais le sien ? Croyez bien que vous n'investirez jamais autant d'énergie pour le vaincre, que vous n'en mettrez à discuter de l'infamie des colonels ou des anarchistes… pendant des nuits entières !"[1]

« Voilà Ray, les vraies causes de la souffrance. C'est l'ignorance, le sommeil qui nous laisse dans "Maya" l'illusion… Quand tu as compris ça, t'as tout compris. Alors tu te mets en route, comme un devoir sacré. Plus jamais… Plus jamais ça ! Et petit à petit, tu découvres la véritable finalité de l'homme. Souvent quand j'étais dans ces Ashram, il me semblait entendre Sarah… que de réponses elle m'avait données et que je ne comprenais pas ! Mais c'est elle qui fit le plus gros du travail : me faire prendre conscience… »

Faulkner soupira très fort et avoua.

« Oui, je comprends ! Alors nous sommes tous responsables, souviens-toi, à part vous les forcenés dans votre genre, on n'était pas chaud pour cette guerre… Puis après la campagne de France, on y a cru ! On y a tous cru, rappelle-toi, après la victoire de juin 40, c'était du délire dans les rues de

1 – L'auteur s'inspire d'un passage de l'ouvrage *"Un grain de sagesse"* d'Arnaud Desjardins, Ed. La Table Ronde.

Berlin. On en oubliait presque à quel point le "gros"[1] pouvait être con… Je crois qu'il fallait qu'on se la prenne cette claque. Maintenant notre pays est coupé en deux. Cet été, ils ont construit cette merde de mur à Berlin et personne ne sait combien de temps ça durera… Enfin, je vois que tu avais déjà bien réfléchi sur cette horreur ! »

Frantz remonta le col de son blouson. Il commençait à neiger.

« Moi ?… Oh, c'était déjà fait ! Bien avant que le Reich ne capitule. On s'est fait écorcher, Ray, on est sortit le cœur en sang de cette guerre, elle nous colle encore à la peau… Mais il ne faut plus se culpabiliser, nous étions des mécaniques bien huilées, des marionnettes dirigées par d'autres marionnettes. Certains diraient aujourd'hui "Vous vous en sortez à bon compte en vous dédouanant de votre responsabilité !"… Non, je ne marche plus. C'est fini ! Je ne divise plus le monde entre bons et méchants. Je ne vois qu'un monde d'ignorants et d'endormis, prêt à recommencer à la première occasion dans une confrontation Est-Ouest. Oui, Ray, il sont tous prêts à recommencer… Ceux qui, il y a pas encore dix ans, disaient plus jamais ça ! Tu parles !… Alors je me retire, j'essaie de me changer moi, avant d'essayer de changer les autres… Tu sais où ça mène un aveugle qui conduit d'autres aveugles ? Alors, marre ! On peut pas sortir quelqu'un d'un bourbier, si on n'a pas soi-même les pieds au sec… »

Ray marmonna entre ses dents.

« Ce que tu as changé, Frantz ! Ça m'a fait du bien de t'entendre parler ainsi, autant ça me rassure, en ce qui te concerne et autant ça me fait chaud au cœur de voir qu'il y avait des réponses à toutes ces questions que je me posais… Le plus moche, c'est cette merde, avec les Juifs ! Putain ! Je te jure,

1 – Les pilotes de la Luftwaffe n'avaient guère de sympathie pour le Feldmarschall Goering qu'ils appelaient de façon péjorative le “Gros“. Il est vrai que s'il fut un très bon pilote de Focker durant la guerre de 14-18 il était complètement exclu qu'il puisse rentrer encore dans l'habitacle d'un quelconque chasseur.

j'étais au courant de rien! Y avait des bruits qui courraient de-ci, de-là, on pensait que c'était de la propagande... En fait, on s'est bouché un peu trop vite les oreilles. Je crois surtout qu'on voulait pas entendre et pas savoir... C'était bien plus reposant... Frantz ?... Y'a un truc... enfin, une question qui m'a tourmenté pendant des années. J'avais pas osé te la poser, parce que... c'était encore trop frais, à cette époque... Mais pour moi, c'était comme un mystère, ça l'est encore d'ailleurs ! J'aimerais que tu me répondes ! Enfin, t'y sens pas obligé... C'est vrai que t'étais tellement mal en ce temps-là ! »

Il arrivèrent à la voiture de Frantz et celui-ci l'encouragea.

« C'est vrai, j'étais mal !... Mais qu'est-ce qui t'a tant intrigué ? »

Ray se racla un peu la gorge tandis que Frantz sortait ses clés.

« Ben voilà... Je me suis toujours demandé comment un jeune officier de la S.S. avait pu avoir une aventure avec une jeune fille juive ?... Endoctriné, gavé, comme vous l'étiez, y avait un paradoxe en ce qui te concernait. »

Frantz ouvrit sa portière, s'installa à l'intérieur et enleva la sûreté de l'autre porte pour permettre à Ray de monter à son tour. Quand celui-ci fut bien à son aise, il lui répondit d'abord par un sourire désabusé.

« Je suis désolé, Ray, mais ça va rester pour toi un mystère. Comme ce le fut pour moi ! Ce fut une étrange rencontre, très étrange... En vérité, quand je l'ai vue pour la première fois, je suis resté pétrifié et... elle aussi... C'était comme... comme si je l'avais toujours connue. J'ai su sans doute aussi que je ne l'avais jamais oubliée, elle ressortait comme ça, brutalement, d'une vieille mémoire, malgré la folie qui habitait ma tête. Mon cœur l'avait soudain reconnue et il annihilait toutes nos différences... C'était comme si je la retrouvais après un long, très long voyage. C'était elle !... Je savais que c'était elle. Comment je le savais ? je l'ignore ! Une conviction de l'âme, peut-être !... Mais le plus étrange, c'est qu'elle vivait la même chose de son côté. Il n'y a eu aucune séduction, ni de l'un, ni de l'autre... C'était comme une histoire qui reprenait...

qui reprenait là où on l'avait laissée. D'ailleurs, une heure après, on se retrouvait tout seuls dans le parc, le parc Karedech et dans l'instant qui a suivi, on était l'un contre l'autre... Je venais de retrouver la lumière, le noir de ma vie s'effilochait d'un coup !... Merveilleuse sensation, Ray ! J'en ai pleuré comme un gosse de la sentir contre moi. Pour la première fois de ma vie, je remerciais quelqu'un. Je remerciais Dieu de me l'avoir rendue, j'étais malade de bonheur, je sanglotais, je te jure !... Puis ces cons d'anglais sont venus foutre leur bordel dans la gare, ils n'ont pas fait que pilonner les locos... ils ont troublé cet instant magique... Des truffes dans notre genre, mon pauvre Ray. Voilà !... Non ! Je n'ai jamais su, mais elle oui... Elle savait pourquoi il en était ainsi. Parfois, je lui posais la question et invariablement, elle me répondait "C'est une belle et triste histoire, mon petit cœur, mais tu ne comprendrais pas, pas encore, laisse-toi seulement bercer par le mystère de cet amour. Vis-le maintenant, ici près de moi... Le passé n'a plus d'importance !" C'est tout ce qu'elle voulait bien me confier. Bien sûr ! A propos de religion, j'ai su tout de suite. Quand on s'appelle Sarah et Meyer, on ne peut avoir aucun doute. Et le fait qu'elle fut juive ne m'a jamais troublé... C'est vrai que j'étais conditionné contre eux, mais à la seule différence des autres, je n'ai jamais ressenti aucune animosité, et ceci bien avant de rencontrer Sarah ! En ce temps-là, je trouvais tout ce ramdam autour des Juifs hors de proportion.. C'était les soviets qui m'inquiétaient, pas eux ! »

Frantz mit le moteur en route, brancha les essuie-glaces, alluma ses phares et laissa chauffer un moment. Ray laissa le silence s'installer doucement, puis timidement, il se hasarda :

« Tu aurais déserté... pour elle ? »

Frantz passa la première, décolla ses pneus du verglas et démarra son véhicule, il répondit enfin, plutôt hésitant.

« Je... Je ne sais pas ! De toute façon, elle ne me l'aurait jamais demandé, il aurait fallu que je fasse ça tout seul... de ma propre initiative. Tout est allé bien trop vite, pour que j'y pense. Sarah me faisait grandir, jour après jour, j'étais porté par elle, elle me remplissait d'amour, et je n'étais jamais rassasié… Mais surtout, elle m'a reconstruit, m'a appris à voir la vérité, ma vérité tout d'abord ! Ce que j'étais avant de la connaître, et ensuite m'accepter ainsi, sans me condamner, sans me juger… Ce fut, comment dire, à mon insu… J'étais sur un nuage, tout le temps… Dès qu'elle était là, j'oubliais qui j'étais. L'Allemagne, mes blindés, les missions… tout ! Ce n'est que beaucoup plus tard, dans un engagement contre des *shermans* que j'ai découvert ce qu'elle m'avait fait ! Je ne pouvais plus faire la guerre, Ray ! Je ne pouvais plus… J'entends par là avec la férocité et le plaisir que j'en retirais… Elle avait tué le tueur, et avait fait naître un humain ! Comme ça, rien qu'avec son amour, quelques paroles, et la plus belle de toutes les nuits… Elle était reine, elle était fée, elle était ange !… Tout ce qu'elle touchait devenait pur, mystique, solennel… Voilà, Ray ! Peut-être as-tu ta réponse… Maintenant, tu sais ce que j'ai perdu… »

Le pauvre Faulkner était gêné, il regrettait d'avoir trituré dans la vieille blessure, il s'excusa :

« Désolé, Frantz ! Je voulais pas réellement remuer tout ça ! Je voulais seulement comprendre. »

Puis il enchaîna bruyamment pour dissiper l'atmosphère lourde et opaque que ses questions avaient créée.

« Allez, ce soir, les pilotes sont en goguette, les filles !… Garez vos fesses ! On arrive! C'est nous les plus beaux. »

Frantz se remit à rire et ajouta :

« Je crois que t'es déjà bien amorcé… Où allons-nous ? »

Ray, d'un geste de la main, lui fit comprendre d'aller tout droit. Dans cette nuit là, il y aurait certainement bien moins de filles que de confidences..

Chapitre 6

Dans le nid de l'aigle... un souvenir de colombe

Dans le train qui l'emportait vers l'Allemagne, Valérie réfléchissait, elle ne savait pas vraiment pourquoi, mais plus le crissement des roues la rapprochait de son but, plus son inquiétude grandissait, une inquiétude sans nom ! Une crainte indicible, qui minute après minute se transformait en anxiété. Quand elle eut franchit la frontière, ce ne fut plus que de l'angoisse. Elle avait envie de fuir, il n'y avait personne dans son compartiment. Isolée, elle n'avait aucun point d'appui pour se distraire, à part un paysage glacé de neige... Elle lorgna le signal d'alarme et se mit à plaisanter en elle-même pour se rassurer : "tu tires sur ce truc-là... et hop ! ni vue, ni connue, tu descends et tu te sauves !" puis elle rajouta "et tu t'offres la plus belle bronchite de ta vie !...".

Malgré ses efforts louables, elle sentait grandir un désir de fuite, de désertion devant ses résolutions, se demandant quelle était sa place dans cette histoire. Et en même temps, elle ressentait comme une obligation, comme un devoir sacré. "De réparer, trouva-t-elle soudain... Voilà le mot que je cherchais... Mais quelle étrange formulation. Qu'est-ce que je dois réparer ? Je ne dois rien à personne... Et pourtant, je fais tout ceci comme si je me sentais poussée à le faire... comme un besoin impérieux ! J'ajouterais vital... Il faut que je le fasse comme pour m'en débarrasser, pour ne plus avoir à le porter ! C'est comme effacer une dette... envers qui ? envers quoi ? En plus, j'ai une sainte trouille de rencontrer ce garçon.

Elle dormit mal, et se réveilla à Hanovre, mal à l'aise, fatiguée, tendue à l'extrême. Ne connaissant pas l'Allemand elle s'embarrassa et se perdit dans les correspondances. Grâce à son anglais, elle parvint à trouver un car qui l'amena à 65 km de là, jusqu'au village. Elle descendit et se sentit encore plus perdue et désorientée. Elle rassembla son courage et poussa d'autorité la porte d'un *Gasthaus*[1] pour y prendre un café. Des regards curieux dévisagèrent aussitôt l'étrangère... Elle s'assit à une table, se faisant toute petite pour ne pas attirer le regard de tous ces fermiers, ou agriculteurs, qui semblaient avoir identifié immédiatement l'intruse... Elle entendait chuchoter *"Das ist eine Französin !"*

Une accorte *Gretchen* lui demanda en allemand ce qu'elle désirait. Son teint rougeaud et sa "Kolossale" poitrine semblaient prendre tout l'espace de la pièce. Valérie sombra d'un coup de timidité excessive et bafouilla :

« Je... Je suis française... je, je ne... ich, ich nicht... ver... vers... »

Une voix venue du fond de la salle vint à son secours.

« *Verstehe !...* »

Des rires accompagnèrent aussitôt cette aide incongrue.

« Ah, ils sont fins, ici, pensa Valérie, aussi fins que nos bougnats du Cantal ! »

L'impressionnante matrone venait d'enquiller ses deux redoutables pognes sur les bourrelets de ses hanches et affirmait déjà une certaine impatience en reprenant d'une voix de Walkyrie :

« Was wollen Sie, jetz ! Bier oder Tee ? »

Valérie entendit le mot "Bier" et d'une petite voix cassée, s'entendit murmurer :

---

1 - Auberge - café.

« Euh, eines Bier, bitte !... »

L'autre repartit faisant tournoyer sa croupe éléphantesque. Le plancher résonnait sous ses pas et gémissait à chacun de ses talons. Valérie préféra jeter son regard par une fenêtre. Elle apercevait une jolie petite place et une fontaine, couverte de congères. De jolies stalactites dégringolaient en guirlandes des robinets jusqu'à la surface gelée. Elle revint à elle en entendant un bruit sourd devant elle, elle sursauta et aperçut une énorme chope de bière, elle n'eut que le temps d'apercevoir encore les rebondissantes fesses de la patronne qui s'éloignait vers d'autres tâches.

« Tudieu ! s'exclama-t-elle. Où vais-je mettre tout ça ?... Si je l'avale, je ne vais pas cesser de pisser toute la journée. Et dans cette campagne, je ne me vois pas baisser culotte dans la neige, tous les quarts d'heure. Un coup de froid est si vite arrivé. Surtout de ce côté là, ce sont les plus mauvais rhumes. »

Valérie essayait de se faire rire, mais le cœur n'y était pas. Elle trempa ses lèvres dans la mousse fraîche et frissonna.

« Je suis complètement malade, pensa-t-elle. Je ne pouvais pas commander autre chose ? » Elle se força à avaler quelques gorgées et eut encore plus froid.

Puis brusquement, elle se leva et bravement, se dirigea vers le comptoir et exhiba un petit morceau de papier sur lequel se trouvait l'adresse de Frantz. Un des hommes, méfiant, prit le bout de papier entre ses gros doigts calleux et hocha la tête en ajoutant :

« Ich kenne Lilienthal ! »

Et avant que Valérie Saulnier eût le temps de faire un geste, il lui expliqua, toujours en allemand, le chemin à prendre. Un vrai dialogue de sourds. La jeune directrice offrait toutes les dénégations possibles avec ses mains, avec sa tête pour signifier qu'elle ne comprenait pas un traître mot. Tandis que quelqu'un du fond de la salle récidivait ses grosses plaisanteries de "casqués" en rajoutant cette fois en français :

« Comprends pas... Comprends pas... »

Valérie cette fois, devint subitement furieuse et dénicha le farceur embusqué derrière un immense pilier de bois. Elle alla jusqu'à lui et découvrit un petit bonhomme trapu et à la panse rebondie. Elle le toisa d'une bonne tête et dans son meilleur français lui fit perdre quelques centimètres supplémentaires de par la virulence de son attaque :

« Dites donc, le "gnafron", je suis sincèrement déçue de voir que vous n'êtes pas à la hauteur de votre niaiserie... C'est dommage, compris ! »

Elle tourna aussitôt les talons, laissant le pitoyable nabot dans un océan de malaise et d'incompréhension. Elle revint vers son inutile interlocuteur et celui-ci lui vint en aide, en extirpant d'une des poches de sa salopette un trognon de crayon avec lequel il traça un simulacre de plan. Valérie comprit enfin, elle prit le précieux document et le glissa dans sa poche.

La patronne l'observait en essuyant ses chopes, et l'ensemble de ses trois mentons avait l'air de suivre en cadence le nettoyage de la verrerie du bassin. Du bout des lèvres, la jeune femme osa lancer un des seuls mots qu'elle avait pu retenir :

« Wieviel ? »

« Fünf Mark, bitte ! »

Valérie laissa une pièce de 5 Mark sur le comptoir et partit sans se retourner, elle sentait le regard de tous ces hommes accroché à ses reins, elle grommela au fond d'elle-même :

« Tous les mêmes... sous n'importe quelle latitude le rut, du rut, et encore du rut !... »

Elle claqua presque la porte et se retrouva sur la place ou se trouve la fontaine gelée, sa petite valise à la main. Le froid l'immobilisa. "Quel temps ! songea-t-elle, ne serais-je pas allée trop haut, au Groënland, par exemple ?" Valérie marcha ainsi une demie heure durant, dans un chemin défoncé. Elle posait ses pieds dans des ornières de neige faites pour les tracteurs. Une fois ou deux, elle glissa et finit sur les fesses en jurant... et s'insultant :

« Ma pauvre fille, mais qu'est-ce que tu fais ici, à damer de tes fesses ce chemin du bout du monde... Si c'était Tahiti qui nous eût déclaré la guerre, il y a 20 ans, je serais à l'heure actuelle à l'ombre des palmiers, mais non ! bien sûr, c'est toujours l'éternel prussien qui persiste et signe !... »

Elle avait heureusement pris la précaution de téléphoner pour savoir s'il était là. Ce jour-là, elle avait entendu sa voix, un simple « Allô ?!... Wer ist da ? » et elle avait raccroché doucement.

Le froid était sec, de la neige à perte de vue. Elle ne sentait plus le bout de ses pieds, malgré les bottes fourrées. Elle longea un grand bois de sapins et aperçut, noirs sous le ciel blanc, les sinistres miradors, vestiges oubliés d'un passé monstrueux, sentinelles impavides, plantées là pour rappeler à tous moments aux hommes d'aujourd'hui que demain peut redevenir hier. Elle s'arrêta pour souffler et eut une pensée pour Sarah, dont les cendres avec des milliers d'autres s'étaient déposées doucement pour nourrir les arbres de cette immense forêt. "Une âme par arbre, peut-être..." pensa Valérie.

Puis dans un geste hargneux elle reprit sa valise, un murmure entre les dents. "Il n'y a plus de mort... Il n'y a que la vie maintenant, j'en suis convaincue ! Tous ces gens qui sont partis sont peut-être déjà revenus. Bébés vagissants, enfants ou adolescents perturbés ou heureux comme Marie..." Elle fixait la pointe de ses chaussures, pour ne pas regarder devant elle. Son inquiétude l'envahissait de nouveau, au fur et à mesure qu'elle progressait. Une odeur de fumée l'incita à lever la tête. Et là, devant elle apparut une ferme, elle ralentit sa marche pour se préparer mentalement. "Ça y est ! Nous y voilà ! Tâche d'être prudente, il s'agit de ne pas le choquer, dix-sept ans ont passé. Peut-être a-t-il trouvé un peu de repos dans l'oubli... Pourtant, je ne crois pas, sinon, il ne serait pas venu s'enterrer ici !..."

L'entrée de la ferme arriva bien trop vite à son goût, elle eut conscience soudain de l'étrangeté qu'allait provoquer son arrivée. Cette jeune femme, seule dans la neige, porteuse d'une petite valise, tel un représentant de commerce égaré. Elle marqua un temps d'arrêt, essuya son nez qui coulait de froid, puis rageusement enfonça un peu plus son bonnet de laine sur ses cheveux courts. Elle se sentait désemparée et eut envie de s'enfuir en courant, mais un gros berger allemand surgi de nulle part se précipita à son encontre, aboyant sans ménagement. Il essaya de l'avoir à l'intimidation et stoppa net à un mètre d'elle. Il cessa de grogner, s'assit sur son arrière-train et les oreilles pointées vers le ciel, il l'observa d'un air inquisiteur. Mademoiselle Saulnier était pétrifiée et glacée de peur. "Je suis folle, s'avoua-t-elle, ce monstre de poils va me dévorer toute crue ! J'aurais fait tout ce chemin jusqu'ici pour servir de pitance à ce fauve germanique..."

Mais un appel très sec monta dans l'air. Le chien se coucha aussitôt, fouetta la neige de sa queue, de plusieurs aller et retour vigoureux, puis resta immobile, l'œil quand même vigilant et toujours aux aguets. Valérie était restée figée dans son dernier pas, elle avait été surprise en plein déséquilibre, et s'efforçait de reposer son pied sans provoquer un nouveau courroux de la part de ce canidé zélé. Elle vit alors arriver un homme d'un certain âge traînant des bottes aux pieds, il se dirigea vers elle sans se hâter et arrivé à proximité, il lâcha :

« Was wollen Sie ? Fraülein !... »

Elle se dépêcha de répondre en allemand une petite phrase qu'elle avait construite péniblement avec l'aide d'un petit lexique pour touriste.

« Ich möchte sprechen... Herr Lilienthal ! Frantz Lilienthal... Ich bin franzosen... Herr Lilienthal wohnen hier ? »[1]

L'homme parut surpris, il fit un "oui" de la tête et répondit :

« Ya, Ya... ein moment, bitte ! »

Il lui tourna le dos et repartit toujours aussi lentement vers le bâtiment principal de la ferme, la laissant sous le froid et la garde du cerbère teuton dont le regard s'était quelque peu adouci. Elle tremblait, son cœur avait pris un rythme de tempête. Elle vit réapparaître le vieil homme et un autre plus jeune, lui aussi chaussé de bottes en caoutchouc et achevant de boutonner une canadienne, il avait la tête nue et elle l'entendit crier :

« Wolf ! Komm hier... Schnell ! »[2]

---

1 – "Je voudrais parler à Frantz Lilienthal... Je suis française... Habite-t-il ici ?"

2 – "Wolf, viens ici... vite !"

Puis il se dirigea vers elle, d'une allure souple et rapide. Elle entendait la neige crisser sous chacun de ses pas. Valérie frissonna de nouveau, elle venait de comprendre enfin le pressentiment qui l'avait imprégnée pendant le voyage. Elle le regarda faire les derniers mètres qui les séparaient.

« Qu'il est beau !... Mais que de tristesse dans son regard. C'était donc cela que je craignais... la peur de tomber amoureuse... Malheureusement, c'est trop tard pour reculer, ça vient de m'arriver... »

Et avant qu'elle n'ait eu le temps d'épiloguer sur ses états d'âme, il avait pris la parole.

« Vous êtes française ?... »

Elle fit un "oui" timide en hochant la tête et sans la prévenir, doucement, il la prit par le bras pour la conduire au chaud, vers l'intérieur.

« Ne restons pas là !... Vous allez prendre froid. »

Ce fut tout. Il ne posa aucune question. Ils avancèrent ainsi jusqu'à la ferme et galamment ouvrit la porte devant elle, pour la laisser pénétrer. Il faisait chaud, une bonne odeur de cuisine au lard lui rappela d'un coup qu'il était presque midi. Un peu désemparée, elle embrassa le décor de la pièce. Au centre, une grande table de ferme lisse et foncée, au fond une imposante cheminée dispersait une douce chaleur. Valérie se sentit mieux mais déglutit difficilement sa salive. Elle se sentait assommée, sans défense. Et lui, conscient de son désarroi, vint à son secours.

« Déshabillez-vous. Il fait chaud ici. Et la route que vous avez dû faire pour venir, a dû être pénible. »

Il l'aida à enlever son manteau et l'invita à prendre place dans un confortable fauteuil club, près de la cheminée. Il se débarrassa à son tour de sa canadienne et déposa les deux vêtements sur un portemanteau aux patères faites d'andouillers de chevreuil. Il se dirigea ensuite vers un bahut deux corps à l'influence gothique prononcée. Là, il en sortit deux verres et une bouteille.

« Un schnaps vous fera le plus grand bien, je crois. Vous verrez, après vous vous sentirez mieux !... Vous pouvez aussi enlever votre bonnet. »

Valérie se sentait gauche et empruntée, terrorisée par sa maladresse. Lui, par contre, était d'une aisance remarquable. Son français était excellent, ses gestes précis, un léger sourire semblait flotter sur ses lèvres... Il lui tendit son verre et la conseilla :

« Il est recommandé de l'avaler d'un coup... Prosit... » fit-il.

Elle le suivit aussitôt et se sentit vaciller, la brûlure qui lui descendit le long du corps était insoutenable. Puis celle-ci se dilua d'un coup en tiédeur réconfortante. Il s'assit en face d'elle, croisa ses jambes, puis la contempla sans aucune gêne, avec une tendre attention. "Aie, aie, aie... songea Valérie, nous y voilà." Elle fut d'un coup submergée par une effrayante panique.

« Détendez-vous !... lui dit-il, ce n'est pas une saison pour touristes, mais vous êtes la bienvenue quand même. »

Valérie eut bien du mal à articuler et à se reconnaître en entendant sa petite voix mal assurée.

« Je ne suis pas une touriste égarée... C'est vous que je suis venue voir ! Mais je ne sais pas par où commencer... »

« Et bien, fit-il sur le même ton, rien ne vous oblige à commencer !... »

Et il la contempla avec amusement. Valérie avait du mal à rencontrer le regard métallique de ses yeux bleus. Pour gagner du temps, oh bien peu, elle ôta son bonnet et ébouriffa ses cheveux noirs et bouclés. Elle regarda vers la cheminée et puisa un peu de courage dans le fascinant flamenco de l'âtre, puis elle ajouta avec un peu plus d'assurance !

« Non, je n'ai pas fait tout ce chemin pour reculer maintenant... Ce que je suis venue vous apporter, si l'on peut dire, c'est extrêmement difficile... à... à exprimer !... »

Sans le savoir, elle avait aiguisé sa curiosité et doucement, sans la brusquer, il pensa à l'apprivoiser. Wolf sentit comme une opération de séduction dans l'air, tendrement il vint se faire pardonner en posant sa tête sur les genoux de la jeune femme. Valérie profita aussitôt de la diversion, elle passa sa main entre les oreilles de l'animal et le gratta derrière la nuque. Wolf soupira de bonheur en émettant un gémissement.

« Croyez-vous qu'il m'aurait dévorée ?... »

Il eut un sourire complice en répondant :

« Impossible, il ne mange que quatre touristes par jour, et vous étiez la cinquième... »

Il avait maintenant un sourire malicieux. Il sentit son malaise, et dans sa gêne, il la trouva jolie et chercha à l'aider.

« Vous devez avoir faim ! » observa-t-il.

Elle lui fut reconnaissante de son tact et s'empara de la bouée qu'il venait de lui tendre.

« Oui, un peu ! » avoua-t-elle.

Il était vrai que cette odeur de soupe la mettait au supplice.

« Mais, je ne voudrais pas vous déranger... car... »

Un geste l'arrêta :

« Allons ! dit-il, avant que vous n'arriviez au village, vous serez tombée d'inanition et les corbeaux se régaleront de votre dépouille... au grand désespoir de Wolf qui voit des rivaux partout ! Rendez-vous compte ! une petite française égarée, quel festin ! »

"Décidément, s'avoua Valérie, j'ai failli aujourd'hui être au menu de toute la faune de ce pays."

« Je veux bien, approuva t-elle, d'autant plus que cela sent terriblement bon... Qu'est-ce que c'est ? »

« Je ne vous dirai pas le nom en allemand car ça pourrait vous couper l'appétit, mais c'est l'équivalent de votre soupe aux choux, avec du lard fumé et du jambon... Vous aimerez ? »

« Oh, sans doute ! j'ai tellement faim que c'est peut-être moi qui aurait croqué les corbeaux... avec leurs plumes ! »

Il se leva avec souplesse et dit quelques mots en allemand à une femme âgée apparue sur le seuil d'une porte. Elle fit un sourire forcé à Valérie et disparut sans doute vers ses fourneaux. Elle revint peu après avec un couvert supplémentaire. Frantz, toujours bienveillant, observait Valérie, et celle-ci s'était installée dans un mutisme inquiétant. Tout se bousculait dans sa tête, des situations contradictoires l'empêchaient d'y voir clair. Son coup de foudre envers le jeune homme... Marie... Sarah... Tout s'embrouillait, elle s'excusa :

« Je vous demande un peu d'indulgence, je... je ne me sens pas tout à fait prête... en ce qui concerne... »

Il l'interrompit gentiment et la rassura :

« Vous êtes libre... Vous pouvez revenir sur votre décision, ou attendre... faites les choses comme vous le ressentez !... C'est tout ! Je vous demande seulement d'être bien avec vous-même... »

"En plus, il est adorable ! sensible, plein de finesse... Zut, alors !... Que vais-je devenir ? Que ça va être dur... Mais que ça va être dur ! Jamais on ne m'a regardée ainsi. Même pas ma mère. Oh, il me fait fondre l'animal, décidément, je suis une vraie pomme. Prête à être croquée, et demandant à l'être en plus !..." Valérie s'en voulait, elle s'était ordonnée une mission et voilà qu'elle tanguait d'un bord à l'autre. Elle fut étonnée de s'entendre. "Après tout, il l'a peut-être oubliée ? Si je ne lui dis rien, j'ai peut-être une petite chance..." Mais elle se sentit aussitôt en pleine révolte devant ce désir. "Non ! Je ne peux pas ! Tout ceci serait en dessous de ma dignité. Tant pis, prépares-toi à en baver ma petite, mais tu iras jusqu'au bout. Pourquoi ?... Parce que je ressens le besoin de le faire."

Elle se fortifia intérieurement, essaya de prendre pour support la souffrance que Frantz avait dû ressentir à la mort de Sarah... Elle entendit dans sa tête comme un écho. "Si tu l'aimes déjà autant, alors offre-lui celle qu'il attend depuis toute éternité, le véritable amour, c'est cela !..." Valérie fut abasourdie. "Où es-tu allée chercher un truc pareil, ça ne te correspond pas du tout !... Avant tu disais toujours : En amour, à chacun sa chance... Et voilà que maintenant tu frôles l'angélisme." Valérie s'avoua alors que les écrits de Sarah l'avaient influencée à un point que ses pensées en avaient été remodelées, sa vision interne s'était enrichie d'une forme d'amour nouveau, celui qui englobe les autres et non plus son petit "moi" hypertrophié qu'elle avait toujours dorloté avec soin. Elle se sentait maintenant ouverte aux autres, capable de donner et d'entendre ce qu'elle avait à donner."

Elle se sentie dynamisée en retrouvant une phrase de Sarah qui dégringolait sans hasard de sa mémoire "Et de sa souffrance, Frantz puisera l'énergie nécessaire à sa re-création, il deviendra un être vivant et non plus une caricature d'homme."

Oui, pensa-t-elle. "Quoiqu'il m'en coûte, j'ai le pouvoir de leur rendre la vie à tous les deux, je le ferai. Je serai cet instrument. Peut-être ai-je été choisie pour cela ?...Mais se sera accompli ! Et moi, je vais apprendre peut-être enfin à donner, sans espoir de retour, simplement donner pour donner. Pour apprendre l'amour, le seul, le vrai, celui qui..."

Enfermée dans son monologue, elle eut du mal à se reprendre quand Frantz l'invita à passer à table, elle se trouva mieux. Avec beaucoup de galanterie, il lui écarta sa chaise pour lui permettre de s'asseoir, puis la repoussa quand elle fut installée. "Galant, et tout ça... plus le reste que j'ai encore à découvrir !" se lamenta Valérie. Frantz ôta le couvercle de la soupière, et un fumet éblouissant s'en échappa. Valérie sentit une montée de salive qui lui parvenait. Dieu, qu'elle avait faim ! Et de soupe... et de lui. Elle tendit son assiette pour recueillir trois louches d'un merveilleux potage paysan et se mit à manger avec avidité, laissant juste ce qu'il fallait de bienséance pour ne pas sombrer dans la gloutonnerie. Valérie ignorait que les émotions pouvaient créer de telles abîmes dans son estomac. Ce n'est qu'à moitié rassasiée, qu'elle découvrit qu'il n'avait pas commencé et qu'il la regardait engloutir son potage avec une certaine tendresse. Elle s'arrêta net, presque honteuse :

« Ne vous arrêtez pas ! se justifia-t-il en souriant, vous savez, je n'ai jamais vraiment faim... et il y a déjà bien longtemps de cela ! »

Soulagée, Valérie ajouta en elle-même "Attends un peu de connaître ce que j'ai à t'apprendre, mon cœur, et tu verras si je ne vais pas te le rendre ton appétit. Maintenant que j'ai récupéré, il est temps de me jeter à l'eau. Même si elle est glacée... Mais tout d'abord encore un petit sursis pour savourer cette merveille de gastronomie indigène." Suivirent un ragoût "mit Kartoffeln" et un gâteau genre "Kugelhof". Valérie se sentit mieux. Elle avait bu beaucoup de bonne bière et il l'aida à se lever pour la ramener devant la cheminée en lui proposant un café. Elle accepta avec plaisir et s'avoua : "Si je reste trop longtemps ici, je suis perdue ! Je mettrai des années à m'en remettre et je finirai comme ces directrices, vieilles filles, bougonnes et revêches. Ma peau se dessèchera et dans un autre lycée de province, on me surnommera "la vieille bique". Pas question de subir ainsi le destin d'une figue racornie ! Tu lui avoues tout et tu te sauves, le reste ne t'appartiendra plus !"

Elle but son café à petites gorgées, doucement. "Il faut bien commencer..." se dit-elle, mais avant d'ouvrir la bouche, Frantz la secourut une fois de plus.

« Si c'est vraiment si difficile, désirez-vous de l'aide ? En jouant au jeu des questions ? »

Valérie se tourna vers lui, et à chaque fois elle se sentait chavirée en recevant son regard. "Misère, de minute en minute, il est à chaque fois plus mignon ! Et dès qu'il me regarde ainsi, j'ai envie de me jeter dans ses bras ! Tu t'es déjà bien ferrée, ma pauvre Valérie. Allons... du courage ! " Elle se reprit et approuva de la tête la proposition.

« Je veux bien !... car c'est trop délicat, trop étrange !... Et bien sûr, j'ai peur qu'une fois terminé ce que j'ai à vous dire, vous ne me jetiez dehors... dans la neige... à servir de pâture à vos amis les corbeaux ! Peut-être traite-t-on ainsi les menteurs au pays de Gœthe ? »

Il se mit à rire d'une façon claire et spontanée comme un enfant.

« Mentez toujours ! Vous verrez bien !... Voyons, par quelle question vais-je commencer ? »

Il prit l'air de quelqu'un qui réfléchit intensément et à la volée lança une flèche qui teinta aussitôt Valérie de cramoisie.

« D'où me connaissez-vous ?... »

Ce fut direct et la jeune femme eut le souffle coupé, elle sentit son estomac se crisper et pourtant il était bien plein. "Dieu, comment vais-je m'en sortir ? Je n'aurais pas dû le laisser commencer. Dieu, Dieu ! Il pourrait m'inspirer celui-là... Ne voit-il pas ma panique ? Oh, et puis zut ! Puisqu'il est direct ne finassons pas ! Soyons-le aussi."

Elle reprit un peu d'assurance et avoua.

« Attendez, monsieur Lilienthal, je ne me suis même pas présentée. Vous me recueillez chez vous comme un pingouin égaré, crotté, gelé et affamé et vous ne savez même pas qui je suis ! »

Il sourit à nouveau et plaisantant encore.

« Est-ce vraiment nécessaire de savoir qui vous êtes ? Vous êtes une jolie "pingouine" française et cela me suffisait largement. »

Son accent la faisant fondre, et elle préféra abriter sa pudeur et son trouble en regardant crépiter l'âtre. Sans oser affronter son regard, elle poursuivit :

« Je me nomme Valérie Saulnier... Et je suis directrice d'un lycée de jeune fille... Le lycée Sainte-Geneviève à... »

Elle n'eut pas besoin de continuer, quelque chose venait de passer dans la pièce et ceci avait changé brutalement l'atmosphère, comme si un fantôme s'était glissé sans bruit entre eux deux... Elle tourna la tête de biais, et aperçut Frantz. Il était toujours très serein, peu inquiet, mais était devenu soudain très attentif, une certaine gravité imprégnait ses traits. Valérie continua et cette fois-ci pensa qu'elle ne devait plus s'arrêter "On y est, ma fille ! Fonce !... "

« Ce lycée vous rappelle-t-il quelque chose ? »

Il baissa la tête et lâcha un léger soupir en même temps qu'un "oui" profond et total.

« Oui, reprit-il encore. Le lycée, cette ville, c'est tout mon passé. C'est encore ma vie aujourd'hui, mais je ne vois pas trop la raison de votre visite et la relation avec ce moment de mon existence ? »

Valérie était maintenant sur les rails de la vérité et enchaîna aussitôt, elle se sentit des ailes.

« Vous souvenez-vous d'une certaine Mme Cahors, professeur de français dans ce même lycée ? »

« Oui, je me souviens très bien ! avoua-t-il, j'étais à cette époque dans une situation très douloureuse et difficile à surmonter. Elle me vint en aide, fut très généreuse et courageuse aussi... Car en 1947, la guerre était encore présente dans tous les esprits, son empreinte avait encore de l'impact, autant sur le plan psychique que physique. Et il ne faisait pas bon d'être allemand quand on traversait la France... ou un quelconque pays que nous avions occupé… et à juste raison avec ce qui a été découvert par la suite… »

Il fit un signe de la tête pour désigner le camp qui se trouvait derrière la maison… puis s'arrêta et sembla perdu dans ses souvenirs. Il reposa aussitôt une autre question.

« Mais vous ? que venez-vous chercher… ou m'apprendre ? »

Il se cala un peu mieux dans son fauteuil, ce qui dénotait une légère anxiété. Valérie continua avec prudence devant ce changement.

« Monsieur Lilienthal, ne croyez surtout pas que je viens vous tourmenter, en faisant resurgir devant vous un passé immensément douloureux. Mais, il se passe actuellement dans notre lycée un événement… que nous gardons secret… Un événement dont seules quatre personnes sont au courant ! Quelque chose qui dépasse tout entendement humain et croyez bien, je pèse mes mots. A la limite, vous me jetteriez aux corbeaux que je ne serais pas étonnée !… »

Il se mit à sourire, et plaisanta :

« Est-ce qu'une menteuse est vraiment digeste pour des corbeaux affamés ? »

« L'avenir vous le dira, attendez encore un peu ! Je ne suis pas bien grasse. Donc, quatre personnes savent et vous serez la cinquième, ce sera tout ! Après ce que je vous aurai révélé, vous déciderez… Et vous déciderez seul. Il vous appartiendra de faire un choix. Je dois vous confier que ma démarche de vous rencontrer s'est faite de mon initiative propre, à l'insu des trois autres personnes qui s'y seraient opposées farouchement, désirez-vous que je continue ?… »

Frantz Lilienthal était maintenant figé, d'une voix un peu enrouée, il l'encouragea.

« Continuez ! »

Valérie baissa les yeux, elle souffrait pour lui et lui demanda pardon mentalement.

« Bien évidemment, vous vous souvenez de la famille Meyer… de Sarah ? »

Depuis un moment, Frantz s'était préparé à réentendre le prénom de celle pour qui il avait accepté de continuer à vivre. Mais quand les deux syllabes tombèrent, il se sentit frissonner et Valérie n'osa pas aller plus loin, pour qu'il puisse se reprendre.

« Oui, articula-t-il péniblement. Sarah, mais je vous en prie, poursuivez… »

Le simple fait d'avoir prononcé ce nom à haute voix, l'avait rempli d'un coup d'une nostalgie indéfinissable, un goût de bonheur inachevé, ce nom chéri était encore coloré de souvenirs chauds et doux, des milliers de gestes de caresses, de tendresse, qui inondèrent son corps trop vite sevré. Valérie, devant sa fébrilité hésita à continuer, puis doucement reprit son récit.

« Et bien… les époux Meyer sont aussi dans le secret, avec Mme Cahors… »

Frantz commençait à avoir du mal à suivre. Il était tiré en arrière par une cohorte d'images qu'aucun sablier n'avait pu troubler. Il fit un effort pour l'écouter, car il sentait que Valérie n'allait pas tarder à arriver au bout de ses mystérieuses révélations.

« Je… Je ne sais par quoi continuer !… » dit-elle embarrassée par son désarroi.

« Mais si ! insista-t-il en faisant un effort, parlez-moi de ces événements. »

Valérie le trouvait maintenant pathétique, elle aurait voulu tout effacer, le retrouver comme au tout début quand elle était arrivée et qu'il était si ignorant de cette vérité qui pouvait pourtant le libérer de dix-sept ans de misère, de purgatoire, pour lui donner le paradis, en lui rendant son ange blond qui d'un coup d'aile, balayerait sa peine et son exil. "Courage ! libère-le ! le plus vite possible, songea-t-elle, il n'en peut plus…" Et Valérie, devant sa souffrance voulu passer les étapes. Elle ne voulait plus le voir dégringoler dans sa tristesse. Elle lança brutalement et sans ménagement :

« Monsieur Lilienthal, Sarah est de retour ! »

Comme frappé, il releva la tête brusquement, ses deux mains s'agrippèrent aux accoudoirs du fauteuil et ses doigts se crispèrent sur le cuir. Sa voix était changée et il répondit avec une certaine brutalité.

« Vous dites n'importe quoi !… Sarah est morte !… en Juillet 44… J'ai fait des recherches, elle était sur les listes !… »

Valérie secoua la tête et chercha à calmer cette indignation.

« Attendez, monsieur Lilienthal ! Attendez, nous sommes quatre à le croire... Mme Cahors, les époux Meyer... et moi-même ! »

Il lui coupa sévèrement la parole et se leva pour marcher de long en large dans la pièce. Puis, toujours aussi rugueux dans l'intonation, il avança :

« Votre Mme Cahors est bonne pour la retraite anticipée ! Quand aux époux Meyer, ces braves gens, le chagrin a dû leur fendre l'esprit !... Comment Sarah pourrait-elle revenir de cette saleté qui est derrière nous ?... Hein ? Dites-le moi !... Comment... Comment ? »

Cette fois-ci, d'un geste plus large, il désigna encore le camp de la mort qui côtoyait la maison. Valérie se sentait mieux de le voir aussi en colère. Elle parla doucement pour qu'il baisse le ton et poursuivit.

« Laissez-moi finir ! Après vous jugerez... Sarah vous a-t-elle parlé de ses rêves ? A-t-elle eut un discours parfois étrange à votre égard ?... Elle vous a bien fait comprendre qu'elle allait mourir ? »

Frantz se calma un peu et s'arrêta de marcher en fixant la cheminée.

« Oui, Oui ! J'avais compris qu'elle pensait mourir ! Mais, je n'y croyais pas. De ses rêves, non ! Elle ne m'en a jamais parlé, et c'est vrai qu'elle me tenait parfois des propos étranges...qu'il m'a fallu des années pour éclaircir, comprendre et assimiler. Mais, en ce temps-là, je ne comprenais pas toujours ce qu'elle voulait que j'entende. J'étais trop jeune, trop passionné, je n'avais pas encore compris qui elle était, ni quel niveau d'évolution elle avait atteint !... Je ne me souvenais que d'une seule chose, c'était de me garder en vie après sa mort. Et je l'ai fait rien que parce que je le lui avais promis. Mais, j'ai payé le prix de cette parole... Je vous l'assure ! En échange, elle avait juré alors que rien ne nous séparerait plus... jamais !... »

Valérie osa enfoncer encore un clou.

« Elle a tenu sa promesse, Frantz. Elle est revenue ! Mais elle ne sait pas encore qui elle est ! C'est une jeune fille qui s'appelle Marie Gauthier ! »

Frantz s'emballa de nouveau.

« Mais, qu'est-ce que vous racontez ?... Si c'est Marie Gauthier, ce n'est pas Sarah ! Comment ça, elle ne sait pas qui elle est ?... De qui parlez-vous, je ne vous suis plus, tout ceci est incohérent... »

Alors Valérie se fit plus incisive, elle se défendit pied à pied, et sa pugnacité coutumière lui vint en aide.

« Si !... Marie et Sarah ne sont qu'une seule et même personne. Elle n'a encore que la mémoire de son enfance, de cette vie. Comme tout le monde !... Mais, il ne faudrait pas grand chose pour que tout lui revienne. Tenez, regardez ! »

Et sans hésiter une seconde, elle sortit une photo de Marie qu'elle avait empruntée aux Meyer. D'abord hésitant, Frantz s'en saisit, une curiosité morbide le tenaillait. Il osa regarder... Sa réaction fut foudroyante, il recula de trois pas et faillit se heurter au manteau de la cheminée. Il avait un regard halluciné. Valérie le vit essayer d'avaler, mais il n'y parvenait pas. Elle s'en voulut de lui faire tout ce mal, mais il était têtu. Elle se mit aussi à sa place et compris que son attitude était parfaitement normale, alors elle décida de profiter de son avantage. "Là, il a l'air touché, constata-t-elle, alors, allons-y, ma pauvre amie! Ne lui faisons pas de quartier."

« Que voyez-vous sur cette photo ? Qui reconnaissez-vous ?... »

Elle avait un peu monté le ton pour l'obliger à répondre, mais lui était dans son rêve, le regard agrippé sur le portrait que sa main tremblante maintenait avec peine. Elle réitéra sa question.

« Alors, qui voyez-vous ? »

Sans détacher son regard, il articula difficilement :

« C'est... C'est Sarah !... Mais ses cheveux sont plus longs, pourquoi ?... D'où tenez-vous cette photo ? »

Alors Valérie s'investit avec plus de force.

« Ce n'est pas Sarah… C'est Marie… Marie Gauthier. »

Frantz faisait non de la tête, il ne s'arrêtait plus de refuser.

« Ce n'est pas possible, une telle ressemblance ! »

Puis, déçu, il lui rendit la photo avec regrets en ajoutant :

« Les sosies, ça existe ! Celui-ci est troublant, je le reconnais, mais c'est un sosie quand même. Vous venez de dire que c'est Marie… vous… »

Valérie l'interrompit à nouveau.

« Vous pensez bien que votre réaction fut la nôtre. Mais, imaginez seulement Mme Cahors à la rentrée d'octobre. Savez-vous où se trouvait Marie quand la classe s'est installée pour la première fois ? »

Frantz d'un signe de tête négatif, avoua ne pas savoir. Valérie laissa un peu de silence s'installer afin d'avoir un peu plus de poids à fournir dans son argumentation.

« Comme par hasard, monsieur Lilienthal ! Oui, comme par hasard, elle a choisi de s'asseoir à la même place que celle que Sarah occupait dix-sept ans auparavant… Vous comprenez alors que l'évanouissement de Mme Cahors était on ne peut plus légitime… »

Insidieusement, elle rajouta en l'observant attentivement :

« Et vous ? Qu'auriez-vous fait si vous l'aviez trouvée assise dans le parc Karedech, près d'une statue ?… Seriez-vous parti dans les pommes ? »

Frantz afficha un air d'incompréhension.

« Dans les quoi ?… »

Valérie abandonna son argot, pour être plus explicite.

« Vous évanouir ! Je veux dire… »

Frantz sourit légèrement, puis redevint soudain sérieux.

« Comment savez-vous… pour le parc ? »

Valérie répondit avec élégance :

« Oh, dans une petite ville de province, tout se sait. De plus, une histoire comme la vôtre… Ça ne pouvait pas passer inaperçu ! »

Frantz parut perplexe.

« Je… Je ne sais pas… J'avoue que devant cette jeune fille… Mais enfin, tout ceci n'est peut-être que coïncidence.

Vous fantasmez sur un sosie et que viennent faire les Meyer dans cette histoire ? »

Valérie se sentit soulagée. "On avance, pensa-t-elle. On avance. Peut-être, suis-je allée un peu trop vite au début, mais on avance..."

« Vous croyez que nous ne nous sommes pas attachés nous aussi aux coïncidences ? C'est tellement plus confortable... et rassurant. On fait tout pour que ce soit des coïncidences et puis arrive un moment où trop, c'est trop. Et elles vous éclatent au nez comme de jolis ballons, et le bruit que ça fait n'est pas agréable. Surtout sur ce type de révélations, il faut avoir la raison chevillée au corps pour ne pas basculer. N'en doutez pas ! Quant aux Meyer, quelle est leur place ?... Je vais vous ledire !... Vous souvenez-vous de leur adresse ? »

Frantz répondit immédiatement :

« Oh, oui ! C'était le 18 de la rue Victor-Hugo, et alors ?... »

Valérie trouvait enfin le jeu passionnant car Frantz commençait à coller à l'histoire.

« Savez-vous qui habitait à côté, au 16, pour être plus précise ? »

Frantz parut étonné, il ouvrit des grands yeux et secoua la tête avec dénégation.

« Mais, non ! Je ne sais pas, je n'en vois d'ailleurs pas l'intérêt. Qui pourrait habiter au 16 ? Non... Je ne vois pas. Ah, mais si, attendez... Quand je suis revenu de captivité, il y avait des gens qui étaient venus s'installer juste après la guerre. Depuis un an, je crois, mais quel rapport avec les Meyer ? »

Valérie eut un sourire éblouissant, et lâcha, ravie :

« Les Gauthier ! Les nouveaux voisins des Meyer, ce sont les Gauthier. Voilà le rapport et... »

Cette fois, ce fut Frantz qui l'arrêta d'un geste. Il avait l'air soudainement désemparé, il alla au fauteuil et s'y laissa choir d'un seul coup. Puis, il prit sa tête dans ses mains pour cacher une émotion trop violente. Valérie l'entendit avec peine.

« Alors... Cette... Cette petite fille !... »

Valérie fut étonnée et l'interrogea avec douceur.

« Mais alors, vous avez connu Marie ?... »

Il fit oui de la tête, sans lâcher ses mains de dessus son visage. Et Valérie, émue, compris qu'il pleurait. Elle eut envie de la prendre dans ses bras et gémit en elle-même. "Sa blessure est encore une plaie béante, mais attends, mon amour, je vais te soigner, et tu finiras de guérir… entre ses bras ! »

Frantz se mit à parler très doucement, comme dans un chuchotement, il raconta son histoire, revivant intérieurement chaque seconde.

« Cette petite fille, quand elle m'a vu, m'a souri. Et je l'ai serrée contre moi. Je me souviens d'une étrange sensation, comme si la chaleur d'un été m'avait pénétré. Moi qui, depuis le départ de Sarah, ne vivait que dans le froid d'une tombe. Oui… Je me souviens… une phrase de Sarah m'était revenue en mémoire, mais je ne me rappelle plus aujourd'hui… Oui… Quand je l'ai prise dans mes bras. Ce beau bébé m'avait offert une pomme. Je l'ai gardée précieusement. Et cette drôle de pomme, au lieu de pourrir s'est mise à racornir, à se dessécher totalement. Je l'ai encore… »

Valérie, de plus en plus attendrie par cette part d'histoire qu'elle ne connaissait pas, se leva et se dirigea vers lui, elle se pencha discrètement et posa une main légère sur son épaule. A son tour elle chuchota pour ne pas l'effrayer.

« Ainsi, vous avez serré la petite Marie dans vos bras ?… Vous savez, Frantz, le moins qu'on puisse dire, c'est que Dieu ne manque pas d'humour ! »

Frantz fit glisser ses mains sur ses yeux pour les essuyer, il avait senti le geste de compassion de Valérie, il eut un sourire triste et rassuré. Valérie retourna s'asseoir.

« De l'humour, dites-vous ? »

Il souleva légèrement les sourcils pour signifier qu'il émettait quelques doutes, puis redemanda :

« Mais, quels éléments avez-vous encore… pour étayer une théorie pareille ? Une théorie qui affirme le retour d'un être disparu… »

Alors Valérie lui raconta le récit des Meyer. L'épisode de la chambre avec la poupée, du cahier bleu, et l'expérience du devoir de français à laquelle Mme Cahors avait songé. Frantz était abasourdi, il se sentait fébrile, moite. Son cœur prenait des cadences infernales, il osa encore contrer…

« Mais, Sarah était unique. C'était… C'était… »

Il ne trouvait plus ses mots et Valérie le reprit.

« Frantz, vous avez eu avec Sarah une merveilleuse relation. Vous avez vécu en quelques semaines un amour qu'il est même difficile de qualifier ainsi… parce que, Sarah était un être exceptionnel. Vous la connaissiez, bien sûr ! Mais d'autres aussi… Son professeur de français, entre autres. Et ses parents, qui l'ont tant aimée… Tout le monde l'aimait. Et si tout ceux qui ont eu le privilège de l'approcher vous disent : Sarah est devenue Marie… Vous pouvez les croire. Ce n'est pas que sur le fait de la ressemblance physique… C'est un tout ! Interne et externe ! Tenez, je vous ai recopié des pages entières de son cahier… Elle savait tout, tout sur son passé, sur votre passé. Aussi ancien soit-il ! Vous comprendrez aussi le pourquoi de votre épreuve, et de l'étrangeté de cette promesse de retour, qui a pu vous paraître au premier abord insensée. »

Elle tendit à Frantz une liasse de feuillets écrits, il les prit avec méfiance et Valérie lui confirma :

« Vous retrouverez Sarah, là-dedans. Celle que vous avez connue et aimée, vous y retrouverez son discours, sa force, son amour pour vous et la vie. Et aussi des réponses à bien des questions qui ont dû vous empoisonner des jours et des nuits. Maintenant, je vais vous laisser et faire un tour dehors, je commence à avoir trop chaud ! »

D'un regard, il la remercia de sa délicatesse, l'aida à enfiler son manteau puis en allemand, il demanda à Wolf de l'accompagner.

« Wolf, Geh mit Ihr ! »

Elle se retrouva dehors, pour le laisser seul, pour qu'il réfléchisse sur cette extraordinaire histoire où la vie des hommes peut aussi défier les siècles à l'insu de leur mémoire. Elle se retrouva sur le chemin qu'elle avait emprunté quelques heures auparavant. Wolf, sur ses talons, la suivait en furetant dans la neige. Elle s'engagea dans la forêt, elle parvint ainsi jusqu'à la clôture du camp, elle accrocha ses doigts au grillage rouillé et contempla les baraquements aux toits couverts de neige.[1] Elle imagina là, devant elle, ces milliers de fantômes au regard vide, aux silhouettes décharnées dans leurs loques rayées blanches et noires. Elle les vit passer lentement, surgissant de leur néant, moins oubliées que jamais. "Et moi, pensa-t-elle ! Que furent mes vies passées ? Pourquoi n'ai-je aucun souvenir ? Pourquoi Sarah a-t-elle eu cette grâce ?... Mais est-ce vraiment une grâce !... Nous sommes déjà tellement attachés à ce passé tout récent, tellement conditionnés, que ferions-nous si nous nous souvenions de tout le reste ! Nous n'avancerions plus, toujours figés, le regard vers l'arrière, sans aucun avenir. Et pourtant, tout est imprimé de cette éternité, quand on se retrouve, il ne faut qu'une seconde pour se reconnaître... et une deuxième pour aller l'un vers l'autre. Sans geste, sans parole... Comme pour Frantz. Pourquoi l'ai-je aimé si vite ? Dès mon premier regard, j'ai senti que je l'avais toujours aimé... toujours connu. J'en avais la prescience... Et pourtant, je sais qu'il ne fera jamais sa vie avec moi ! "

Elle se mit à pleurer, ses mains crispées dans le grillage, elle eut encore froid et se décida à retourner. Elle appela le chien, et Wolf, fidèle cicérone, l'aida à ressortir de la forêt. Arrivée devant la porte, elle frappa discrètement au carreau et Frantz vint lui ouvrir. Il était pâle et tenait encore les feuillets dans sa main. En silence, ils retournèrent s'asseoir près de la cheminée. Valérie, enfin, osa se hasarder à prendre la parole.

Elle eut envie de l'appeler par son prénom pour interrompre sa rêverie. La nuque renversée sur le fauteuil, il contemplait dans les poutres du plafond, un quelque chose qui n'appartenait qu'à lui, un quelque chose qui le décollait des franges de la réalité et qui se traduisait par un étrange sourire.

« Frantz, je peux vous appeler ainsi ? »

Il revint à lui avec peine, et bafouilla :

---

1 – Après la libération des camps, celui de Bergen-Belsen, stalag pour femmes, fut incendié et détruit par les Britanniques. Il n'en reste rien aujourd'hui...

« Euh… Comment ?… Euh, oui ! bien sûr ! Je vous en prie… »

Valérie se fit plus attentive dans son discours.

« Frantz, il n'y a que vous qui puissiez être certain de cette… cette résurrection…. Quand vous verrez Marie, il se passera en vous quelque chose comme une certitude absolue. Comme une mère reconnaît son nouveau-né, parmi des dizaines d'autres. Alors vous saurez que Marie est aussi Sarah… Mais pour cela, il faut que vous la voyiez !… »

Frantz, à l'évocation du prénom de Sarah, sortit de sa symphonie onirique. Il regarda la jeune femme et lui répondit d'une voix changée, le timbre en était maintenant plus positif, plus clair.

« Comprenez ma situation, mademoiselle Saulnier, dix-sept ans ont passé sur cette tragédie. Si Marie et Sarah ne font qu'une, je le verrai aussitôt. Rien ni personne ne pourrait me mentir ou m'abuser dans cette reconnaissance. Je veux bien accepter de la revoir. Quel être humain n'accepterait pas une pareille chance ? Qui le pourrait ? Pendant la guerre, j'ai vu mourir beaucoup d'hommes, de femmes, d'enfants aussi… Mais la mort, pour moi, était une inconnue, même la mienne m'indifférait… Et ce fut Sarah qui me fit renaître par son amour.

Dieu me l'a enlevée. Et s'il me permet de la revoir, c'est qu'il doit y avoir certaines conditions, voyez-vous ! Je ne peux pas décemment rentrer dans la vie de cette… jeune fille. Apparaître d'un coup, comme cela… Peut-on savoir ce qui peut se passer ? !… Vous même, vous vous êtes posé la question. Peut-être dois-je payer un prix à la joie de ce retour. Peut-être dois-je la laisser en paix !… Et je suis prêt à la perdre une seconde fois. Je ne dois pas interférer, elle doit vivre cette nouvelle vie, sans retour vers son ancien passé… Même si cette vie, elle doit la faire avec un autre ! Quoiqu'il puisse m'en coûter. Simplement, le fait de savoir qu'elle est là, bien vivante, suffit à me consoler. »

Valérie se fit plus convaincante :

« Mais, elle vous attend, Frantz ! Pour le moment, elle est en sommeil… Elle aussi ressentira ce manque de vous. D'autant plus que vous devez faire quelque chose ensemble, elle l'a écrit ! Elle parle d'un chemin que vous ne pourrez faire qu'à deux. »

Frantz secoua la tête :

« Mademoiselle... J'ai presque dix-sept ans de plus qu'elle maintenant. Et elle est encore une enfant ! Comme promis, je lui ai survécu et j'ai grandi, j'ai vidé tout ce qu'il y avait de malsain en moi. J'ai peur !... Je ne veux pas hypothéquer son avenir pour conforter le mien en me révélant comme ça, brutalement ! Aujourd'hui, si elle est Marie, il faut qu'elle le reste ! »

« Mais dix-sept ans, ce n'est rien, protesta Valérie, vous n'allez pas vous laisser influencer par ce type de convention. Pas vous ! Rappelez-vous votre première rencontre... Est-ce un jeune officier S.S. qu'elle a aperçu ? Non, c'était un éternel adolescent ! A travers tous ces siècles, c'est toujours votre âme qu'elle a aimée, jamais la façon dont vous étiez vêtu, ni le fait d'appartenir à un camp qui opprimait et torturait les siens... Alors que pourraient être ces dix-sept années pour elle ?... Qui croyez-vous qu'elle verra ? Un homme de trente-cinq ans ou celui à qui elle s'est offerte avec tant de bonheur, il y a déjà des années de cela... Tout en elle vous reconnaîtra, son cœur, son corps, sa tête se souviendront aussitôt. »

Frantz l'arrêta d'un geste sec.

« Justement, je ne veux pas qu'elle se souvienne. Je ne veux prendre aucun risque. Il n'y a aucun exemple de ce genre dans notre histoire humaine. Et donc rien qui puisse nous assurer que sa raison ne courre aucun danger ! »

Valérie s'acharnait à insister :

« Mais elle est habituée à ce genre d'anamnèse[1]... Quand elle vous a retrouvé, elle n'est pas devenue folle pour autant... Il lui a seulement fallu un peu de temps pour tout remettre en

---

1 – Faculté de ne rien oublier, il n'y a plus de refoulement aucun... En l'occurence, pour Marie, se retrouver en état d'anamnèse serait de retrouver toute sa mémoire, ou plutôt ses anciennes mémoires.

place, elle se remettra à nouveau à vivre... Et vous aussi. Pourquoi refusez-vous ? Acceptez au moins de la revoir, sans qu'elle s'en rende compte ! »

Elle sentit qu'il vacillait entre son désir de la revoir et la peur de lui nuire. Valérie avait compris que toutes ces années avaient été une expérience libératrice, lui aussi connaissait le véritable prix de l'amour et le prouvait en voulant protéger Marie. Puis, il mit une condition :

« Je veux bien la revoir, mais rien qu'une fois, et qu'elle ignore ma présence ! »

Et à ce moment-là, il était sincère. Ce qu'il ne pouvait savoir, c'est qu'il y a un déterminisme inévitable que chaque être attire à lui pour ses propres besoins d'évolution. Valérie poussa un soupir de soulagement.

« Quand voulez-vous la revoir ? »

« Dans quelques jours, je dois me préparer mentalement à cette épreuve. Je tremble déjà, vous vous rendez compte. Je vais la revoir... Vous... Vous êtes sûre que c'est bien elle ?... Sur la photo, c'est bien le portrait de Marie, n'est-ce pas ? »

Valérie se mit à lui sourire, car il était soudain redevenu pareil à un enfant, impatient, fébrile, excité. Elle le rassura.

« Mais, oui ! C'est bien la photo de Marie... N'ayez crainte, c'est elle ! »

Il se tordait les mains à présent, sans s'en rendre vraiment compte. Petit à petit, il était en train de réaliser, d'adhérer à ce qu'il avait rejeté avec tant de force au début. Son état de nervosité allait croissant, des questions fusaient de toutes parts, et Valérie était tout attendrie de le voir ainsi.

« Va-t-elle bien ?... Est... Est-elle vraiment comme avant ? Je veux dire... cette douceur, cette tendresse dans ses yeux ? et... et... son allure de souveraine quand elle marche... où elle donne l'impression d'être si légère, si aérienne ! A-t-elle toujours ce côté un peu hermétique quand elle parle ?... »

« Oui, oui ! affirma Valérie, elle est toujours tout cela, et pour ce qui est de l'hermétisme, vous serez gâté. Mais je ne vois vraiment pas à quoi cela peut vous servir ? Puisque vous ne la verrez qu'à son insu... »

Frantz sentit la trappe qui s'ouvrait sous ses pieds. Il sourit pour masquer la confusion.

« Oui, je sais ! Vous avez raison. Il va falloir que je m'attache, si je ne veux pas courir vers elle ! »

Valérie susurra en levant les yeux.

« Ce jour-là, méfiez-vous ! J'aurai un canif particulièrement bien affûté pour trancher vos liens ! Mais dites-moi, Frantz, n'y a-t-il pas une autre raison plus impérative à votre refus de la rencontrer ? Soyez sincère ! En dehors de la protéger sur le plan psychique, il y a autre chose et vous vous le cachez... vous ne voulez pas le voir vraiment... »

Frantz baissa la tête et contempla avec un soudain intérêt l'extrémité de ses bottes.

« Oui, avoua-t-il. En dehors du danger que ma rencontre peut provoquer, il y a aussi le fait que... que je ne veux pas qu'elle se souvienne.. afin de ne... pas retrouver sa dernière mort... Ce fut sans doute hideux. Toutes ces malheureuses entassées avec leurs enfants. Quand elles ont dû commencer à sentir cette saleté qui sortait des soi-disant douches. Mon Dieu, quelle horreur ! Combien de fois, combien de nuits... ai-je imaginé cette scène. Je me retrouvais en sueur, j'avais envie de hurler... de lui demander pardon... de leur demander pardon ! Au nom de mon peuple... Mais rien, aucun pardon ne peut effacer ceci ! Alors, je ne veux pas qu'elle retrouve cette mémoire, qu'elle dorme à jamais. D'ailleurs, je ne comprend pas qu'elle puisse aussi se rappeler de tous ses supplices, de toutes ces agonies, sans en être affectée... »

Valérie écarquilla les yeux pour avouer son impuissance à répondre. Elle osa pourtant émettre une hypothèse :

« Peut-être le serait-ce pour nous ! Mais c'était sans doute très différent pour Sarah... Ce qui ressort de ses notes le prouve. Ce n'est effrayant que dans la mesure où la mort est refusée.

« Je suppose qu'elle a dû affronter ces "chambres" maudites dans un état d'acceptation total... Elle n'a pas dû souffrir, donc cela n'a pas été aussi hideux que vous le concevez. Pour nous, dans sa situation, peut-être... Mais pas pour elle !...

Il y a une question étrange que je me pose à son sujet, et je n'y trouve aucune réponse… Hors, depuis cette histoire, je ne crois plus au hasard. Sarah a revécu trois de ses agonies. Et elles ont toutes un point commun : l'asphyxie… D'abord sur la croix, ensuite la fumée du bûcher de Montségur… Puis la noyade sous la Révolution française… et pour terminer les gaz de Bergen-Belsen. Cela doit signifier quelque chose, mais quoi ? Il y a pourtant une relation, j'en suis sûre !… »

Frantz la coupa assez brutalement :

« Je préférerais éviter de parler de cela… Je vous en prie ! A travers les feuillets de Sarah, et si nous nous sommes connus à ces époques, je comprends et conçois alors mon attirance pour ces différents moments de l'histoire. J'étais, et je suis encore, très passionné par l'Empire romain, et plus précisément par l'histoire de Massada en Palestine… Je trouvais cette histoire belle et triste. Ils se sont tous suicidés. Vous vous rendez compte… tous ! Egorgés par leur rabbin suivant le rituel "casher"[1]. Et pour Montségur, alors là ce fut extraordinaire. Je me passionnais pour les recherches effectuées par Otto Rahn[2] sur ce site et tout ce qui concernait la période Cathare. Je m'étais juré, quand j'étais jeune, de monter jusqu'au château… J'ai eu cette chance ! Quand la zone libre fut occupée à son tour, en 43, à la faveur d'une permission, j'ai réalisé ce rêve… En ce temps-là, j'étais encore ce jeune officier, orgueilleux, cynique

---

1 – Les animaux, suivant la tradition juive, doivent être tués sans souffrance, et seule une personne habilitée à ce titre peut exécuter ce travail. Pour Massada, ce furent les rabbins qui se chargèrent de cette pénible épreuve.

2 – Oberstumführer, dignitaire nazi qui fit avant la guerre des recherches sur tous les sites cathares, auteur d'un livre (Kreuzzug gegen den Graal) croisade contre le Graal. Il appartenait à un mystérieux institut mi-scientifique, mi-occultiste, l'Ahnenerbe (héritage des Ancêtres) qui accomplit plus de 100 missions de recherches. Ce fut l'une des entreprises les plus curieuses du IIIe Reich. La plus secrète des organisations S.S. Le thème de leur travail s'orientait sur le chiffrage de la Kabbale, et s'il y avait une survivance de la Rose-Croix. Il fut trouvé mort avant la guerre au sommet d'une montagne autrichienne. Malgré son uniforme et son grade, il ne fut en aucune manière un nazi… son livre le prouve… et ses ennemis ne lui pardonnèrent pas ses sympathies sémites.

et cruel, qui se gargarisait chaque matin de grands rêves d'expansionnisme de la Grande Allemagne… Je vous confie cela, parce qu'il s'est alors passé une chose étrange. Je vous le redis : j'étais fier, insolent, n'ayant que du mépris pour tout ce qui n'était pas "Aryen", pourtant, quand je vis la stèle qui rappelle le sacrifice de tous ces "parfaits", je fus d'un coup secoué par une terrible émotion. Moi qui passais ma vie dans la dureté de mon cœur, j'explosais en un torrent de larmes… J'étais suffoqué, à la fois par la honte de mes pleurs, et par la surprise. Je ne comprenais pas ce qui m'arrivait… J'avais beau essayer de les refouler, rien n'y faisait. Ça débordait, ça coulait de partout ! Je n'avais plus aucun pouvoir sur cette chose qui m'envahissait… J'ai retrouvé cette même agitation quand je vis Sarah pour la première fois… Donc, quand je fus devant ce monument, j'ai été anéanti, je n'avais qu'une envie, c'était de me réfugier dans la montagne… Et je ne savais pourquoi ! Là aussi, je comprends mieux mon propre vécu et ces étranges comportements, à travers son récit… Et pour la Révolution, ce fut pareil. Mais c'était circonscrit à la période trouble de la Vendée… de la chouannerie, si vous préférez ! Je voulais tout savoir sur cette période, et croyez bien que j'en savais plus sur ce moment de l'histoire française que sur le Grand Frédéric… Enfin, toute question finit par avoir sa réponse !… Maintenant, elle vit dans une société stable et tranquille, apparemment elle n'est pas retournée dans un contexte de guerre… »

« Donc, affirma Valérie, c'est qu'elle vous attend. Il n'y a pas eu deux ou trois siècles d'écart pour vous retrouver. Sans doute savait-elle que vous tiendriez votre promesse de vivre… et maintenant, elle va vouloir tenir la sienne. Mais pour cela, il faut que vous lui en donniez la possibilité. Et vous savez ce qu'il vous reste à faire… mais, incidemment, vous ne voulez pas. Et toutes les bonnes raisons que vous invoquez, permettez-moi de les trouver un tantinet boiteuses… »

Frantz secoua la tête et resta silencieux. Valérie marquait des points… beaucoup et songeait "Toi, mon cœur, je vais te violer. Pas comme je le désirerais, hélas, mais d'une autre manière, et je vous amènerai à vous rencontrer. Malgré ton refus, et l'ignorance des causes de ce refus ! " Valérie reprit à haute voix pour le réveiller :

« Hou ! Hou ! Frantz, je vous parle ! Où êtes-vous en ce moment ? »

Frantz leva les yeux et murmura :

« Je sais que mon comportement n'est pas clair. En fait, tout ce que je peux exprimer sur ce refus, c'est une émotion de peur… Je ne sais pas vraiment sur quoi cela repose. Seule Sarah… enfin, Marie, maintenant, pourrait peut-être répondre à cette question. »

Valérie analysa cette réponse et reprit :

« Donc, votre peur ne repose que sur des fondements qui sont sans doute subjectifs. Par les labyrinthes souterrains de votre inconscient se véhicule une conclusion qui prend l'apparence d'une menace… ou pour vous, ou pour elle ! »

Frantz approuva.

« Probablement dois-je en tenir compte ? Tout ce que je ressens, c'est que je ferai tout pour lui éviter un face à face… J'ai comme la sensation d'être un danger pour elle… »

Valérie parut soudain intéressée, mais répondit simplement :

« Et bien, cela se précise… Vous ne pouvez pas aller plus loin dans votre recherche ? Quel danger ? »

Frantz secoua la tête, confirmant son ignorance. Ils restèrent ainsi silencieux, l'un blotti dans un rêve chaud, et l'autre, commençant à tisser un piège, sachant que chaque homme a son appât idéal. Pour cet ancien loup noir, ce ne serait pas bien difficile…

Chapitre 7

Un voyage ambigu

C'est ainsi que Valérie Saulnier et Frantz Lilienthal prirent ensemble le chemin du retour… Dans le train qui les ramenait vers la France, Frantz et Valérie apprirent à mieux se connaître. Il lui parla de son métier de pilote, de ses années passées en Inde, et Valérie lui révéla alors certaines vérités qu'il n'avait pas réellement entrevues.

« D'après votre périple, expliqua-t-elle, l'Inde, ce n'est pas un hasard. D'ailleurs je ne crois plus au hasard, je crois à des opportunités qui nous sont offertes pour évoluer. C'est à nous de les saisir en les voyant ou de les ignorer et de laisser ainsi passer notre chance, mais elles reviennent toujours à la charge… Regardez votre propre histoire, elle s'inscrit parfaitement dans ce schéma : à chaque suicide, vous étiez confronté à la même situation douloureuse, jusqu'à ce que vous choisissiez d'y faire face. Cette épreuve de la séparation vous l'avez enfin vécue parce que c'était nécessaire… c'était vital pour apprendre ce que vous deviez apprendre… et la rencontre de ces Sages, de ces Maîtres, regardez comme elle fut complémentaire, ce n'est qu'à travers eux que le langage de Sarah vous a été enfin accessible… Ils vous ont aidé. Ils vous ont aimé du même amour que Sarah. Ils ont parachevé ce qu'elle avait commencé, Elle, et "Ils" vous ont fait grandir, comme vous disiez, à votre insu… Tout ceci s'est fait en plusieurs étapes, maintenant vous pouvez commencer ensemble votre ultime parcours, vous êtes prêt et elle vous a attendu pour le faire avec elle. Je vous envie Frantz, je vous envie… car le seul devoir d'un "Etre Humain" c'est de le devenir… vous allez faire cette route ensemble… Oui, je vous envie… ! »

Il faisait chaud dans le compartiment, elle regardait Frantz, il observait le paysage qui défilait. Il ne participait pas réellement. Valérie, elle, s'enferrait à chaque minute sur l'amour qu'elle portait à ce garçon ; cela lui faisait mal. Elle allait le conduire à une autre, mettre sa main dans celle de cette femme légitime, cette épouse éternelle qui lui avait été offerte depuis la nuit des Mondes par le plus beau des mystères. Alors elle se contentait de sa présence, usait ses forces à contrer ces élans qui s'emparaient d'elle, quelquefois. La nuit venue, quand les couchettes furent abaissées et qu'il fut endormi, elle eut bien des idées…! elle s'épuisa ainsi contre elle-même, réfrénant cette pulsion jusqu'à l'aube.

« C'est terrible, découvrit-elle, je n'ai plus aucune raison, si ce n'est que je ne veux pas le froisser. Même un refus de sa part ne me couvrirait pas de honte. Je ne me retiens que pour lui, pour ne pas le troubler… afin qu'il soit intact, sans arrière-pensée quand il la reverra. Quel dommage, mon amour, tu ne sais pas à quel point je t'aurais brisé de plaisir et de bonheur… ! »

Au petit déjeuner, au wagon-restaurant, elle était fatiguée et de mauvaise humeur. Une chanson de Sacha Distel lui revenait en mémoire "Oh quelle nuit" fredonna-t-elle dans sa tête. Seul l'humour la reconstruisait parfois, mais Frantz eut l'idée innocente de lui demander si elle avait bien dormi.

Valérie reposa doucement sa tasse de thé et le fixa dans les yeux. A l'exception de beaucoup de femmes réservées, elle était directe, spontanée, droite, elle lui chuchota discrètement :

« Qu'appelez-vous passer une bonne nuit ? Quand, pendant ladite nuit, je me suis battue contre moi-même afin de ne pas escalader votre couchette, parce que j'avais envie de vous…… Vous appelez ça une bonne nuit ? »

Frantz faillit suffoquer, sa gorgée de thé faillit réintégrer son contenant d'origine, seule une parfaite maîtrise de lui-même lui permit de réaliser l'exploit de l'avaler. Enfin libéré, il éclata de rire et secoua la tête :

« C'est très bien de vous être écoutée ! croyez-moi, vous auriez vécu une déception. De ce coté-ci de ma vie je ne me sens plus réellement tourmenté. »

Ce fut au tour de Valérie d'être surprise :

« Vous voulez dire que vous n'avez plus de vie amoureuse ? »

Il reposa sa tasse un peu vite et regarda le paysage par la fenêtre :

« Oui ! Comme vous le dites si bien, je n'ai plus de vie amoureuse en ce qui me concerne, bien sûr. J'ai connu d'autres jeunes femmes et dans notre intimité, j'étais toujours prévenant et à l'écoute de leur désir mais le seul plaisir que j'en retirais vraiment, c'est quand elles atteignaient le leur... c'est tout ! Pour moi, ce n'est pas réellement de l'Amour, c'est du plaisir. Sarah m'avait tout donné et a tout emporté. Je n'ai eu qu'une seule nuit d'amour dans ma vie d'homme et, par celle-ci, j'ai compris qu'il me fallait beaucoup plus que l'apparence d'un joli corps pour que je puisse recommencer à aimer, car j'ai vécu en une seule nuit ce que certains dans toute leur vie ne connaîtront jamais, même avec les plus belles partenaires du monde. Comprenez bien... pour moi faire l'amour, c'est un point d'appui extraordinaire pour atteindre quelque chose d'ultime, et je l'avais atteint avec Sarah ! parce que c'était Sarah !... et qu'il n'y avait que Sarah pour me le faire connaître ! Le reste, ce que les autres et moi vivons de façon ordinaire... ça ne m'intéresse plus tellement de le revivre. »

Il regarda Valérie qui, avec l'audace des grandes timides, avait récolté de belles couleurs aux joues. Frantz la taquina un peu :

« Vous m'en voulez ? »

Elle se força à rire et hocha la tête :

« Oh oui ! je vous en veux... Je croyais qu'on pouvait mourir de honte... eh bien, c'est faux, je suis toujours là ! »

Elle l'observa, sentit son teint redevenir normal et continua :

« Mais non ! C'est à moi que j'en veux de vous avoir agressé ainsi avec mes émois nocturnes ! »

Frantz joua son jeu pour l'aider à se décontracter un peu plus :

« Qu'est-ce qui vous a empêchée de monter ? Vous ne trouviez pas l'échelle ? »

Valérie se mit à rire à son tour, l'humour la sauvait tant de fois :

« Pensez-vous ! Vous voyez cette poignée là-haut ? Il y a marqué : "Ne tirer qu'en cas d'urgence" ...et je puis vous affirmer que j'étais vraiment en état d'urgence cette nuit ; alors je n'avais qu'à la tirer et vous me tombiez tout nu et tout chaud dans les bras… »

Frantz l'interrompit et imagina le reste :

« Alors le contrôleur serait arrivé et… »

Valérie reprit l'avantage :

« Et il m'aurait vue pratiquer un bouche à bouche très efficace et convenant à une situation d'urgence. »

« Ah et le reste… aussi, je présume, ça fait partie de la réanimation ? Comment l'auriez-vous expliqué ? »

Valérie repoussa le bout de son nez d'un index volontaire et fit mine de réfléchir sérieusement :

« Euh… eh bien, que la technique du corps à corps est l'ultime possibilité pour réactiver un cœur défaillant. »

Ils se mirent à pouffer tous les deux et Frantz, dans un geste de tendresse, posa sa main sur la sienne. Valérie se sentit défaillir et ajouta :

« Vous finiriez bien vite sur le dos, comme un crabe renversé, au milieu des croissants et des tasses brisées et nous débarquerions en Normandie avec une bonne inculpation pour outrages aux bonnes mœurs… Mais, quelle expérience ! Le public verrait ce que c'est que l'Union Franco-Allemande… Qui sait, au lieu d'une amende, nous aurions eu peut-être les félicitations d'Adenauer et de De Gaulle pour cet exemple éblouissant de fraternisation et de coopération. »

Frantz faillit s'étouffer, il n'arrivait plus à boire son thé devant ces descriptions décapantes. Ils se calmèrent peu à peu. Elle le regarda avec beaucoup d'amour et lui murmura :

« Je suis désolée Frantz, je n'ai pas fait exprès de vous aimer, c'est ainsi, croyez bien que j'en suis la première mortifiée, je n'avais pas besoin de cela... ni de vous, dans ma vie. Elle était bien carrée, bien construite. J'avais quand même laissé une porte ouverte... on ne sait jamais et c'est vous qui l'avez poussée ; mais vous n'étiez pas seul, il y avait une jeune fille blonde à vos cotés. Elle vous était destinée depuis si longtemps, alors je vais essayer de fermer cette porte sur ce qui aurait pu être mon histoire, ma belle histoire. »

Valérie s'arrêta de parler, elle avait comme un sale nœud qui lui nouait la parole. Frantz était gêné, cette souffrance toute neuve l'atteignait à son tour... Il regretta soudainement de ne pas lui avoir offert cette nuit... qu'en aurait-elle fait ?

Il osa être indiscret :

« Pourquoi ne vous êtes-vous pas mariée ! vous êtes si fine, si mignonne... je ne comprends pas ? »

Valérie eut une petite moue et répondit :

« Pas le temps... ! enfin... soyons honnête, je pense que tout ceci n'est qu'un tissu grossier d'excuses qui le sont tout autant... Je crois que c'est surtout le désir d'indépendance qui m'a conduite dans cette... solitude affective. Tout a un prix ! »

Sans comprendre pourquoi, l'image de Ray Faulkner se surimposa dans la mémoire de Frantz. Que venait-il faire ici celui-là, entre eux deux, dans ce wagon ? Il pensa soudain à Noël, qu'il serait seul une fois de plus... aux Noëls de son enfance... son père, sa mère, le sapin, *Tannenbaum*... Une inspiration soudaine le traversa :

« Que faites-vous à Noël ? »

Valérie soupira :

« J'ai perdu ma mère, il y a deux ans, il ne me restait qu'elle. J'ai des cousins dans le nord, mais ils ne sont pas très folichons, ce sont de vrais "Chtis"... Ils arrosent tellement la naissance du Christ qu'ils en tomberaient dans la crèche. Les gueules de bois au matin, la mâchoire tordue et la cervelle flageolante, c'est pas vraiment ce que j'aime ! Je ferai, sans doute, comme l'an dernier, une orgie de caviar, une langouste et une soirée anesthésiante de télé... Et vous ? »

Elle envoya rebondir la balle vers lui. Frantz parut dubitatif, depuis quelques secondes il était assailli de tous cotés par des associations d'idées, Ray, Valérie, Noël, il répondit machinalement :

« A part vous, je ne connais personne et bien sûr… ! Bon… ne revenons pas là-dessus ! »

Valérie se remit à plaisanter :

« Si… si ! au contraire ! je vous vois bien tombant de la cheminée aux pieds de Marie… Ce serait si romantique… ! »

Frantz fit la grimace et lui rétorqua :

« C'est dans la hotte du Père fouettard que je vous mettrai si vous continuez vos délires… ! Non, pensons plutôt à unir nos solitudes et… »

Elle l'arrêta aussitôt d'un geste :

« Non… mais ! Frantz vous rêvez ou quoi ? Si je fête Noël avec vous j'hypothèque tous les autres à venir. A chaque 25 décembre, je ne déballerai plus que des souvenirs et des regrets. Par moment je vous trouve un peu gamin et inconséquent… ! »

Frantz baissa la tête, penaud, il comprenait brutalement quelle épreuve il imposait à Valérie mais il se reprit aussitôt en ajoutant, sans savoir pourquoi :

« Attendez ! Nous ne serions pas seuls. J'ai un vieux copain qui pourrait venir, il fait partie de cette race de vieux phacochères solitaires ; il a été mon instructeur pilote, il volait aussi aux cotés de mon père pendant la guerre… Je lui téléphone et d'un seul coup d'aile… il est ici… »

Valérie parut suffoquée :

« Dites donc ! Vous n'allez pas jouer les entremetteurs pour votre vieux sanglier, j'espère ! Je l'imagine déjà salivant à l'avance et se frottant les mains qu'il aura, je suppose, moites et envahissantes quand il voudra me faire danser sur un "Minuit Chrétien", par exemple… »

Frantz la rassura :

« Mais non, c'est un garçon timide ; éloignez donc de vous cette image de Wisigoth aux moustaches et aux tresses rasant le sol… nous avons changé, enfin, si peu je dois dire ! Mais lui… il est propre, croyez bien qu'il n'a rien du barbare hirsute à l'œil injecté de paillardise… cela serait plutôt français, convenez-en ! ...Oh ! vous m'avez tellement bouleversé avec ces révélations, que j'en ai oublié que je passais le Noël avec lui... Je dois le prévenir de ce changement... »

Frantz s'arrêta d'un coup... il ne comprenait pas ce qui se passait en lui... Il s'interpellait avec étonnement :

« Mais, enfin... ! qu'est-ce qui m'arrive ?... Qu'est-ce qui me prend d'un coup, à penser à Noël... à Ray... ? de vouloir nous réunir tous les trois pour cette fête ? où vais-je là ?... Et Sarah, heu ! Marie... ! Je n'arrive pas à m'y faire... Ce sera toujours Sarah... ! »

Frantz n'aimait pas du tout ce genre de situation ; il se ressentait comme un billard américain dont le triangle de boules vient d'exploser. Chaque boule étant une idée rebondissante, s'entrechoquant avec ses sœurs, repartant de plus belle, propulsée par les bandes de caoutchouc sous les yeux du joueur qui, en voulant les suivre toutes du regard, les perd toutes de vue, en fin de compte.

Valérie réalisa sa perplexité :

« Eh ! Frantz, vous êtes un évadé permanent ! Où êtes-vous encore ? »

Frantz revint avec difficulté :

« Je ne sais pas, je suis en pleine confusion mentale. Vous, Noël, mon ami Ray, Sarah, tout ça arrive en désordre, chaque idée surmontant aussitôt sa voisine. »

Valérie laissa éclater ses talents d'organisatrice :

« Allez, classons tout cela ! D'abord Noël ! Je marche... avec votre copain bien sûr, je ne veux pas que l'on se retrouve en tête à tête, parce que vous finiriez bien vite dans mon soulier et du soulier je ne vous dis pas la suite. Alors votre Ostrogoth sera le bienvenu... il vous servira de rempart et dissuadera mes assauts !... Ensuite Marie ! moi, je sais bien quelle est sa place dans ce conte de Noël... »

« Mais non ! il ne s'agit pas de ça ! Simplement, je suis assailli par une foule de pensées que je n'arrive pas à coordonner entre elles ! »

Ils retournèrent dans leur compartiment. Leur convoi approchait de Paris, ils allaient devoir changer de train pour la Normandie...

Frantz continuait à subir cet étrange manège qui tournoyait dans sa tête où les pensées jouaient à saute-idée... Durant le reste du voyage la conversation tourna bien sûr autour de Marie... Frantz retombait dans le doute :

« Je ne sais pas comment je vais réagir en la voyant... J'espère que je ne vais pas tomber dans les... pêches... euh... non ! comment dites-vous ? »

« Dans les pommes » corrigea Valérie.

« Oui, c'est cela ! J'avais fini par accepter sa mort... et puis maintenant... Je ne sais pas si je ne repartirai pas pour l'Inde après l'avoir revue. »

Valérie le reprit avec fermeté :

« C'était un refuge l'Inde, maintenant vous n'en avez plus besoin, vous devez aller de l'avant. Ne présumez pas de ce que les choses seront... vous ferez en fonction des situations, de ce que vous ressentirez. Dès notre arrivée vous prendrez un hôtel... A l'heure actuelle, Marie est en vacances, les quinze jours de Noël qui viennent de commencer. »

Frantz, soudain songeur, l'interrompit :

« Quelle histoire ! J'ai vraiment encore du mal à avaler tout ça. Je me demande parfois si je ne suis pas en train de rêver... Dire que maintenant elle est catholique, elle va fêter Noël, avant elle était Juive. Je ne sais trop ce qu'elle fêtait, je ne me suis jamais aperçu de rien... ! »

Valérie reprit la parole :

« Pourtant, aux Indes, vous avez dû vous familiariser avec ces théories... la transmigration, la métempsycose... »

Frantz lui répondit, agacé :

« Ah oui ! vous croyez ! un jour, j'ai posé la question suivante à un sage : "la réincarnation ça consiste à quoi ?"... Il m'a répondu, légèrement sévère : "Comment osez-vous parler de réincarnation alors que vous ne savez pas encore ce qu'est une incarnation"... Ils prétendent que les Occidentaux comprennent tout de travers sur ce phénomène, car, disent-ils, nous ne sommes plus, ni tout à fait les mêmes, ni tout à fait différents... puisque nous mourons et naissons à chaque seconde... Il est vrai qu'en ce qui me concerne, il n'y a plus rien de commun entre ce que j'étais avant ma rencontre avec Sarah et après... Ce fut pour moi comme une nouvelle naissance. Il n'y a plus rien de commun entre ces deux personnages, c'est étrange... Je me demande parfois si ce sale gosse a vraiment existé. C'est un peu comme dans un brouillard, j'ai du mal à envisager cette folie qui m'habitait ; avec le recul je réalise combien était énorme une telle démence, j'ai la sensation d'avoir vécu un songe... »

« Oui, répondit Valérie, sans être vraiment là, vous étiez un autre, quel lien y a-t-il entre ce jeune homme d'autrefois et l'homme d'aujourd'hui... ? une continuité physique sans plus... maintenant vous n'êtes plus que des étrangers, votre nom est commun, c'est tout, mais vous êtes aussi éloigné de lui que si vous habitiez des planètes différentes... Comme disait Sarah, vous avez enfin appris à vivre dans le réel, à quitter votre monde pour vivre dans le Monde... C'est bien !... Sarah vous a fait changer, ainsi que la fréquentation de ces Maîtres. Moi-même, j'ai changé à la lecture de ce cahier bleu. Je ne vis plus dans cet océan de certitudes dans lequel je ramais sans jamais avancer, car je n'avais pas encore vu qu'il y avait une amarre à détacher... Oui ! Sarah nous a modifiés, elle a secoué les dormeurs, et nous avons ouvert un œil,... peut-être... Marie nous ouvrira-t-elle le second... ? »

Frantz s'obstinait :

« Je vous ai déjà dit qu'il n'y aurait pas de contact direct avec Marie. N'insistez pas, ou je reprends le train en sens inverse... ! »

Valérie le rassura :

« D'accord ! d'accord ! vous ne la verrez pas !... ça y est nous arrivons, on entre en gare. »

Frantz était soudain tendu, il interrogea Valérie :

« 17 ans... soupira-t-il, la ville a-t-elle beaucoup changé ? »

« Non, pas vraiment, en tout cas, pas les lieux qui vous intéressent. Les troènes sont beaucoup plus hauts maintenant et bien plus fournis mais la statue et le banc sont toujours à la même place. »

Il la gratifia d'une grimace et Valérie poursuivit avec le même entrain :

« ...et le phare n'est sans doute pas encore parti en promenade. »

Ils descendirent de leur voiture et se retrouvèrent sur le boulevard... Frantz regardait autour de lui et Valérie sentait le bouillonnement émotionnel qui l'étreignait :

« On se calme, Frantz, vous devez bien avoir appris un truc pour faire face aux émotions... Mettez-le en pratique. »

« Pfou, soupira Frantz, encore une occasion perdue. Oui, il y a un truc : accepter l'émotion en tant que telle. Oui mais, dirait le mental, quand il s'agit de Sarah, c'est un cataclysme, l'émotion a toujours un pas d'avance et je me fais avoir ! Non, je vais me décider pour cet hôtel dont l'originalité du nom me séduit : "Hôtel de la Gare" ».

Valérie le dissuada, car son plan était bien établi :

« Si vous avez envie d'être réveillé par tous les omnibus et rapides, je vous le conseille... mais si vous préférez dormir, j'en connais un autre dont la vue donne sur un parc magnifique...vous ne voyez pas ? »

Frantz sourit et avoua :

« Il existe toujours ? en 1947, j'avais constaté qu'il avait gravement souffert des bombardements. J'ai pensé qu'on l'avait détruit. Je connais bien cet hôtel pour y avoir passé plus d'une nuit... »

« Comment ! des nuits ! et avec qui ? je croyais qu'avec Sarah il n'y en avait eu qu'une ! »

Frantz s'arrêta de marcher et prit Valérie par le bras :

« Ne vous excitez pas ainsi ! J'ai passé des nuits, oui ! mais seul, avec mes jumelles de chef de char. Vous comprendrez mieux en voyant la position de l'hôtel. Il a une façade qui donne exactement sur la rue Victor-Hugo, de l'autre côté du parc. Ne vous méprenez pas, je ne faisais pas le voyeur... ou plutôt si... De là où je me trouvais, j'observais très bien sa chambre. C'était pour moi une façon de ne pas la quitter, j'étais encore près d'elle. Elle faisait ses devoirs... puis, quand elle se déshabillait, je tournais le dos. Quand elle était en chemise de nuit je la reprenais dans mes jumelles. Elle s'asseyait, dans la position du lotus, sur son lit ; à cette époque, je ne comprenais pas comment elle pouvait rester une heure ainsi, sans bouger. Son visage était magnifique, calme, un bonheur absolu s'y lisait alors. J'étais chaque fois éberlué. Ce n'est que plus tard, en Inde, que je compris qu'elle était ainsi en méditation. Je la voyais écrire longtemps, je suppose aujourd'hui que c'était le cahier. Bien des soirées se sont passées avec elle, sans qu'elle s'en doute... C'était très dur... parfois j'avais envie de quitter l'hôtel et de faire des bêtises,... escalader sa fenêtre... »

Valérie se moqua gentiment :

« Avec une échelle de corde... et l'alouette du matin qui chante ; ça a déjà été fait, Frantz, il y a eu des précurseurs... je vous assure... »

Frantz, touché par cette répartie, se mit à rougir. Il secoua la tête pour signifier qu'il n'aurait pas dû se laisser aller à ce type de confidences ; ça faisait mal à Valérie... il préféra éteindre rapidement son indiscrétion :

« Oui, ce bon vieux Shakespeare !... C'est d'accord pour cet hôtel, mais je ne prendrai plus la même chambre et d'abord, je n'ai plus mes jumelles. »

Ils longèrent l'arrière du parc et arrivèrent devant l'hôtel, où ils pénétrèrent et s'arrêtèrent devant le réceptionniste... Frantz était dans un abîme de réflexion. Valérie le sentait trembler de la tête aux pieds ; il retrouva un peu de lucidité quand le préposé l'interpella avec affabilité :

« Monsieur désire ? »

« Je voudrais une chambre pour plusieurs jours, je ne sais pas encore pour combien de temps. »

L'affabilité se transforma aussitôt en interrogation sèche, l'accent de Frantz sans doute :

« Votre passeport je vous prie. »

Et Valérie pensa aussitôt :

"Ouh... le vilain rancunier !..."

L'homme prit le passeport, puis sans lever la tête, inscrivit le nom dans le registre. Ensuite il se tourna et saisit une clef sur le panneau. Frantz la vit aussitôt et cria presque :

« Non, pas la 17... ! »

Le réceptionniste se tourna et, toujours aussi sec, ajouta :

« Pourquoi ! Vous avez quelque chose contre le 17, vous êtes superstitieux ? »

Frantz se mit à bafouiller, il avait été pris de court,... il n'y a pas de hasard !

« Euh... non, pas vraiment, mais j'ai connu cette chambre ...autrefois, elle ne me convient pas. »

L'homme reprit une autre clef et, ironique, murmura :

« Sans doute quand les jours étaient meilleurs pour vous. »

Frantz ne releva pas l'allusion, il prit la clef et son bagage. Valérie, sur ses talons murmura :

« Quel pignouf ! il y a pourtant seize ans de cela. »

« Oui, peut-être ! Mais cette région a bien souffert et pour certains, c'est encore hier !... pour moi aussi, c'est encore hier. En y revenant je dirais que c'est... presque aujourd'hui. »

Ils allaient se séparer... Sur les marches de l'escalier, Valérie le regarda d'étrange façon :

« Je vous téléphone.... et puis on met au point ce Noël... d'accord... ? Pensez à ramener votre ami, s'il est "Franc" comme l'était un certain Clovis, qu'il reste chez lui... ! »

Frantz ne comprit pas tout de suite, les espiègleries verbales de Valérie mettaient toujours un certain temps pour lui parvenir :

« Ah, oui ! N'ayez crainte, il laissera sa francisque au vestiaire. »

Ils se séparèrent et Valérie effleura ses lèvres d'un baiser rapide puis, sans lui laisser le temps de réfléchir, elle tourna les talons. En repassant devant la réception elle vit le regard sévère et outré de l'employé... elle le regarda droit dans les yeux... et lui tira la langue... C'était Valérie !...

Chapitre 8

Un rêve blond…

Frantz pénétra dans sa chambre, d'un geste ample il jeta son sac de voyage sur le lit et ouvrit les rideaux. Cette façade de l'hôtel offrait une autre vue, il se sentit mieux : le baiser de Valérie l'avait ému… Il retourna près de la table de nuit, saisit le téléphone et reconnut de suite l'employé de la réception ; son ton était inchangé car lui aussi avait reconnu l'indésirable :

« Oui… ! Je vous écoute. »

Doucement Frantz lui demanda d'appeler le numéro de son ami Faulkner, et l'homme grommela, tout juste, entre ses dents :

« Je vous rappelle quand il est en ligne. »

Quelques instants passèrent et Frantz pensa que, si Ray était absent, il l'appellerait à l'aérodrome… mais la sonnerie le fit sursauter. Il reconnut aussitôt la voix gouailleuse de Ray qui l'apostrophait :

« Dis-moi que je rêve…! C'est encore le plus beau ! que fais-tu en France ? »

Frantz l'arrêta net :

« Je t'expliquerai si tu viens, c'est très spécial… je passe Noël ici. Prends un zinc, fais-toi un plan de vol rapide, pose toi aux environs d'Evreux et viens me rejoindre à l'hôtel du parc à… »

Ray lui coupa la parole :

« Stop... ! Je sais où tu es, va ! qu'est-ce que tu es encore allé chercher pour te torturer... ? »

Ce fut Frantz qui l'arrêta :

« Cesse de gloser... ! Viens me rejoindre... et... »

« Et la météo je m'assois dessus ! Comme tu y vas...! D'abord donne-moi, au moins, une seule raison valable pour que je te rejoigne... »

Frantz l'encouragea :

« D'abord, parce que j'y suis,... ensuite je te ferai connaître une jolie créature brune aux cheveux courts. C'est bien comme ça que tu les aimes ? Un peu garçon ? Non... ! On passera Noël ensemble, tous les trois, ça ne t'enchante pas ? »

La voix de Ray se fit mielleuse :

« De tenir les chandelles du sapin ? Pendant que vous échangerez toutes sortes de civilités dans la pénombre, bien sûr que ça m'enchante... Je vais faire presque 500 miles pour te servir de chaperon, tu as la fièvre ou quoi ? »

Frantz avait eu le tort de le laisser démarrer ; il eut beaucoup de peine pour le freiner ensuite.

« Tu n'y es pas !... il n'y a rien entre nous, tandis que, pour toi, tu as toutes tes chances, enfin presque, si tu cesses pendant quelques instants de ressembler à un ours. »

« Grumph ! Quel ours ?... Je suis timide, sans plus ! Bon ça va, je pars, et j'arrive quand je peux. »

Frantz le rassura :

« Pars quand tu veux, mais arrive avant Noël... Bon vol... »

Il raccrocha, sortit ses affaires et prit une douche avant de se changer.

« Je suis une vraie pile, songea-t-il, je risque une électrocution sous la douche. »

Il ne savait quoi faire ; il s'habilla de propre à la hâte... et commença à user le tapis en tournant en rond... Il n'osait pas sortir sachant à l'avance où ses pas le conduiraient.

Puis il se décida, enfila son blouson de pilote ; la nuit était tombée, il songea à un certain mois de novembre puis balaya tout ça de sa mémoire....

Il se retrouva dans la rue et marcha au hasard… Tout avait bien changé, mais il se retrouvait partout, il se sentait un peu chez lui ici :

« En fait, songea-t-il, c'est ici que je suis venu au monde… ! »

Il ne cessa de marcher qu'après s'être épuisé. Il voulait dormir sans rêve, d'un trait, il comptait sur sa marche forcée et sur la fatigue du voyage pour tomber d'un seul coup.

Il rentra à l'hôtel et se coucha. Malgré sa fatigue, il fit beaucoup de rêves… Il vit Sarah assise sur le vieux banc de pierre du parc Karedech, une petite fille blonde était aussi à côté d'elle.

Elles souriaient toutes les deux.

Chapitre 9

De la mort à l'amour, qu'un pas… !

Valérie se leva de bon matin. Après ce retour d'Allemagne en compagnie de Frantz, elle réalisait qu'il lui manquait déjà…

« Ça commence bien, songea-t-elle, être prise dans une dépendance amoureuse, il n'y a rien de pire ; il va falloir te secouer ma p'tite… et mettre au point les préparatifs de cette réunion au sommet… du cœur. »

Tout était bien arrêté dans sa tête. Elle prit le téléphone et composa le numéro des Gautier… personne… ! Alors elle fit celui des Meyer et une voix qu'elle connaissait bien lui répondit :

« Allô oui ! maison des Meyer. »

Valérie l'identifia aussitôt :

« Marie… ? c'est Mlle Saulnier. Je trouvais qu'il faisait un beau soleil aujourd'hui et j'avais envie de faire une petite promenade dans le parc… ça vous dirait si nous la faisions ensemble ? »

Marie fut enchantée et approuva aussitôt :

« J'en avais déjà l'idée, c'est avec plaisir. Vers quelle heure désirez-vous ? »

« Alors à onze heures, dans votre jardin secret. A ce propos toujours pas de Prince ? »

Marie éclata de rire et avoua.

« Non, toujours pas ! Ni la moindre grenouille ni un aigle royal… C'est désespérant ! »

Valérie eut un léger gloussement et affirma :

« Ne le soyez pas, il ne tardera peut-être plus tellement ! Alors à onze heures. »

Valérie raccrocha, elle avait les mains moites et découvrit aussi avec stupéfaction que son pouls s'était emballé…, elle fit un claquement sec de la langue et songea pour se rassurer :

« Il ne peut rien lui arriver, tout au plus un évanouissement ou une syncope, on s'en remet… surtout pour retrouver Frantz… C'est plutôt ce bel animal qui m'inquiète, il risque de ne pas me pardonner… Il faut que ça se passe bien… ! »

Elle appela ensuite l'hôtel, elle avait maintenant la gorge sèche et quand elle entendit sa voix dans l'écouteur, elle prit une grande inspiration :

« Frantz ! bonjour, c'est Valérie… vous avez bien dormi, là tout seul… vous étiez en sécurité… vous ne risquiez plus d'agression ? »

Frantz la taquina un peu :

« J'aime vivre dangereusement,… au contraire… Que vous arrive-t-il ? »

« J'ai envie de faire une promenade avec vous ! Vous suivez ? »

Sans réfléchir une seconde Frantz répondit :

« C'est d'accord… Si je ne risque rien… ! »

Valérie lui lança rapidement, sans lui laisser le temps de répondre :

« Alors à 11 heures moins 10 devant le parc… A tout à l'heure. Soyez ponctuel ! »

Et elle raccrocha subitement… Frantz fut surpris, il n'entendait plus que la tonalité dans l'appareil ; intrigué il reposa lentement le combiné sur son berceau. Il regarda l'heure : 9 heures 30. Il était temps de se préparer.

Il faisait un beau soleil, l'air était frais, Frantz regarda sa montre en arrivant devant l'entrée du parc… c'était bien 11 heures moins 10. La ponctualité germanique n'était pas un vain mot pour lui.

Il se sentait oppressé, à chaque seconde les émotions arrivaient avec une brutalité de fauves, des clichés... des images... des sensations... Doucement il quittait le monde pour un autre, plus ancien, décoré de chagrins et de rires, de pleurs et de joies, d'angoisse et de sérénité. Sans s'en rendre vraiment compte, ses pas l'entraînèrent vers la grande allée centrale. Des automatismes feutrés le firent ensuite bifurquer sur la droite. Il s'engagea entre les haies de troènes et là il déboucha devant la statue...

A présent tout était confondu, passé, présent et avenir cohabitaient simultanément, Frantz avait arrêté la grande Horloge pour lui seul... Il s'assit sur le banc de pierre, il n'était plus son maître, il n'était plus que le produit d'une immense chaîne de causes et d'effets, et ce moment unique était la somme de tous les moments, de tous les instants de toutes ses vies qui ne pouvait produire rien d'autre que ce qui allait se produire dans les secondes qui allaient suivre... "Mektoub" disent les Arabes !... Alors il entendit crisser le gravier... un crissement discret, familier, un pas léger, aérien... comme si... comme si...

Il leva la tête et vit une ombre qui s'allongeait... et avant d'avoir pu réaliser qu'il savait déjà à qui appartenaient ces pas... il la vit.

Elle déboucha en contre-jour, ses cheveux blonds dansaient dans la lumière...

Lui ne sut jamais qu'il s'était levé, il entendit son être qui criait sur des lèvres qui ne lui appartenaient plus...

« Sarah... »

Alors Marie leva les yeux à son tour. Entendant ce nom et voyant celui qui était devant elle, elle cligna les yeux plusieurs fois et sentit ses poumons se remplir de feu ; une douleur d'agonie s'enfonça dans sa poitrine. Il n'y avait plus d'air, plus qu'une monstruosité qui rongeait sa vie. Elle perçut des images atroces de femmes et d'enfants se ruant vers une porte et la griffant de leurs ongles. Elle sentit qu'elle allait mourir, alors dans un dernier réflexe elle fut totalement en accord pour le faire, elle tendit aussi les mains en avant et jeta le peu d'air qui lui restait pour exprimer un seul mot :

« Frantz, mon A... »

Le reste ne lui appartint plus, elle sombra dans les délices de l'extinction de la souffrance ; ses jambes se plièrent et comme on fauche un grand lis blanc elle tomba dans l'allée...

Frantz voulait courir vers elle, mais ses pieds étaient ancrés dans le sol. Il la voyait là, morte encore une fois ; il voulait hurler mais là aussi le cri lui était refusé ; il perdait ses capacités d'agir et d'exprimer. Il se sentit dans un cercueil de chair pour la première fois de son existence... Puis il vit apparaître quelqu'un qui se précipitait auprès de la jeune fille... Il lui fallut quelques secondes pour reconnaître Valérie Saulnier, et quelques autres encore pour découvrir que le fait de se mouvoir lui était à nouveau possible.

En un instant il écarta Valérie avec brutalité, passa ses bras avec délicatesse sous le corps de Marie et la souleva avec une légèreté infinie. Pour Frantz, Sarah n'avait aucun poids si ce n'est celui de l'Amour, et c'est si léger l'Amour ! Il retourna s'asseoir sur le banc et la serra contre lui,... la tête blonde de Marie reposant sur son cou. Il se mit à la bercer et à pleurer doucement, sans bruit, en silence ; il repartait vers ces froides contrées où le cœur de l'homme s'éteint parce que plus aucune lumière ne peut l'atteindre...

Valérie s'approcha de lui et prit la main de Marie pour sentir son pouls :

« Frantz...! elle n'est qu'évanouie, Frantz... »

Elle monta le ton pour mieux le pénétrer :

« Frantz, elle n'est pas morte... PAS MORTE...! Vous m'entendez ? »

Alors il leva la tête et répéta mécaniquement les deux mêmes mots :

« Pas morte... pas morte... »

Valérie le secoua par les épaules et reprit avec plus de force :

« Réveillez-vous Frantz... ! Bon Dieu ! Réveillez-vous, elle n'est pas morte,... elle est dans les pommes... vous vous souvenez ? dans les pommes... ! Restez là, je vais tremper mon mouchoir dans la fontaine... et elle va revenir, je vous le promets... ! Ne bougez pas... mais revenez à vous... nom de Dieu ! Frantz ! »

Elle les quitta aussitôt pour courir jusqu'à une fontaine Wallace. Là elle trempa son mouchoir et revint avec la même énergie… Elle vit d'un coup le regard de Frantz, un regard sévère, dur, difficile à soutenir, mais elle le soutint sans honte… il lui adressa un seul mot, aussi tranchant que le fer d'une hache qui sépare une tête de la vie…

« Pourquoi… ? »

Alors Valérie, inspirée sans doute par l'éternelle occupante du lieu, trouva le mot juste, le seul qui pouvait être prononcé et qui pouvait être entendu :

« Pour l'Amour, Frantz, pour votre amour à tous deux, voilà pourquoi.. Votre histoire n'avait que des commencements, il fallait qu'elle ait un jour une fin… C'est aujourd'hui qu'elle débute, alors ne m'en voulez pas, même si c'est un peu dur à vivre maintenant… mais tous les deux vous ne faites rien comme tout le monde… Vous êtes une odyssée vivante… Sarah et Frantz… Frantz et Sarah… ! Etes-vous vraiment de ce monde ?… N'êtes-vous pas deux enfants égarés dans le dédale des étoiles, cherchant toujours à se rejoindre et qui, se retrouvant le temps de quelques heures, sont encore séparés pour des siècles… ? C'est fini, votre exil se termine aujourd'hui… Dieu me pardonne, Lucifer a retrouvé sa couronne.[1] Maintenant retournez dans votre royaume, vous l'avez bien mérité ! »

---

1 – Dans la religion catholique, Lucifer est assimilé au diable ou à Satan… Soyons raisonnables, comment un être voué aux ténèbres peut-il porter un tel nom, puisque étymologiquement, cela signifie le Porteur de Lumière (du latin Fers, Fulli, latum Ferre = Porter, et Lux, Lucis = la lumière). Suivant la tradition ésotérique, Lucifer était un archange qui fut déchu par Dieu car, n'acceptant pas le terrible destin des hommes, il voulut leur apporter la connaissance perdue. Lucifer perdit dans sa chute la pierre d'émeraude de sa couronne. Celle-ci servit, dit encore la tradition, à faire un calice à 144 facettes (le carré de 12) pour recueillir le sang du Christ… C'est le Graal… Valérie, devant ce début de miracle, ne peut que penser que Dieu a tout pardonné… y compris Lucifer.

Elle baissa la tête, attendant une réponse qui tardait à venir... elle vint sous la forme d'une main qui se posait sur son bras, elle était douce et légère... le timbre de sa voix le fut tout autant :

« Ramenez-la, je vous en prie... ! Je ne peux plus la voir ainsi... ! »

Valérie s'y employa de son mieux. Sur les tempes de Marie, sur sa nuque et son cou, elle passa le mouchoir gorgé d'eau fraîche... mais Marie ne revenait pas, elle dormait sagement, telles ces jeunes reines de l'enfance, endormies par des sortilèges et cernées de forêt d'épines. Devant son échec, Valérie proposa à Frantz d'utiliser des expédients plus classiques :

« Il faudrait peut-être lui claquer un peu les joues...! Qu'en pensez-vous ? »

Frantz approuva, il prenait sans cesse le poignet de Marie pour y sentir la tiédeur de la vie qui glissait sous son pouce, Rassuré il ajouta :

« Oui... ! Mais je le fais... ! »

Valérie la maintenant dans ses bras, Frantz approcha sa main des joues de Marie et doucement, du dos de ses doigts, il la caressa...

Valérie le sermonna :

« Frantz, il faut la gifler, pas la caresser... ! »

« Je ne peux pas, avoua-t-il, je ne peux pas... ! »

Alors Valérie prit l'initiative mais les deux ou trois aller et retour que reçut Marie n'eurent d'autre effet que de mettre un peu de rose sur cette pâleur de cire. Rien n'y faisait, Valérie commençait à être inquiète et Frantz virait carrément à la panique... La jeune directrice le tança avec énergie :

« Cessez d'avoir peur...! Elle n'a rien ! Mais son évanouissement dure trop ! Aux grands maux, les grands remèdes ! On appelle Police-Secours et on l'hospitalise ! Là, au moins, ils sauront ce qu'il y a lieu de faire...Vous a-t-elle dit quelque chose quand elle vous a aperçu ? »

Frantz devint soudain très nostalgique, il se rappelait le cri de Marie.

« Oui, affirma-t-il, elle m'a appelé par mon nom avant de s'écrouler... »

Valérie eut un sourire de bonheur et ajouta, plus convaincue :

« Vous voyez bien,... il fallait le faire ! Elle vous a reconnu ! »

Frantz lui coupa la parole en l'instant :

« Oui, et le résultat c'est un sommeil profond, pour ne pas dire un coma... »

Valérie corrigea aussitôt son propos :

« Vous devenez excessif, Frantz !... Restez près d'elle, je vais téléphoner... »

Frantz continuait d'enlacer Marie, il lui parlait à voix basse, de mille mots merveilleux lui chantait son amour, retrouvant le langage d'Orphée, mais Euridice l'entendait-elle ?

Il s'aperçut à peine du retour de Valérie et n'entendit presque pas l'arrivée du car de Police-Secours. Il faillit avoir un geste brutal devant l'attitude brouillonne et hâtive des agents qui chargeaient Marie sur une civière... C'était fait sans ménagement... Pour eux ce n'était qu'un corps parmi d'autres corps passés et à venir, un de ces corps anonymes à l'histoire interrompue.

Lui souffrait, il voulut la suivre dans le fourgon mais, d'un geste sec, un policier l'arrêta et claqua la portière comme on ferme un tombeau. Il était désemparé... Valérie vint à son secours :

« Allons, Frantz, venez ! Vous allez la retrouver à l'hôpital Saint-Vincent. Venez, ma voiture est à deux pas. »

Il ne l'entendait pas... ses yeux étaient encore accrochés à l'arrière du véhicule qui disparaissait au loin, ses oreilles étaient pleines des hurlements lugubres de la sirène comme le chant d'un oiseau maudit... Pendant le trajet il retrouva sa lucidité et demanda à Valérie :

« Il faut prévenir les Meyer. S'ils ne voient pas rentrer Sarah à midi, ils vont s'inquiéter. Vous savez, elle est toujours très précise sur l'heure et elle les aime trop pour leur causer le moindre souci... Même pour notre histoire, elle a attendu très longtemps avant de la leur avouer... Çà c'est Sarah... Alors... »

Valérie l'interrompit gentiment :

« Frantz ce n'est plus Sarah, faites attention, vous n'êtes plus en 1944 et votre char ne vous attend plus au coin de la rue ! Nous sommes en 1961 et il faudra perdre cette habitude de l'appeler ainsi... Maintenant c'est Marie... vous entendez ? Marie ! Soyez vigilant... Quant aux Meyer, cela est fait, ils risquent d'être là avant nous... Bon Dieu ! Frantz, ils vont m'en vouloir...! En vous voyant, ils vont comprendre de suite et, plus encore, s'inquiéter... Déjà, ils redoutaient votre retour... il faut les comprendre, Marie abordait l'âge de Sarah, ils tremblaient de voir débarquer un jeune homme qui relancerait la pendule diabolique... Si... si vous pouviez ne pas arriver avec moi et vous tenir un peu à l'écart... »

Frantz comprit et il ne voulait pas enfoncer Valérie :

« N'ayez crainte... je viendrai bien après vous et me tiendrai à part dans un couloir... et les Gautier ? »

Valérie le rassura :

« Ils ne rentrent que le soir, d'ici là, tout sera peut-être rentré dans l'ordre... N'anticipons pas... un problème après l'autre, voulez-vous ? »

Ils arrivèrent à l'hôpital, le fourgon les avait précédés, ses portes étaient encore ouvertes. Ils virent sortir les agents qui réintégrèrent aussitôt leur véhicule pour repartir toute sirène hurlante. Ils allèrent aux entrées, l'infirmier réceptionniste leur expliqua que, pour le moment, Marie était aux urgences... Valérie se tourna vers Frantz et lui conseilla :

« Il est préférable de nous séparer, chacun de son côté dans la salle d'attente... quand les Meyer arriveront, j'irai à leur rencontre. Vous !... vous ne bougez pas de là... Au fait, votre ami, vous ne l'avez pas oublié dans tout çà, j'espère ? »

Frantz se souvint de Ray et ajouta :

« Vous aviez prémédité votre coup... depuis longtemps ! Je me demande comment vous pouviez, avec une telle idée en tête, projeter de passer Noël avec moi... Enfin... ! Je vais appeler l'hôtel et j'attendrai ici ! Ne me laissez pas sans nouvelles ! »

Ils se séparèrent... Frantz n'eut aucune nouvelle de l'hôtel, peut-être Ray se trouvait-il entre deux stratus à 4 ou 5 000 pieds. Sa préoccupation première, c'était Sarah... !

« Marie, se reprit-il,... Bon Dieu ! Je n'arrive pas à m'y faire... mais quand elle fut là devant moi c'était Sarah... j'ai pas fini de me couper... avec les émotions que je traverse... ! »

Il retourna dans la salle d'attente et vit Valérie en grande conversation avec deux personnes : un homme et une femme, tous deux grisonnants. Malgré les années Frantz les reconnut aussitôt, par précaution il s'éloigna, trouva un pilier qui lui servit de point d'observation... Il vit arriver un interne qui se dirigeait vers eux, il leur dit quelques mots et ils partirent ensemble... Frantz commença son attente, il tourna en rond, relut pour la énième fois les notes de service à l'attention du personnel hospitalier, sursautant à chaque apparition du chariot...

Les heures défilèrent ; il fut bientôt 4 heures et il découvrit avec stupeur qu'il avait faim en voyant un enfant qui engloutissait sans vergogne un pain au chocolat croustillant ; il s'éloigna pour ne pas entendre le bruit de la croûte glacée qui craquait sous les dents de lait de l'enfant... Valérie survint et il oublia tout, il la laissa s'approcher ; elle était seule et elle anticipa avant qu'il pose sa première question :

« Oui ! Oui ! Ne vous inquiétez pas... tout va bien, elle a subi un bilan, prise de sang, électro, enfin le toutim ! quoi ! »

Frantz fronça un sourcil inquisiteur :

« Qu'est-ce au juste, un toutim ? Est-ce douloureux ? »

Valérie leva les yeux au ciel et soupira pour se transformer en feuillets de dictionnaire :

« Alors ! toutim ! Expression argotique française qui définit tout un ensemble d'opérations à exécuter... êtes-vous rassuré ? »

Frantz n'eut aucun sourire, l'humour l'avait déserté :

« Mais a-t-elle repris connaissance ? »

Valérie le rassura encore une fois :

« Non, mais ceci ne présente aucun caractère de gravité ; actuellement elle est sous perfusion. »

Valérie baissa la tête et se rapprocha de Frantz pour lui murmurer :

« J'ai eu un entretien avec l'interne, seul à seule. Je lui ai expliqué que c'est à la suite d'un choc psychologique qu'elle a perdu connaissance. Et là il m'a complètement rassurée en me disant que ce n'était pas très courant mais que parfois il arrivait que la personne reste quelques heures ainsi dans cet état. Ah, les Meyer sont près d'elle. »

Frantz soupira, il se sentit mieux, le verdict du corps médical était optimiste, il ajouta à l'intention de Valérie :

« Je ne sais pas trop quoi faire, je suppose qu'ils vont la veiller en permanence ? »

Valérie le mit aussitôt au courant des habitudes hospitalières :

« Non, il y a des heures de visite à respecter... Après 6 heures, ils seront obligés de la quitter et nous ne pourrons avoir des nouvelles que demain matin. Je crois qu'il vaut mieux rentrer. Voulez-vous que nous passions la soirée ensemble, cela nous semblera moins long ? »

Frantz déclina l'invitation, il avait envie de se trouver seul pour se recentrer, se retrouver avec lui-même afin d'assimiler cette émotion qui le baignait encore dans son entier. Il se sentait épuisé et avait sommeil, il remercia Valérie et ils se quittèrent sur un rendez-vous pour 9 heures le lendemain dans le hall.

TROISIEME PARTIE

Chapitre premier

Voyage au bout de la mémoire...

Doucement, et très lentement comme on émerge d'un songe, Sarah se sentit revenir, sa conscience s'agrippait à quelque chose d'étranger à sa chair, dans sa chair. Elle avait du mal à ouvrir les yeux, rapides et folles des images défilaient sous ses paupières closes, puis il y avait ce petit aiguillon de feu qui se manifestait parfois au creux de son bras, une petite brûlure discrète... Elle ouvrit et ferma plusieurs fois sa main gauche, le picotement se manifestait mieux quand elle repliait ses doigts à l'intérieur de sa paume...

Par réflexe, elle changea son rythme respiratoire et les images ralentirent aussitôt... Oui, c'était ça... cette immense salle de béton gris et moisi avec des sorties de douches au plafond,... des tuyaux, beaucoup de tuyaux... puis ces femmes nues, ces enfants nus, tout tremblant de froid, et leurs gestes de pudeur pour masquer leur corps Et puis ce sifflement discret, pas d'eau... rien que ce sifflement qui s'amplifiait.

Soudain Sarah sentit son corps se crisper, elle reçut dans la bouche comme un goût étrange... ses poumons se souvinrent avec une brutalité féroce quand les images des fumées sortant des douches se firent plus précises... les femmes qui se battaient devant la porte... non pas des femmes... des bêtes qui labouraient et griffaient l'acier noir... des cris d'enfants affolés, les hurlements des bébés sur lesquels les mères se couchaient pour les protéger, ultime rempart qu'elles leur offraient pour qu'ils vivent encore quelques secondes d'horreur. Les poumons de Sarah étaient à nouveau brûlants, comme irrités... la mort s'installait doucement, sans bruit, par le jeu naturel de l'inspiration... les corps tombaient l'un après l'autre ou par grappes... certains s'agitaient, encore animés de soubresauts et de hoquets grotesques, les râles succédaient aux gémissements, puis ce fut le silence... c'était fini... le zyclon B était passé.

Sarah força ses paupières, ce fut difficile ; elle orienta son regard de droite à gauche et aperçut de longs tubes lumineux accrochés au plafond... Elle tourna un peu la tête pour faire l'inventaire de la pièce et, ne comprenant pas vraiment où elle se trouvait ni comment elle y était parvenue, elle sollicita sa mémoire qui refusa de lui apporter d'autres éléments.

Les Allemands nous ont tués, songea-t-elle, ils... ils nous ont assassinés, pourquoi m'auraient-ils réanimée ? J'ai la souvenance d'avoir aspiré une grande bouffée pour mourir plus vite... Je me sens encore tomber sur ce sol froid et sale... j'entends encore le choc de ma tête qui cogne à terre... pourquoi suis-je ici ?

Puis, l'image de Frantz lui apparut, sur le petit banc :

« Frantz ! mon amour, tu m'attendais ?... mais je ne comprends pas ? »

Sarah referma les yeux pour plus de précision :

« Je... je ne comprends pas, tu ne portes pas d'uniforme. »

Puis le film désordonné et disloqué de sa mémoire reprit sa projection :

Des wagons... des wagons plombés... la puanteur, la chaleur et le froid des nuits... serrés debout les uns contre les autres... les corps qui tombent au fil de ce voyage vers l'oubli, ces corps, que l'on entasse pour laisser vivre des ombres de vivants, les haut-parleurs qui dégueulent leurs aboiements secs et ces chiens fous, toujours prêts à planter leurs lames dans des squelettes habillés de peau... l'horreur partout, dans chaque regard, dans chaque geste le paroxysme de la laideur... l'ultime porte de l'enfer...

Sarah respirait mieux, elle acceptait chaque vision et chacune se diluait aussitôt :

« Nama, Rupa,[1] tout n'est qu'illusion ! »

Puis, Frantz revint subitement, dans son uniforme, cette fois-ci, elle le voit passer devant elle… debout sur son blindé, il lui fait un signe de la main, elle le lui rend, il semble avoir des larmes dans les yeux…

« Frantz, Adieu, mon petit cœur… ! Que Dieu te garde, tiens ta promesse… va… ! »

Sans prévenir cette image la quitte, une autre la remplace, elle sent ses mains douces sur son corps… c'est bon, c'est chaud, son corps vibre de plaisir, elle ouvre ses cuisses, sourit, se sent envahie de toute part par sa présence et le reçoit comme une prière… elle est heureuse… heureuse… Dieu qu'elle est heureuse !

Un bruit la ramène dans le réel, elle ouvre à peine les yeux et aperçoit, entre ses cils, une femme en blanc qui se dirige vers elle. Le regard mi-clos, elle l'observe : elle change un flacon accroché à une potence de métal chromé et de ce flacon sort un tube transparent qui se perd dans son bras.

Sarah murmure péniblement, sa bouche est sèche, cartonneuse :

« Madame, qu'est-ce que je fais ici ?… Suis-je en Allemagne ? »

La femme en blanc ne comprend pas et lui parle… sa voix est lointaine :

« Alors, petite demoiselle, on se réveille… ! Qu'est-ce que vous dites ? »

Sarah reformula sa question :

« Où suis-je ici ? Est-ce l'Allemagne ?… Vous parlez français pourtant ! »

L'infirmière de garde parut très étonnée et demanda à son tour :

---

1 – Nama, Rupa : le nom et la forme en sanscrit.

« Comment ça ? en Allemagne ? pourquoi l'Allemagne ? Mais non vous êtes en France, vous avez eu simplement un léger malaise, une petite perte de connaissance, rien de grave, mais on vous a hospitalisée. Vous êtes à Saint-Vincent. »

« A Saint-Vincent ? » se répéta Sarah, puis soudain inquiète, elle demanda :

« Quelle heure est-il ? »

La Surveillante lui répondit :

« Un peu plus de 10 heures, maintenant il faut vous reposer encore, je vais prévenir l'interne de garde, il va venir vous voir ; vous verrez : il est très gentil... »

Sarah poursuivait son idée et continua :

« Madame, vous avez oublié de fermer les volets ; s'il est plus de 10 heures et si une patrouille allemande passe, ils vont tirer dans les fenêtres... C'est leur consigne, vous le savez... ! le couvre-feu est largement dépassé, alors éteignez ces lampes... ! »

Elle s'arrêta de border les couvertures et regarda l'adolescente avec un intérêt manifeste, puis reprit avec hésitation :

« Fermer les volets... ah... oui ! Bien sûr, le couvre-feu, je n'y avais pas pensé ! On va s'en occuper tranquillisez-vous, je reviens ! »

Elle quitta la chambre, laissant la jeune fille a son inquiétude :

« On doit voir cette lumière à des kilomètres, ce n'est vraiment pas prudent... ! »

D'un coup, elle aperçut les manches sur ses bras et constata qu'elle avait une chemise de nuit blanche.

« Ce n'est pas à moi, cela...! Où sont mes vêtements ? »

Mais sa mémoire lui refusa encore son assistance ; curieuse elle regarda autour d'elle, son lit blanc, une chaise métallique blanche, une console du même métal laqué à sa droite... des murs blancs... Puis l'image de la grande salle en béton réapparut, plus précise, plus forte, avec tous ces corps, lourds d'agonie, étendus de façon bizarre à même le sol, à même la mort, le sien aussi, elle le voyait, elle voyait ses propres yeux ouverts, sans vie ; elle ne comprenait pas.

La porte s'ouvrit pour laisser entrer un homme jeune en blouse blanche, accompagné par la même infirmière ; un stéthoscope, dont les branches entouraient son cou, se balançait tel un pendule brillant, illuminant sa poitrine. Il s'avança jusqu'à elle et prit son pouls d'un geste machinal et professionnel, ses doigts étaient chauds… Il la regarda et lui sourit étrangement, puis il lui parla lentement avec douceur :

« Mais, tout va bien, jeune fille… ! »

Il tira la chaise à lui et s'assit à califourchon, les avant-bras posés sur le dossier en métal… Il reprit sur le même ton badin :

« Et si vous me disiez pourquoi on doit éteindre la lumière ? »

Sarah fut très étonnée et confirma ses craintes :

« Mais… mais à cause du couvre-feu… des patrouilles. Cette lumière doit se voir de très loin… »

Le toubib sembla trouver soudain une inspiration :

« Bon… bon ! Ne vous alarmez pas… l'hôpital a une dérogation… vous ne le saviez pas ? Nous allons éteindre très bientôt…Vous êtes lycéenne ? Seconde sans doute ? » interrogea habilement le médecin.

« Non… non ! avoua Sarah, 1ère… 1ère A… »

Le docteur joua l'étonner en ajoutant :

« Oh, Mais vous êtes en avance… ! De quelle année êtes-vous ? »

Sans réfléchir, Sarah donna son année de naissance :

« de 28, docteur, 27 mars 1928… »

Le toubib fit une drôle de moue :

« De… de 28 ! bien ! très bien ! Vous allez prendre ce cachet et continuer à dormir, c'est la meilleure façon de vous reconstituer… d'accord ? »

Il allait se lever… Sarah poussa un cri de surprise… une autre image venait de se former :

« Mes parents sont-ils prévenus… ? »

Le docteur replaça le siège contre le mur avec légèreté et précisa :

« Vos parents ? Bien sûr ! Vous vous appelez bien Gauthier ? »

Sarah sembla hésiter un instant, puis, avec fermeté et assurance ajouta :

« Mais non ! C'est Meyer... ! Je m'appelle Sarah Meyer, il doit y avoir une erreur. »

L'interne de nuit hocha la tête plusieurs fois et la rassura :

« Bon ! Nous verrons ça demain, ça ne presse pas. Prenez votre cachet et faites-moi une bonne nuit. »

Il lui fit un petit signe de la main et, avec son drôle de petit sourire aux lèvres, il quitta la chambre.

Sarah ressentit un peu d'inquiétude devant cette étrange attitude, elle ressentait comme un trouble chez cet homme. Il est bizarre, songea-t-elle, il me parle comme à une demeurée.

L'infirmière glissa entre ses lèvres un petit cachet coloré et l'aida à le faire disparaître en lui faisant avaler un peu d'eau. Puis, attentive et maternelle, elle remit son oreiller en place en le tapotant avec générosité et distraction.

« Allez, mademoiselle rendormez-vous, demain il fera sans doute soleil, faites de beaux rêves... Dans le cas où vous auriez besoin de quelque chose, vous appuyez sur le petit bouton de cette poire... là... »

Sur un dernier sourire elle éteignit la lumière et quitta la chambre à son tour, tandis qu'une veilleuse auréolait la pièce d'intimité.

Sarah constata avec satisfaction que c'était bien plus conforme aux exigences de la Kommandantur et de la défense passive... Elle ferma les yeux, se rappela ses parents, pensa qu'ils devaient être bien inquiets, se demanda ce qui s'était passé au juste et se perdit dans des rêves étranges, dans une immense forteresse de pierre écrasée de soleil dans un vaste désert de roches... puis dans une autre, entourée de montagnes boisées... un jeune homme venait vers elle, c'était Frantz ! Elle le reconnaissait... Elle parlait dans son sommeil un dialecte oublié des hommes... une vieille histoire, une bien vieille histoire qui renaissait, se reconstruisait à partir du ruban intact d'un inconscient imprégné d'images indélébiles Le temps n'a pas de prise sur lui, il est la mémoire de l'univers...

Ainsi Sarah poursuivait un voyage intérieur, elle faisait un chemin inverse que tout être, au seuil de l'ultime découverte, doit faire... une aube où tout se révèle, où il n'y a plus de question, parce qu'il n'y en a plus à se poser.

Au milieu de la nuit, elle s'éveilla et se mit à classer chaque élément ; des dizaines de flashes rapides et soutenus se présentaient pêle-mêle… elle ne refusait rien, le bon comme le mauvais, l'agréable et le douloureux, le beau et le sordide. Elle revivait son histoire, opposant chaque image à une autre pour voir si elles se rejoignaient, se ressoudaient, elle fit un énorme travail de synthèse, découvrant que non seulement son cœur et sa tête retrouvaient les événements de ses vies passées, mais que son corps avait aussi une mémoire, la mémoire des tortures ou celle des caresses…

« Elle se rendormit mais le défilement de ses vies se poursuivit sur un rythme plus lent… Un grand bassin… avec des guerriers en armes tout autour, des femmes, des enfants… à l'extrémité du bassin une grande prêtresse dans une tunique blanche… Un jeune homme regarde la messagère… c'est un jeune chef, le regard qu'il lui adresse est dur… elle a les mains et les pieds liés par de fines chaînes d'or… elle lui jette un sourire de défi et saute dans le bassin… elle coule et repose à plat sur le fond, elle voit la lumière qui joue à la surface, des silhouettes dansent et disparaissent, son cerveau devient brûlant, une fulgurante flamme rouge éclate dans sa tête. La douleur la réveilla, elle ouvrit les yeux et vit du soleil dans la chambre, cligna des paupières devant cet assaut de lumière, ses paupières battirent plusieurs fois devant cette agression, puis les mêmes questions revinrent.

« Où suis-je donc ? Que font mes parents ? »

Puis la stature de Frantz lui apparut à nouveau :

« C'est… c'est étrange, s'avoua-t-elle, c'est Frantz, c'est bien lui,… mais qu'il est triste,… il n'est pas rasé, sans uniforme,… lui toujours si soigné, mais pourquoi est-il si maigre ? Que fait-il ? Il me soulève, qu'il est grand… ! Je ne comprends pas qu'il soit si grand… j'ai l'impression d'être toute petite ; qu'est-ce que j'ai dans les bras ? une peluche… un ragondin… oui ! c'est un ragondin… Frantz me prend dans ses bras, sa joue me pique, je sens son odeur ! Oh Frantz ! tu me serres trop fort… tu me serres, tu me serres… je ne respire plus… mon Amour ! Tiens, j'entends une voix, c'est une femme, elle veut qu'on me laisse… POURQUOI ? Je suis si bien dans ses bras… même en ne respirant plus… Non ! Non ! ne me repose pas… je veux pas ! POURQUOI ? ne me laisse pas… Frantz… reprends-moi… mais qu'est-ce qu'ils disent, ils parlent, je ne comprends pas, Frantz demande où se trouvent papa et maman… la maison est fermée… POURQUOI ? pourquoi elle est si laide notre maison… ? elle fait peur… Maman, papa ! où êtes-vous ? pourquoi le ragondin… ? je l'aime pas, c'est Myriam que je veux… Je veux ma poupée… je veux Frantz… je veux papa, maman… pas la dame… Qui c'est la dame… ? »

Sarah, consciente de ce monologue, le laissa se dérouler calmement et constata :

« C'est une enfant… c'est un désespoir d'enfant, je n'arrive pas à le rattacher au reste. »

Elle se fit plus attentive, affina sa perception pour saisir des indications chronologiques.

« Ce n'est pas vieux, pensa-t-elle ; cette enfance, je ne peux pas encore la situer… pourtant je sais qu'elle m'appartient, c'est moi, je le sais… cette femme m'est familière, en dehors de papa, maman, elle est quelque chose pour moi… Tout ceci est, sans doute, très proche… patience. »

Puis tout disparut encore à nouveau, pour faire place à un autre décor. C'est encore Frantz, il est assis sur le banc de pierre, près de la statue, le lieu de leur première étreinte… De nouveau, les poumons qui brûlent, mais Sarah n'y attache plus d'importance, la sensation de mourir s'érode, s'use un peu plus chaque fois… Elle regarde Frantz elle est surprise :

« Quelque chose ne va pas… c'est toujours lui, mais il n'a plus cet air d'enfant désemparé… il est… il est plus mur, oui, c'est cela… il a vieilli, je crois que je commence à comprendre. »

La porte s'ouvrit et Sarah sentit une présence, elle ouvrit les yeux et tourna la tête ; une jeune femme en blouse de médecin s'avança… prit la chaise contre le mur et s'installa confortablement en croisant ses jambes. Elle lui sourit en guise de préliminaires puis se présenta :

« Je suis le docteur Sandrine Dubois… Comment vous sentez-vous ? »

Sarah répondit par une légère mimique et avoua :

« Je me sens très fatiguée mais c'est normal...! »

La doctoresse intriguée questionna aussitôt :

« Pourquoi dites-vous que c'est normal ? »

« Je consomme actuellement beaucoup trop d'énergie, ce qui épuise mon corps... mais tout va bien ! Pourrais-je voir mes parents, M. et Mme Meyer ? On m'a dit hier soir que j'avais eu un malaise... mais j'ai des problèmes de mémoire. »

Le médecin se leva avec élégance, elle enfonça ses deux mains dans ses poches et, d'un air faussement distrait, lui posa une question habilement camouflée :

« Vos parents ? naturellement, pouvez-vous me rappeler votre nom et votre date de naissance, car on a oublié de vous passer dans le registre des entrées. »

Sans méfiance, Sarah répondit :

« Sarah Meyer, née le 27 mars 1928. »

La toubib toussota légèrement :

« Bien, je vais voir ce que je peux faire pour vos parents. Mais, pour des raisons cliniques, j'interdis, pour l'instant, toute visite, vous devrez patienter encore un peu... Voulez-vous faire quelques pas ?... sinon j'appelle l'infirmière . »

Sarah, malgré cette sentence sévère, lui offrit un sourire :

« Honnêtement, je ne me sens pas ! tout à l'heure,... peut-être après le petit déjeuner... »

La doctoresse approuva d'un hochement de tête, fit un demi-tour avec souplesse et sortit de la chambre, puis au moment de refermer la porte, dans l'entrebaîllement elle lança au hasard :

« A propos du couvre-feu, il n'y en a plus... les Allemands l'ont levé pour les hôpitaux... Vous n'avez plus de souci à vous faire. »

Elle resta là, guettant une réponse qui, en arrivant, la désarçonna totalement.

« Vous m'étonnez beaucoup... ce n'est pas dans leurs habitudes de faire de tels cadeaux... surtout en ce moment... en plein débarquement... Les alliés ont-ils progressé ? J'ai de grands blancs de mémoire ! Et je ne sais même pas quel jour nous sommes aujourd'hui. »

Toujours sur le seuil la jeune femme avança prudemment une autre question :

« Allez ! pour rire… ! c'est un test ! Quel jour sommes-nous ? »

Sarah réfléchit vite et sentit comme un piège :

« Je… je me suis réveillée hier soir aux environs de 8 heures, mais il faisait déjà nuit… Nous devrions être en juin ou en juillet, pourtant… je ne comprends pas. Madame, je n'ai pas d'explication ; il me semble que nous sommes en hiver, mais j'aurais opté pour l'été… C'est très étrange… que m'est-il arrivé au juste… pourquoi suis-je ici ? »

Le médecin constata qu'elle n'était pas paniquée outre mesure, mais que, dans son désarroi, elle faisait preuve de beaucoup de sang-froid. Elle ajouta à l'intéressée :

« Les explications viendront plus tard, je vous laisse réfléchir… reposez-vous ! »

Elle allait refermer quand Sarah l'interpella à nouveau.

« Docteur, vous n'avez pas répondu à ma question… où en sont les alliés ? »

La jeune femme parut embarrassée et bafouilla :

« Euh, d'après les dernières nouvelles, ils ont pris Caen. »

Sarah la remercia et se murmura en elle-même :

« Mon pauvre Amour ! peut-être es-tu prisonnier à l'heure qu'il est… mais je sens comme un malaise chez cette femme… Il y a des éléments qui ne collent pas, entre autres, ce Frantz que je vois dans le parc, il a bien plus que la trentaine ! »

Elle referma à nouveau les yeux, tira comme sur un fil invisible pour dérouler d'autres images… Le processus ne s'arrêtait plus…

Chapitre 2

Quand chronos s'en mêle, et vous emmêle... !

Le docteur Sandrine Dubois était passionnée par son métier ; comme sa mère, elle avait choisi la profession de psychiatre, sans doute le virus était-il transmissible de mère à fille, mais, dans le cas qui la préoccupait en cet instant, elle n'y était plus du tout, plus rien ne collait, rien ne ressemblait à rien, et malgré son expérience de praticienne, elle ne savait pas à quoi elle avait à faire...

« Bouffées délirantes ? Non, les symptômes ne correspondent pas... schizophrénie ? Non ! elle n'a pas quitté le réel pour basculer dans l'imaginaire... Elle est décalée chronologiquement, semble-t-il. Elle pense être en 1944... Comment une jeune fille née après la guerre peut-elle se croire en plein débarquement Allié ?... De plus elle n'a pas l'air inquiète, aucune peur déraisonnable ne semble l'affecter, elle est cohérente dans son histoire de couvre-feu... Je me souviens qu'à cette époque tout le monde y faisait très attention et c'était vrai que, bien souvent, les Allemands tiraient dans les fenêtres c'était arrivé aux Duval, je ne l'ai pas oublié... quelle peur ! Je ne sais par quel bout prendre son problème ... et si j'allais voir le professeur Marechi ? Non, j'attendrai, quand même, d'avoir d'autres éléments... Résumons... elle dit être née en

1928, elle a environ seize ans, d'après sa fiche... donc 28 + 16 = 44. Zut ! ça colle bien ! Et pourquoi fait-elle une confusion d'identité en prétendant s'appeler Sarah Meyer, alors qu'elle est inscrite aux entrées sous le nom de Marie Gauthier... Mais qu'est-ce qui peut lui faire croire être sous l'occupation ? C'est une histoire de fous ! mais les fous c'est mon domaine. »

Elle arrêta son flot de pensées en apercevant, dans le couloir, trois personnes qui, à grands pas, se dirigeaient vers elle. Elle songea :

« Voilà, peut-être, les précisions ou les explications qui arrivent... ! »

Elle aurait peut-être aimé ne jamais connaître la suite... Ce fut le couple âgé qui s'adressa à elle en premier :

« Comment va-t-elle, docteur ? A-t-elle repris connaissance ? »

Les mains toujours dans les poches, elle les rassura :

« Oui, elle a repris connaissance... ! elle va bien... ! Toutefois j'aimerais avoir quelques explications à son sujet. Voulez-vous me suivre dans mon bureau je vous prie... »

Elle tourna les talons pour leur montrer le chemin. Les Meyer et Valérie Saulnier lui emboîtèrent le pas, chacun des trois appréhendait ce qui allait suivre.

La jeune femme les installa confortablement, fit le tour de son bureau et s'assit avec lenteur, tout en les regardant tour à tour. Elle aimait appeler cette petite mise en scène : "la mise du gril sous tension".

Combien de fois n'avait-elle pas trouvé la solution des problèmes de ses patients... là, en face d'elle !...

L'expérience lui avait appris que le milieu était toujours responsable, directement ou indirectement, des névroses de ses malades et, en ce moment, devant ces trois personnes, elle perçut une grande gêne et une forte inquiétude. Sandrine Dubois prit une voix ferme et voilée :

« Tout d'abord, je voudrais vérifier son identité... Qui donc avons-nous hospitalisé ? J'aimerais éclaircir ce petit détail... J'ai, là, une fiche d'entrée spécifiant qu'il s'agit de Marie Gauthier, née le 11 Août 1945... ! »

Ses yeux s'orientèrent vers l'homme aux tempes grisonnantes :

« Vous êtes monsieur Gauthier, son papa, je suppose ? »

M. Meyer se tortilla sur sa chaise et sortit son mouchoir pour s'éponger le cou... La psy ressentit aussitôt son embarras.

« Qu'a-t-il à s'agiter et à se remuer de la sorte, il n'y a pas de punaises sur cette chaise...Toi, mon vieux, tu sais quelque chose... »

Devant le silence gêné du pauvre homme et le mutisme identique de son épouse elle réitéra sa question.

« Vous êtes bien le papa de Marie ? Monsieur Gauthier ? et je suppose que madame est votre épouse et la maman ? »

M. Meyer répondit en bafouillant :

« Euh, non ,... non! nous nous appelons Meyer... Rachel et Shimon Meyer ! »

Sandrine Dubois accusa le coup. "Qu'est-ce que ce sac de nœuds pensa-t-elle, une corrélation avec la jeune Sarah Meyer ? Sarah... ! Sarah c'est un prénom israélite aussi... !"

Puis inspirée, sans doute, par l'immobilité de Valérie, elle préféra changer :

« Et vous, madame ? Etes-vous de la famille ? »

Valérie soupira, elle pensa :

« Allez ! c'est mon tour... » et répondit sans se presser...

« Pas vraiment... je suis la directrice de Sainte-Geneviève, mais je la connais bien, car elle fait partie des effectifs du lycée. Nous avons eu quelques entretiens et c'est avec moi que l'incident s'est produit. Je ne parle pas de sa perte de connaissance... mais de la situation qui l'a engendrée. »

Le docteur sentit l'atmosphère qui se durcissait... qu'un secret planait entre ces trois êtres, un secret partagé... Elle se rapprocha de son bureau pour se montrer plus attentive :

« Justement, c'est cela qui m'intéresse... Que s'est-il passé ? »

Valérie songea : après cet entretien, ou tout s'éclaire, ou nous finissons tous dans des cellules capitonnées avec des chemises ravissantes, mais dont le style ne convient guère à la grande Coco... Et je ne parle pas de la volée de bois vert que ne va pas manquer de m'administrer le père Meyer... C'est qu'il est encore gaillard, le bougre… Enfin, il vaut mieux rester dans la vérité, sinon, salut, les quiproquos et les confusions !

Elle regarda le docteur, droit dans les yeux, et entama une confession douloureuse mais nécessaire :

« Avant tout, je tiens à assumer la responsabilité de ce qui vient d'arriver… »

Valérie se tourna vers les Meyer et avoua avec brutalité :

« Je vous dois la vérité! Ces derniers jours je suis allée en Allemagne, j'y ai retrouvé Frantz Lilienthal… je lui ai fait part de… ce que nous avions découvert… Au début il ne m'a pas crue, puis s'est rendu, lui aussi, à l'évidence… mais il ne voulait voir Marie que de loin ; comme vous, il avait peur du choc qu'il pourrait lui causer. Aussi, c'est moi qui, à leur insu, ai organisé leur rencontre… Je les ai poussés l'un vers l'autre sans qu'ils s'en doutent le moins du monde… Je suis donc responsable de l'état de Marie… je vous demande pardon, mais il fallait que quelqu'un le fasse. »

Au fur et à mesure des aveux de Mlle Saulnier, M. Meyer était devenu d'une pâleur effrayante, quant à sa femme elle se mit à pousser des petits gémissements plaintifs… Brusquement, son époux se leva d'un bond, sa fureur lui fit reprendre des couleurs, il apostropha Valérie plus qu'autre chose :

« Qu'est-ce que vous dites ? vous avez fait… vous avez osé… et votre parole de garder le secret ? vous aviez juré de protéger Marie ! et vous la précipitez volontairement dans… dans ce foutu passé ! mais, vous êtes un monstre… ! …ou vous êtes folle ! »

M. Meyer bouillonnait d'indignation, l'ampleur de sa violence s'exprimait en postillons croissants. Mme Meyer se mit à pleurer, mais, emporté par sa virulence, il explosa tout à fait :

« Oui, vous êtes un monstre ou alors votre inconséquence n'a pas de bornes ; si notre petite Sarah devient folle, eh bien ! vous devrez en porter la responsabilité toute votre vie… Je vous plains… mais qu'est-ce qui vous a pris de nous trahir, de la trahir… au nom de quoi ? expliquez-vous… ! »

Valérie eut le temps de répondre :

« Au nom de leur Amour perdu. C'est tout… il fallait que cette histoire se termine et qu'elle se termine bien… ! »

Le brave homme aboya presque, il était désespéré :

« Et vous trouvez que cela se termine bien ? »

La toubib intervint brutalement, en élevant la voix :

« Stop… vous êtes dans un hôpital… pas sur un champ de foire. »

Son ton était devenu sec. M. Meyer réalisa, il était tout rouge, il retrouva sa pâleur ; comme un enfant pris en faute, il se rassit sur sa chaise en murmurant, pitoyable :

« Je vous prie de m'excuser, madame, j'avais oublié où nous étions… »

Sandrine Dubois reprit la situation en main et réfléchit en un instant :

« C'est bien ce que je pensais, il y a un gros secret… et la découverte de ce secret a choqué la gamine… Marie d'abord, et ensuite Sarah… or, la petite prétend s'appeler Meyer et, eux aussi, s'appellent Meyer. »

La doctoresse poursuivit avec plus de douceur :

« Mesdames, Monsieur, je vous en prie, ne rajoutez pas de confusion, laissez vos règlements de compte pour plus tard, et agissons dans l'intérêt de la jeune fille…. Si nous commencions par le début ? »

Sa proposition se heurta à un silence glacial ; elle insista avec plus de fermeté, son impatience se devinait :

« Alors, qui commence ? »

Toujours le même vide dans le bureau, elle essaya alors de les entraîner en reposant les données du problème avec les quelques informations recueillies auparavant. Elle insista sur Valérie :

« Qui est ce Frantz… ? et de quelle trahison s'agit-il ? Je n'ai pas vraiment compris… ! »

Valérie secoua la tête, elle était à bout, à court d'arguments…

« Docteur, vous ne pourrez jamais croire à une histoire pareille… jamais ! Est-ce que je peux poser une question ? »

Le toubib l'encouragea :

« Essayez toujours... ! »

Valérie passa sa main moite sur son visage, elle était en sueur :

« Pfou... ! qu'il fait chaud ici... ! Voila, euh, avez vous remarqué, euh... un comportement quelque peu étrange chez la jeune Marie Gauthier ? »

La psy plissa les yeux et regarda tout le monde à la dérobée, puis elle lâcha sa réponse :

« Un comportement étrange, dites-vous ? Mais je n'en vois aucun !... A part le fait qu'elle croit s'appeler Sarah Meyer et qu'elle pense être en 1944 durant le débarquement allié... elle va bien, je vous l'assure et... »

Elle n'eut pas le temps de poursuivre, car M. Meyer retrouva sa fureur et, tel un volcan dément, il tonna de nouveau :

« Voilà ! voilà bien... ce qu'on craignait est arrivé ! Dieu, viens à notre secours ! je t'en prie... elle a basculé dans son ancien passé, juste ce que nous voulions éviter, qu'on a pris soin d'éviter. Ah, vous êtes fine, madame ! Pour une directrice de lycée, je me demande où se loge votre intelligence ! »

Valérie baissa la tête, la fureur de M. Meyer était légitime, et il renchérissait, s'excitant tout seul.

« Au nom de quoi lui avez-vous fait prendre ce risque ? de l'Amour ? mais ce garçon-là c'est le malheur personnifié ; chaque fois qu'il croisait sa route, c'était pour la faire mourir... Ah ! il portait bien son uniforme celui-là, noir comme le deuil, noir comme la désespérance...! »

La toubib le contra, de nouveau, avec sévérité :

« M... monsieur Meyer, si vous continuez ainsi, je vous demanderai de vous retirer... Soyez un peu plus calme, je vous en prie, sinon nous n'avancerons pas... Bon ! Reprenons, de quoi s'agit-il ? Quel passé peut avoir Marie ? d'après le peu que je comprends dans vos invectives, il s'agirait d'un passé lointain qui aurait été réactivé avec brutalité par l'apparition d'un certain Frantz ! Est-ce que je me trompe ? »

Là, elle s'adressait à Valérie, celle-ci confirma :

« C'est à peu près cela, mais la vérité est beaucoup plus complexe et sort carrément des sentiers de la médecine pour rejoindre ceux de la philosophie ou plus souvent de la métaphysique… J'ose espérer que vous avez l'esprit ouvert, car tout ceci ne peut être basé que sur un postulat d'hypothèses… Si nous sortons de ce cadre, il n'y aura aucun espoir de nous entendre, et Marie en fera les frais. »

Sandrine Dubois s'empara d'un stylo et d'un carnet violet, elle l'ouvrit à une page précise et lança :

« Je suis ouverte à tout, tant que l'on reste dans le raisonnable… ! »

Valérie objecta aussitôt :

« Alors, il n'y aura aucun espoir, car nous allons entrer franchement dans le déraisonnable. »

« Qu'entendez-vous par là ? »

Valérie fut plus incisive :

« Tout ce qui n'entre pas dans le cadre de nos connaissances, qui est ni établi, ni mesuré, ni pesé, ni quantifié… Là, nous entrons dans le domaine du non vérifiable, de l'hypothèse… Voila ce que nous allons aborder… Etes-vous prête à ne pas nous jeter dehors ? »

Le médecin parut, soudain, inquiète et demanda :

« Vous avez l'impression que je vais être confrontée à une réalité que je refuse à l'avance ?… Ne soyez pas sectaire… Il est vrai que j'ai reçu une formation scientifique, mais, dans bien des cas nous admettons que nous ne savons pas tout, qu'il nous manque des réponses par manque de données objectives… Vous savez, sur l'esprit humain, il y a tant et tant de choses à découvrir, à comprendre… Peut-être allez-vous nous ouvrir une porte… »

Valérie songea un bref instant :

« On dit que le pourcentage de crétins est le même partout… J'espère qu'elle n'entre pas dans cette tranche », et elle commença son récit :

« C'est une longue, très longue histoire… en fait, plusieurs acteurs y participent… d'abord les principaux : une jeune fille et un jeune homme… ensuite des seconds rôles : M. et Mme Meyer et les Gauthier, parents de Marie qui, a ma connaissance, n'ont pas encore été prévenus… mais ceci n'est pas très important, car Marie passe souvent la nuit chez les Meyer…

Ensuite Mme Cahors la professeur de français de Marie et moi-même... Nous sommes tous impliqués dans cette affaire sauf les Gauthier qui ne sont au courant de rien... »

La psy prenait des notes rapides, elle songea :

« C'est parti... rien ne doit l'arrêter !... j'ai le sentiment d'un truc énorme...! »

Elle se concentra avec plus d'attention, pendant que Valérie Saulnier poursuivait son récit :

« Tout a commencé à la rentrée d'octobre... la première à se rendre compte d'une anomalie fut la professeur de français... Ce fut tellement fort qu'elle aussi est partie dans les pommes... Sitôt remise, elle me fit part de sa découverte que je refusais aussitôt... Je considérais ses suppositions hors normes, mais les faits irréfutables s'accumulèrent et je fus réduite à accepter l'inacceptable... Choquée, à mon tour je fis une enquête discrète auprès de M. et Mme Meyer qui avouèrent avoir fait le même constat... Nous étions donc quatre à savoir.... Marie devait rester dans l'ignorance de ce que nous avions découvert. »

Sandrine Dubois commençait à griller sur sa chaise ; elle voulait des précisions et interrompit :

« De quel ordre était ce secret ? »

Mais Valérie préféra poursuivre sur sa lancée :

« Plus tard ! laissez-moi continuer !... Je pris donc la décision d'informer une cinquième personne, et ceci, à l'insu des trois autres... Je partis donc en Allemagne, à la recherche d'un garçon, acteur principal, peu s'en faut, de cette histoire... Je l'informais, à son tour, des événements étranges qui s'étaient déroulés dans le lycée et dont les faits, vérifiés jour après jour, ne laissaient aucun doute sur la double identité de Marie. »

« Qu'entendez vous par double identité ?... »

Valérie fit semblant de ne pas avoir entendu et continua :

« A son tour convaincu, il me suivit, mais était absolument opposé à la revoir face à face ; il argumentait son refus sur le fait que cela pouvait mettre Marie en danger sur le plan psychique... J'ai passé outre... et nous avons la situation d'aujourd'hui... Quand Marie aperçut ce garçon elle s'est évanouie brusquement, mais avant de sombrer, il est certain qu'elle l'a reconnu, puisqu'elle l'a appelé par son nom… je m'attendais, je l'avoue, à quelque chose de ce genre… »

M. Meyer recommençait à fumer et grommelait entre ses dents serrées. Mme Meyer semblait sortir du Musée Grévin, pâle, très pâle, seules ses mains affirmaient un semblant de vie ; d'un regard lourd et appuyé la toubib renvoya le mari à plus de discrétion et encouragea Valérie à continuer :

« Je dois vous dire, docteur, que j'ai, peut-être, joué à l'apprentie sorcière, mais, en ce qui concernait Marie, il y avait eu un précédent, j'ai construit sur ce précédent ma théorie de les faire se rencontrer. »

Sandrine Dubois s'impatientait et choisit l'agression pour aller plus vite :

« Dites-moi ! ce flou dans lequel vous évoluez… est volontaire ou quoi ? vous ne pourriez pas être plus précise et sortir du général pour un peu plus de détails ?… A part l'existence d'un secret collectif partagé entre cinq personnes, je ne sais toujours pas de quoi il s'agit ! Cessez de me balader ! Donnez-moi seulement les réponses à mes questions, je vous en serai gré… En premier, pourquoi la jeune Marie Gauthier se prend-elle pour Sarah Meyer ? la fameuse double identité ?… En deux, pourquoi pense-t-elle se trouver en 1944 ?… En trois, y a-t-il une relation de cause à effet entre le nom de M. et Mme Meyer, ici présents, et la jeune fille ?… Je suis convaincue que vous avez les réponses !… et en quatre, pourquoi teniez-vous tant à protéger Marie ? et de quoi ? Marie serait-elle une enfant illégitime ou abandonnée, recueillie pendant la guerre ?… serait-ce cette découverte qui l'aurait déstabilisée ? si c'est cela ce n'est pas bien grave, il n'y a pas de quoi faire un drame… Non, j'ai le sentiment d'autre chose… et ce garçon, en quoi pouvait-il représenter un danger ? un danger concret puisque le choc s'est produit ! »

Valérie l'arrêta d'un geste.

« Vous n'y êtes pas ! ou plutôt, si, le secret de Marie réside dans sa naissance, mais ce n'est pas une question d'enfant illégitime ou abandonnée… C'est maintenant qu'il faut revenir en arrière… loin en arrière… Maintenant, écoutez-moi bien ! »

Valérie s'arrêta de parler pour laisser entrer et s'installer le silence… la partie la plus difficile commençait réellement… alors elle reprit l'histoire interrompue :

« Le 27 Mars 1928, M. et Mme Meyer ont eu une fille, elle s'appelait Sarah Meyer… ! »

La psy sentit un frisson la parcourir : « oh, non, pas ça ! », se dit-elle. Elle serra ses mâchoires pour ne pas répondre…

Valérie poursuivit :

« Ils quittèrent l'Allemagne pour fuir les persécutions nazies car ils étaient Juifs… Ils s'installèrent en France et, pendant l'occupation, vécurent dans une demi-clandestinité… Sarah allait au lycée Sainte-Geneviève… Elle était en première, lorsqu'au début du mois de mai, elle fit la connaissance d'un jeune officier S.S., Frantz Lilienthal, et de cette rencontre est né un amour impossible.

« Au moment du débarquement de Normandie, ils furent séparés… lui fut fait prisonnier… ; Sarah, hélas ! fut arrêtée, déportée et mourut gazée dans le camp d'extermination de Bergen-Belsen… ça, c'est la première partie de l'histoire… dois-je continuer ? Voulez-vous entendre le reste ? ou nous jetez-vous dehors tout de suite ? »

D'un geste calme, Sandrine Dubois l'arrêta :

« Ça va ! ça va ! n'allez pas plus loin, je vois vers quoi l'on se dirige. »

Elle se tut. Un étrange silence s'installa dans le bureau, des secondes s'écoulèrent… des minutes peut-être… Puis le médecin s'extirpa du choc de cette révélation et reprit à voix basse :

« D'ordinaire, je vous aurais flanquée dehors, en effet ! Pourtant, je ne doute pas un seul instant de votre sincérité à tous trois… Ou c'est vrai et il sera dur de me le faire avaler, car c'est le genre d'information que je digère très mal… ou vous faites une erreur monumentale, et, dans ce cas, il faut que je comprenne comment elle s'est construite… comment vous avez pu vous laisser abuser à ce point… la petite ne vous a-t-elle pas manipulés à votre insu ? consciente de ce que vous aviez cru découvrir n'est-elle pas entrée dans votre jeu ? »

Valérie secoua la tête :

« Moi ! J'y ai pensé aussi, mais l'histoire est trop vieille, elle commence à la naissance de Marie par un flot de coïncidences qui, mises bout à bout ne peuvent plus en être… Vous êtes une scientifique, soit ! Moi, j'ai fait Normale Sup, les fantômes, les revenants, ce n'est pas vraiment ce que l'on m'a enseigné… tant que j'ai pu, je me suis accrochée au rationnel, mais il a bien fallu que je baisse pavillon… Ça n'a pas été de gaieté de cœur et… puis cette révélation s'est imposée à chacun de nous de façon trop différente… M. et Mme Meyer, bien que très impressionnés par la ressemblance physique et le comportement de Marie qui se calquait sur Sarah, ont toujours refusé cette option pour des croyances inhérentes à leur confession… mais cette retenue s'est effondrée le jour où l'enfant, en se promenant dans l'ancienne chambre de Sarah trouva une poupée et, se l'appropriant, lui donna exactement le nom même que leur fille lui avait donné lorsqu'elle l'avait reçue, au même âge… Marie avait six ans ! Un calcul aussi tortueux et sophistiqué ne peut naître dans un cerveau si jeune… Je ne vous demande pas d'avaler quoi que ce soit… mais seulement de l'utiliser comme hypothèse de travail pour réaliser une thérapie efficace. »

La psy poussa un soupir de découragement et opposa un argument indiscutable :

« En admettant que je colle à cette hypothèse, comme vous dites,… mais pour obtenir un résultat efficace il faut diagnostiquer une pathologie sans faille et avoir déjà une bonne expérience de celle-ci or, je ne sais même pas ce que vous attendez au juste,… enfin si, je conclus que vous désirez que Sarah se perde au profit de Marie, revenir à l'ancien statut, l'ancienne identité quand Marie se prenait pour Marie… ou était Marie… C'est bien ça ?… En admettant que votre idée de base soit exacte… que… car il faut bien appeler les choses par leur nom… Je dis bien en admettant que Marie soit… C'est jeté tant pis !… la réincarnation de Sarah, nous n'avons aucune expérience pour la ramener à sa première personnalité… et pourtant c'est ce que vous attendez tous ! »

M. Meyer approuva subitement de la tête avec l'assentiment de sa femme :

« C'est... c'est bien cela exactement !... l'aider à se rétablir dans sa personnalité de Marie... Si elle reste Sarah plus rien n'aura de sens pour elle, elle ira de choc en choc... jusqu'où ?... sa raison basculera définitivement... Imaginez seulement qu'elle nous aperçoive... Imaginez, nous avons tellement vieilli en 17 ans... elle nous reconnaîtra, c'est sûr... ! Mais elle ne comprendra ni le pourquoi ni le comment de notre âge et de nos cheveux blancs, ni pourquoi nous sommes si vieux, alors qu'elle est toujours pareille et puis... qu'elle, Sarah, avons-nous... sa mémoire ? Où s'arrête-t-elle ? Avant ou après son arrestation par la Gestapo... jusqu'où va-t-elle...? Jusqu'à... je n'ose pas le dire... jusqu'à son agonie ?... Il faut empêcher cela... on ne sait pas ce que ce souvenir peut engendrer... ce souvenir de sa mort... vous réalisez ? Il ne lui restera que la folie pour se protéger...

« Faites quelque chose, je vous en prie, on ne peut pas la laisser dans cet état... Elle ne peut même pas sortir de l'hôpital, comment réagirait-elle devant tout ce progrès... tout a changé trop vite, en plus de 15 ans. Elle serait atterrée... Bon Dieu !... comment une chose pareille est-elle possible ? Dieu, dans sa grande bonté, a dû tout prévoir... Pourquoi cela lui arrive-t-il à elle ? On s'était faits à l'idée de Marie... de ne plus être ses parents mais des grands-parents adoptifs et, maintenant en redevenant Sarah, elle va nous réclamer, forcément, et bien sûr il nous sera impossible de la voir... »

La toubib l'arrêta d'un geste et secoua la tête :

« Arrêtez, je vous en prie, je comprends... j'ai compris... ! Il faut démonter le processus, revenir aux origines... en fait tout est arrivé quand Marie a rencontré ce jeune homme... C'est bien cela ? En quelque sorte il a été le détonateur, créant une surimpression, provoquant une juxtaposition du passé sur le présent qui s'est effacé pour ne laisser exister qu'une histoire interrompue, une histoire d'Amour qui ne demandait qu'à revivre, une abréaction rendue possible par le retour de ce garçon... Je ne vois pas comment on peut inverser la situation... et je me pose la question suivante : où se trouve le vrai choc ? est-ce le fait d'avoir retrouvé cet Amour ou l'aspect physique de celui-ci, car, bien sûr, lui aussi n'a pas échappé aux années passées… En l'état actuel de nos connaissances… seuls des entretiens soutenus avec Sarah-Marie, appelons-la ainsi, peuvent nous éclairer… A propos, Mademoiselle Saulnier, vous disiez que vous aviez bâti votre théorie sur un précédent, quel est-il ? »

Valérie précisa avec intelligence :

« Quand Sarah et Frantz se sont rencontrés, il y a eu le même type de scénario… quand elle a vu Frantz, elle a eu une légère perte de connaissance, son évanouissement s'est limité à quelques secondes, mais la machine était lancée, rien n'allait l'arrêter et… »

La psy la stoppa :

« Attendez ! Vous !… vous connaissez toute l'histoire, tous les chapitres et, sans vous en rendre compte, vous me sautez des parties importantes. D'abord comment avez-vous eu connaissance de cet incident et ensuite de quelle machine parlez-vous ? »

Valérie était gênée mais ne laissa rien dans l'ombre :

« Je le sais, enfin, nous le savons par Sarah elle-même… Elle tenait un journal intime que M. Meyer découvrit caché dans le double fond d'un tiroir de sa table de nuit, bien des années après sa mort… Quant à la machine en question, je préfère laisser Sarah vous en parler elle même puisque… elle est de retour, mais auparavant faites connaissance par le biais de ses écrits… C'est beaucoup mieux, je suis sûre que vous allez comprendre. »

Elle s'adressa avec réticence à M. Meyer :

« Vous avez apporté le cahier ? »

Il ne daigna même pas lui répondre, il sortit un cahier bleu du fond d'une vieille serviette en cuir gaufré et le tendit au médecin… Valérie poursuivit :

« S'il y a une solution, elle ne peut sortir que de là ! Je fais confiance à Sarah comme je le faisais pour Marie, elles ne sont pas des jeunes filles ordinaires… Déjà dans les entretiens amicaux que nous avions, Marie avait le sentiment d'attendre quelqu'un, elle disait que c'était très important… C'est un peu ce qui m'a poussée à intervenir et à favoriser leur rencontre. »

Sandrine Dubois s'empara du cahier, évalua son épaisseur en feuilletant du pouce et ajouta :

« Je veux bien, il est vrai qu'un journal intime est le plus grand des confesseurs… j'espère que cela va m'aider… en attendant… pas de visite !… Personne… vous entendez !… Sauf… attendez ! des cinq personnes qui étaient dans le secret, seule Mlle Saulnier n'a pas connu Sarah donc en tant que telle elle ne doit pas vous connaître… ! »

Elle se leva pour signifier que l'entretien était terminé :

« Monsieur et Madame Meyer, vous pouvez rester à l'hôpital si vous le désirez bien que je n'en voie pas l'utilité puisque vous devez rester hors de sa vie. Le cas des Gauthier est plus ennuyeux, mais c'est mon problème… auparavant je… je voudrais vérifier quelque chose. »

Très angoissé, M. Meyer interrogea :

« Vous ne faites rien de dangereux, j'espère ? »

La psy se fit plus impatiente :

« Monsieur Meyer ! dans ce domaine je vais innover, mais, si vous pensez que votre fille, euh ! enfin votre ex-fille, peut-être mieux soignée ailleurs, vous me signez une décharge et vous l'emmenez ou alors vous me faites confiance… D'ailleurs juridiquement vous n'êtes pas ses parents, seuls les Gauthier ont pouvoir dans cette décision. »

Le pauvre M. Meyer se confondit en excuses.

« Je ne sais plus ce que je dis… nous partons. »

Il prit sa femme par le bras, pauvre petite chose recroquevillée sur elle-même.

« Je l'avais complètement oubliée cette malheureuse, inexistante, totalement inexistante… Je l'ai tout juste entendue respirer quelque fois… Pauvres gens !… qui sont sans doute les plus à plaindre dans cette douloureuse histoire. »

Elle les regarda s'éloigner vers la sortie du couloir, ils poussèrent les deux battants qui se refermèrent sur la totalité de leurs espoirs.

« Venez avec moi » intima la psychiatre à Valérie qu'elle emmena dans un vestiaire :

« Tenez, enfilez cette blouse et mettez cette coiffe d'infirmière, nous allons rendre visite à cette petite, nous allons voir si, en vous apercevant, vous pourrez évoquer quelque chose dans sa vie de Marie... s'il y a des résonances, nous le verrons vite. »

Valérie s'habilla à la hâte et Sandrine Dubois sentit un courant de sympathie qui s'établissait entre elles. Elle appréciait cette fille franche et délurée, sans œillères et dont l'esprit non sclérosé s'adaptait aux circonstances. Quand la jeune directrice fut prête, elle fit une mimique de connaisseuse :

« Magnifique ! L'hôpital Saint-Vincent compte une infirmière de plus. Vous êtes très représentative du corps médical... Quelle prestance ! »

Valérie retrouva aussitôt son humour :

« Attendez de me voir piquer une fesse ! »

Elles partirent ensemble et se trouvèrent devant la chambre de Marie ; au fond du couloir un homme attendait, il fut très surpris et un ahurissement sans bornes se manifesta en lui en apercevant Valérie en pareille tenue. Il fit un geste de la main vers la jeune femme qui lui répondit en mettant un doigt sur sa bouche. Le médecin l'aperçut et marmonna :

« C'est lui le détonateur ? »

Valérie soupira :

« Eh oui, c'est bien lui. »

« Je vois, apprécia la toubib en connaisseuse, très beau spécimen de mâle teuton... mais, pour lui aussi... visite interdite, qu'il aille se morfondre ailleurs... Bon ! nous entrons ensemble, n'ayez aucune hésitation et restez près de moi !... Essayez aussi de lui parler, il faut qu'elle entende votre voix. »

Elle tourna la poignée et elles pénétrèrent dans la chambre avec un ensemble parfait. Valérie aperçut Marie,... ses cheveux se répandaient en filaments de miel sur l'oreiller, elle était pâle, toujours aussi belle, mais il y avait comme un petit changement imperceptible, quelque chose d'indéfinissable.

« C'est, sans doute, le fait qu'elle se prenne pour Sarah qui me donne cette impression » s'avoua Valérie.

Sandrine Dubois observait les moindre mouvements de la jeune fille et comprit immédiatement en voyant celle-ci qu'elle manifestait un intérêt certain à celle qui l'accompagnait... Elles s'approchèrent du lit toujours ensemble et la psy l'interrogea :

« Alors Sarah, comment vous sentez-vous ? »

Sarah avant de répondre eut un drôle de sourire :

« Mais je vais bien... et vous ? »

Valérie songea aussitôt :

« Ouf ! elle a conservé son humour, c'est toujours ça ! »

La toubib ne releva pas son espièglerie :

« Parfait ! parfait ! pas de maux de tête? toujours cette petite fatigue ? »

Sarah approuva :

« Toujours, mais je commence à aller mieux. »

Puis elle regarda Valérie avec toujours cet étrange sourire :

« Vous êtes ma nouvelle infirmière ? »

Valérie hésita un bref instant et bafouilla :

« Heu... non, je ne suis pas de ce service... »

« C'est dommage, regretta Sarah, j'aurais bien aimé bavarder. »

La psy saisit aussitôt la balle au vol... mais qui était le vrai lanceur ?

« Ecoutez, mademoiselle Meyer, je garde encore madame quelques minutes et je vous la renvoie pour vous tenir compagnie... D'accord ?... »

« Avec plaisir, docteur, je reconnais que je m'ennuie un peu... »

Elles ressortirent et, la porte fermée, Sandrine Dubois s'expliqua :

« Je crois qu'il s'est passé quelque chose quand vous étiez là !... mais quoi ? Allez-y doucement, si je reste, cela risque de la bloquer et je ne veux pas commencer mes entretiens sans avoir pris connaissance de ses écrits... C'est une mine d'or, dites-vous, donc, cela me sera plus facile et plus sûr... Laissez-la aller à des confidences... entrez dans son jeu... si elle vous parle de Frantz, de l'occupation, encouragez-la et surtout qu'elle n'ouvre pas les fenêtres !

« D'ailleurs, ce n'est pas possible, elles sont condamnées et le verre granito interdit tout regard vers l'extérieur... C'est qu'en 17 ans, le décor a changé... Bon, vous avez compris ! Maintenant je vais voir le beau Siegfrid pour le mettre au courant avant qu'il ne fasse une bêtise... »

Valérie la reprit aussitôt :

« C'est Frantz, pas Siegfrid ! et je vous ai à l'œil ! vu ? »

Elles échangèrent un rire complice et se séparèrent.

Sarah vit la jeune femme revenir près d'elle, elle souriait toujours à Valérie qui, plutôt embarrassée, posa ses fesses sur l'extrémité de la chaise. Un calme lourd planait dans la chambre. Sarah murmura :

« Je trouve qu'il y a beaucoup de circulation dans la rue... Vous n'entendez pas ? »

Valérie était émue mais restait sur ses gardes, elle sentait comme une drôle d'aura dans la pièce blanche ; son atmosphère semblait rebondir sur les murs laqués et cette question l'inquiétait... Sarah reprit sa conversation inutile :

« Vous êtes infirmière depuis longtemps ? »

Valérie répondit évasivement :

« Non, pas vraiment. »

Sarah tourna la tête vers la fenêtre et répondit avec douceur, détachant bien ses mots :

« Pas plus de quelques minutes seulement. »

Valérie sentit un froid l'envahir :

« Pardon ? »

Alors Sarah planta son regard dans le sien et ajouta avec un sourire coquin :

« Vous êtes en avance pour le Mardi-Gras, madame la directrice, mais cet uniforme vous va si bien... »

Valérie sentit les larmes lui monter aux yeux, un poids phénoménal s'extirpa de sa poitrine, soudain si légère ; elle se jeta dans les bras de Marie :

« ...Mon Dieu, explosa-t-elle, Merci ! merci ! Vous êtes revenue... j'ai eu si peur... »

Elle se recula pour observer la jeune fille puis, un peu inquiète, elle osa, timidement, poser une question :

« C'est bien Marie, n'est-ce pas, qui est là ?... Bien sûr, puisque vous m'avez reconnue et... et vous souvenez-vous d'autres... d'autres choses ? »

Marie était prête à ces questions et lâcha pour la rassurer :

« De tout...! de Sarah... de Frantz... du reste et même plus que ça... Valérie...! vous ne savez sans doute pas pourquoi vous vous êtes sentie poussée à nous réunir... Maintenant je le sais... »

Valérie fut surprise et Marie continua :

« Mais oui ! Vous deviez le faire, vous portiez en vous le besoin de le faire, mais il vous appartenait d'agir ou de ne pas agir, de laisser tomber et de désobéir à cet ordre intérieur... Vous avez dû soutenir un dur combat pour réaliser ce projet... C'est bien... beaucoup plus que vous ne pensez... vous ne pouvez encore connaître la portée de cet acte qui est considérable... Je vous dirai pourquoi plus tard... Maintenant je sais qu'il n'est pas loin, je sens sa détresse derrière cette porte... Dites-lui de venir... Faites-le entrer... Je vous en prie, allez jusqu'au bout, il ne peut plus rien m'arriver, le plus dur est passé... »

Valérie se redressa, elle regarda Marie avec ravissement et se mit à rire en joignant ses mains sur ses lèvres comme une prière :

« Tant pis, je vais encore désobéir... je ne fais que ça depuis que je vous connais... mais c'est trop bon de le faire pour vous, pour lui et pour... ! Mon Dieu j'ai trahi vos parents... Euh... vos anciens parents, devrais-je dire, puis maintenant la psy... si je ne finis pas pendue après tout cela! »

Valérie n'arrivait pas à décoller de sa place et ce fut Marie qui insista :

« Allez Valérie, je vous en prie, je vais faire semblant de dormir. Comment est-il ? quel est son état ? »

Valérie la rassura :

« Il a le cœur solide, je pense qu'il va tenir... Il ne peut pas nous faire un arrêt cardiaque maintenant... Je vais le chercher… Dormez, ça va le préserver peut-être un peu… Allez, j'y vais ! »

Elle fila soudain légère vers la porte, l'ouvrit, passa la tête par l'ouverture et jeta un regard soupçonneux de droite à gauche. Personne, à part Frantz, bien sûr, qu'elle appela d'un sifflement discret. Il accourut aussitôt. A peine fut-il arrivé à la porte, la jeune femme lui dit en chuchotant :

« Entrez, mais ne restez pas trop longtemps. Elle dort maintenant et elle est sous somnifère. »

Elle lui ouvrit la porte pour le laisser entrer et referma doucement quand il fut dans la chambre. Il n'osait avancer mais Valérie le prit par le bras ; il se laissa faire. Avec lenteur elle l'approcha du lit et discrètement, sans qu'il le perçoive, elle le quitta.

Il était là, seul, désemparé, étouffé par les violentes secousses de son cœur, il avait mal et découvrait la souffrance du bonheur ; avec lenteur il progressa de quelques pas… oui c'était elle… Tous les soleils de l'univers, toutes les tiédeurs, toutes les musiques et les poèmes se confondaient en un seul être… Il crut qu'il allait mourir, il eut peur, peur de l'irréalité de ce qu'il découvrait. Les secondes passaient, il la contemplait à travers un halo presque flou, la caressait de mots d'amour qu'il lui adressait du fond de sa peine. Il n'osait pas bouger, fermait les yeux puis les rouvrait aussitôt, à chaque fois émerveillé, plus ému chaque fois qu'elle lui apparaissait.

Doucement le passé le happait, l'engloutissait. Sans qu'il s'en rende compte, ses années d'errance se défaisaient, s'effilochaient à chaque seconde, le sablier s'inversait, reprenait ce qu'il avait perdu… En un geste machinal, un réflexe plus qu'autre chose, en réalité, il avait porté la main à son cou et cherchait à caresser sa croix de fer, signe des grands troubles qu'il avait traversés autrefois, le toucher de l'émail froid et noir avait le pouvoir de le calmer, de le libérer… il fut surpris en l'instant par cette recherche et ce fut son absence sous ses doigts qui le remit en lui-même… Sa croix de fer… de vieilles images se rajeunirent aussitôt, il revoyait l'adolescent fou, fanatique, dont les yeux étaient brûlés par le départ des 88 que vomissait la gueule de son *Tiger*. Mais c'étaient aussi des corps mélangés à la boue, ébauche d'artiste fou, modelés par la guerre, qui gisaient, sortaient et crevaient la terre, telles des racines d'apocalypse...

Oui... le passé était devenu présent, deux étrangers s'affrontaient par années interposées.

« Qui étais-tu ? » se murmura Frantz.

Et une formidable nausée lui monta aux lèvres, un brutal dégoût à saveur de remords l'inonda... Sarah, cria-t-il du fond de son corps... Alors, comme pour lui répondre, Marie fit un léger mouvement et tout se dissipa... laissant apparaître d'autres images plus douces, le corps de Sarah, les lèvres de Sarah, son parfum... Frantz, avec délicatesse, s'assit au bord du lit. Il avait envie de caresser ses joues, ses cheveux... sentir sa peau et son odeur...

« Tellement fragile mais si forte, tellement enfant mais merveilleusement femme... qui es-tu mon Amour ? Pour pouvoir revenir ainsi, quelle est ta force ?... D'où te viens ce privilège d'anéantir et d'offenser la Mort ? de te rire d'elle ? »

Sans s'en apercevoir, il avait chuchoté ses questions et sur les lèvres de Marie, il lui sembla entrevoir un sourire furtif... « Oui, pensa-t-il, elle m'entend dans son rêve et moi, je la vois dans le mien, elle a l'air de sourire. »

Frantz ne ressentait plus son corps anesthésié de joie et de douleur, il ne sentit pas les mains de Marie qui, avec lenteur, se posaient sur son dos... Toujours fasciné par ses lèvres, il entr'aperçut les perles blanches de ses dents. Il était à quelques centimètres de sa bouche, il sentit son souffle... elle vivait ! elle respirait !... mais Frantz ne bougea pas, convaincu que tout ceci n'était qu'un rêve de plus... un beau rêve comme tant d'autres... et que ce baiser qu'il voulait prendre tuerait l'instant magique, l'amènerait à un réveil brutal et solitaire... Il avait été, tant de fois, tellement déçu par l'intense réalité de ces moments oniriques... que là, une fois de plus... pourquoi serait-ce différent ? alors il attendit et murmura :

« Je rêve encore, mon petit cœur, tu t'évanouiras dans ma nuit au premier baiser, ne me laissant que souffrance et chagrin. Oui, une fois de plus… alors je te contemple simplement, peut-être est-ce la nuit, ou bien l'aurore qui va t'enlever à moi, alors je te garde encore, le plus longtemps possible, jusqu'au moment où un bruit m'éveillera pour vivre une journée nouvelle, où tu m'habiteras jusqu'au soir, je prierai encore pour te retrouver ; tu es la légende de mes nuits et la nostalgie de mes jours… Dieu… que tout a l'air réel, que tout me semble vrai… cette chambre… et toi là… si belle, souveraine de mon sommeil, tu le remplis, l'occupes et puis tu me quittes, disparaissant aux premières lueurs de l'aube… Non, je ne vais pas t'embrasser, ce serait folie ! tu disparaîtrais aussitôt ce baiser, signe toujours ton départ… Non ! »

Il lui sembla entendre :

« Si ! »

Frantz se mit à osciller entre délire et réalité, il ne savait plus où se situer, ses références et ses repères s'étaient dilués en présence de Marie ; de choc de bonheur en explosion de joie, il avait glissé dans un monde intangible, à la frontière de l'inconnaissable… Marie sentit qu'il se perdait, malgré ses yeux fermés il lui semblait le voir ; le son, le bruit de son cœur meurtri lui parvenait… Elle était avec lui, en lui, elle l'attira avec douceur en posant sa main sur sa nuque, Frantz se laissa faire, acceptant déjà la douleur de leur séparation, pourtant les lèvres de Marie sur les siennes étaient souples, chaudes, vivantes. Cette sensation était neuve, cela n'allait jamais plus loin ; le baiser c'était toujours le départ. Il eut soudain envie de s'écarter mais deux jeunes bras solides le maintenaient… alors, vaincu, il se laissa aller, ses larmes se mirent à rouler sur les joues de Marie, des larmes de gratitude, de joie. Elle comprit qu'il fallait consolider l'édifice de cette réalité qu'il voulait nier parce que non conforme aux règles de la vie…

« Seul le rêve lui semble permis ! » pensa-t-elle, elle planta alors le sceau de ses dents sur sa bouche pour qu'il prenne mieux conscience, puis le repoussa avec lenteur en murmurant :

« Non… tu ne rêves pas, mon amour !… c'est fini !… je t'avais promis de revenir… Je te l'avais promis… une promesse est une promesse… tu as tenu la tienne, voici la mienne, il n'y aura plus jamais aucune séparation, je dis bien : AUCUNE… Pas où je vais te conduire. Nous serons à l'abri dans l'Eternité… »

Frantz sentit des picotements dans tout le corps, quelque chose de fluide l'envahissait, coulait en lui, une désagréable impression de légèreté et de perte d'équilibre suivirent aussitôt, et en une fraction de seconde, il identifia les signes précurseurs d'un évanouissement.

« La trop forte émotion ! » s'avoua-t-il.

Alors il respira avec le ventre, le "hara", comme disent les Japonais.

Le visage de Marie était illuminé de petites étoiles folles qui dansaient devant ses yeux, des phosphènes dorés se balançaient, lucioles fantastiques organisant leurs ballets féériques… Frantz luttait contre cet engourdissement, ne voulait pas s'engloutir dans le noir… pas maintenant. Marie comprit aussitôt contre quoi il se débattait, elle se dressa sur le lit, planta ses ongles dans son cou et reprit sa bouche, avec violence et générosité, elle lui offrit ainsi un baiser de femme, de maîtresse passionnée, pour remettre en route les réflexes du corps, stimulant le désir, ravivant le corps… Frantz ressentit en quelques secondes le malaise qui disparaissait, laissant une grande chaleur prendre sa place. Il comprit, tout s'ordonnait plus calmement, sa lucidité reprenait son cours mais il voyait toujours Marie à travers cet étrange flou, et dans le brouillard de ses yeux, il vit deux paumes aller à leur rencontre pour s'y poser avec précaution, elles essuyèrent avec légèreté le voile d'émotion qui les recouvrait, il entendit une voix moins lointaine :

« Alors mon petit soldat, ça va mieux ? Où étais-tu parti ? Tu doutais, n'est-ce pas ? »

Frantz avait du mal à répondre, son timbre était légèrement cassé :

« Oui, je pensais que c'était encore un de mes rêves, je l'avais déjà fait tant et tant de fois… »

Marie l'attira contre elle, posa la tête de Frantz contre sa poitrine ; il sentit le mœlleux de ses seins sous sa chemise et entendit les battements de son cœur… la vie de Marie était là, bouillonnante et rassurante à la fois, il entendait le marteau régulier et sourd qui scandait la mélopée de son amour pour lui… Il eut à nouveau l'envie de sangloter, il était étouffé, brisé par cette force, mais il réprima cette émotion avec violence… Il voulait jeter sa joie et pas des larmes… ainsi allait-il à l'encontre de tout ce qu'elle lui avait appris… Il l'entendit à mi-voix :

« Exprime-toi, Petit Cœur, laisse aller, laisse couler, pourquoi garder, avant tu exprimais bien ta souffrance… Si, maintenant, tu es heureux, vis-le, là tout de suite, sois complètement uni, goûte ta joie. »

Frantz fit un effort de vigilance, il se colla avec volonté à tout ce qui l'emportait et aussitôt le calme revint, l'émotion se dilua lentement tel un nuage, et le sentiment apparut. Il leva la tête, essuya l'humidité de ses joues et il osa encore la regarder…

Cet acte simple fit resurgir à nouveau la douleur, mais il la maîtrisa, il s'établit dans une conscience nouvelle, sereine et stable… Leurs yeux se marièrent à nouveau et la suite fut sans paroles : il n'y eut plus qu'un éternel présent ; Frantz vécut une transformation de son Etre, un état Absolu où il n'y a plus de doute, plus de passé ni d'avenir… rien qu'un instant d'éternité… Il comprit ce que Sarah lui avait décrit autrefois, et ce que l'Inde lui avait confirmé ensuite, il le vivait et découvrit que ceci était sa vraie nature… Marie, dans son intuition naturelle, lui chuchota presque en chantant quelques mots étranges :

« Tat tvam asi[1], Toi aussi tu es CELA, voilà notre but, notre devenir… Notre essence, c'est la réalité indestructible en laquelle nous avons l'Etre, le mouvement, et la vie. Ce que les Chrétiens appellent le royaume des Cieux, la "Baqua" des

---

1 - Parole sacrée de l'Inde, ce "Cela" désigne l'Etre absolu, le Brahman hindou, le Soi, l'Atman, c'est l'équivalent du pur "Je suis".

Soufis, la nature de Bouddha… Oui, tu viens de découvrir la "Réponse absolue", ce que tu vis actuellement ne va pas durer, mais tu sais où nous allons tous les deux… »

Comme pour accréditer ses paroles, l'instant se dilua, tout redevint comme avant… Frantz se sentit lourd, il perçut à nouveau son individualité, la séparation du Grand Tout qu'il venait d'embrasser dans ces instants magiques s'était encore affirmée, mais il savait concrètement vers quoi tendait leur histoire… Il retrouva la parole :

« Sarah… mon bébé, c'est, c'est toi qui est responsable de ce miracle ? »

« Sans doute, mon amour, tu avais tellement de chemin à faire avant d'en arriver là, mais je crois que tu as beaucoup grandi, sinon tu n'aurais pas pu recevoir cette grâce… Je sais que tu as fait un long voyage en enfer, mais par ces quelques minutes, tu as compris que celui-ci n'est qu'une illusion… Oui, dans ces précieux instants tu as perçu l'irréalité du monde phénoménal et son impermanence… Voilà… ! C'est un mirage, comme un cauchemar dont on s'éveille avec brutalité… Avant j'essayais bien de te montrer à quoi tu étais destiné : toi et tous les êtres humains de ce monde… mais tu ne pouvais pas voir… pas encore… Comme, lorsque le Sage pointe son doigt pour désigner la lune, le naïf, lui, regarde le doigt… et ne comprend pas… maintenant tu sais, tu as subi l'indicible… »

Marie se tut et Frantz se pénétrait de son visage, de la couleur nouvelle de ses yeux qui étaient verts à présent, mais leur aura et leur douceur portaient toujours le même mystère… créaient les mêmes vertiges. Doucement, il l'enveloppa de ses bras et l'attira contre lui. Marie se laissait faire, elle prenait son visage entre ses mains et souriait… puis elle se laissa retomber sur l'oreiller, l'entraînant avec elle dans son rire joyeux.

La porte s'ouvrit, Sandrine Dubois se tenait sur le seuil, sans retenue aucune sa voix percuta les murs de la chambre… Frantz sursauta et quitta le lit chaud de la bouche de Marie :

« Qu'est-ce que vous faites ici ? Je vous avais pourtant interdit toute visite ! »

Frantz osa affronter le regard furieux et glacial de la psychiatre et prit son temps pour répondre :

« Je... je n'ai sans doute pas bien compris vos ordres. »

Le ton du médecin se fit de plus en plus sec, ses mains fermement enfoncées dans ses poches, elle martelait et piaffait de son talon contre le linoléum chiné du sol ; elle rugit plus qu'autre chose :

« Ne vous moquez pas de moi ! Sortez ! je vous verrai en particulier... »

Frantz se leva à regret et Marie intervint aussitôt :

« Je vous en prie, docteur, c'est moi qui lui ai demandé de venir... »

« Mais voyons, Sarah, comment avez-vous fait ? où se trouve l'infirmière qui vous tenait compagnie ? »

Marie, d'un ton léger mais le plus sérieux du monde, répondit :

« Elle a dû rejoindre son service d'urgences, un accouchement difficile, m'a-t-elle dit... »

La psy ouvrit plusieurs fois la bouche...

« Un... un quoi ? un accouchement ! »

« Mais oui, affirma Sarah, elle est bien en obstétrique, n'est-ce pas ? »

Sandrine Dubois avala sa salive avec difficulté et se posa des questions... elle avait la désagréable sensation de ne plus maîtriser la situation et qu'en plus on se payait sa tête... ! Elle répondit :

« Euh, bien d'accord... ! et la suite. »

Marie avoua :

« Une fois seule, j'ai eu envie de me lever pour faire quelques pas dans le couloir et j'ai rencontré monsieur... et »

« Et, reprit la psychiatre, l'œil féroce, en s'adressant à Frantz, vous raccompagnez mademoiselle jusqu'à sa chambre de peur qu'elle ne se perde... et, sans doute, éperdue de remerciements, elle vous autorise à vous radasser sur son lit... ? »

Frantz reprit le terme avec surprise :

« Je vous demande pardon... ! Radasser... ? »

« Oui, reprit Mlle Dubois avec véhémence,... Radasser... J'avais une grand-mère provençale... se vautrer si vous préférez... maintenant sortez ! Quand je vous ai vu tout à l'heure, je ne me suis pas présentée, j'ai eu tort, et vous aussi avez eu tort de prendre mes conseils à la légère... Je suis Sandrine Dubois, responsable du service psychiatrique de cet hôpital et non la maquerelle d'un lupanar en préparation... Allez ! »

A ce nom Frantz, qui tenait toujours la main de Marie dans la sienne, l'interrogea à son tour avec précipitation :

« Etes-vous parente avec Nicole Dubois qui était elle aussi psychiatre, il y a un peu moins de quinze ans ? »

La toubib prit le choc en pleine poitrine, son cœur se dérégla durant une ou deux secondes, puis accéléra subitement , elle s'entendit bafouiller :

« C'est... c'est ma mère... ! mais comment la connaissez-vous ? »

Frantz regarda Marie, prit sa main et déposa un baiser au creux de sa paume, sa moiteur le fit tressaillir avec délices... Il referma les doigts fins avec beaucoup de soin et reposa cette main aimée sur le drap blanc, il se leva et pivota sur ses talons... Marie ferma les yeux, en un instant un vieux souvenir de bottes noires raviva sa mémoire... Elle sourit tandis que Frantz répondit avec lenteur à la doctoresse :

« Oui... j'ai connu votre maman, c'était dans un camp de prisonniers... il y a longtemps... très longtemps... presque dix-sept ans... Marie venait au monde et Dieu allait la faire grandir à l'ombre de son secret... et votre mère, en ce temps-là, a passé bien des nuits et des jours au chevet d'un jeune officier S.S. qui se laissait mourir doucement...

« Avec beaucoup de compassion et d'habileté elle se substitua à une autre, à une jeune fille disparue, sacrifiée à la folie et la démence, et grâce à ce subterfuge le miracle eut lieu... grâce à votre mère... et à cette jeune fille disparue et qui... enfin... »

Frantz ne termina pas sa phrase, il regarda Marie et lui offrit un sourire plein de sérénité, puis il se dirigea vers la porte de la chambre. Dans son dos, il entendit Marie qui ajouta :

« Dieu ne joue pas aux dés, docteur, il n'y a jamais de hasard, seuls les fous veulent y croire... On dit aussi que Dieu est amour, j'ajouterai qu'il est aussi humour... un tantinet taquin... ! »

Le médecin était abasourdie... Sa mère lui avait conté cette histoire quand elle était adolescente... elle ne l'avait jamais oubliée... jamais... Tout ceci était trop fort, elle se laissa tomber sur la chaise près du lit de Marie... Elle s'entendit à peine murmurer :

« Tout ceci n'est qu'un cauchemar... que deviennent Kant et Descartes dans tout ça ! »

Elle se sentait anéantie en découvrant petit à petit, avec horreur, toutes ces coïncidences réunies dans cette pièce... les confessions de Mlle Saulnier et des époux Meyer... le cahier bleu de Sarah et maintenant elle qui se trouvait impliquée... tout se révélait par le trait d'union de sa mère qui avait sauvé le jeune officier et elle qui, aujourd'hui, avait la charge de la jeune fille...

Elle s'entendit murmurer à l'adresse de Marie :

« Non, Dieu ne joue pas aux dés... mais il manie bien le bâton ! »

Le son de sa voix la ramena à un peu plus de présence, elle prit une profonde inspiration et expira avec force comme pour chasser tout son malaise. Puis, elle observa Marie en se forçant à plus d'attention. Avec hésitation elle la questionna du bout des lèvres, préférant éluder l'allusion au jeu de dés de l'Eternel...

« Euh... Sarah, revenons un peu à votre état... Ce... ce monsieur qui vient de sortir... euh ! apparemment, la situation dans laquelle je vous ai surpris ne laisse aucune ambiguïté sur le fait que vous vous connaissiez... ! »

Marie répondit assez vite :

« Absolument... »

La toubib poursuivit :

« Euh ! bien ! et, dans ce garçon rien ne vous a choquée ? et d'abord d'où le connaissez-vous ? »

Marie sourit avec espièglerie, elle comprenait fort bien dans quel embarras elle devrait théoriquement se trouver, puisqu'en tant que Sarah elle devrait se rendre compte que Frantz n'avait plus 18 ans… Elle vola au secours de la malheureuse praticienne :

« Docteur… dites-moi plutôt ce que vous aimeriez entendre… si vous aviez une baguette magique… qu'est-ce que vous aimeriez que soit… quel serait votre vœu ? »

La toubib fut étonnée et répondit par une autre question :

« Je ne comprends pas, soyez plus précise… ! »

« Dans un service psychiatrique on soigne les troubles du comportement et de la personnalité, n'est-ce pas… Bien, donc si je suis ici, entourée de soins attentifs, c'est parce qu'il y a une faille dans mon attitude, un dérèglement majeur, un trouble important… vous me suivez toujours ? »

Le médecin hocha la tête sans dire un mot et Marie poursuivit :

« Très bien ! qu'est-ce qui pourrait vous faire penser que je suis tirée d'affaire… ? Quelle preuve dois-je apporter afin de vous confirmer mon retour à la normale ? »

La jeune femme réfléchit un court instant et suggéra :

« Eh bien ! par exemple votre identité et votre date de naissance me suffiraient pour me rassurer… ! »

« Encore! s'écria Marie, mais je vous les ai déjà données ! enfin si vous y tenez… ! »

Un instant de silence plana dans la chambre ; les deux occupantes se mesurèrent du regard et Marie répondit doucement :

« Vous me faites songer au Sphinx de la légende et, je suppose que, comme Oedipe, je n'ai droit qu'à une seule réponse ? »

La doctoresse confirma :

« Vous supposez bien ! tout juste ! Et si ce n'est pas la réponse que j'attends, vous n'aurez pas la chance que je vous dévore mais vous devrez encore passer quelques temps parmi nous ! Alors… ? »

Marie prit son temps et affirma d'une voix douce :

« Voici la réponse que vous attendez et que tout le monde désire… Je suis Marie Gauthier, née le 11 août 1945… Cela vous suffit-il ? Ah, Oui ! j'oubliais !... J'aimerais savoir quel disque se trouve n° 1 au hit parade de Salut les copains ! »

La doctoresse ouvrit de grands yeux et pouffa d'un grand rire en ajoutant :

« Ah... Marie... Marie... je veux bien vous croire sur tout, mais je suppose que, si vous citez en référence cette bande de singes hurlants, c'est pour me conforter dans le retour de vos repères chronologiques... Il y a encore quelques heures, vous me demandiez si... Au fait, vous me demandiez quoi ?... Vous en souvenez-vous ? »

Marie la rassura :

« Bien sûr ! le couvre-feu... ! le débarquement, la progression des alliés... *ils ont pris Caen, mademoiselle.* »

Marie se mit à glousser et Sandrine Dubois se mit à la regarder d'étrange façon... puis, avec peine, du bout des lèvres, elle osa poursuivre pour soulager sa curiosité :

« Comment est-ce possible ? Ainsi, vous possédez la mémoire de Sarah... et... celle de Marie... ! »

La jeune fille la rassura bien vite :

« Mais Oui ! de Sarah ! et beaucoup plus loin encore ; mais pour tout le monde il vaut mieux oublier tout ça... Sarah est morte même si je la porte encore en moi, même si elle vit toujours en moi... Elle et toutes les autres, c'est fini... Elles ont existé, elles sont parties, il y a longtemps... il faut les laisser dans leur passé... Officiellement, pour mes parents j'ai eu un léger malaise, et pour les Meyer, tant que je suis à nouveau Marie, tout est bien pour eux ! Conservez par devers vous cette histoire, elle peut vous être utile... à vous... ! pour vous, pas pour la science... qui ne pourrait que déformer et mal interpréter ce... cette découverte qui au fond n'en est pas une... elle se transformerait et dégénérerait rapidement... Ce que je suis ne peut se vivre que par l'expérience... c'est incommunicable et il vaut mieux que ce ne soit jamais raconté à personne... ! »

La psy avait le caractère obstiné de sa mère et ne voulait pas en rester là, elle avait soif de savoir... Marie était un cas merveilleux, il fallait qu'elle en sache plus,... le plus possible... Elle insista avec douceur :

« Marie, je vous en prie, vous ne pouvez pas me laisser comme ça... Dites m'en un peu plus... Pourquoi vous et pas les autres ?... Pourquoi n'avons nous plus de souvenirs de... nos vies passées ? »

Voyant cette attente et cette demande sincères, Marie essaya de la libérer :

« Mais, rien n'est oublié !... Rien ! ce n'est pas à vous que je vais apprendre le rôle de l'inconscient dans la vie de tous les jours... mais vous avez minimisé sa portée,... Les comportements, les actes manqués, les phobies ne sont que le système résiduel des imprégnations du passé... Vous ne vous souvenez pas de tout dans votre enfance ! seuls les peurs et les traumatismes se manifestent à vous par le biais des émotions qui se révèlent quand des situations ont des résonances avec le passé... Alors, comme par un écho, vous recevez des informations sur un mode binaire... J'aime ou j'aime pas, le non-manifesté cherche à se manifester, l'inconscient envoie ses signaux sous forme de code restreint, symbolique, ceci est agréable ou désagréable, j'ai peur ou je suis attirée, et ainsi de suite...

« Vous avez l'émotion brute mais jamais l'information claire... en termes plus simples, le conscient refoule dans l'inconscient tout ce qui est insupportable, intolérable. Toutes les souffrances, toutes les horreurs, toutes les tortures sont stockées dans cette immense poubelle qui ne reste pas toujours étanche bien sûr. A la première situation qui évoque des transparences avec le passé ça refoule, et chacun vit son malaise et le perçoit au niveau des émotions en langage court... Attention... danger souffrance ! c'est tout... !

« Pour avoir accès à ce passé il faut d'abord être d'accord pour le revivre et l'affronter... Tout un chacun ne peut le faire... Il y a donc une démarche particulière et une volonté sans faille qui vous permettra d'affronter le gardien du seuil... Seule une personne parfaitement préparée peut accomplir ce périple et en revenir sans dommage... Je vous laisse imaginer ce que pourrait devenir quelqu'un qui se trouverait face à des passés trop lourds, bien trop lourds à revivre... seule la folie, sans doute pourrait le protéger... »

Le docteur, confronté au souvenir tragique de la fin de Sarah, l'interrompit :

« Mais… mais vous ! Vous avez donc en mémoire la mort de Sarah, est-ce la sienne ou est-elle devenue la vôtre ? »

« Oui, elle est nôtre ! Avez-vous lu les notes de mon cahier ? Je pense que vous avez eu le temps, mon père M. Meyer a dû le trouver. »

« Oui… oui je les ai lues… »

« Vous savez donc ce que je dis à propos de la mort… tout doit être accepté au moment où cela se présente… C'est toujours le refus de la situation qui engendre la souffrance ; l'adhésion parfaite, je dis bien parfaite, dans sa totalité absolue, c'est la sécurité… De ce fait je peux vivre ce type de situation sans en subir un quelconque désagrément. Je comprends votre scepticisme, tout ceci est vraiment nouveau pour vous…

« Pour résumer : c'est l'érosion de tous ces mécanismes inconscients qui nous libère peu à peu du statut d'esclave… d'homme machine… qui croit agir mais, en fait, ne fait que réagir à des stimulis extérieurs et intérieurs… Etre libre c'est se débarrasser du poids étouffant de ce passé. Pour en venir là, il faut être convaincu qu'il n'y a aucun autre chemin possible vers le bonheur, convaincu que ce n'est jamais dans l'AVOIR que la joie et la paix demeurent, mais dans l'ETRE, uniquement dans l'ETRE… Alors on peut vraiment vivre chaque minute présente ."Carpe Diem" prend tout son sens… l'avenir ne sera plus teinté du passé… Pour terminer, je voudrais vous demander de remercier votre mère… Je crois avoir compris que, durant sa captivité, Frantz a bien failli glisser à son insu, elle a été là pour le tenir et l'aider à remonter. »

Sandrine Dubois réfléchit quelques instants :

« Ah, oui ! ma mère ! ça, ce fut le coup de poing au creux de l'estomac… je l'avoue mais j'aurais encore quelques questions à vous poser… est-ce que je peux ? »

Marie l'arrêta en posant ses doigts fins sur son bras :

« Est-ce de la curiosité scientifique ? »

« Oui, bien sûr ! rien de plus » assura la jeune femme.

Marie prit un ton plus ferme, où la réplique ne trouvait pas sa place :

« Non, tout ce que je pourrais vous dire ne sera d'aucune utilité sur le plan médical, à la limite, mal exploité, cela pourrait être dangereux... Par contre, si vous-même voulez vous engager dans votre propre recherche de l'Absolu, vous pourriez en faire votre profit... Je serai toujours à vos cotés pour vous y aider... »

La Doctoresse hocha la tête plusieurs fois et ajouta :

« Oui, je comprends... pour moi, vous répondriez... pour la Médecine vous refusez car ce n'est pas applicable et je vois très bien pourquoi... J'imagine la tête de certains Mandarins devant cette révélation... certains en crèveraient sur place... leur petit monde établi volerait en éclats et Eux avec... Oui ! c'est préférable, vous avez raison Marie... Je n'ai pas la vocation de Don Quichotte... je ne me battrais pas contre des moulins, mais contre des forteresses de bêtise, des donjons de certitudes. Allez, j'oublie tout ça... et vous qu'envisagez-vous pour l'avenir... ? »

Marie leva la tête et fixa le plafond, donnant l'impression de rêver :

« Mon avenir ? c'est, tout simplement, de vivre avec lui. »

Le coté professionnel du médecin reprit immédiatement le dessus :

« N'êtes-vous pas un peu jeune, pour cela ? Ne préférez-vous pas attendre un peu ? trois ou quatre années de plus ? »

La réponse de Marie fut rapide et concise :

« Vous voyez, docteur, votre réponse est le résultat de votre culture, de votre conditionnement,... J'ai 16 ans, lui 34. Nous ne sommes plus assortis, quelque part cela vous gêne... Ce n'est pas l'âge qui compte mais la maturité de l'Etre... Il y aura toujours des individus, je dis bien des individus, pas des personnes, qui ont 50 ans aujourd'hui et dont le comportement infantile est celui d'un gamin de 6 ans,... parce que leur blessure date de cette époque et... ils invoqueront toujours la responsabilité des autres dans les échecs de leur vie... sans jamais s'investir eux-mêmes une seconde... Ils mourront ainsi, dans le même état, sans avoir rien compris, hélas… ou apparemment, rien compris…

« Dieu merci ! tout s'apprend de gré ou de force… Tout le monde doit passer par le broyeur jusqu'à ce que la demande d'éveil se manifeste pour échapper à ce monde de fous furieux… La Grande Allemagne en fut un bel exemple… Je ne crois pas que vous doutiez de ma maturité malgré mon apparente adolescence… Je vais vivre avec Frantz, vous croyez qu'il n'a pas assez attendu ?… Nous allons le faire de façon intelligente et discrète bien sûr… Je suis à un peu moins de 5 ans de ma majorité… mais je crois que le n'attendrai pas aussi longtemps pour porter le nom de Madame Lilienthal. »

Ce fut net, la jeune femme, vaincue par cette réponse sans appel, baissa la tête, se leva et ajouta avec malice :

« Vous m'avez bien eue avec Mlle Saulnier… accouchement urgent ! mais depuis quand êtes-vous revenue, disons… à la normale ? »

En souriant, Marie apaisa encore sa curiosité :

« En fin de nuit toutes les pièces du puzzle étaient raccordées… quand je vous ai vue rentrer dans ma chambre avec ma directrice, j'ai eu beaucoup de mal à garder mon sérieux, beaucoup… J'ai compris à peu près où vous vouliez en venir… c'était un test, je suppose… je n'ai rien dit tout de suite car je ne savais pas où vous en étiez… Avec Valérie je fus rassurée… C'est elle qui, sur ma demande, est allée chercher Frantz… »

Sandrine Dubois approuva d'un sourire plein de sous-entendus :

« Je ne m'étais pas trompée tout à l'heure, je sentais le coup tordu… mon sentiment d'être prise pour une ravissante dinde était bien fondé… Je ne vous en veux pas… Il est certain qu'étant dans votre cas, je n'aurais pas hésité… c'était trop drôle… Mlle Saulnier appelée pour un accouchement… ! quand vous m'avez fait cette réponse… j'ai compris quand même que vous me faisiez un enfant dans le dos… Bon ! j'aime les histoires qui finissent bien… la vôtre est extraordinaire… Je suppose que vous voulez revoir ce suborneur de lycéenne ? »

Marie éclata de son rire d'adolescente et surenchérit avec humour :

« C'est cela et surtout qu'il n'oublie pas le sachet de bonbons, accessoire indispensable à tout honnête Satyre… ! »

La doctoresse allait répliquer sur le même ton, quand on frappa à la porte ; elle allait répondre mais Marie fut plus prompte et lança :

« Entrez ! »

La porte s'ouvrit et Marie vit entrer ses parents, les Gauthier… Son père masqué derrière un gros bouquet de fleurs souriait à travers… Sa mère, un joli paquet cadeau enrubanné de vert tendre sur son cœur, suivait… Sandrine Dubois se leva, alla vers eux et les rassura :

« Elle peut nous quitter, tout va très bien. En fin d'adolescence, les jeunes filles nous font souvent ce genre de petite crise… Il faut comprendre que ce sont des femmes désormais plus des enfants. Vous ne tarderez pas à vous en rendre compte… Voilà, je vais lui faire porter ses vêtements. »

Elle sortit de la chambre et se retrouva dans le couloir, où elle aperçut les Meyer. Hésitants, ils trottinaient vers elle. Voyant leur visage défait, elle chercha aussitôt à les soulager de leur fardeau :

« C'est bien Marie que vous vouliez retrouver… n'est ce pas ? »

Le "OUI" des Meyer sortit d'un seul cœur.

« Alors, soyez satisfaits… Sarah est repartie à nouveau… Je ne sais où ? mais j'ai tout lieu de croire qu'elle n'est pas bien loin ! »

« Que voulez-vous dire, Docteur ? » interrogea, soudain anxieux, M. Meyer

« Oh, rien… une intuition comme ça ! Tout est rentré dans l'ordre, vous pouvez aller la voir, ses parents sont avec elle… »

Elle les regarda et leur mimique d'étonnement lui arracha un sourire :

« Parents et grands-parents à la fois, j'aurai tout vu ! vous n'êtes pas des gens ordinaires… Allez, bonne chance ! »

Sandrine Dubois serra la main de M. Meyer et, en embrassant avec tendresse cette petite souris de Mme Meyer, elle ajouta :

« A bientôt ! je vous quitte car j'ai du travail et heureusement avec des patients moins compliqués que Marie. »

Elle continua et murmura :

« Je ne sais plus comment sera ma vie désormais… Comment vais-je intégrer cette nouvelle donnée dans ma vie professionnelle ? Y a-t-elle une place ? Ainsi, le souvenir inconscient des vies antérieures pourrait affecter le comportement des gens dans leur vie actuelle… Cela expliquerait, comme disait Marie, les cas de phobies ou d'attitudes excessives par rapport à des situations que d'autres vivent de façon très normale, mais aussi le mystère des surdoués et des petits génies comme Mozart… ! »

Perdue dans ses réflexions elle traversa un autre couloir et entrevit tout juste un couple de dos. Elle reconnut Valérie qu'elle interpella aussitôt :

« Mademoiselle Saulnier, à propos, vous revenez de la salle de travail, cet accouchement : garçon ou fille ? »

La directrice du lycée Sainte-Geneviève eut comme un doute sur la santé mentale de Sandrine Dubois :

« Je vous demande pardon…, docteur, de quel accouchement parlez-vous ? »

La psy la rassura en riant :

« Vous aurez la réponse auprès de cette adorable gamine effrontée qui vous sert d'élève… Je vois que vous êtes de nouveau en civil, c'est dommage, nous aurions fait une bonne paire toutes les deux, et vous monsieur ? »

Frantz répondit avec un sourire difficilement maintenu :

« Oui madame ! je me présente : Frantz Lilienthal, le monsieur qui se radasse sur les lits des innocentes enfants de votre hôpital. »

La toubib répliqua avec humour :

« Vous, vous finirez sur les bancs d'une correctionnelle de province… ! en attendant ce jour délicieux, je vais vous rédiger une ordonnance verbale et très personnelle… »

Frantz dressa un sourcil curieux :

« Oui, pour vous ! affirma le médecin, alors je vous prescris des doses massives de Marie, matin, midi et soir... et ceci sans limitation de temps, durant toute votre vie... puisque, à cause de vous, j'ai un peu entr'aperçu le Diable ou le bon Dieu... je ne sais trop... Je ne peux que vous souhaiter tous les bonheurs du monde... Je suis sûre que vous suivrez mes prescriptions à la lettre... ! Vous serez bien le premier !

« Quant à vous, Mademoiselle Saulnier, votre courte prestation m'a ravie, mais je vous exhorte et vous en conjure... vous êtes quand même mieux dans l'enseignement... Veillez bien sur ces chères têtes blondes... Car nos malades ne se fabriquent pas tout seuls ; des tas de gens pleins de bonne volonté s'y emploient tous les jours avec persévérance et succès... en général leurs propres enfants sont leurs victimes ! Essayez plutôt, de par vos fonctions, de réoxygéner leurs encéphales dans leur vie de tous les jours... pour qu'on ne les achève pas en leur mettant le pied sur la tête... Un noyé, quand il remonte, est inutile et ne ressemble plus à rien... Les études c'est bien, mais un enfant heureux c'est mieux... ! »

Elle allait le quitter sur ces derniers mots quand Frantz rajouta :

« Remerciez votre maman... de ma part ! Sans elle... »

Le docteur Dubois fit une moue :

« Je ne sais pas, peut-être... ! Oui, je crois que je vais le lui dire... quant à vous, monsieur l'officier, faites-nous de beaux bébés franco-allemands, des filles de préférence... elles sont toujours plus adultes que les garçons, et laissez-vous guider par votre jolie revenante. On peut dire que vous avez de la chance... et qu'elle n'est pas rancunière... J'espère avoir le plaisir de vous jeter quelques poignées de riz... Je ne vous raterai pas... A bientôt j'espère... ! »

Sur une rotation élégante elle disparut d'un signe de main ; elle se sentit fatiguée et eut envie d'aller voir sa mère.

« Oui, maman ! songea-t-elle, je me sens désarticulée, et j'ai envie d'aller téter un coup, d'être près de toi, comme quand j'étais petite... tu te souviens, quand je me remettais dans ta chaleur de mère… ? Oui… Oh oui c'était bon ! Toutes mes petites misères s'envolaient d'un coup… Aujourd'hui c'est pareil… j'arrive… pour me laisser aller encore…

« C'est ainsi, on n'écarte pas impunément le voile d'Isis sans se brûler un peu les yeux à sa lumière… mais qu'elle est belle ! »

Chapitre 3

Un autre aigle y perd ses ailes...

Frantz était reparti seul, un peu frustré sans doute... A regret il n'avait pu revoir Marie... sa Marie maintenant... Marie... Sarah... Marie... Sarah. Ces deux prénoms chantaient dans sa tête folle, carillonnaient en aller-retour joyeux, il esquissa un pas de danse sur le trottoir, heurta un passant, s'excusa en riant. Il avait envie de crier... son exaltation le suivait au rythme de ce chant... Il dépassa très largement son hôtel... revint sur ses pas et dans un peu plus de réel... A six heures, à l'interruption des visites, il s'était résigné... laissant les parents de Marie, les Gauthier et puis les Meyer... Ces braves gens savouraient leur joie bien légitime... et lui... se devait sans doute, de gagner sa place plus tard... Il avait aussi abandonné Valérie qui espérait regagner l'estime des Meyer. « Dure entreprise en vérité... » pensait-il.

Dans le salon de l'hôtel il s'installa confortablement et commanda un whisky-soda pour apaiser ses émotions, le cocon qui le berçait encore commençait à s'effilocher... Son verre à la main, il se renversa sur le dossier de son fauteuil et la nuque fermement appuyée, il ferma les yeux, un sourire tendre adoucissait ses traits... Il rêvait et, en même temps, il se sentait assailli par une multitude de réflexions complexes... de celles qui vous collent à la peau par la toute puissance de la culture, de l'éducation, des concepts que tout un système, une civilisation élaborent avec des certitudes absolues... Tout cet édifice, celui de sa raison venait d'être ébranlé, il se fissurait maintenant, sa lézarde courrait de fenêtres en pignon... et encore !... j'étais moins dépourvu qu'un autre, pensait-il, toutes ces années en Inde auraient dû me préparer... Je me souviens, Swami répétait souvent :

« Vous n'êtes pas au bout de vos surprises avec Sarah ! »

« Mais Sarah est morte... »

« C'est vous qui êtes mort pour le moment ! »

Ainsi se doutait-il de quelque chose... ! Il savait... il savait ce qui allait se produire !

Frantz faisait un effort, se rappelant les termes de leur conversation, assis tous les deux devant cette petite maison de torchis, à l'ombre de ce grand arbre témoin de son étonnement, de ses doutes, de ses peurs...

« C'est vous qui êtes mort... éveillez-vous ! mettez-vous en chemin pas après pas... les derniers pas que vous ferez seront avec Sarah... ou, avec une autre... ! »

« Jamais, s'indignait-il, jamais,... après Sarah, il n'y aura aucune autre ! »

« Alors, Sarah puisque vous y tenez ! »

« Mais Sarah est morte ! »

Que de "MAIS" il avait invoqués... ! Ces "Mais", les premiers temps, ne faisaient que courir d'un bout à l'autre de l'Ashram... De nouveau le doute l'envahissait, le retour de Sarah, ses mains, ses lèvres, tout ce qu'il venait de vivre dans l'heure précédente devenait intangible, flou, irrecevable, même l'état de "Samadhi"[1], lui semblait irréel... tout ceci ne semblait pas lui appartenir... De nouveau livré à lui-même, à son état de perception ordinaire, la force de sa culture voulait encore s'opposer au miracle qu'il venait de vivre... Sa raison lui grognait de nouveau :

« Ceci n'existe pas... tu vas t'éveiller... Personne ne revient de la tombe... Personne !... Tu as tellement désiré

---

1 – La perception de l'Absolu crée un phénomène d'extase que tous les saints ont vécu dans leur receuillement. J'entends par là les saints de toute confession...

Sarah que tu rêves que tu la retrouves… une fois de plus… C'est ton manque d'elle qui fait ces constructions… Non ! tu vas t'éveiller et ce jour qui s'ouvrira sera encore empli de chagrin. »

Et Frantz avait peur, peur de croire ce que sa raison lui martelait sans cesse… Oui ! les réveils étaient, chaque fois, plus durs, plus blessants… tout paraissait si réel !… Oui, il avait peur de se retrouver encore dans son lit, baigné de sueur, vide d'amour, hurlant en silence son désespoir… Pourquoi serait-ce différent… Pour se rassurer, il traqua l'incohérence que traduisait chaque rêve, tel un chien rouge qui passe dans une rue ou une maison sans fenêtre… Il déroula ainsi le film et ne remarqua rien de suspect, si ce n'est qu'un poids étrange s'appuyait sur la pointe de sa chaussure. Il ouvrit les yeux, surpris, et détailla avec contentement la haute stature de Ray… Un bonheur n'arrive jamais seul…

« Dis donc ! c'est quoi ce sourire béat et ahuri ? il t'appartient vraiment, t'étais encore plus haut que moi tout à l'heure ? C'est bien toi que j'ai vu au niveau 110[1], avachi sur un nuage… ! On peut savoir ? »

Frantz se leva et de grandes accolades, sonores et généreuses, retentirent dans le salon.

Le réceptionniste leva la tête en désapprouvant et se murmura :

« Un "Frisé" passe encore… deux, c'est encore une invasion… et cette petite s....e qui a osé l'embrasser… je te reprendrais la tondeuse moi ! tu verrais… ! Putains de boches! Voilà-t-il pas qu'ils s'embrassent ces p...s ! »

Englué dans sa sottise, il eut du mal à décrocher le combiné téléphonique.

« Oui… ! » aboya-t-il, malgré lui, à l'adresse de son interlocuteur. C'était justement la petite s....e dont il identifia bien trop tard la voix.

---

1 – Niveau 110 : terme d'aéronautique pour signifier son altitude, FL 110 : Flight Level 110 (niveau de vol).

Il se fit doucher :

« Je crois que je vais faire part à votre directeur de votre amabilité envers les clients... ! Monsieur Lilienthal est-il là ? »

L'homme se radoucit et prit même un ton sucré :

« Oui, mademoiselle ! Désirez-vous lui parler ?... Dois-je le prévenir ? »

« Inutile, informez-le seulement que je vais le rejoindre dans quelques instants » et elle raccrocha brutalement.

Dubitatif et inquiet, il raccrocha l'appareil et grommela :

« C'est que cette petite p..e pourrait me faire renvoyer... Attention ! »

Doucereux et le sourire mielleux, il prévint Frantz de l'arrivée prochaine de sa fiancée... Devant l'étrange regard du jeune Allemand, il comprit son erreur, et sur la pointe des pieds, il regagna son comptoir où il afficha un intérêt soudain et suspect pour la consultation de son registre. Faute d'avoir pu tondre... le roquet avait perdu du poil...

Les deux amis devisaient gaiement, Ray contemplait avec pitié et stupeur le pauvre demi de bière que le barman lui avait servi :

« Où vais-je avec ça ? » marmonna-t-il à l'adresse du verre dégoulinant de mousse...

« Fais-toi servir dans un seau à champagne ! plaisanta Frantz, ton vol s'est bien passé ? »

Ray avala une lampée généreuse qui vida le verre aux trois quarts et fit la grimace :

« Bouah ! Décidément en quinze ans, ils n'ont pas progressé ! La fermentation du houblon restera toujours un mystère pour les Français. »

Frantz, toujours aussi amusé, répondit :

« Ils ont d'autres qualités ! Puis que veux-tu !... nous avons négligé ce détail, pendant nos quatre ans d'occupation !... Vraisemblablement nous n'étions pas venus pour ça ! »

Ray s'essuya les lèvres et reprit :

« Alors si tu me parlais un peu de ta folie !... Pourquoi passer le Noël ici ? On était pas bien chez nous à chanter les belles chansons de notre folklore bavarois ?... et cette histoire de brunette, qui est-ce ? »

Frantz, dans un demi-sourire qu'il retenait à peine, l'informa :

« C'est la Mère Noël ! Ray ! Une Santa Klaus qui a déposé le plus merveilleux des cadeaux dans mon sabot… ! »

Ray fronça un sourcil interrogateur :

« A 13 ans, tu n'y croyais pas… Ton Père Noël à toi… c'était ce con d'Adolf… ! Tu progresses !… Maintenant, j'aime pas les charades, si tu m'expliquais ? Je veux du concret ! Et d'abord, ta Santa Klaus en jupons, d'où la connais-tu ? A-t-elle de la barbe ? »

Il reprit son verre pour l'achever et le porta à ses lèvres avec dextérité, mais son geste s'arrêta net… la flûte glissa d'entre ses doigts et se fracassa sur le marbre de la table basse.

Frantz sursauta, vit le regard de Ray qui passait au-dessus de sa tête. Dans ce regard, il y avait comme une révélation muette, de l'incrédulité, mais on y lisait aussi de la joie et une certaine tension…

Frantz se retourna et aperçut Valérie derrière lui. Il se leva avec souplesse pour faire les présentations :

« Mlle Valérie Saulnier… et mon ami Ray… Ray Faulkner… »

Valérie avait l'air étrange, embarrassé aussi, elle fixait Ray avec une certaine curiosité, elle eut du mal à s'exprimer et bafouilla :

« Euh… ! enchantée… enchantée… mais désolée pour votre verre… ! »

Les légères difficultés d'élocution de Valérie ne furent rien à côté des onomatopées cafouillantes de Ray :

« Hon… ! Euh… ! Pas grave… d'ailleurs cette bière ne méritait pas d'autre sort… !… Euh… je suis ravi… ! »

Le silence se planta avec brutalité, il fut rompu par le barman qui prestement fit disparaître les éclats de verre et le reste de bière… Chacun intérieurement, s'accorda à penser qu'il allait un peu vite en besogne. Son arrivée providentielle avait permis à Valérie et à Ray de reconnaître l'étrangeté de leurs malaises réciproques durant ce court mais violent face à face… Ils eurent encore un peu de répit, quand le garçon demanda s'il y avait d'autres consommations à servir… Ray profita de l'aubaine pour sortir de son embarras calamiteux :

« Euh oui ! plus de bière, un whisky fera l'affaire, et vous, mademoiselle ? »

Valérie s'assit près de Frantz et répondit par réflexe :

« Pareil, je vous remercie ! »

Frantz sentit avec finesse le climat de gêne qui envahissait ses deux amis... Il pensa :

« De Ray, je le comprends, sa timidité envers les femmes est reconnue universellement, pourtant là il en fait plus que d'habitude... Quant à Valérie, elle a l'air assommée, comme si elle avait rencontré... »

Mais la jeune directrice se reprit, secouée par le premier choc, elle se ressaisit en se posant des questions et songea :

« Depuis l'histoire de Frantz et de Sarah je ne dois plus m'étonner... et je ne suis plus à l'abri de rien... Ce garçon me donne des sensations et des impressions de déjà vu... Il me met mal à l'aise... J'ai peur de le regarder en face... comme si... comme si j'étais... »

Et le mot éclata dans sa tête, bruyant et foudroyant à la fois...

« Coupable ! » A cette révélation Valérie faillit se mettre à hurler à voix haute : « Pourquoi ? » Elle mordit ses lèvres pour tuer le cri et replongea dans son analyse intérieure : « Tout ceci commence à bien faire... Depuis le début de cette histoire, j'ai la désagréable sensation d'être manipulée par une force X... D'abord cette envie de réunir Sarah et Frantz, je me souviens de ce diable de train que je voulais quitter en rase campagne... Cette stupide envie de réparer... et maintenant c'est à l'adresse de ce garçon que je ressens comme un sentiment de culpabilité... alors que je viens à peine de l'entrevoir... C'est lui qui devrait vivre ça... pas moi... !... rien que pour les dragées qu'il a fait pleuvoir sur nos têtes... !

« Dieu que la vie est difficile ces temps-ci... ! Mais ce n'est pas vrai... ! Quel genre de machines sommes nous, les Humains... !... Mais... mais on décide de rien !... Plaf ! En pleine gueule... on se prend des trucs à la con !... Je découvre avec horreur, que "ça" pense à nous !... que "ça" s'agite !... que "ça" parle !... Mais on n'est pas les patrons !... On se gargarise, à longueur de journée en croyant être les Maîtres de nos actions… mais tintin, en y regardant de plus près… on ne fait rien !… et tout nous arrive !… Moi, je n'ai jamais demandé à ressentir de la culpabilité envers qui que ce soit… Rien demandé !… et… voilà que de mes profondeurs, il m'arrive un machin, comme ça ! sans crier gare ! c'est à hurler ! D'ailleurs je vais le faire… ça aura au moins l'avantage de casser ce silence… Tant pis pour les verres et les glaces !… Vive le Malheur !… »

Elle n'en eut pas l'occasion.

Ce fut Frantz qui vint au secours de tout le monde, d'abord en interrogeant Ray :

« Alors Ray ! Tu as fait un bon vol ? »

Ray sortit des limbes dans lesquelles il s'était englouti :

« Euh… oui !… J'ai eu un début de givrage et j'ai dû changer de niveau, sinon tout s'est bien passé… »

Il jeta un regard reconnaissant à Frantz qui l'observait d'une mimique amusée, et qui continua ses sauvetages impromptus en s'adressant cette fois à Valérie…

« Et vous, Valérie !… avez-vous pu revoir et embrasser Marie ? »

Valérie sursauta à son tour et regarda Frantz, très vite, pour éviter le regard de Ray qui jouait avec les glaçons de son verre.

« Oui, j'ai revu Marie… elle m'a demandé de vous embrasser !… mais elle ne m'a pas dit comment !… alors j'interpréterai !… »

Frantz hocha la tête en souriant et, sans relever l'allusion, il ajouta :

« Et pour les Meyer ?… ça s'arrange ? »

Valérie reprenait son souffle et son humour :

« Passée la première morsure du papa, j'ai pu m'expliquer. Ils tremblent encore de tous leurs membres, mais leur indignation s'apaise… Ce qui leur fait le plus peur c'est vous !… M… le Maudit[1] ! vous n'êtes pas loin de l'être !… Puis Marie

1 – Film de Fritz Lang tourné durant la guerre. Réalisateur allemand de grand talent.

les a rassurés et ils sont partis soulagés, ils m'ont même serré la main en partant... enfin j'ai quand même regardé s'il ne me manquait pas un petit morceau quelque part... Il a la dent dure le petit père Meyer... Enfin bon ! je n'étais pas venue pour ça, mais pour vous inviter pour Noël... Demain après midi, venez tous les deux à la maison pour établir le programme de nos orgies gastronomiques... D'accord ?... »

Sans attendre la réponse, Valérie se força à tourner la tête vers Ray qui faisait tintinnabuler ses glaçons avec une persévérance soutenue...

« Vous viendrez Ray ? Je vous attends, vous aussi... ! »

L'interpellé leva vers la jeune femme ses yeux d'enfant rieur et Valérie sentit dans son regard toutes les demandes et les espérances du monde... le message était trop clair pour ne pas le saisir et elle songea aussitôt : « Mon Dieu ! Lui aussi ! Avant, c'était le trio infernal ! On passe au quatuor !... Si ce que je ressens pour ce garçon est juste, qui va nous sortir de là... ? Marie et Frantz c'est joué... mais pour nous deux ? » Alors, avec douceur, elle l'affronta, se sentit portée vers lui, rassura ses espoirs, sans rien dire, avec la douceur de ses yeux, posa la main sur la sienne, la serra un instant d'une pression discrète, en ajoutant :

« Je rentre... J'ai mon compte d'émotions pour aujourd'hui ! vraiment ça déborde... je ne vais certainement pas avoir une nuit facile... Ne faites pas de folies... Bonsoir ! et, à demain ! »

Valérie pivota sur ses talons, que l'on entendit claquer sur les dalles de marbre. Ray releva la tête et ses yeux poursuivirent encore longtemps la fine silhouette en tailleur beige... Arrivée à la porte elle se retourna, offrit un sourire à chacun et, après un signe de la main s'engloutit dans le froid de décembre... Le silence reprit ses droits et Frantz, plus excité que jamais, redémarra :

« Alors Ray, elles sont belles ces Françaises ! toujours élégantes, raffinées.!... Mais parle... je ne t'ai jamais vu aussi coincé !... dis-moi quelque chose ! »

Mais Ray secoua la tête... on le sentait tendu, encore sous le choc et le charme de Valérie... il desserra un peu les dents :

« Elle semble un ange… mais les *spitfires* aussi ressemblaient à des anges… pourtant, quand on croisait leur route, peu de nous en revenaient… est-elle pareille ? »

Frantz fit la grimace :

« Il n'y a rien de tel, Ray… Simplement, Valérie est une fille saine, forte et franche… sous son aspect primesautier se cache un être délicieux qui a fait beaucoup pour moi… elle n'est pas dangereuse !… Crois-moi ! »

Frantz reçut une réponse à peine audible :

« Pas dangereuse !… pour moi, oh que oui ! D'ailleurs, si je m'écoutais je bondirais dans mon zinc et je m'enfuirais aussitôt… Je dis bien m'enfuir!… Je ressens comme un signal d'alarme… J'ai… j'ai besoin d'elle… et, en même temps, une peur terrible de souffrir à cause de… Tu sais Frantz, pour moi, le coup de foudre c'est, avant tout, le cœur en morceaux ! Tu as connu… n'est-ce pas !… tu as payé… et tu payes encore aujourd'hui ! C'est la vie qui s'arrête !… c'est ta vie qui s'arrête !… au début c'est délicieux !… puis vient l'enfer et là tu n'es plus rien ! ou plutôt si ! un légume… Je me suis senti paralysé devant elle, comme une malheureuse souris devant un cobra… c'est comme si elle m'avait déjà mordu… et le poison court déjà partout… mon sang et mon cœur sont déjà pleins d'elle. J'ai du mal à revenir sur terre… J'ai la douloureuse impression de la connaître… et de me sentir déjà perdu… C'est… c'est fou… mais qu'est-ce que j'ai eu de venir ici… »

Devant sa détresse, Frantz essaya de le rassurer :

« Mais tu ne sais rien d'avance… tu ne fais qu'anticiper, c'est tout !… Ecoute Ray, si cela peut te rassurer… fais les choses comme tu les ressens !… Tu n'es pas obligé de venir demain… ni de passer Noël avec nous… Ainsi ton cobra restera à jeun !… »

Ray l'interrompit :

« Je sais… je sais !… foutre le camp… mais je crois que c'est trop tard… Non… non, je viendrai… je crois qu'elle me manque déjà !… »

Frantz poussa un soupir, il connaissait les sentiments de Valérie à son égard, mais il ignorait que les données étaient changées et il ne voulait pas voir son ami s'enferrer dans une histoire sentimentale sans issue... Pourtant il était à l'origine de cette rencontre et lui aussi pensa : « Je ne suis plus maître de rien... tout arrive comme ça !... comme si tout était programmé d'avance ! »

Oui, une boucle se refermait lentement, progressivement... Ce qui avait été désuni, devait être réuni... Une seule personne le savait et en portait la réponse.

Chapitre 4

Il est temps, serpent, de mordre ta queue !

Valérie servait des cafés brûlants. Frantz et Ray étaient installés chacun dans un fauteuil très confortable... Ray laissait ses yeux s'enfouir dans les arabesques orientales d'un tapis de prière... ils en suivaient les circonvolutions symétriques et colorées... Rien, semblait-il, ne le fascinait plus que la trame des dessins géométriques... Valérie, amusée, l'observait, et malgré sa passion brutale pour Frantz, elle vivait et ressentait pour Ray une tendresse toute neuve ; c'était doux, simple et fort...

Pour mieux happer cette impression, elle se laissa porter par ce qui émanait d'elle en vagues puissantes et révélatrices. Elle s'informait, c'était nouveau de ne rien rejeter, comme ça... tout venait, c'était à la fois terrifiant et délicieux... ainsi chaque vague nouvelle apportait son écume précieuse ; elle assimilait, sans peur, les informations de son mystérieux inconnu, à qui elle avait osé ouvrir sa porte... Oui !... elle avait osé s'entendre... entendre cette partie d'elle-même...

Elle contemplait Ray en catimini et lui, recroquevillé en lui-même, cloué à son siège, semblait vouloir disparaître. Valérie inspira profondément et songea : « Je n'ai jamais rencontré autant d'hommes à violer que ces derniers jours... C'est peut-être l'espèce teutonne, après tout ?... Pourquoi pas ?...

Celui-là me fait penser à un écolier, en pleine panne de récitation et n'osant pas affronter le regard de sa maîtresse d'école ?... Mais je ne vais pas te mettre au piquet, mon petit bonhomme ! ou, si je te mets au coin, ce sera plutôt dans un coin de mon cœur !... tu ne seras pas seul... il y a déjà ton copain Frantz... et Marie... et Sarah, ainsi avec moi nous serons cinq à jouer dans la cour de mon Ame... Mon Dieu !... mon cœur... comme il respire, comme il se dilate !... Et cette sensation que j'ai maintenant d'aimer, à présent, toujours davantage, avec tellement plus de facilité qu'avant, c'est merveilleux de tendre ainsi vers quelque chose d'inépuisable... Mais pourquoi a-t-il peur de moi ? » Valérie était étonnée par la pusillanimité de ce garçon... elle s'interrogeait encore... Elle disposa dans une assiette quelques madeleines en songeant bêtement à Proust.

Le silence descendait doucement vers eux, les enrobait, fort et puissant... Valérie continua à dérouler les pensées de son intime rouet intérieur : « Est-il possible d'aimer, d'être attirée, si fortement, par deux hommes, en même temps ?... avec des sentiments aussi différents ?... Suis-je normale ?... Oh et puis je m'en fous ! au diable la normalité, je suis ce que je suis... là au moment où le le suis... Pfout ! c'est tout ! Je n'ai pas à me juger ! Je constate, point !... Sarah ne disait-elle pas :

"Prenez tout ce qui vient en vous, le bon comme le mauvais, le pur ou le répugnant, le merveilleux et l'angoissant ! Prenez ! Parce que c'est vous ! ceci est la totalité de vous... comme une mère prend tous ses enfants dans ses bras, les très beaux comme les faibles et les handicapés... ne sont-ils pas tous de sa chair ?... Merveilleuse Sarah ! Connaissez-vous simplement, sans jugement et voyez-vous ! mais ne jouez pas les dictateurs à l'intérieur de votre royaume !... Adorable Marie ! Mystérieuse fille qui avait refranchi le Styx, apprivoisé Cerbère et osé reprendre sa vie, là où elle l'avait quittée..."

Valérie s'assit enfin, elle prit soudain conscience de ce silence qui s'était invité, installé, aussi confortablement qu'eux trois... Elle sursauta légèrement à la voix de Frantz et laissa échapper sa cuillère à café ; Ray la rattrapa dans sa chute et la lui tendit sans s'évader des labyrinthes du tapis.

« Valérie ! Avez-vous des nouvelles de Sar..., euh ! de Marie ? Il n'y a que vous pour nous relayer... Je crois que vous allez rester encore longtemps notre trait d'union !... »

Valérie but une gorgée, reposa sa tasse avec lenteur et application pour préserver son effet, puis avec un sourire mutin, avoua :

« Marie ! elle va bien ! elle est rentrée ! Dieu Merci !... Ah, j'oubliais de vous prévenir, elle sera là dans un instant... Elle m'a appelée hier soir et quand je lui ai fait part de votre visite à tous deux, elle a tenu à venir... pour nous parler, m'a-t-elle dit... »

La tasse de Frantz fut secouée par un léger tremblement Valérie le perçut de suite et essaya de le détendre :

« Attention à mon tapis !... ne rajoutez pas de la couleur ! »

Frantz se reprit :

« N'ayez crainte ! Enfin ! j'ai attendu si longtemps !... que je peux attendre encore... quelques secondes de plus !...Vers quelle heure arrive-t-elle ? »

Un raclement de gorge précéda une question de Ray, adressée à Frantz :

« Qui est Marie ? Hier soir, tu n'as pas voulu vraiment m'en parler, prétextant un violent mal de tête... Mais je sais ce que sont tes migraines diplomatiques... tu ne veux toujours pas répondre ? »

Devant l'air embarrassé de Frantz, il osa bousculer sa timidité et se tourna vers Valérie :

« Et vous, Valérie ?... cet animal muet m'exaspère !... faites pour moi un peu de lumière... Qui est Marie ? Il y a comme un mystère autour d'elle ! De plus je vous trouve bien jeune pour une Mère Noël "dixit" mon ami Lilienthal. »

Valérie pouffa de rire :

« Mère Noël... Oui, j'aime... C'est assez ressemblant, mais, voyez-vous Ray, moi je n'ai fait qu'offrir le cadeau... demandez donc à celui qui l'a déballé de vous en décrire le contenu... et, pas de migraine, cette fois-ci, ajouta-t-elle à l'adresse de Frantz... »

Celui ci fit semblant de se renfrogner et avoua :

« Comment puis-je expliquer ou raconter une histoire pareille… Ce n'est pas possible… cette peau de vache me ferait retirer ma licence… je le connais, il n'est pas tendre, il me fera passer devant une commission médicale et je deviendrai aussi rampant qu'un ver ! Ray, c'est impossible si je te dis toute la vérité sur Marie… tu vas… enfin… je ne sais pas… »

La sonnerie aigrelette de la porte d'entrée mit fin à son supplice. Valérie se leva prestement, mais fut moins rapide que Frantz… Il était devenu pâle… Il allait enfin retrouver Marie dans un contexte plus humain, plus douillet… Son cœur faisait claquer des pulsations joyeuses et sonores dans sa poitrine, il avait l'impression que cela devait s'entendre partout…

Ce fut à la limite de la douleur qu'il la vit s'avancer vers lui ; elle avait ôté son manteau et portait un tailleur vert d'eau… des bottes ourlées de fourrure achevaient de mettre ses jambes en valeur… elle s'avança, se planta contre lui… Ils se regardèrent avec cette attention particulière et soutenue qui relègue la parole aux confins de l'inutile. Puis Marie posa ses mains sur les épaules de Frantz, se hissa avec élégance sur la pointe des pieds et déposa avec une grande douceur un baiser sur ses lèvres.

Ray, complètement abasourdi par ce spectacle, sentait dans l'atmosphère de cette pièce quelque chose d'irréel… Il venait de voir son ami Frantz glisser doucement dans une fraction du temps où personne d'autre que lui et la jeune fille ne pouvait entrer ; il ressentait au fond de lui que ces deux là n'avaient pas d'âge, qu'ils avaient même perdu leur identité au profit d'une autre plus lointaine, une identité de légende où le poids des siècles s'avère sans effet… Oui ! ils étaient l'essence même de l'éternité… L'espace d'un flash, une image se forma : il entrevit un grand bassin plein d'eau. L'image se dilua aussi vite qu'elle était venue et lui laissa un goût de tristesse infinie… Pourquoi ?

Une pression sur son bras lui fit lever les yeux… c'était Valérie qui l'invita à la suivre. Il se leva, jeta un dernier regard à Marie et Frantz pris dans leur silencieux échange, et se retrouva derrière Valérie qui l'entraîna dans la cuisine.

Ray, encore sous le charme de ces deux Etres, oublia sa timidité et Valérie profita de cet instant providentiel pour lui parler plus intimement…

« Je crois qu'il faut les laisser un peu seuls,… ils ont tant de choses à se dire… beaucoup de temps à rattraper… Parlez-moi de vous, Ray… Comment avez-vous connu Frantz ? »

Ray leva les yeux mais les rabaissa aussitôt… Le regard de Valérie était très doux, caressant, mais lui vivait mal cette attention. Sans qu'il sache pourquoi, tout en lui criait sous l'impact de ce courant soyeux, tout en lui hurlait, se débattait, se déchirait… Il sentit de nouveau cette peur insidieuse qui montait, rampante, larvaire ; elle était là, hideuse, quelque part… Tout à la fois terrorisé et attiré par elle, il fit un effort difficile pour la refouler… il se reprit et lui répondit assez vite… le son de sa voix n'avait pas changé… :

« J'ai connu Frantz avant la guerre… C'était pas un garçon facile, c'était encore un gamin, un de ces adolescents têtus et bornés qu'on croisait avec méfiance et suspicion à tous les coins de rue… Très vite enrôlé dans les Jeunesses Hitlériennes, il se pavanait dans son uniforme… Il me semble le revoir encore, arrogant, soupçonneux, se sentant investi du glorieux destin du Reich… un vrai petit con !… plus tard ce fut pire… Il est sorti Major de l'école des *Panzer* de Breslau… changement d'uniforme, avec le nouveau, il était devenu puant…

« Affecté ensuite à la *Panzerdivision S.S. Das Vaterland,* il s'est retrouvé sur le front de l'Est… là où personne ne désirait aller… lui rêvait d'en découdre avec les Ivans… il haïssait les communistes… A ce moment, je l'ai perdu de vue… Le Frantz que j'ai connu à cette époque, je ne l'ai jamais revu par la suite… Il est mort en chemin,… tué par l'amour d'une petite fille… invraisemblable !… Durant tout ce temps, j'étais très intime avec son père. On a bien essayé de le changer, ce gamin, mais rien n'y faisait. Tous nos discours le mettaient en colère, il nous menaçait même de nous balancer à la Gestapo, car nos propos, disait-il, étaient séditieux… tu parles !

« Nous, nous avions compris où toute cette folie allait nous mener… et puis, bien sûr, la guerre a éclaté… Je suis devenu le coéquipier de Dieter, son père... Campagne de Pologne... du gâteau ! Campagne de France... pareil... mais Dieter, lui, s'est fait avoir... la malchance !... quatre *Dewoitine* surgis du soleil... On se sentait tellement tranquilles dans ce ciel de France !... Les missions, c'était devenu de l'exercice... on s'est pas méfiés... Voilà ! son mitrailleur gravement touché,... peut-être mort, un moteur en flammes, il a quand même essayé de ramener tout ça... à la maison ! C'était suicidaire ! En finale, son ventre a touché une sale bicoque et il s'est répandu en débris sur la piste... il a brûlé... Adieu Dieter... Adieu, les copains... Eh, oui ! Valérie !... En ce temps-là, nous étions tous des frères, vous ne pouvez pas savoir comme on s'est aimés tous, comme on s'est pleurés... et comme ils me manquent tous aujourd'hui ! Des gosses, oui ! on était des gosses courageux, volontaires,... pour un jeune pilote l'espérance de vie ne dépassait pas trois semaines !... »

Ray s'arrêta, étranglé par de mauvais souvenirs. Valérie, émue, voulut l'encourager...

« Et vous Ray, qu'êtes-vous devenu avec toutes ces blessures ? »

Le malheureux Ray revoyait les ailes brillantes de son ME 110 sous le chaud soleil de juin... Il retrouvait ses joies et ses peurs. Il se laissa aller encore :

« Oh moi !... J'ai volé longtemps sur Me 110, puis, fin 1943, je fus affecté à Rheine-Hopsten au *Jagd-Geswader 52*... Walter Novotny, presque un gamin lui aussi, en était le patron. Malgré ses vingt-deux ans, il était déjà Lieutenant-Colonel... il n'y avait pas plus décoré que lui... Croix de Fer avec épées, diamants, feuilles de chêne... un merveilleux garçon !... Les alliés le redoutaient mais l'appréciaient aussi... Ils ne s'y frottaient guère... il était immédiatement identifiable car il menait sa meute de 109[1], en pilotant un

1 – ME 109 : Messerschmitt 109, ils furent, pendant toute la guerre, l'épine dorsale des *Jagd-Geswader* (groupe de chasse de la Luftwaffe)- contemporain du spitfire britannique, plus rapide que son homologue car plus léger, son maniement était pénible à grande vitesse – son gros avantage venait de sa grande simplicité de fabrication – 30000 furent fabriqués durant la guerre. (Le grand cirque - P. Closterman).

FW190[1]. Lui aussi s'est fait descendre dans sa phase finale par un putain de *Tempest* qui jouait les charognards au-dessus de notre aérodrome. Ce cinglé avait traversé tout le couloir de *flak* sans une égratignure. Cloué au sol avec son M262[2], Novotny est mort trois jours plus tard des suites de ses blessures… »

Ray s'était laissé tomber sur un tabouret, son regard clair passait très au-dessus de Valérie, il retrouvait ce bleu silencieux et lumineux où tant des siens s'étaient fondus à jamais… tant de jeunes pilotes fiers de leurs ailes, heureux de vivre… là, dans cet espace où ils évoluaient, où chaque seconde était vécue pleinement, totalement, car la suivante pouvait être la dernière… mais qu'importait… puisqu'ils volaient !

Un étau lui serra la gorge, mais il préféra poursuivre :

« Après la capitulation, la Luftwaffe c'était fini !… j'ai traîné un peu partout, formant les pilotes alliés à l'utilisation de ces nouvelles machines… on aurait dit des gosses devant un nouveau jouet… Il est vrai que nos 262 étaient de véritables merveilles !… ensuite j'ai retrouvé du travail dans le civil… Ce n'était pas une époque facile pour nous! mais, me direz vous, nous l'avions bien mérité… J'ai pu enfin me remettre à voler… je ne savais faire que ça !…

« Puis Frantz est arrivé, un véritable écorché vif… il avait perdu des kilos pendant sa captivité… et il n'était déjà pas bien gros !… Ce n'était pas le plus grave… J'ai retrouvé un homme saigné… oui, un homme vidé de tout ce qui pouvait encore faire mouvoir son corps, il vivait… si l'on peut dire qu'il vivait ! Mais en lui, tout sentait la mort, la sienne et celle

1 – FW190 : Focke Wult 190, rapide, souple, bien armé, très maniable : 15000 furent construits…Ce chasseur mono était un adversaire redoutable : 680 km/h. Il fut amélioré par la suite avec un autre modèle, le 19OD "long nez", un moteur en ligne, il volait à 720 km/h.

2 – ME262 : Messerschmitt 262, premier avion de combat à réaction utilisé en grand nombre durant la guerre, machine splendide dessinée en 1941 dont les qualités aérodynamiques n'étaient toujours pas égalées en 1947. Equipé de deux turbines Jumo, sa vitesse était de 925 km/h… Les pilotes étaient émerveillés par leur fini et leur avance technologique. (Le grand cirque - P. Closterman).

de tous les morts de cette guerre de merde... J'ai eu peur qu'il fasse une bêtise... Je crois qu'il réalisait tout ce qu'il avait perdu... son père, sa mère dans les bombardements de Dresde... mais je crois... non !... j'en suis sûr !... son désespoir s'est cristallisé dans sa chair, quand il a perdu cette jeune fille qu'il avait connue en Normandie. Sarah... Oui, elle s'appelait Sarah, il ne m'en a parlé qu'une seule fois... à son retour de France... et il n'y a pas bien longtemps quand il est revenu de l'Inde...

« Alors, quand je l'ai vu avec... enfin quand je les ai vus l'un contre l'autre... Je ne sais plus... il me semble impossible que Frantz ait oublié Sarah... Non !... Impossible! Pourtant vous avez dû le remarquer comme moi, il était...! Je veux dire, ils étaient... Ah ! je ne sais pas... je n'arrive pas à l'exprimer... Aidez-moi Valérie ! Qui est-elle ?... Comment une histoire pareille a-t-elle pu se créer en si peu de temps, entre un garçon de son âge et... cette gamine qui sort tout juste de l'adolescence ? Quel est votre rôle dans tout cela ? »

Valérie s'était assise sur un autre tabouret et son regard se déposa dans les prunelles de Ray... à voix basse elle murmura :

« Je ne vous aiderai pas tout de suite, Ray, pas maintenant... continuez plutôt à décrire ce que vous ressentez... à seulement ressentir !...Vous me comprenez ? C'est sans doute plus important que tout ce que je pourrais vous dire, mais ne laissez pas votre raison vous influencer ; ne cherchez pas la logique... sentez, c'est tout ! Aidez-vous de votre cœur et non de votre tête, ce n'est pas avec cet outil que vous comprendrez ce qui se passe ici ! »

Ray, désappointé, ajouta hésitant :

« Mais comment ça ? Ressentir !... »

« Oui, oui ! l'encouragea Valérie, RE-sentir... vous aviez très bien commencé tout à l'heure... Même si au niveau de l'expression c'était confus, vous étiez sur la bonne route... Vous aviez du mal à décrire ce que vous viviez parce que votre tête s'en mêlait un peu trop et cherchait à rationaliser !... Continuez, même si les idées les plus folles vous traversent l'esprit, acceptez-les, explorez-les !... décrivez !... allez, je vous écoute !... »

Elle lui fit un sourire charmeur… Ray rougit et bafouilla :

« Ce que je ressens !… c'est difficile… Attendez, il me vient une idée !… Non, ce n'est pas possible ! »

Valérie intervint avec fermeté :

« Laissez votre raison au vestiaire… quittez moi le "pas possible" et continuez votre idée… Allez… Hue ! »

Devant cette autorité verbale, Ray se sentit obligé de poursuivre :

« Euh, mon idée, c'est que… cette attitude de Frantz envers la jeune Marie, cette façon de la regarder… j'ai pensé… je me suis dit que ce comportement aurait été identique s'il s'était agi de Sarah… Cette petite me fait penser à celle qu'il a perdue… elle a le même âge, elle est blonde… Ne ferait-il pas une confusion, à moins qu'il ne me couve un transfert, comme on dit chez les psy… »

Valérie l'interrompit net :

« Allez ! encore la tête qui gâche tout…votre cœur, Ray, c'est votre cœur ! quand vous avez vu Marie, qu'avez-vous perçu ? Continuez ! »

Ray haussa les épaules pour affirmer son impuissance. Il sentait une grande résistance en lui et ne savait pas où il allait, mais il fit un effort puisque Valérie le lui intimait :

« Marie… j'ai perçu une impression d'aisance tout à fait remarquable, comme si elle connaissait Frantz depuis très longtemps… je les ai vus comme un couple qui a des années d'existence, mais où chacun pourtant à la même foi envers l'autre… Oui !… je dis ça, parce que je pense que leur histoire ne date que de quelques heures ou de quelques jours au plus… mais, si je ne savais rien,… si elle n'était pas si jeune !… je pourrais croire qu'ils ont additionné des années de vie commune. Non, je ne comprends toujours pas !… tout ceci m'échappe !… »

Valérie sourit et affirma :

« Quand vous ne laissez pas votre raison vous envahir, vous ressentez juste !… très juste !… Marie et Frantz se connaissent depuis… vous l'avez formulé vous-même… depuis très longtemps ! »

Ray s'enhardit à nouveau :

« Mais enfin ! ce n'est pas possible… Frantz est rentré des Indes, il y a quelques semaines à peine… Il a été presque dix ans absent… et je peux vous assurer que nous sommes pratiquement restés toujours ensemble durant ces derniers jours… pas l'ombre d'une fillette dans son sillage… je l'aurais vue… Non, d'un coup il disparaît, refait surface avec un coup de fil laconique… me parle de vous… de Noël, mais pas un mot sur Marie… J'en déduis que cette rencontre a eu lieu ici, et grâce à vous !… C'est tout !… Mais, là où je ne comprends plus… c'est l'attitude de cette jeune fille… si leur relation ne date que de quelques heures… eh bien !… *Donner !* je n'en reviens toujours pas !… cette façon d'aller vers lui, avec cette assurance, cette spontanéité…, mais où j'ai été le plus étonné, c'est pour la suite… à cet âge, on est plutôt réservé, gauche, timide ; on rougit pour un rien… on bégaie !… Elle… non ! Pas une once de malaise, pas l'ombre d'un trouble, et avec une audace saisissante nous regarde, nous sourit, puis se fond dans les bras de Frantz comme si… comme si c'était un acte quotidien ! Pour finir, elle nous achève en l'embrassant devant nous ! Avouez que c'est l'attitude d'une femme plutôt que celle d'une lycéenne dont la pudeur freine en général tous les élans affectifs… Ecoutez Valérie, j'ai fait beaucoup d'efforts, mais je n'ai pas l'impression d'avoir avancé d'un pouce… Si vous m'aidiez… un peu ! mais juste un peu !… »

Valérie se fit plus douce et insinua :

« Mais si, Ray ! vous avez progressé, vous avez ressenti l'essentiel… D'abord que Frantz n'aurait pu avoir un tel comportement s'il ne s'était agi de Sarah… Ensuite, vous avez perçu qu'ils se connaissaient depuis très longtemps !… Tout cela est vrai !… De plus vous voyez Marie comme une femme et non pas avec l'apparence de son âge !… c'est exact aussi !… Alors je vais vous aider à comprendre, pour cela, je vais être obligée de fracturer votre raison, de la faire éclater en morceaux, comme ce fut le cas pour la mienne et beaucoup d'autres… Préparez-vous à entendre l'histoire la plus folle de votre vie ! après, vous ne serez plus jamais le même !… Eh oui, d'abord vous allez refuser de toutes vos forces,… avec la plus grande énergie ! peut-être même ne me croirez vous pas! peu importe, cela ne changera rien à la situation de Marie et de Frantz... Tout ce que je vais vous conter ne le sera qu'a titre indicatif ou, si vous préférez, pour satisfaire votre curiosité... Quant à l'impact que pourra avoir sur vous cette révélation, vous ferez ce que vous voudrez : ou vous prenez, ou alors, hop !... poubelle ! »

Valérie se mit à glousser devant l'étonnement de Ray et ce dernier eût même l'audace de s'enquérir du motif de son attitude :

« Qu'y a-t-il de drôle ? »

« C'est votre mimique qui en est la cause... et je pense aussi à ce qui va rester de vous dans les minutes qui vont suivre. Bah !... Je vous recollerai !... »

Ray toujours installé dans l'expectative, n'entendait aucun bruit venant du salon, car Valérie avait pris soin de refermer la porte derrière eux... il n'y avait plus que le silence et le regard moqueur de cette jeune femme qui le liquéfiait un peu plus à chaque œillade... il voulut reprendre l'initiative :

« Alors, cette jeune Marie, c'est quoi ? et pourquoi Frantz vous a-t-il affublée de ce sobriquet ridicule de Santa Klaus ! que vient faire votre barbe dans cette histoire ?... »

Valérie embarrassée fredonna :

« Je suis la femme à barbe qu'on rase chaque jour ! »

Puis, pour se donner du courage, elle se mit à frapper du pied dans la cuisine et scanda sur l'air des lampions :

« Commencez ! commencez ! »

Ray ouvrit de grands yeux... Valérie aimait le surprendre, imprévisible elle fit voler en éclat la rigueur d'Outre-Rhin de son invité par ses attitudes et ses gestes d'enfant épanouie...

« Il va brûler ma chaise et calciner son fond de pantalon si je ne commence pas... et allez ! pour la seconde fois... *Bis répétita placent* comme disait l'autre affreux ! » Elle commença :

« Mon rôle de Mère Noël, dans tout cela ?... C'est simple, je suis allée en Allemagne pour rencontrer votre ami Frantz... Pourquoi ? **vous** le saurez plus tard... Il avait quitté la France en 1947, mais ça vous le savez...Tout a commencé par la belle rentrée d'octobre de cette année... Directrice de Sainte-Geneviève, premier poste de directorat, j'espérais que tout allait bien se passer... Paf ! premier jour de rentrée... une prof de français s'effondre sur l'estrade... parfait ! Vous êtes bien sûr au courant que c'est dans ce lycée que votre ami a rencontré la jeune Sarah ? »

Ray hocha la tête, s'allaitant sans vergogne au récit et au charme de son interlocutrice qui poursuivit en reprenant son souffle :

« Bien ! Donc Frantz rencontre la jolie Sarah durant le mois de mai 1944... Vous connaissez la suite... elle est trop atroce pour que je revienne dessus !... Par contre, vous ignorez que, durant cette rentrée, en 1961, leur histoire a repris un cours normal,... "si j'ose dire" !... oui ! je l'ai dit !... Je suppose que vous faites un début de noyade... respirez Ray ! respirez !... »

Ray avait franchi les limites de l'étonnement, sur son visage il affichait un air indéfinissable... Valérie poursuivit avec plus de lenteur :

« Donc, Mme Cahors, professeur de français de son état, glisse dans les Alléluias. Je dois ajouter qu'elle avait été l'enseignante de Sarah ! et savez-vous quelle fut la cause de cette chute ?... l'extraordinaire ressemblance d'une jeune fille du nom de Marie Gauthier avec son ancienne élève... l'ennui pour Mme Cahors fut que cette nouvelle recrue, inscrite récemment dans le lycée, était installée à la place même que Sarah Meyer occupait, il y a presque 17 ans...

Nous faisons une enquête... chaque jour, nous accumulons de nouveaux indices... Mme Cahors me concocte un infarctus si je ne trouve pas de quoi la rassurer. Je me déguise donc en Hercule Poirot décide de voir la famille Gauthier... de là, je tombe sur qui... sur les Meyer... mais oui... les parents de Sarah... Vous suivez toujours ?... Oui, vous suivez !... et vous vous demandez ce que font, dans cette histoire les parents de la jeune juive disparue... et bien, ils occupent une grande place !... En 1945, peu après la fin du conflit, les Gauthier avec leur adorable petite Marie, fraîchement née, sont venus s'installer, devinez où ! »

L'œil hagard de Ray faillit faire éclater de rire Valérie, il secoua la tête avouant ainsi son ignorance.

« ...Dans la maison contiguë de celle des Meyer... Etrange bizarrerie... Non ?... S'il n'y avait eu que celle-là ! enfin, par cette étrange coïncidence, les parents de Sarah sont devenus... les grands-parents adoptifs de Marie !... Vous... vous ne voyez toujours rien venir ?... »

Valérie reprit pour elle seule :

« Frère Ray ne voit toujours rien venir sur la route qui... Bon ! je m'égare ! mais enfin Ray ! l'évidence ne vous saute pas aux yeux, comme... comme la moutarde monte !... Dieu, réveillez-vous ! ne m'obligez pas à lâcher les mots... faites un effort... un tout petit, petit ! »

Mais Ray haussa les épaules pour avouer son incompréhension totale... Valérie soupira et ajouta :

« Bien ! Vous l'aurez voulu... et maintenant serrez bien les mains, les mâchoires, enfin tout, et n'éclatez pas de rire sinon je vous mords !... Marie Gauthier est la réincarnation de Sarah Meyer... »

Le silence était plombé. Valérie attendit une réaction qui tardait... tardait... Ray ouvrit plusieurs fois la bouche, enfin il se décida à émettre un embryon de son, puis plus rien ne l'arrêta :

« Vous vous rendez compte de ce que vous affirmez ! comment peut-on être certain d'une telle vérité !... c'est impossible, improuvable !... ne me dites pas que Frantz adhère à une telle fable... ou je lui fais démonter des moteurs... le reste de sa vie ! Bientôt il verra Sarah faire du stop sur des gros cunems[1] !... »

Valérie l'interrompit aussitôt :

« Hola ! Chevalier du ciel ! mon but n'est pas de vous convaincre mais de vous libérer de votre légitime curiosité...

---

1 – Cunem : expression argotique, abrégé des pilotes pour désigner des nuages tels que les cunems qui signifie cumulo-nimbus.

Je ne suis pas seule dans ce coup-là !... Quand j'ai susurré cette histoire dans l'oreille de votre ami Frantz, il a été à deux doigts de me rouler dans la neige... Vous dites improuvable et pourtant, c'est Marie qui a tout fait sans s'en apercevoir elle-même... Comment ? simplement en renaissant dans une famille qui plus tard allait devenir les voisins de ses anciens parents, qui ne demanderont qu'à devenir toujours plus...

« Etrange destin, n'est-ce-pas ? Il me semble reconnaître là, la patte de Monsieur le Grand Architecte... D'autre part les Meyer ont réalisé les premiers que leur Sarah était de retour, même si au début ils se sont défendus d'y croire car Marie, bien involontairement, leur apporta des preuves... comme pour Mme Cahors. Quant à Frantz, ne doutez pas de lui. Il a été très dur à convaincre mais croyez-vous qu'il soit aujourd'hui, un seul instant, dans le doute ?... Marie c'est avant tout sa Sarah... et je vous épargne tout le reste... Ce n'est pas triste !... vous demanderez à Frantz... Nous allons retourner au salon... A savoir s'ils ne commencent pas à nous faire un bébé ces deux là... Ils se sont tant attendus !... »

Valérie se leva, pensant sans doute que Ray allait la suivre, mais celui-ci semblait soudé à son siège... Elle intervint :

« Y a-t-il de la sécotine[1] sur mon tabouret ? »

Ray fit un effort pour se mettre debout et avoua :

« Je... ! Valérie, je ne sais pas si vous réalisez vraiment la portée de vos révélations... ici, entre les quatre murs de votre cuisine et deux casseroles !...vous m'énoncez une vérité métaphysique qui bouleverserait le monde, les églises, les croyants et les athées, et vous me l'édictez avec une insouciance et une légèreté incroyables comme s'il s'agissait d'une banale hausse des cours des carburants ! et vous voulez que je digère cette information avec sérénité ! Non mais ! vous rêvez !... ou quoi ?... Avouez que j'ai des raisons de douter de la vôtre ! »

Valérie se planta devant lui, très près comme si elle voulait effleurer son visage ; Ray recula instinctivement d'un pas, le parfum poivré de Valérie l'enveloppa d'un coup, il eut envie de la prendre dans ses bras... et d'oublier Sarah et le reste...

---

1 – Sécotine : colle à usage domestique des années 60 .

Valérie pressentit ce qui allait suivre et lui accorda un peu de répit. « Il est touché, mon grand garçon ! ne le bousculons pas trop… Il leur faut de la romance à ces fils du Rhin… de la valse et du rêve. » Elle reprit un peu de recul pour atténuer son trouble… Elle choisirait son moment et son heure, elle voulait un environnement plus romantique et non pas ce milieu "formicanisé" à outrance… elle lui affirma avec douceur :

« Vous vous y ferez bien vite, soyez-en sûr. Au début, je reconnais que ça tourmente pas mal ! mais il faut l'accepter. Ce n'est pas très agréable, j'en conviens, sauf pour les naïfs qui ont peur de la mort et voient dans cette survivance un avantage très rassurant pour leur ego… Pour ma part cette révélation m'a plutôt atterrée… Ce n'est pas de gaieté de cœur que j'ai découvert qu'il faut retourner au charbon, de vie en vie, comme un vilain petit écolier qui a mal fait sa 8ème ou sa 5ème… et qu'enfin, il ne tient qu'à nous de faire cesser cette ronde infernale… Les athées sont des gens heureux !… pour eux, tout finit au fond d'un trou !… tout s'arrête ! tout sauf les pissenlits qui profitent !… Hélas, ce n'est pas si simple ! D'autres croient à la vie éternelle et s'imaginent en train de pincer de la harpe sur un coin de nuage immaculé en chantant des cantiques et louant la gloire du Seigneur ! Merveilleux innocents !… Pour moi, maintenant la réalité est plus cruelle… Revenir… quelle horreur!…

« Pourtant je ne peux pas dire que ma vie soit un tissu de malheurs… Mais pensez aux autres, à tous ceux qui ont vécu et subi des destins tragiques, qui ont succombé à des agonies affreuses… vous voyez à qui je pense en ce moment ? Toutes ces tortures inhumaines qui ont disloqué ces corps dans des souffrances physiques, morales, psychologiques !… Qui peut m'affirmer que, dans ma prochaine vie, je ne serai pas confrontée à de terribles expériences… Regardez Frantz !… il a porté et conservé l'amour de Sarah dans son cœur, jusqu'à ce jour… un miracle de Dieu ou de je ne sais qui, la lui rend… mais s'il ne l'avait pas retrouvée, qu'aurait été sa vie ?… que du vide ! un immense vide affectif, car aucune femme n'aurait pu la remplacer !… Il l'aurait cherchée partout et toujours, continuant à souffrir de son manque… souffrir chaque jour… chaque minute !…

« Songez-vous aussi à tous ceux que cette guerre a anéantis, souvent dans des conditions atroces ?… vos camarades… le père de Frantz qui s'écrase… sa mère enfouie sous les ruines de son immeuble… votre camarade Novotny brûlé… tous vos copains qui se sont vus mourir, prisonniers de leur appareil en flammes et qui n'espéraient plus comme délivrance que de s'écraser au sol !…

« Oui ! Malgré ce, de joyeux ahuris croient à la réincarnation, sans preuves, simplement parce que cela leur agrée d'y croire, parce que cette perspective leur sied au fond d'eux-mêmes… Ah ! je ne vais pas mourir ! Oh ! merveille, pensent ces inconscients à la cervelle flasque, parce que leur ego, mon cher Ray, n'envisage pas une seconde que leur retour ne sera peut-être qu'un long calvaire parsemé d'épreuves redoutables… Non, pas une seconde cela ne les effleure ! Ils ne peuvent revenir que dans la peau d'un être riche, beau, célèbre et adulé… Bien sûr, les avatars… c'est pour les crétins ! pas pour eux !

« Misère ! Ray, j'ai l'impression que l'on n'est pas sur terre pour s'amuser !… mais pour apprendre à vivre,… à s'aimer… à se comprendre… et, quand on voit ce qui s'est passé au cours de ces années de cauchemar… on voit de suite que l'on a affaire à une école terrible dont les épreuves sont les professeurs… des épreuves à passer comme des examens… on les réussit ou on se ramasse dans un bel échec et il n'y a plus qu'à se représenter… il n'y a aucun rattrapage, vous trouvez cela fascinant ? moi, pas du tout !… ça me terrorise et me fouette à la fois, au point de me donner envie de sortir de ce cercle vicieux pour rentrer, comme disait Sarah, dans la spirale bienheureuse… Nous n'avons pas fini d'être surpris, Ray, car Marie, tenez-vous encore fermement, sait qui elle est aujourd'hui ! Elle a retrouvé toute sa mémoire,… je dis bien toutes ses anciennes mémoires et, à ce propos, je me demande pourquoi elle désire nous voir… je n'y pensais plus… »

Ray, assommé par cette violente diatribe de Valérie, secoua sa pauvre tête ; tout tournait, il sentit la main qui enfermait la sienne et le tirait en avant.

« Allons ! venez ! vous êtes un grand garçon maintenant ! un peu suffoqué certes !... mais ouvrez la bouche!... respirez !... oui !... un grand coup !... Allez, on se secoue !... »

Ray se laissa guider jusqu'à la porte, Valérie l'ouvrit sans ménagement... Ils débouchèrent et trouvèrent Marie et Frantz pelotonnés l'un dans l'autre... ils ne bougèrent pas devant la pénétration sauvage des deux intrus qui se regardèrent un peu gênés... Ils s'assirent à nouveau et Valérie proposa encore du café... Marie quitta les bras de Frantz et prit la parole afin d'éviter un pesant retour du silence :

« Madame la directrice... »

Valérie la coupa aussitôt :

« Je vous en prie Marie, nous ne sommes pas au lycée... »

Marie rectifia et poursuivit :

« Je vous remercie Valérie, c'est vrai... c'est mieux ainsi ! Mais j'ai insisté pour vous voir afin d'apprendre à chacun de vous le rôle qu'il a joué et sa position dans l'épisode de cette vie... »

Le ton était net, la couleur provocatrice, Marie s'arrêta un instant, observant le vif intérêt que ses quelques mots avaient provoqué, elle continua s'adressant à Ray :

« Ray... je peux vous appeler ainsi, n'est-ce pas ? »

Ray opina du chef, on le sentait empli des fourmillements que provoque la curiosité inassouvie. Il observait Marie avec une acuité soutenue comme s'il voulait s'accaparer le mystère même de la jeune fille... Forte de cette attention, Marie continua de sa voix douce et sereine :

« Frantz m'a appris que vous aviez été, autrefois, son instructeur ? »

« Oui ! Je suis instructeur pilote et je lui ai fait passer son brevet sur monoplace... »

« Ainsi, reprit Marie, vous l'avez formé, instruit de vos connaissances, vous avez transfusé votre savoir à travers lui ;

mais pour vous que représentait-il sur le plan affectif ?... Ceci n'est pas indiscret, même si cela peut le paraître mais c'est très important pour la suite... Pouvez-vous me répondre ? »

Ray fut soudain très embarrassé par cette question directe, il n'aimait pas afficher ses sentiments personnels et encore moins les avouer en public... Il fit une grimace et ses yeux se remirent à farfouiller dans les dessins du tapis, ultime refuge pour quelques secondes encore, afin d'éviter le regard des trois autres puis il confessa :

« Frantz était le fils de mon meilleur ami et pour moi, comme un frère cadet... J'aurais tout fait pour cette tête de cochon... Vous savez, il n'a pas toujours été le doux agneau qui vous tient la main. Il fut un temps où il était un loup et même un des plus féroces que je connaisse! »

Marie l'interrompit d'un geste gracieux de la main :

« Oui, j'ai connu ce loup, objecta-t-elle, il m'a fallu du temps pour l'apprivoiser et lui faire quitter... sa pelisse noire ! mais ça valait la peine! »

Elle se tourna vers Frantz et lui dédia un sourire fait de tendresse et d'humour :

« C'était un temps où j'avais un enfant contre moi... mais les années ont tenu leurs promesses, la moisson sera belle... la colombe s'est enfin posée... »

Ray vit la main de Marie qui serrait un peu plus celle de Frantz et, sans prévenir elle s'adressa à Valérie :

« Et vous, Valérie ? Vous êtes directrice d'un lycée... Vous ordonnez, dirigez, prenez les décisions nécessaires pour un groupe, un petit monde en réduction, en somme un microcosme ! Votre fonction, votre rôle, c'est d'organiser, de guider. En Inde, on appelle ceci un Dharma... Comme le Dharma d'un prunier est de produire des prunes et non des pêches. Au même titre, le rôle de Ray est d'instruire et de communiquer son savoir et son expérience de pilote !...

« Voici où je veux en venir : Valérie et vous Ray vous retrouvez dans la même situation qu'il y a longtemps, très longtemps. Si nous sommes réunis tous les quatre aujourd'hui, ce n'est pas un pur hasard... Non ! c'est la conséquence logique de nombreuses causes qui ont induit de nombreux effets… Pour être plus claire… j'affirme qu'il y a des siècles de cela, nous avons tous les quatre, crée et noué une situation grave, les uns par rapport aux autres. Elle a été due et s'est produite à cause de notre ignorance fondamentale de nous-même et ceci est inhérent à tous les êtres humains dans les premiers temps de leur évolution… Là où devaient régner Justice, Amour et Union, nous avons semé l'injustice, la haine et l'éclatement… Ainsi avons-nous, au prix de bien des souffrances, dû réparer, reconstruire ceux que nous avions blessés… c'est-à-dire nous… et, aujourd'hui est un grand jour, car nous allons boucler le cercle, l'anneau va se refermer bientôt et notre RE-union sera enfin totale ! »

Marie se tut quelques instants, elle regarda chacun tour à tour, avec un merveilleux sourire, un de ces regards où l'on se sent porté vers des cimes inaccessibles… là, où on se sent sauvé, où on reprend espoir, où le désespéré se retrouve et où la mort recule enfin pour mourir à son tour… Un instant de grâce enveloppait chacun des participants et le sentiment de comm-union ne fut jamais aussi fort ; Marie n'hésita pas à le briser et poursuivit :

« Pour accréditer mon récit… je vais vous enseigner quelque chose… Voici, nous portons en nous la marque de nos souffrances, mais aussi les demandes de rendre justice, donc de faire ce que nous avons à faire. Ceci se manifeste en nous de façon impérative quand la situation voulue se présente, et nous ne pouvons pas faire autrement que d'obéir à cet ordre qui vient du fond de nous, du tréfonds de notre cœur,… qui nous demande de faire cette action, parce qu'elle est juste, parce qu'on le doit, et quoi qu'elle puisse nous coûter… C'est alors qu'on se sacrifie pour l'autre, qu'on sacrifie son amour et parfois qu'on donne sa vie… parce que nous la lui devons !… car ce qui a été pris par violence, par ruse ou par inconséquence doit être rendu… C'est la loi du Karma[1]… Ainsi cha-

1 - Principe fondamental des religions indiennes qui repose sur la conception de la vie humaine comme maillon d'une chaîne de vies, chaque vie étant déterminée par les actes accomplis dans la vie précédente.

cun de nous, dans son innocente cruauté, a fait très mal aux trois autres, directement ou indirectement, car il y a eu des répercussions en cascade... C'était il y a longtemps !... trop longtemps... dans un pays qui ne portait alors aucun nom, fait de plaines et de vastes forêts aux chênes immenses... C'était...

Marie s'interrompit encore, elle fixa Valérie, puis avec hardiesse demanda :

« Dites-nous, Valérie,... qu'est-ce qui vous a poussée à aller chercher Frantz dans cette lointaine Allemagne ?... Essayez de vous souvenir ! Quelles furent vos motivations ?... Retrouvez vos impressions premières... si vous pouvez ! »

Valérie sursauta légèrement et posa ses doigts fins dans sa chevelure brune, comme pour stimuler sa mémoire... elle se décida :

« Oh, oui, bien sûr que je me souviens !... Je ne peux pas avoir oublié tout cela, c'est bien trop frais ! D'abord, je n'ai eu qu'une idée en tête, vous réunir tous les deux... Je... comme vous disiez tout à l'heure, c'était impératif... ensuite, j'ai été assaillie par une gamme de ressentis divers... A mesure que j'approchais de mon but, je voulais abandonner, une foule d'excuses venaient à mon secours... En fait, j'avais peur... je crevais de trouille... A l'idée de rencontrer cet inconnu, de le voir, je me sentais bizarrement en danger... pourtant je me suis forcée à aller jusqu'au bout... Le plus étrange était... les questions que je me posais et les réponses qui m'arrivaient...

« Tout d'abord, je fus bien obligée de constater que cette envie de vous réunir ne reposait sur rien... qu'il n'y avait rien de rationnel dans ma démarche... Juste une envie, un désir primaire... c'est tout !... Par humanité, ai-je pensé ?... Mais je sentais que tout ceci ne sonnait pas juste... Puis tout cela a éclaté dans ma tête, comme un éclair dans la nuit vous permet de tout voir... Oui, j'ai vu... c'est monté de moi... en moi... comme ça ! Et j'ai failli hurler parce que cette réponse ne me convenait pas... ma raison me murmurait que j'étais en plein dérapage, que je sortais du concret pour aller vers un je ne sais quoi ou un je ne sais où... Pourtant, c'était de plus en plus clair... je ressentais le besoin de vous réunir pour réparer quelque chose, comme une… je me souviens de ce mot qui m'a fait si mal… une dette !… et partout ça criait en moi… ma tête se débattait, argumentait « Tu ne dois rien à personne, retourne, ceci ne mène nulle part, ce n'est pas ton affaire. »

« Malgré tout, malgré ce torrent de refus, j'ai continué, j'ai désobéi à cette abrutie d'encéphale, pour écouter mon cœur, rien que lui… lui !… Je me suis accrochée, pour ainsi dire, à sa voix… Tu dois le faire !… tu le dois ! rien que pour ne plus porter CELA !… C'est ainsi que j'ai retrouvé Frantz et quand le l'ai aperçu, j'ai compris un peu tard que j'étais allée un pas trop loin… mais j'avais commencé un acte et je voulais le mener à bien… C'était devenu comme une mission sacrée qui allait beaucoup me coûter, certes !… Bien de mauvaises idées me sont venues !

« Voyez-vous Marie, ce qui se passe, en ce moment, dans ce salon, me fait penser au jeu de la vérité… alors, j'avoue,… oui, je vous avoue qu'à un moment, j'ai espéré garder Frantz pour moi toute seule… J'étais sotte et encore bien naïve, comme beaucoup de gens… Garder Frantz pour moi !… le prendre pour moi… comme s'il se fût agi d'une quelconque potiche qu'on prend sous son bras et qu'on ramène chez soi,… toute heureuse !… Oui, Marie ! J'y ai songé… mais ce que vous aviez écrit dans votre cahier bleu de votre main de Sarah… trottait dans ma tête…

« Ce germe de vous avait bien poussé et même suffisamment pour que je m'en serve à mon tour… Je me souvenais… aimer c'est apprendre à donner, à se donner, sans peur, par amour de l'autre… être pour l'autre… Ainsi, pour moi c'était l'occasion ou jamais ! Faire l'inverse aurait été en dessous de ma dignité d'Etre humain !… A travers vos mots, vous m'avez permis de me retrouver et…de découvrir aussi que je m'étais perdue depuis si longtemps,… tout en l'ignorant moi-même… J'ai grandi tout d'un coup, comme ça, à mon insu… et je vous en remercie, parce que désormais ma vie est changée… je ne pense plus… Moi, Moi… Oh j'oubliais… encore Moi… Je découvre maintenant qu'il y a Moi… et les Autres et j'espère que plus tard, il serait préférable que je pense les Autres et Moi ! »

Valérie s'était tue… Marie ajouta à voix basse :

« Plus loin encore, Valérie ! plus loin ! un jour il n'y aura plus que les Autres… parce que ce Moi qui vous reste, vous l'aurez tellement élargi qu'il se sera totalement fondu, dilué, absorbé dans les Autres… En n'étant plus ce moi, vous serez tout le reste… illimitée, vous aurez réalisé l'Absolu de l'Etre… Cet Etre qui n'a jamais cessé d'exister et qui procède du non-né et donc ne peut mourir… Cet Etre dont vous n'avez qu'à ôter tout ce qui le couvre pour qu'il Soit… enfin !… Souvenez-vous, Dieu ne dit-il pas : « Je suis celui qui Est… et le Christ… Avant qu'Abraham fut, je Suis… et non j'étais… comme l'exigerait la rigueur la plus élémentaire. »

Marie laissa un peu de silence vagabonder dans la pièce et reprit, toujours à l'adresse de Valérie :

« Maintenant que vous savez faire un distinguo entre vos émotions et vos sentiments… Puisque vous prenez appui sur la vérité de votre cœur, qu'avez-vous vécu quand vous avez rencontré Ray pour la première fois… c'est important ! »

Valérie amorça un léger début de rougeur :

« Mon Dieu, Marie ! C'est un vrai strip-tease de l'Ame que vous exigez !… Enfin, au moins ça me permet de voir combien j'ai grandi… avant je vous aurais envoyée paître… Çà ne serait pas sorti… certainement pas !… désormais je peux le faire car je ne crains plus d'être jugée, moquée, condamnée…

« Bon ! quand j'ai vu Ray pour la première fois, dites-vous ?… Là, encore, ce fut très curieux, je me souviens surtout d'avoir eu du mal à le regarder en face… J'avais envie de fuir son regard… Quand j'ai vu ce que je vivais, j'ai décidé de forcer sur mon point faible pour voir ce qui allait se passer… Je n'étais pas tranquille, mais je voulais comprendre ce qui m'arrivait, car cela ne m'appartenait pas de refuser ainsi quelqu'un que l'on venait, à peine, de me présenter…

« A mesure que les minutes tombaient, j'essayais d'affiner ma perception, d'être plus sensible… et là aussi ce fut foudroyant, je l'ai pris comme une décharge électrique… j'ai eu soudain la révélation juste de ce que je redoutais… ce quelque chose de malsain que l'on trimbale dans les fibres même de son corps… Vous voyez ce que je veux dire… ce qui génère ces coups de sympathie ou… d'antipathie quand vous voyez quelque chose ou quelqu'un pour la première fois ?… et qu'on ne peut s'empêcher de parer de qualificatifs de toutes sortes… dans le genre "une vraie tête de c..". Dans cette rencontre avec Ray, j'ai identifié une réaction de honte et de culpabilité !… Là encore ma raison s'est révoltée devant l'absurdité de cette incohérence ! elle m'a murmuré ou plutôt braillé : "ça ne peut pas exister, donc cela n'existe pas… tu n'as jamais vu ce garçon, donc tu n'as jamais pu agir contre lui !"… Pourtant, cette chose était bien là, au creux de mon âme, bien installée et impossible à nier !

« Si ma pensée n'avait pas basculé dans une autre direction, je n'aurais pas pu comprendre à quoi j'avais affaire… mais du jour où vos lignes ont imprégné ma vie, je n'ai eu de cesse de mettre en pratique cet enseignement qui conduit à la connaissance de nous-mêmes… Par ce biais, je n'ai rien refoulé de ce que je vivais. Je le vivais intensément et, grâce à cette approche, je voyais défiler, comme sur un écran, toutes les facettes qui s'agitaient, après la culpabilité et la honte… J'ai… là, je vais devenir pivoine !… Ray, cela vous ennuierait de vous boucher les oreilles… ? »

L'interpellé, qui écoutait Valérie avec une tendre attention fut soudain désarçonné dans son écoute… il lui fit répéter, croyant mal entendre :

« Pardon !,… me boucher les oreilles, pour quoi faire ? »

Valérie fut plus précise :

« Naïf !… pour ne pas entendre la suite de mes déclarations que vous pourriez interpréter… comme… une déclaration ! Vous saisissez mieux maintenant !… »

Marie éclata de rire, de ce rire d'enfant joyeux qui ravissait Frantz, elle ajouta aussitôt :

« Vous pouvez arrêter la suite, Valérie, je me doute du reste. Si je demande à chacun de vous ce que vous ressentez, c'est pour vous amener à plus de vigilance, plus de conscience, afin de mieux assimiler une vérité que vous devez faire vôtre… Ray, quand vous avez aperçu Valérie, que s'est-il passé pour vous ? »

L'intéressé chercha soudain à se glisser moralement sous le tapis… les moyens lui manquaient… tous les moyens !… Il leva les yeux vers Marie, puis ils retombèrent très vite , après qu'il eût ajouté :

« De… de la peur ! de l'insécurité !… comme si elle allait m'apporter du malheur… de la souffrance et en même temps j'étais prêt à le vivre pour elle… malgré ce que pourrait me coûter une aussi forte… attirance… Je n'en dirai pas plus !… »

Il soupira en se disant qu'il était bien difficile de ne pas passer par où Marie l'entendait, mais il se sentit soulagé… il avait donné l'essentiel… Il scruta de nouveau un ravissant motif et décida d'en faire le tour… lentement… très lentement… Comment allait-il oser regarder Valérie ? Marie reprit la parole avec fermeté :

« Eh bien ! maintenant que chacun de vous a assimilé, engrangé le vécu des autres, vous allez comprendre mieux… Je vous le disais en préambule, il n'y a pas de hasard, seuls les ignorants veulent bien croire en lui, parce que c'est rassurant et plus confortable… Entendez bien ceci !… Il n'y aura jamais une seule coïncidence dans l'univers !… il n'y en a jamais eu et il n'y en aura jamais ! Jamais !… Chaque événement est le produit d'une cause qui, à son tour, entraîne des effets qui, à leur tour, créeront de nouvelles causes… et ainsi de suite… Savez-vous quel jour nous sommes aujourd'hui ? »

Valérie, sans réfléchir, jeta aussitôt :

« Euh, le 22 ! le 22 décembre ! Marie, cette date a-t-elle de l'importance ? »

Marie précisa aussitôt :

« S'il s'était agi du 18 ou du 20 ou de n'importe quel autre… Non !… le 22 décembre en lui-même n'en aurait aucune s'il ne sanctionnait pas un événement astronomique qui ne se produit que deux fois dans l'année… C'est cet événement qui compte aujourd'hui… C'est le solstice d'hiver, le moment où le soleil est le plus bas sur l'écliptique… Le vieux mythe païen célébrait, par de grandes fêtes, ce moment où l'astre solaire allait entamer sa remontée vers le zénith, où les longues nuits allaient raccourcir pour laisser la place à des aurores plus matinales… La nature se réveillerait, et ainsi jusqu'au prochain solstice d'été où là, au plus haut de sa course on rendrait grâce à son apogée… Oui, le Sol invictus !

« Le Christianisme a sans doute repris à son compte ce vieux rite celtique, ce Dieu éclatant qui se transformera au gré du temps en naissance du Christ, symbole on ne peut plus solaire, puisqu'il éclaire les hommes, chasse leurs ténèbres, les réchauffe et les instruit à son Amour !… Et, tous les quatre nous sommes réunis en ce jour de décembre… sans hasard aucun… Je dis bien RE-unis !… Car, il y a fort longtemps dans un très vieux passé… nous nous sommes perdus sur un autre solstice, celui d'un été… et là, pour chacun de nous, a commencé une longue marche vers la connaissance qui ne peut être acquise que par l'intermédiaire de la souffrance, d'épreuves intenses et douloureuses, de situations pénibles et insoutenables… Comme le fer passe à l'enclume et à la forge, nous avons tout connu… nos corps pourraient s'en souvenir encore pour peu qu'on les sollicite à le faire…

« Souvenez vous de la parabole du Christ sur le fils prodigue : il quitte le Père, la maison du Père,… pour aller vers la matérialité du monde… vous connaissez la suite… Une grande famine survint et il ne trouva pour se nourrir que les caroubes des cochons dont il avait la garde… Alors le souvenir du Père lui revint en mémoire… et il se mit en route vers le Père… car l'Amour du Père lui manque enfin !… Mais pour connaître la valeur de l'amour, sa force, son infinie puissance, il faut le perdre ! Il n'y a pas de concave sans convexe… on ne peut donc goûter la saveur du bonheur sans avoir connu le fiel du malheur… Dans le Monde du Phénomène, il y a l'unicité, et aussi la dualité et la multiplicité, mais tout procède du Un, de l'unique… même si le changement est perpétuel… c'est la danse de Shiva !…

« Ainsi, après bien des erreurs, je dis bien "erreurs" et non pas "péchés"… nous allons, au même titre que l'enfant prodigue, commencer notre périple de retour, comme le soleil abandonne l'Hiver pour donner l'Eté… Nous sommes en route pour notre été… la descente est terminée ou presque, notre conscience s'est enfin ouverte aux autres... Nous nous étions perdus le jour où le soleil était le plus haut... tel Lucifer le porteur de lumière qui perdit sa couronne parce qu'il aimait trop les hommes et ne voulait pas de leur destin tragique... pour nous, ce fut pareil... Nous nous retrouvons enfin un soir d'hiver et symboliquement, nous retournons vers la lumière, vers notre créateur, dont nous étions coupés, parce qu'il fallait qu'il en soit ainsi ! »

Il n'y avait plus que la voix de Marie dans la pièce. Rien, pas même un souffle, pas un bruit n'interférait, il semblait même que les bruits de la rue avaient cessé de vivre... Elle continua très lentement :

« Ce que je vais vous conter est notre histoire, mais le "notre" n'est pas particulièrement juste... c'est plutôt l'histoire de nos prédécesseurs, le terme est plus exact car nous avons tellement changé, d'expériences en expériences, que nous ne pouvons plus dire "nous"... Voici, cela s'est passé dans une région de l'Europe, j'ignore laquelle. Nous appartenions à une tribu issue de peuples nordiques... nos croyances avaient sans doute dégénéré et le terme de barbares pouvait nous convenir parfaitement car nos pratiques l'étaient ! Eh oui ! les religions ne sont pas mauvaises... c'est l'interprétation que le mental en fait qui, si souvent, les rend dangereuses et pernicieuses... ce fut sans doute le cas de notre clan...

« Il était constitué par une hiérarchie très précise...Un chef absolu veillait à l'organisation économique et sociale du groupe. Maître des lois et de la justice, tel un roi, il avait le pouvoir temporel. Le spirituel était dévolu à un druide ou à une druidesse, en l'occurrence, chez nous c'était une femme... Elle ordonnait toutes les cérémonies, était en relations avec les différents Dieux et Esprits de la Nature, et priait en faveur de la tribu... Elle avait tout pouvoir et ses décisions étaient sans appel, même le chef ne pouvait s'y opposer car elle représentait le pouvoir divin des forces suprêmes... C'est elle qui choisissait le ou la messagère qui aurait l'honneur d'être sacrifié pour intercéder auprès du Dieu correspondant afin d'obtenir son aide ou ses faveurs. Ces exécutions volontaires se pratiquaient le jour du solstice d'été... ainsi partaient les messagers.

« Le pouvoir de la guerre était confié au guerrier le plus habile, le plus féroce, son courage devait être sans faille car il conduisait le clan à la bataille...Vous commencez à vous retrouver ? Certains, du moins, Valérie ? Frantz ? C'est pourquoi je vous disais Valérie que, dans cette vie, vous conduisiez vos élèves à la connaissance, cette responsabilité vous incombait encore aujourd'hui... par le fait de votre ancien statut... Frantz était un soldat, ne trouvant sa place que dans la guerre... et vous Ray, vous avez formé Frantz, vous lui avez transmis votre savoir... comme autrefois où vous étiez son initiateur dans l'art de combattre, vous aviez été le Maître de ce jeune chef de guerre... Voilà ! comme au théâtre ! les personnages sont en place... leur destin va s'écrire et tous les impliquer dans la trame du temps... Ils sont quatre, un jeune guerrier ambitieux, orgueilleux et arrogant qui ne croit qu'en la vertu de ses armes... »

Marie s'interrompit et se tourna vers Frantz pour lui offrir un clin d'œil espiègle et révélateur... L'intéressé afficha aussitôt un sourire gêné... Elle poursuivit en levant le doigt comme pour se désigner : « Une jeune fille, presque une enfant, dont le père est le Chef de Tribu, elle aussi est très orgueilleuse et sa vanité l'entraînera jusque dans l'absurde... »

Marie reposa sa main sur son genou, son regard se fixa dans les yeux de sa directrice :

« Le troisième de ces acteurs est une druidesse, belle à faire damner les Dieux, ivre de pouvoir et de puissance, tout doit plier devant elle, les hommes et les éléments !... »

Valérie se sentit rougir et constata soudain que les murs du salon avaient besoin d'être retapissés... Puis sentant que le regard de Marie glissait doucement vers sa droite, elle retrouva sa teinte d'origine et sa légèreté... Ray comprit que c'était son tour et se découvrit anxieux :

« Le dernier de tous est un grand guerrier, il est l'ami de ce jeune chef, il lui a tout enseigné et, blessé plusieurs fois, il l'a désigné comme son successeur... Il est sans doute impitoyable envers ses ennemis et ne compte plus leurs têtes, qui ornent en trophées son habitation... mais il est juste et le seul à avoir le sens de la dignité... »

Marie s'arrêta, observant chacun avec attention. Devant l'intensité de leur regard elle ajouta avec un sourire plein de bienveillance et de douceur :

« Je vous en prie... Ne faites pas de confusion... Il n'y a plus rien de commun entre ce que "NOUS" avons été autrefois et "NOUS" aujourd'hui. Il ne reste de ce NOUS que les actions qui nous avaient séparés et endettés jusqu'au cœur !... Vous me comprenez !... je le redis, c'était il y a longtemps ! Bien !...

« Voici comment nous sommes tombés dans le piège de nos pulsions, car, je préfère vous le répéter trop que pas assez, l'erreur la plus grave que peut connaître un Homme ou une Femme, celle qui sera la plus lourde de conséquences, et pas seulement pour une vie, c'est de rester dans l'ignorance de lui-même... En ces temps reculés, nos jeunes cœurs l'étaient plus que jamais, complètement identifiés à nos désirs, à nos haines... La violence de nos émotions faisait que nous ne pouvions pas agir plus stupidement, plus cruellement que nous l'avons fait...

« Ne croyez surtout pas que, parce que cette histoire est ancienne, elle ne soit pas répétitive... Aujourd'hui encore on ne comprend toujours pas, Frantz et Ray en ont été témoins, comment leur peuple a pu être manipulé par une poignée de fanatiques et croire de la façon la plus aveugle à des discours qui conditionnèrent une nation toute entière... Il est regrettable aussi pour beaucoup de gens de penser que ceci ne peut arriver qu'aux autres,... de s'exclure de tels phénomènes et de croire, avec beaucoup de naïveté, qu'ils ne peuvent tomber dans ce genre de dérive !...

« Mais, je reviens à notre odyssée... Il y a, entre ce jeune chef et la jeune fille, une histoire d'amour... J'ose à peine dire que c'est une histoire d'amour mais plutôt de rapport de forces... due à leur orgueil réciproque... en fait chacun ne désire que posséder l'autre, prendre l'autre, le voir plier... Elle désire le soumettre à sa dictature... Lui, pour se protéger n'a pour arme que ses sarcasmes et son insolence, ajoutant que l'honneur est plus grand de succomber au combat qu'à l'amour d'une femme... La violence de leur passion n'a d'égale que leur refus de reconnaître la violence de leur attirance l'un pour l'autre...

« Mais la Druidesse, elle aussi, n'est pas indifférente à ce jeune homme... au fond d'elle-même, elle ignore que cette attraction ne résulte que de l'indéfectible ignorance qu'il affiche envers elle... Son orgueil la torture au point qu'elle n'a pas encore découvert que son amour s'était construit autour d'un autre... Mais souvenez-vous... tout doit s'incliner devant elle et par ce rejet qu'elle ne peut concevoir, son désir s'attise de plus belle... elle pense que le seul obstacle qui la sépare de lui est la fille du Chef et échafaude un plan pour la faire disparaître...

« Des événements extérieurs viennent à son secours, le clan est à la veille d'une bataille décisive et sa survie en dépend... tous les espoirs se portent sur elle ; afin qu'elle intercède auprès des Dieux pour qu'ils lui accordent la victoire elle reste ainsi enfermée, plusieurs jours, dans son local de prière et en ressort pour affirmer que la tribu doit faire un lourd sacrifice, car seul un messager de très haute lignée pourra s'assurer de la bienveillance du Dieu de la Guerre... lui seul pourra intercéder en faveur de son peuple et ainsi obtenir le succès de ses armes...

« Dans la grande clairière toute la tribu est réunie, personne ne manque et chacun se dispute le grand honneur d'être ce messager... mais seule la Grande Druidesse peut accorder ce privilège ! Parmi les nombreux postulants un seul doit être choisi... Les chefs de guerre et de clans étant exclus, elle désigne alors ceux qui pourraient avoir la faveur du Dieu, et n'en retient que cinq dont la jeune fille ! Elle n'agit pas au hasard !... Sachant sonder les cœurs et les âmes elle recevra chacun des candidats, une seule personne l'intéresse... Avec habileté elle lui fait comprendre que le besoin de gloire de celui qu'elle aime est bien plus fort que tout le reste..., elle doit le mettre à l'épreuve...

« Alors, la jeune fille tout juste sortie de l'adolescence va, avec sa maladresse, son ignorance et son orgueil... provoquer celui qu'elle désire : elle le menace d'être la messagère s'il ne lui prouve pas son amour... Devant ce chantage il se durcit, affiche un dédain absolu et même l'encourage à cet acte... Elle ne peut plus reculer... froissée et blessée dans sa vanité elle relève le défi, lui assurant qu'elle accepte la mort pour lui prouver qu'en même temps il se condamne lui-même !... »

Le regard de Marie sembla se perdre dans son histoire, elle murmura, comme pour elle-même, une phrase courte :

« Sans moi tu ne seras plus rien !... même pas une épée ! »

Elle revint à son assistance et poursuivit :

« Voilà, tout est scellé, ou presque, pour ces deux-là !... »

Marie s'arrêta de parler. Une légère tristesse imprégnait chacun de ses interlocuteurs... Un courant fragile circulait entre eux et réactivait à leur insu, un passé archaïque qui s'ouvrait, déroulant leurs annales intimes... Marie continua à voix basse :

« Le départ du messager est une cérémonie très courte... il est revêtu d'une tunique blanche, puis conduit jusqu'au bassin du sacrifice... il se met au bord, on lui lie les mains et les pieds de fines chaînes d'or... En ce jour, la Druidesse implore le Dieu de la guerre... elle lui demande d'accueillir favorablement la fille du Chef et d'entendre avec mansuétude sa demande... La jeune fille ne regarde personne d'autre que celui qui la rejette, elle lui offre un sourire de mépris et saute...

« C'était un solstice d'été !... La suite des événements sera dramatique, c'est quand il la voit inerte, sans vie au fond du bassin, ses grands yeux bleus ouverts vers le ciel et ses cheveux blonds flottant comme des algues d'or, qu'il réalise l'étendue de sa folie... On emporte le corps que l'on dépose sur un radeau couvert de grandes fleurs blanches !... »

Frantz découvrit soudain le pourquoi de sa haine et de son horreur pour ces fleurs... La voix de Marie semblait de plus en plus basse et douce...

«...et il la voit s'éloigner le long du courant de la rivière... pour porter son message à un Dieu qui lui a pris ce qu'il avait de plus précieux au monde... mais il l'ignorait !... On ne découvre, hélas, la valeur des choses qu'après leur perte ! Désespéré il se jettera au cœur de la bataille pour y tuer sa vie… Sa mort rapide sera considérée comme un rejet du Dieu à l'égard du messager et entraînera une défaite terrible et lourde de conséquences pour l'avenir du clan… La colère de ceux qui restent se tourne vers la Druidesse qui, devant cette défaite, s'accuse publiquement de son blasphème et de sa ruse…

« Elle se sait coupable et réalise que son orgueil et sa fierté sont à l'origine de ce désastre. Elle ne veut plus vivre et s'offre à la vindicte de son peuple… mais un homme la défend jusqu'au bout… elle découvre bien trop tard que ce guerrier qui la protège est celui qui aurait le plus de raisons de la haïr… C'est le Maître d'Armes, il fait un bouclier de son corps et combat jusqu'au bout pour lui permettre de s'enfuir… il se bat pour elle et la supplie de s'en aller et… "Bien trop tard !"… elle aussi réalisera cet Amour qui les unissait sans se l'avouer… elle restera près de lui… ils seront tous deux mis en pièces par le clan.

« Voilà où peuvent conduire les passions exacerbées… Voilà l'enfer dans lequel nous avons basculé… ainsi de vie en vie, nous avons dû apprendre… en souffrant… en nous débattant. Tour à tour victimes et bourreaux… nous avons payé le prix fort, mais le plus juste qui soit : celui des larmes et de la douleur, de la séparation, des agonies difficiles et de la peur… Aujourd'hui nous recueillons le fruit de nos efforts, nos vieilles blessures sont cicatrisées, il nous en reste seulement le souvenir inconscient, telle la peur de Ray en voyant Valérie ou ce sentiment de culpabilité que ressentait Valérie envers lui !… »

Marie s'arrêta quelques instants et caressa de sa paume la joue de Frantz :

« As-tu compris notre parcours, mon cœur ?… Je te devais ma vie pour sauver la tienne, car je m'étais tuée pour te faire souffrir… J'ai ainsi provoqué ton premier suicide et pour que cela cesse je devais ainsi m'offrir par Amour, rien que par Amour, pour que tu guérisses et acceptes de vivre malgré mon départ ; mais sans cesse tu refusais ta peine, il fallait que tu comprennes… Le temps a fait son œuvre, la malédiction créée par notre incompréhension a cessé… Nous avons enfin le droit de vivre ce que nous avons manqué, il y a longtemps, si longtemps ! Parce que nous avons grandi et que nous nous sommes ouverts, nous avons appris à nous donner l'un à l'autre sans peur, sans gêne, et à nous offrir dans la confiance la plus totale… Mais le plus beau reste à faire… une belle route s'ouvre à nous, pas facile certes, mais son but est magnifique… un but qui dépasse toute espérance ! »

Marie s'interrompit… La nuit envahissait doucement le salon, Valérie le réalisa et alluma une lampe proche d'elle. Brutalement, ils se retrouvèrent. Valérie frissonna et posa une question timide :

« Dans votre cahier de… de Sarah vous ne mentionnez pas cette vie… Pourquoi… »

Marie la délivra aussitôt de sa curiosité :

« Je ne l'ai retrouvée qu'à l'hôpital quand la mémoire de Sarah m'est revenue… les autres ont suivi aussitôt, de plus en plus loin, jusqu'à celle-ci. La racine-mère qui y était enfouie !

De nos anciennes vies nous gardons seulement l'imprégnation de nos grandes douleurs physiques ou morales et de nos grandes exaltations. Parfois il faut les retrouver pour les vivre consciemment, pour les user, les éroder, afin d'être libre du poids de leur passé ; ce passé qui interfère toujours en nous et à notre insu en fonction de la transparence ou de la coloration de certaines situations qui nous le rappellent…

« Le monde entier vit dans l'erreur en croyant que chacun de nous pense par soi-même… que la pensée elle-même est un processus volontaire qui émane de nous… pas du tout !… Dans le cadre d'un cheminement logique de réflexion, étudiant des effets produits par des causes… peut-être ! mais pas la pensée en général… Elle se forme dans notre cerveau et nous croyons en être l'auteur… Erreur, car à travers une situation identique, plusieurs observateurs auront des pensées différentes parce qu'ils ont tous un inconscient différent, fait d'imprégnations différentes… Ils ne décideront pas de penser ceci ou cela, mais s'exprimeront en pensées involontaires selon le passé de chacun… Ils ne penseront pas mais "ça" pensera en eux…

« Les pensées vont, viennent, parfois dans un fatras incohérent, parfois on voudrait que cela cesse… on le voudrait mais nous n'y parvenons pas… Pensées de tristesse, de haine ou de cupidité,… de jalousie, d'envie se font malgré nous et "ça" se compose et se décompose au rythme des situations journalières… à chaque incident… toujours "ça" pense ! toujours !… jamais de repos… En fait, pour vivre réellement nous n'avons pas besoin de ce système de pensées parasitaires, nous avons seulement à ressentir… La pensée, c'est la dérive vers des actes qui créeront de nouveaux effets.

« Pour arrêter ce chaos infernal, il faut se purger de ce passé, afin d'en être libre… et être libre de ce passé, c'est aussi être libre du futur et pouvoir vivre l'instant où chaque seconde a le goût de l'éternité… maintenant, nous pouvons apprendre à être heureux… »

Frantz intervint :

« Comment vit-on cela ? ça doit être effrayant !… »

Marie le rassura aussitôt :

« Il faut être prêt… prêt, dans le sens où on n'accepte plus de fonctionner sur ce mode de vieux schéma et où on s'investit alors totalement dans la recherche de la connaissance du "Soi"… Mais ce n'est pas si dur, tu verras !… il faut simplement accepter ce qui vient… ne pas avoir peur de sa peur, ne pas refuser ces personnages, ne pas en avoir honte, ne pas les haïr… Nous fûmes ces enfants, il ne faut pas les blesser eux aussi, il faut les aimer… alors, ils se dilueront en toi comme les brumes d'un matin, ils sortiront de ta mémoire qui retrouvera la paix… ils seront inoffensifs et n'auront plus aucun pouvoir… »

Ray se racla la gorge, puis timidement s'essaya à poser une question :

« Si j'ai bien suivi… Euh ! nous nous devons tous quelque chose… mais moi je… je ne sais pas ce que je dois… ni à qui je le dois.!… »

Marie se tourna vers lui et le fixa en souriant… elle laissa tarder sa réponse puis se décida par une autre question :

« Vous ne voyez vraiment pas ? »

Ray secoua la tête de façon négative et très convaincue, alors Marie reprit son interrogation :

« Vous ne voyez toujours pas ? Ray vous êtes un gentil hypocrite… un adorable hypocrite, car vous savez… mais vous avez envie de vous l'entendre dire… oui, vous savez… je le sais… vous savez que vous ne devez rien !… vous êtes le seul qui ne doive rien !… Moi, je devais à Frantz et Frantz c'était pareil… Valérie était la plus endettée… mais vous, vous avez donné votre vie pour en sauver une et, si je me souviens bien, il est écrit que celui qui veut sauver sa vie la perdra mais que celui qui donne sa vie par amour aura la vie éternelle… Alors ! ce n'est peut-être pas la vie éternelle… mais j'ai une certaine amie qui vous doit de gros remboursements… je crois qu'elle s'en acquittera sans se faire prier… »

Marie se tourna vers Valérie et continua :

« Alors ! » ajouta-t-elle à son intention…

Valérie exprima un petit sifflement et se décida à répondre :

« Alors ? qui paye ses dettes… vous connaissez la suite ! je suis quitte et pour le Maître d'Armes je vois ce qu'il me reste à faire… Je vais courir m'envelopper dans un gros paquet-cadeau,… m'entourer d'une faveur gigantesque et… j'irai me déposer dans un soulier… dont personne, j'espère, n'aura l'outrecuidance d'en désigner le propriétaire… C'est bien cela ?… »

Marie approuva de la tête, elle regarda Ray, à nouveau, et lui murmura avec un sourire coquin :

« Joyeux Noël, Ray ! il faut être patient mais tout arrive !… »

Ray sursauta tout à coup, il regarda fixement Marie, rougit violemment, puis se mit à bégayer :

« Oh là ! Attendez… Là, je ne suis plus !… ou je crois avoir mal compris ! Mon français est devenu sans doute très mauvais !… Soyez plus concrètes toutes les deux !… »

Ce fut Valérie qui intervint aussitôt :

« Vilain Teuton hypocrite ! aussi franc que l'était l'autre à Soissons !… qui chicane sur des faiblesses d'interprétations linguistiques !… Ouh ! qu'il est vilain ! Vous n'attendez tout de même pas que je me jette à vos genoux pour vous demander en mariage ?… Non, pas question ! j'en ai déjà beaucoup trop fait… à votre tour de faire un bout de chemin ! »

Ray entra dans une intense période de suffocation... Marie devant son désarroi lui porta secours :

« Ray, ne mourez pas maintenant ! ce serait dommage... Valérie vous doit une vie et elle le désire fortement,... sans doute, depuis ce temps où Prêtresse, elle s'aperçut, hélas trop tard, qu'elle vous aimait, au dernier moment quand elle vous vit tomber pour la protéger... Cet acte manqué vous poursuit encore tous les deux aujourd'hui... vous ne pouvez rien contre cette attirance réciproque. Voyez-vous, c'est, hélas, toujours dans les derniers instants que la vérité se révèle, quand les passions et la folie ne sont plus là pour vous obscurcir le cœur... Combien de malheureux ont réalisé l'étendue de leur geste fatal et l'ont exprimée en hurlant :

"Mon Dieu, qu'ai-je fait ! j'étais fou, je l'aimais et je l'ai tuée !... et s'effondrent alors devant l'absurdité et l'incompréhension de leur acte ! Toute leur vie ne sera que remords...et questions sur la réalité de ce geste dément... le plus grave étant que le reste du monde pense que tout ceci n'arrive qu'aux autres. Mais vous Ray, ne refusez pas ce qui vous est donné... vous n'avez pas l'air d'y croire !... Pensez-vous que vous alliez promener Valérie encore longtemps ?... c'est une ancienne Druidesse, elle a encore les qualités intuitives et médiumniques de son ancienne fonction... vous ne pourrez jamais rien lui cacher... »

Ray se racla la gorge, il argumenta encore d'une petite voix mais ne pouvait plus regarder personne :

« Mais... mais, moi je ne veux pas... je ne veux pas que mademoiselle... Euh... Valérie m'épouse ou plutôt se sente obligée de m'épouser de... parce qu'elle a comme une dette envers moi !... »

Valérie le harponna de nouveau :

« Comment ? Que racontez-vous ? Que je me sente obligée ? Mais seule la bienséance et ma bonne éducation vous ont sauvé d'une terrible agression à laquelle je me serais livrée avec une joie sauvage quand nous étions isolés dans la cuisine ! »

Frantz éclata de rire, il retrouvait Valérie et ses excès de langage qui n'étaient qu'une forme d'humour venant à son secours quand son embarras et sa pudeur la prenaient d'assaut... Le côté caméléon de Ray était du plus bel effet et on ne peut plus cocasse... Il se débattait sans succès contre cette pieuvre émotionnelle qui glissait sur son corps, laissant des gouttes de sueur indésirables... Il sombrait dans la panique, se sentait ridicule, et Marie, une fois de plus, vint en ange libérateur avec sa voix douce :

« Ray, je vous en prie... Soyez vous-même en cet instant... ne vous refusez pas... soyez simplement d'accord avec ce que vous vivez, ne vous contractez pas, ouvrez-vous et acceptez, seconde après seconde, vos rougeurs, vos émois... enfin tout... ne niez rien ! le faire ne ferait qu'empirer votre situation !... »

Ray fit un gros effort, puis d'un coup il lâcha prise et s'abandonna à son état en s'avouant :

« Eh bien... je suis peut-être ridicule mais à mes yeux seulement !... Je viens d'entendre de la bouche de Valérie des mots que j'ai attendus toute une vie !... Marie débordante d'amour fraternel et Frantz dont je connais l'amitié à mon égard !... Il n'y a que moi pour me faire du mal, dans tout ça, avec mes vieilles peurs : peur d'être rejeté, pas aimé, moqué !... Où sont ceux-là ?... il n'y a personne... sauf moi pour les inventer ! »

Et le miracle se fit. Ray se sentit tout d'un coup imprégné d'une sérénité absolue, et cela fut d'autant plus impressionnant que, quelques secondes auparavant, il était encore secoué dans une nacelle d'émotions éprouvantes... Ce grand calme intérieur qui, soudain, le visitait, accapara toutes ses pensées... Que s'était-il passé ?

Marie, qui l'observait, avait immédiatement noté le changement brusque et apaisant qui l'habitait. A voix basse, elle approuva :

« C'est très bien Ray !... oui !... oui ! A un moment, il faut lâcher prise et alors la découverte est fabuleuse... vous venez de réaliser un des secrets de l'être humain ! La où il y a UN, il y a repos, tranquillité et bien être... mais quand il y a DEUX, c'est-à-dire, en UN votre état émotionnel et en DEUX le refus de cet état...il en résulte conflit, souffrance et confusion... une nouvelle émotion naît alors, que vous refusez aussitôt et ainsi, d'émotions en refus et de refus en émotions, vous perdez rapidement deux kilos ! Pour les obèses c'est un bienfait !... mais pour vous.!... »

Ray leva la tète vers ses amis et avoua en bégayant encore :

« C'est... c'est... »

Marie l'aida une fois de plus, en éclatant de rire :

« Spectaculaire,... ahurissant !... que sais-je encore !... »

Ray approuva aussitôt :

« Oui, ce sont ces mots que je cherchais... Comment un tel résultat peut-il être atteint ? Il y a quelques instants, je croyais encore mourir de honte... et puis, comme ça, d'un coup,... parce que, simplement, j'ai accepté d'être ce que j'étais ! Pfh... tout s'est envolé...... C'est miraculeux... Ce... ce truc a... alors, ça marche vraiment ? tout le temps ? »

Il ressemblait à un enfant faisant une merveilleuse découverte... Devant son étonnement puéril, Marie ajouta :

« Mais oui ! tout le temps! mais, si ça ne marche pas ce n'est pas la faute du truc, comme vous dites !... c'est parce qu'il y a encore quelques petits "Non" qui adhérent par-ci, parlà !... ce n'est qu'avec un oui total qu'on se sauve... ou encore, un bel "Amen" qui vient du fond du cœur, et non pas de la tête, Ray !... et puis respirez, respirez à fond, avec le ventre... après cela, vous pourrez affronter Valérie et tout le reste !... »

Ray eut un sourire rassurant, il goûtait avec ravissement cette paix intérieure qui coulait en lui doucement, suavement... Lentement, il se tourna vers Valérie et lui demanda avec tendresse :

« Vous ne craignez pas d'en voir de toutes les couleurs avec un Franc comme moi ? »

Valérie riposta avec humour :

« Des couleurs !... je crois que je n'en verrai jamais autant que tout à l'heure ! A propos savez-vous ce que l'on dit de vous, Ô noble Germain ?... que le Teuton a l'esprit lourd ! Eh bien, sachez que depuis que notre monnaie est devenue le "Franc lourd"... je pense qu'avec celui que vous me proposez d'être, je pourrai ainsi m'offrir tout ce que la vie ne m'a pas encore donné !... »

A nouveau, Ray ne pouvait plus répondre... il sentait une nouvelle émotion qui l'accrochait, mais celle-ci était bien trop agréable pour qu'il ose s'en défaire... Il avait envie de prendre Valérie dans ses bras et la faire tourner dans une valse silencieuse dont ils seraient les seuls à connaître le tempo.

Marie sentit ce léger parfum, si subtil, que l'amour évapore entre deux êtres... elle se leva avec souplesse et ajouta à l'intention de Frantz :

« Cupidon est en liesse!... Me raccompagne-tu, mon petit cœur ? »

Frantz se leva à son tour, prit entre les siennes les mains fines de Marie et s'adressa à son oreille pour murmurer :

« Jusqu'à ta porte et, même plus loin encore !... »

Marie le repoussa de l'index sur le menton et ajouta :

« Je ne sais pas si papy et mamy Meyer te laisseront aller plus loin... mais tu peux toujours essayer !... »

Valérie s'était levée et Ray en fit autant... ils les accompagnèrent jusqu'à la porte. Sur le seuil ils se regardèrent tous les quatre, puis Valérie enlaça Marie, elle la berça quelques secondes et ajouta en la tutoyant .

« Toi ! Oh toi ! je voudrais te dire... »

Mais Marie sur le même ton la rassura :

« Mais tu viens de me le dire ! Là, à l'instant, de toutes tes forces et de toute ton Ame... Sois heureuse, apprenez l'Amour tous les deux ! C'est facile, tu verras, cela ne tient qu'en quatre mots "Je suis pour Toi " ! »

Elles se séparèrent et Valérie prit Frantz entre ses bras, fraternellement, le sourire en coin :

« Tu es robuste, Frantz !... J'espère que mes petites agressions ne t'ont pas trop perturbé...Ta fermeté m'a permis de tenir jusqu'à l'essentiel... Bonne route à tous les deux! »

Ray était encore ému, il vit partir Marie et Frantz avec nostalgie, mais le fait d'être maintenant avec Valérie le comblait d'une joie profonde. Il se sentait réunifié. La porte refermée, Valérie se glissa contre lui et murmura :

« Je suis morte de peur et de plaisir… je ne sais pas quoi nous dire. »

Ray sourit, la chaleur du corps de Valérie parcourait le sien en ondes tièdes et troublantes… il chuchota :

« Commençons par dire le principal ! »

« Et, c'est quoi le principal ? »

D'un geste rapide, il éteignit la lumière…

Chapitre 5

D'une étoile à six branches...
à la croix...

Marie et Frantz déambulaient dans les rues, cherchant une station de taxis... Comme beaucoup d'amants en ce monde ils se tenaient ou plutôt Frantz se cramponnait à la taille de Marie... il la dépassait d'une bonne tête... Les magasins dispensaient une gabegie de lumière qui flottait sur les trottoirs humides, leurs vitrines interpellaient avec outrance le chaland pour le faire rêver sur une nuit dont le sens réel s'effilochait au gré des siècles, pour n'être plus qu'un rite pantagruélique couronné de lendemains pâteux et brumeux...

Dorénavant, Frantz n'avait plus peur de vivre un rêve... celle qu'il tenait contre lui était maintenant bien réelle. C'était bien Sarah... sa Sarah !... Pourtant sa raison, trop malmenée, lui faisait encore l'affront d'opposer des résistances... Les concepts sont d'acier et de granit... Il n'arrivait pas à intégrer ce retour miraculeux. Alors pour se convaincre, Frantz se tournait vers Marie, il l'observait, Marie ou Sarah... quelle importance... et elle, sentant son regard inquiet, s'en emparait pendant quelques secondes... ils s'arrêtaient alors, sans doute émus ou trop heureux pour continuer leurs pas... puis leurs visages se rapprochaient, ils s'effleuraient du bord des lèvres et repartaient rassurés... Frantz ne voyait rien, que Marie !...

il ne ressentait rien d'autre qu'elle… Néanmoins les gens passaient et accompagnaient souvent leur passage d'un détour de tête pour observer ce couple étrange… Lui, ce garçon, plutôt un homme, et elle, cette adolescente fragile, cette femme fleur…

Alors, l'esprit de province juge, parce qu'il perd ses repères, le non-respect de la normalité… Ceci ne devrait pas être… l'Amour qu'on veut étalonner… là on peut, là on ne peut plus… l'arbitraire des gens qui crient "vous n'avez pas le droit !… elle est trop jeune et vous trop vieux !"… Mais qui est le plus jeune de Frantz ou de Marie ?… Illusion ! illusion de l'âge, Frantz, près d'elle, est encore un enfant… Ce qui est folie aux yeux des hommes est sagesse aux yeux de Dieu ! Ils allaient ainsi, tranchant l'incompréhension, piétinant leurs juges par leur sérénité, bravant les reproches parce qu'ils en avaient le droit, ce droit inaliénable qui est donné à ceux qui savent enfin AIMER… Finalement, ils trouvèrent un taxi et s'y engouffrèrent pour fuir le reste… Frantz lança l'adresse au chauffeur :

« 18 rue Victor-Hugo, s'il vous plaît. »

La dauphine s'englua dans le flot de véhicules qui grossissait au fur et à mesure de la sortie des bureaux… Marie posa sa joue contre celle de Frantz et celui-ci réalisa qu'ils étaient enfin presque seuls pour la première fois… Il n'osait parler, il avait mille choses à avouer, mais il se taisait. Marie le sentit et elle l'embrassa au coin des lèvres, puis elle s'enhardit un peu plus et Frantz se laissa aller… Il retrouvait cette impression première où tout repart, tout recommence… Les 17 années se diluaient, il se sentait à nouveau dans son uniforme, dans ses 19 ans… leur histoire reprenait là où ils l'avaient laissée… c'est à dire hier… Il murmura au milieu d'une kyrielle de baisers pointus : "Sarah !"… Elle lui répondit en riant doucement, presque en silence :

« Tss… Tss !… c'est Marie maintenant, ne l'oublie pas… j'ai changé de prénom, de nom, et même… la couleur de mes yeux… ils sont verts maintenant… cela te gêne ? »

Frantz prit son visage entre ses mains, il l'observa un court instant et ajouta :

« Ce sont toujours tes yeux, car c'est le même regard, la couleur n'y enlève rien… Vert, bleu, quelle importance !…

C'est toi ! malgré ton nouveau nom… c'est toi ! J'ai seulement peur de me trahir quand nous ne serons pas seuls. Car j'ai l'impression qu'il n'y a pas eu de coupure, que tu n'es pas partie durant toutes ces années !… qu'il s'est simplement agi d'un long cauchemar !… Si je voyais là, maintenant, des soldats de nos troupes d'occupation, je ne serais pas choqué tout de suite !… Pourquoi cette étrangeté ?… »

Marie mordit un peu sa bouche, puis ses joues et le rassura :

« Mais, Monsieur l'Officier, je n'ai pas la réponse à toutes les questions ! il suffit de connaître l'essentiel !… c'est étrange !… Point !… »

« Je ne suis plus officier, c'est fini !… »

« Il en reste encore de beaux lambeaux… le sais-tu ? »

« Oui, hélas, je le sais… je le sens surtout !… »

Frantz glissa la main dans les cheveux de Marie, éprouva le soyeux de sa nuque… Son parfum le faisait naviguer dans une douceur diaphane, il réalisa qu'elle s'était écrasée contre lui… il perçut la tiédeur de son corps et la sérénité du sien le déconcerta… il confessa :

« J'ai parfois l'impression d'être un moine !… quand tu es là… là, si près, si vivante, je devrais… »

Marie exprima une sorte de gazouillis…

« Mais c'est normal, Frère Lilienthal, vous faites sans doute le syndrome de la Madone,… pourtant, j'ai un souvenir merveilleux,… celui d'une nuit irréelle tellement elle fut belle… J'en ai retrouvé le vécu à l'hôpital dans ce corps que tu n 'as point encore connu et qui conserve la trace émue de celui de Sarah… »

Frantz prit un peu de recul, enserra les épaules de Marie et ajouta :

« Tu ne sauras jamais combien de fois j'ai revécu cette nuit !… j'en ai moi-même perdu le compte. Je n'ai jamais été seul… pas une seule fois… et pourtant j'ai souffert… t'avoir dans mon cœur n'était pas suffisant… Oui ! une nuit de brasier pour tant d'autres de glace ! »

Marie enfonça ses ongles dans sa poitrine, elle voulait le faire vivre, car elle le sentait soudain tendu :

« Frantz, libère-toi !... Je suis là, contre toi !... Je ne suis pas un rêve... c'est bien moi !... Nous enlèverons ce doute qui t'étreint sans cesse... c'est fini, tout ça est bien fini !... Je sais que tu ne m'as pas crue quand je t'ai dit que je reviendrais... C'est normal ! là, où tu étais situé à cette époque, tu ne pouvais vraiment pas m'entendre et encore moins m'écouter !... Si cela peut te rassurer, nous pouvons rester ensemble cette nuit... mais maintenant tu n'as plus rien à craindre... il ne peut plus rien nous arriver... »

Frantz sourit enfin :

« Non, ce n'est pas nécessaire... Je peux attendre de te voir en blanc et je t'offrirai les plus beaux sommets de Bavière plutôt que cette chambre minable et crasseuse que... »

Marie l'interrompit :

« Non, ce n'était pas une chambre minable et crasseuse !... car nous y avons consacré le plus bel acte qu'un homme et une femme peuvent s'accorder... elle fut transformée en palais par la magie de notre amour.

« Il n'y en a jamais eu de plus belle, simplement parce que nous y étions et que tu m'as aimée comme ta femme... et que je t'ai aimé comme mon mari... Ses murs garderont, longtemps encore, l'empreinte de notre joie... de ce grand bonheur qu'on s'est donné. »

Frantz ne répondit pas, son doigt glissa sur la poitrine de Marie. Il se revoyait à nouveau dans la chambre, et jamais l'image ne fut aussi forte... La voix du chauffeur le ramena à la réalité :

« Voilà M'sieu-dame, le 18 ! »

Frantz lui répondit en lui tendant l'argent de la course. :

« J'en ai pour une minute, ne partez pas ! J'ai encore besoin de vous... vous me ramènerez à mon hôtel... ».

En enfer, si tu veux bien, songea le chauffeur, putain de Fridolins, ils nous ont pas assez emm... comme çà... peuvent pas rester chez eux... non ? C'est bizarre, ce type y me rappelle quelqu'un..., et cette gamine qui se roule sur lui... on voit bien qu'elle n'a pas connu la guerre cette c...e ...Perdu dans ses délicieuses pensées il sursauta quand Marie se pencha à sa portière...

« Non, non... ne restez pas ! Je crois qu'il en aura pour plus d'une minute ! »

Hargneux, il maugréa :

« Comme vous voulez !... En attendant, si j'étais votre père, je regarderais de plus près vos fréquentations... mam'zelle ! un boche c'est toujours un boche ! »

Gentiment, Marie répondit avec douceur :

« Merci pour mon mari, monsieur ! »

Elle le laissa médusé et glacé dans son embarras. Elle lui tourna le dos pour s'adresser à Frantz qui avait quand même entendu... « Ils nous en veulent toujours !... » murmura-t-il avec un peu de tristesse.

« Bien sûr mon Amour, mais cela s'estompera avec les années. Tu sais, un jour, Allemands, Anglais, Français... et les autres ne formeront qu'un seul peuple, ils seront Européens... Rien ne se fait facilement,... tout a un prix ! Les six millions de Juifs disparus ont bouleversé bien des consciences et, de cela, est né l'Etat Hébreu... "L'an prochain, à Jérusalem" dit-on au "Yom Kippur[1]"... ce n'est plus une phrase rituelle aujourd'hui, c'est une réalité... Dorénavant, il y a une autre réalité... »

Elle sourit en lui prenant le bras et ajouta :

« Maintenant, il te faut affronter papy et mamy Meyer !... »

Frantz s'arrêta net :

« Qu'est-ce que tu complotes ? Je vais faire mourir ces pauvres gens dès que j'apparaîtrai sur le seuil... sans préparation et... »

Marie le reprit par la main et le tira vers le portail, en expliquant :

« Je ne prépare personne ! ni toi, ni eux ! comme cela, le mental n'a pas le temps de s'emballer... Allez hop ! Veux-tu m'épouser oui ou non ? »

Frantz était atterré par cette décision rapide et bafouilla :

« Mais... mais, bien sûr !... mais pourquoi eux, en premier !... »

1 – Yom Kippur : fête Juive *"Le Grand Pardon"*.

Marie éclata de rire :

« Question de préséance c'est tout !... Ta demande en mariage, tu la fais d'abord aux Meyer... et ensuite les Gauthier !... ».

Frantz reprit ses esprits et retrouva son humour :

« J'espère que tu sais ce que tu fais... à propos, je demande la main de qui, à M. et Mme Meyer ? la main de leur fille Sarah ou de... »

Marie sonna et répondit moqueuse :

« Je te laisse le choix de celle que tu veux épouser !... Tu vois, je ne suis pas jalouse. »

Frantz allait répondre quand la porte s'ouvrit, il reconnut Mme Meyer qui s'écria :

« Ma chérie, on commençait à s'inquiéter... »

Puis, elle aperçut Frantz qui sortait de l'ombre et ses yeux trahirent son effroi... Elle venait de comprendre mais Marie la devança aussitôt en faisant les présentations.

« Mamy, je te présente Frantz Lilienthal... »

Elle tenait la main de Frantz fermement serrée dans la sienne et elle l'entraîna, avec volonté, à l'intérieur... Quand ils arrivèrent dans le salon M. Meyer était déjà debout, mais ses pas se figèrent en voyant... Frantz... Il ressemblait à un gisant debout. Marie l'entreprit aussitôt :

« Assieds-toi, papy ! Je vais te présenter quelqu'un. »

Mais M. Meyer venait, très vite, de réaliser l'identité de l'intrus... Très pâle, il s'assit en murmurant :

« C'est inutile, Marie, je me doute... je sais qui est ce monsieur !... Pour... Pourquoi l'as-tu amené ici... ? »

Mme Meyer s'était assise, comme une ombre, sur le bord d'un fauteuil, les jambes serrées et ses mains posées à plat sur ses genoux... On devinait, aux légers mouvements de ses lèvres, qu'elle priait... Marie regarda tour à tour ces deux êtres qui lui étaient si chers et répondit à tous deux :

« Si Frantz est là ce soir, c'est parce qu'il a quelque chose d'important à vous déclarer... Ne croyez pas que je veuille précipiter les événements, mais je tiens à ce que les choses soient bien claires car je ne veux pas vivre dans la clandestinité, ma deuxième histoire... »

Elle se tourna vers Frantz et l'encouragea d'un sourire tendre et de quelques mots :

« Petit cœur, c'est le moment de te déclarer ! »

Frantz avala sa salive avec difficulté, l'étrangeté de la situation le paralysait, il chercha un peu de secours auprès de Marie… Sa Marie…

« Je… je ne sais pas comment formuler ma demande et à qui… enfin Monsieur et Madame Meyer, je voudrais épouser Marie… »

Mme Meyer poussa un petit "Oh" qui ressemblait davantage à un gémissement qu'à une exclamation… M. Meyer semblait ne plus vouloir respirer, puis… réalisant que ceci avait une grande utilité, il aspira une grande goulée… Son visage se colora d'écarlate et il répondit en faisant un gros effort pour retenir ses mots :

« Epouser Marie !… mais… mais, il n'en est pas… et… et puis nous ne sommes pas habilités pour accorder un consentement… Nous… nous ne sommes que ses grand-parents adoptifs… C'est… c'est à ses parents, M. et Mme Gauthier… et puis d'abord… je voudrais bien savoir…. comment vous et Marie vous êtes connus et puis toi… Marie que signifie tout ceci ! quand tu dis que tu ne veux pas vivre ta deuxième vie dans la clandestinité ?… Je ne comprends pas !… »

Frantz écarta les mains pour signifier à Marie son impuissance, elle vint aussitôt à la rescousse :

« Attends papy ! tu vas tout comprendre ! mais ne t'impatiente pas !… Frantz, puisque ce n'est pas du ressort de mon grand-père en ce qui concerne Marie,… essaye autrement… tu as dans ce domaine beaucoup plus de chances que n'importe qui… alors profite de l'aubaine… »

Frantz fut encore plus inquiet, car il comprenait le sous-entendu… et où Marie voulait mener son monde… Il hésita encore un peu :

« C'est… c'est bien ce que tu veux ? »

Marie confirma de la tête… Les Meyer sentirent à leur tour que quelque chose se tramait… Les deux comploteurs menaient la danse… Frantz regarda alternativement ces deux vieilles personnes... Comment allaient-ils recevoir cette nouvelle ? Puis, il se décida et doucement, en pesant ses mots, il reformula sa demande :

« Bien ! Monsieur et Madame Meyer je réitère ma demande, mais de façon différente cette fois... Voici, suivant la formule consacrée en France, j'ai l'honneur de vous demander la main de votre... fille ici présente Sarah Meyer !... »

Le tigre est un félin qui se ramasse souvent avant de bondir... et Frantz sut ainsi que le fauve cohabite toujours plus ou moins en l'homme... Marie pressentit la détente et intervint aussitôt :

« Papa !... qu'en penses-tu ?... me feras-tu cet honneur ? »

Le "Papa" avait claqué un peu au-dessus des autres, il survolait la pièce, la remplissait, et, comme au bruit du fouet, le grand félin que pouvait être M. Meyer sembla se statufier... Mme Meyer poussa encore un petit cri, puis le silence glissa doucement...

Alors, Marie l'éloigna aussitôt, en plantant la flamme verte de ses yeux dans leurs regards disloqués par la surprise :

« Maman, papa ! Frantz attend une réponse !... Il aurait voulu vous faire cette demande il y a très longtemps ! mais la situation, je dois dire, ne le permettait pas... et le temps n'était pas venu de le faire... maintenant, il peut et ne veut plus attendre... et nous ne voulons plus attendre... Vous qui connaissez mon histoire par l'intermédiaire de mon cahier, vous qui savez par quoi nous sommes passés pour arriver à ce jour... Je vous demande votre bénédiction !... pour tous les deux, pas que pour moi ! »

Après ces quelques phrases, Marie les observa à tour de rôle puis elle se leva pour aller s'agenouiller près de Mme Meyer... elle enlaça son corps de ses bras et murmura comme une caresse :

« Maman c'est moi,... je suis encore ta petite Sarah, même si, à l'hôpital, j'ai simulé mon identité de Marie, mais c'est bien moi... tu l'as toujours su même si tu t'en défendais... Vois-tu, je me souviens encore très bien de l'épisode de ma poupée... Myriam, que j'ai prise sur la chaise... C'est ma poupée, t'ai-je dit, c'est Myriam et tu as pleuré... Je ne pouvais pas faire autrement que la reconnaître... je l'avais tellement aimée cette poupée !... Comme ma chambre... elle en a crée des images, tu sais... mais c'était confus, puis avec les années, cela s'est estompé ou plutôt le passé et le présent se sont mélangés intimement de telle sorte que je n'y attachais plus d'importance... Tu comprends maman ? »

M. Meyer s'était levé à son tour... Accroupi près de la jeune fille, il en pleurait... Sa femme se répandait à gros sanglots, elle étreignait Marie et bafouillait des mots en yiddish où revenait le nom de Sarah... Adonaï[1]... Frantz se sentit de trop dans cette intimité... Il se leva pour s'en aller mais la voix de Marie le cloua à son premier pas :

« Monsieur l'officier, on ne déserte pas dans mon dos... veuillez garder votre position et attendre mes ordres. »

Marie était belle dans cet amour... Pour ses parents, elle semblait transfigurée, elle avait légèrement tourné la tête vers Frantz qui, vaincu et ému, se rassit en silence... Enchaînée entre deux paires de bras qui refusaient de se dénouer, elle se laissa tanguer sur ce roulis de tendresse... Son père essaya plusieurs fois d'éclaircir sa voix, il reniflait et hoquetait tant et plus... Marie se dégagea avec précaution et prit chacun d'eux par la main pour les entraîner vers le canapé... là, avec délicatesse et à l'ombre de sa force elle les fit asseoir, s'installa entre eux,... puis laissa tomber quelques secondes pour ajouter :

« Vous aviez l'air si inquiets à l'hôpital, si désireux, que je redevienne Marie que j'ai abondé dans ce sens... Cela va devenir notre secret... mais qu'allez-vous nous répondre... pour Frantz et moi ?... »

M. Meyer dodelina de la tête, il avait du mal à parler. Il se concentra un moment, reprit un peu de souffle et de vaillance, et parvint à articuler :

« Mais oui ! Sarah... Sarah !... mon Dieu ! comment est-il possible d'avoir le droit de prononcer encore ton nom !...

---

1 – Adonaï : un des noms de Dieu en hébreu.

Pourquoi un tel miracle ? Pourquoi Dieu te rend-t-il à nous ?... Pourquoi cette exception ? Sans doute le Seigneur voulait-il qu'il en soit ainsi !... »

Puis il s'adressa à Frantz avec plus de calme :

« Vous rendez-vous compte, jeune homme, de l'incohérence de notre situation... vous voulez épouser notre fille que... les vôtres,... je dis bien... les vôtres, ont... assassinée, il y a quelques années... Dieu nous la rend, pour nous la prendre à nouveau en vous la donnant !... C'est à ne plus rien comprendre à ses volontés et à ses desseins mais sans doute sait-il ce qu'il fait... et Sarah aussi... »

Frantz pensa qu'il était encore un peu tôt pour faire de l'humour, mais pour détendre l'atmosphère, lourde d'émotion, il s'y essaya quand même :

« Monsieur Meyer, il faut bien qu'un premier couple se lance dans la réconciliation de nos deux peuples... Nous aurons les premiers enfants Judéo-Ariens !... Après, je vous assure que Himmler dans sa tombe, s'il en a une, ne trouvera plus jamais le repos... »

M. Meyer hocha la tête :

« Si je ne connaissais pas votre histoire à tous deux, je me demanderais comment une telle alliance est possible entre vous... Il était temps que cela finisse... Dieu l'a voulu ainsi... que son Saint Nom soit béni !... et ce n'est ni moi, ni Rachel qui pourrons nous y opposer !... »

Après coup il réalisa les répercussions en cascade de cette union et s'écria :

« Seigneur, je réalise l'étendue des complications si... si Sarah était encore notre fille... J'en frissonne, vous nous voyez inviter la Communauté Juive à votre mariage !... Alors Shimon ! que fait-il ton gendre ?... il a un drôle d'accent !... serait-il Juif Allemand ? il en reste encore ?... vous imaginez !... de quoi en manger mes Phylactères[1] !... »

---

1 – Phylactères : lanières de cuir que le pratiquant se met autour du bras pour réciter ses prières du matin et sur lesquelles sont inscrits des versets de la Thora.

Marie arrêta son imagination :

« Papa… papa, je t'en prie… je ne suis plus Sarah maintenant ! C'est fini… fini !… Sarah est morte… même si je suis encore près de vous !… Ceci restera un secret entre quelques personnes… mes parents, les Gauthier, devront toujours l'ignorer. Pour eux il n'y aura que Marie… Pour vous, pour Frantz… d'ailleurs, Marie n'est que la continuité de Sarah… et Marie s'en ira un jour aussi… Comme chaque nom et chaque forme ne peuvent perdurer dans le monde phénoménal, s'attacher à tout en revient à construire notre propre prison alors que notre vraie nature est d'être libre !… Je sais que vous m'avez aimée et que vous m'aimez encore… et non pas pour ce que je représentais pour vous, mais pour ce que j'étais. Du temps où j'étais votre fille, j'étais juive,… devenue votre petite-fille, je suis catholique… et, au cours de mes vies, j'ai eu bien d'autres confessions…

« Cela nous amène à réfléchir sur le non-fondé des guerres de religion… des anathèmes que l'on s'envoie à la tête par Thora ou goupillon interposés… Tout cela est bien infantile et ressemble aux guéguerres de récréation où des gamins s'affrontent parfois violemment pour assurer que leur père est le plus fort… Mais nous reparlerons de tout cela une autre fois. Je ressens, papa, que bien des questions te montent aux lèvres,… sur la Thora et… plus particulièrement… sur la Kabbale. »

M. Meyer sourit, ému et embarrassé :

« Marie ! comment fais-tu pour toujours tout savoir d'avance !… Bien sûr, je veux savoir… te rends-tu compte du bouleversement religieux que tu installes dans notre vie ?… Enfin, pour l'instant, il s'agit de vous deux… que comptez-vous faire ? »

Marie approuva en ajoutant :

« Frantz va renouveler sa demande auprès de mes parents… C'est tout bête… ! »

Frantz intervint aussitôt :

« Marie, mon petit cœur, tout te paraît simple… mais, tes parents, les Gauthier, te considèrent encore, j'en suis sûr, comme une petite fille… je ne me vois pas en train de leur demander ta main… Tu réalises ? j'ai 36 ans aujourd'hui… mes 19 ans sont loin !… »

Marie éclata de rire :

« Mais je ne te demande pas de descendre les 4 marches du perron du 18 pour franchir, aussitôt, les 4 autres du 16…, sonner, dire "Bonjour !" et clamer à ces braves gens, et sans aucun bouquet à la main ni gants beurre frais… "Je viens… bla-bla !" Non !… Non, le principal, tu l'as fait aujourd'hui, le reste se fera plus lentement… »

M. Meyer argumenta à son tour :

« Euh… Monsieur a raison ! Comment vas-tu faire avaler ta fréquentation avec M. Lilienthal… tu ne crois pas que la couleuvre sera un peu grosse ?… »

Marie reprit son sourire mutin :

« Comment ? mais je crois que je vais, tout simplement, tomber amoureuse d'un neveu que vous aviez perdu de vue depuis longtemps… Lilienthal… ça fait Juif ?… vous ne trouvez pas ? »

Frantz se mit à rire en secouant la tête :

« Eh bien, mon bébé, tu n'es pas à court d'idées !… et ici, bien entendu, je vais te faire une cour pressante à laquelle évidemment, tu ne sauras résister en aucune manière… On pourra presque écrire : "Chronique d'un amour annoncé" !… »

M. Meyer s'inquiéta :

« Bon Dieu !… pardonne-moi Seigneur, je blasphème, mais ces deux enfants vont nous entraîner dans des… »

Marie le coupa avec vivacité :

« Ah ! si vous voulez des petits-enfants officieux ou des arrières-petits-enfants officiels… il faudra nous aider !… »

Mme Meyer leva les mains au ciel, elle était épanouie, ses cils encore mouillés de perles minuscules contrastaient avec ses yeux pétillants de bonheur…

« Des… des petits-enfants… Shimon ! tu te rends compte ?… des petits-enfants !… mais j'y pense ces enfants, ils seront Chrétiens… pas Juifs… »

Marie intervint avec tendresse et humour :

« C'est vrai que cela vous a beaucoup gênés d'adopter une petite fille catholique !... cela vous a posé bien des problèmes de conscience et de foi... Une fille de "Goï"[1]... que cela a été dur pour vous !... Mais qu'à cela ne tienne, maman, nous ferons un juif et un chrétien... comme ça, ils pourront se persécuter autant qu'ils voudront... Tu sais, petite mère, tout ceci n'a aucune importance... Ils seront ce qu'ils seront... point... !... Mais, si nous passions à table... j'ai un grand soldat à nourrir maintenant... »

Marie se leva, alla vers Frantz et sans aucune retenue s'assit sur ses genoux :

« Monsieur mon fiancé, vous allez goûter à la cuisine d'une Sage de Sion... et sans protocole[2]... »

Frantz fut envahi du parfum de Marie et frissonna au contact de son corps douillet... il fut heureux de sentir que ses mains voulaient partir en voyage... mais il ferma les yeux et ressentit une gratitude qui s'échappait de lui vers l'extérieur...

Sarah, c'était sa naissance, ce fut son exil. Elle avait été le centre de toute son existence ; maintenant revenue, elle lui offrait une famille qui verrait grandir la leur... Une petite fille, blonde comme sa mère,... les yeux ?... comment seraient les yeux ?...

---

1 – Goï : les non-Juifs sont appelés Goï par la communauté israélite.

2 – Marie fait ici un jeu de mots, en référence au fameux protocole des Sages de Sion... protocole créé de toutes pièces par la Tchéka, la police politique du tsar de Russie, pour justifier les persécutions antisémites... Il stipulait que les Juifs œuvraient de partout dans le seul but de devenir les Maîtres du Monde... Bien que reconnu comme un faux, beaucoup y adhérent encore par ignorance et par stupidité... Hitler lui-même ne s'est pas gêné pour l'utiliser.

Chapitre 6

Qu'as-tu appris… ? Et compris… ? Car tout commence maintenant… !

Noël s'installa avec tout son cortège et Frantz, neveu inattendu des Meyer, participa à cette fête, invité de dernière heure chez les Gauthier qui, inlassablement, invitaient les grands-parents adoptifs de Marie… Ceux-ci abandonnaient volontiers pour quelques heures leurs convictions religieuses, rien que pour communier avec la joie de Marie… Combien de sapins avaient ainsi défilé autour d'elle et l'avaient vue à tous les âges Marie-bébé… Marie-fillette… Marie-adolescente… maintenant Marie-jeune-fille et Marie amoureuse prête à partir…

Ce Noël fut un peu différent, mais les Gauthier ne s'aperçurent de rien, leur fille était guérie, leur était rendue, et tout à la joie de ce moment, ils ignorèrent cet air de mélancolie légère qui planait sur ceux qui avaient couvé leur enfant mieux qu'ils auraient pu le faire eux-mêmes… Non ! même ce garçon un peu réservé, avec qui Marie s'entretenait discrètement, n'entraîna aucune curiosité. Ils étaient des gens simples, travaillant beaucoup, et, dans leur vie, les loisirs tenaient bien peu de place… Seule, Mme Gauthier, comme toute mère sensible et attentive, ressentait que sa fille n'était plus tout à fait la même…

« Elle a toujours été bien plus mûre que son âge, songeait-elle, en fait elle ne fut jamais une enfant... Pourquoi ?... »

De cette réflexion elle ne s'inquiéta guère, Marie avait l'air heureuse... « Peut-être un peu trop, mais on ne l'est jamais assez !... »... se corrigea-t-elle

Les reliefs du festin avaient disparu et chacun dans son fauteuil se préparait à subir les affres de digestions périlleuses. M. Gauthier fit circuler sa cuvée personnelle de Calvados quand Marie, avec une innocence consommée, proposa à Frantz de visiter la ville... Son père approuva, citant, avec force détails les endroits pittoresques, curieux et historiques de la vieille ville...

« Emmène-le derrière le phare !... Tu lui montreras ces monstruosités de béton que ces cochons d'Allemands nous ont laissées en souvenir... Vous verrez Frantz, c'est énorme... "Kolossal" comme ils disaient... ça vaut le coup d'œil. »

« Oui ! l'organisation *Todt*, je présume ! » suggéra Frantz, un léger sourire aux lèvres .

« Ah ! je vois que vous connaissez... Heureusement que vous aviez pu fuir l'Allemagne ! Il paraît qu'ici, pendant la guerre, ils avaient même une *Panzer Division,* vous vous rendez compte !... et des S.S. en plus... Brr... , c'est qu'ils n'étaient pas faciles, ceux-là !... J'aurais pas voulu que ma fille en rencontre un ! »

M. Meyer s'étouffa d'un coup et se mit à tousser violemment, il dut reposer son verre et, toujours volubile, le père de Marie mit cela sur le compte de son Calvados :

« Il décape, hein ! Shimon, vous verrez dans dix minutes on repasse à table... »

Marie enfila son manteau tandis que Frantz en faisait tout autant avec son blouson, elle ajouta avec un léger sourire en coin :

« Vois-tu Papa ! Je ne vais pas emmener Frantz sur les restes du IIIe Reich... Je ne crois pas qu'il se passionne tellement pour ces lambeaux d'histoire... Tu sais, la guerre, les S.S. ... tout cela lui est sans doute bien étranger... »

M. Meyer se remit à tousser :

« Allons, Shimon remets-toi ! pourtant ce calva... il est chargé d'histoire... il a vu le débarquement... Vous voulez y goûter à ce calva du débarquement ?... »

Frantz répondit sans regarder personne :

« Non ! je vous remercie ! Moi, vous savez... le débarquement... C'est du passé !... oui ! le passé !... »

Marie le tira par la manche. En les voyant sortir, Mme Gauthier se trouva envahie par une étrange sensation...

« Quel beau couple, pensa-t-elle. Dire qu'un jour elle sera amoureuse... enfin, ce n'est pas demain... à cet âge on ne sait rien de la vie... ni de l'amour... c'est encore l'innocence ! »

Elle se rassit et trouva Mme Meyer un peu pâlotte :

« Vous allez bien, Rachel ?... Je peux vous donner un peu de bicarbonate pour digérer... »

Rachel soupira :

« Euh non ! ce n'est pas vraiment la digestion... »

Mme Gauthier poursuivit :

« Il est bien votre neveu ! c'est un garçon charmant et très bien éduqué... heureusement que vous me dites qu'il est juif, sinon je m'y serais trompée ; son maintien et sa politesse me font penser à la vieille aristocratie prussienne... »

Mme Meyer se liquéfia un peu plus :

« Ah ! vous trouvez ! c'est amusant !... oui ! c'est un garçon charmant. Quand il était jeune, en effet, ses parents, avant l'arrivée d'Hitler au pouvoir, fréquentaient une certaine noblesse teutonne... des Von Glücke... je crois... C'est sans doute ce qui explique cela... »

Quelques toussotements discrets de M. Meyer ramenèrent sa femme à plus de réserve... mais Mme Gauthier décidément très en verve, continuait de plus belle :

« Marie a très vite sympathisé, comme si elle le connaissait depuis très longtemps... C'est drôle... ça m'a fait une drôle d'impression de les voir partir ainsi bras dessus, bras dessous... comme... comme si une histoire commençait... vous ne trouvez pas Rachel ?... »

L'intéressée se passa une main fiévreuse sur le visage :

« Je... je ne sais pas, Monique... je ne sais pas... Il n'y a que Dieu qui sait !... qui peut tout, voit tout et comprend tout ! »

Mme Gauthier éclata de rire :

« Mon Dieu… Rachel !… votre foi en Dieu fait envie… J'aimerais parfois le rencontrer… »

« Vous pouvez l'espérer, Monique, mais si ça vous arrive, vous n'en aurez pas de regrets !… »

Les deux jeunes gens marchaient l'un près de l'autre… Marie avait passé son bras sous celui de Frantz. De temps en temps, elle glissait sa main, furtivement, dans la poche de son blouson, pour rejoindre discrètement celle de son compagnon… Elle en caressait le dos puis laissait ses doigts prisonniers des siens quelques instants.

Le ciel était bas et gris… Un vent du nord-ouest s'acharnait à disloquer cette masse cotonneuse, sans y parvenir… Un peu d'humidité salée dansait jusqu'à eux, s'imprégnait sur leurs lèvres et irritait leurs yeux… l'odeur forte du varech de l'océan les ramenait loin en arrière et leurs pas, sans qu'ils s'en doutent, les conduisaient inexorablement sur un chemin parcouru autrefois… Silencieux, couronnés de chaleur interne, ils communiquaient de regards en sourires. Ils descendirent les quelques marches du phare pour retrouver l'anfractuosité du rocher… Ils se tournèrent vers le monolithe éternel et majestueux, leur livrant le dessin usé d'un soleil gravé… D'autres messages avaient enrichi la roche tendre au cours des années, hiéroglyphes touchants, témoins fragiles de serments dilués par la force de l'oubli. Mais le soleil était plus haut que les autres… Symbole de vie et de permanence…

Frantz enfonça son regard dans les yeux verts de Marie… Toujours avec cette même douceur, ils s'embrassèrent, sans désir ni passion… c'était toujours une première fois qui renaissait d'elle-même… et Marie continua, elle avait passé sa main derrière la nuque de Frantz et de ses lèvres caressait de baisers légers celles de celui qui l'avait tant attendue du fond de sa peine et de son exil… Le grondement lourd des vagues passait par-dessus les rochers de la digue… un cri de mouette déchira le vent et l'oiseau happé dans une rafale passa au dessus d'eux, emporté par le noroît en furie…

Marie se rapprocha, encore plus près, coula son corps contre celui de Frantz et parla la première :

« Parle-moi de toutes ces années, Frantz !... Comment les as-tu vécues... Savoir que je suis là au creux de toi, me prouve que tu as grandi... Où en es-tu avec toi-même ?... Qu'as-tu appris et compris ?... L'Inde ne fut pas un hasard, tu le sais, il n'y a pas de hasard... Tu as frappé à une porte et on t'a ouvert, tu as demandé et on t'a donné, tout simplement... Ce fut le bon moment de ta vie ! »

Frantz l'interrompit en secouant la tête lentement, comme pour révéler une certaine tristesse :

« Le bon moment de ma vie, dis-tu ! J'étais complètement désemparé ! Tous les jours j'espérais me tuer dans un accident contre lequel je ne pourrais rien et qui me permettrait de respecter la parole que je t'avais donnée... A force d'y penser... j'ai dû attirer ce pépin car un jour j'ai eu peur... Désirer mourir, c'est une chose qui pouvait s'expliquer... Je n'avais plus de but... rien... plus rien ne me rattachait à la vie... je n'avais plus de famille... alors j'attendais que ça arrive...

« Mais je n'avais pas vu que je faisais tout pour que ça arrive... Mon désir de mourir se faisait à mon insu et j'ai découvert que je forçais la dose un peu plus chaque fois. C'était très subtil... je finissais par voler par tous les temps, puis de plus en plus bas... je négligeais très souvent la rigueur du pilotage, prise de terrain sans volets, réchauffage du carburateur oublié et ainsi de suite... chaque jour apportait sa chaîne d'oublis et d'erreurs mais je continuais à voler... petites alertes, grandes alertes, rien n'y faisait, même mes visites prévol étaient bâclées... Je laissais mon mécano les faire à ma place, il préférait, vu l'attention que j'apportais à ces contrôles.

« Jusqu'au jour où j'ai eu un atterrissage difficile... Une seule roue du train était sortie... le manuel ne voulait rien savoir... j'avais encore beaucoup de carburant dans mes ailes... sans vide-vite... je savais que je risquais de finir en toupie ou en cheval de bois... c'est là que j'ai vraiment compris... Il y avait déjà deux voitures de pompiers prêtes à m'arroser,... et moi je m'en foutais... quelque part, j'étais soulagé que ça finisse... j'allais m'écraser, comme mon père. Ce serait un accident, je n'y pourrais rien... la faute à "pas de chance"... Je n'aurai pas trahi ma parole...

« J'ai réalisé que je me faisais complice de la situation, que j'en profitais, ma mauvaise foi m'a éclaté, si j'ose dire, à la figure… Je pouvais faire quelque chose, je n'avais qu'à suivre la procédure d'urgence alors je l'ai fait. Plusieurs tours de piste pour épuiser mes réservoirs, ensuite j'ai actionné, rentré et sorti le train jusqu'à ce qu'un miracle se produise… Pourquoi, comment… je n'en sais rien, mais la roue est enfin descendue. Tu vois… c'est bête ! mais, à cet instant, j'ai découvert que je ne devais surtout pas mourir, que je devais tenir… Ce fut comme une conviction soudaine… C'est après cet incident que j'ai décidé d'aller voir ces Saints hommes, car il y avait en moi une chose qui me manipulait !… »

Marie sourit à ces mots et ponctua simplement :

« C'est bien ! tu as vu l'essentiel quand il le fallait…Vois-tu, c'est quand on touche le fond que l'on peut poser le pied et s'en servir de point d'appui pour rejoindre la surface et là, ton point d'appui, c'était ta souffrance !… Et cette rencontre… cette première rencontre, raconte-moi !… »

Frantz baissa les yeux pour épouser ce regard clair qui le rassurait tant :

« C'était à Tiruvanamalai, il y avait là un Swami[1]… Les gens faisaient des centaines de kilomètres pour le voir et l'entendre… Mon mécano indien, plusieurs fois, voyant mes accès de tristesse, m'avait encouragé à le faire mais je refusais… Je n'étais pas prêt… puis un jour, cet animal, qui tout en étant Indien avait une bonne culture de l'Occident, m'a sorti une phrase d'un poète de chez nous… Je me souviens, j'étais assis sur un bidon d'essence et je fumais au mépris de toutes les règles de sécurité… Je devais afficher une mine encore plus douloureuse que d'ordinaire, il s'est planté devant moi, essuyant ses mains graisseuses avec un chiffon encore plus sale, m'a souri et m'a lancé dans son mauvais anglais cette phrase que Chérubin chante dans le "Mariage de Figaro" de Beaumarchais : "Je veux souffrir ma peine et non m'en consoler"… Il est arrivé à me faire rire et j'ai réalisé combien

1 – Swami : sage hindou qui a réalisé la nature de l'Atman ou du Soi.

c'était vrai... Il a ajouté « Ce n'est pas parce que tu reprendras goût à la vie que tu l'auras pour autant chassée de ton cœur... Crois-tu que, si elle te voyait dans cet état, elle serait heureuse ?... Ce n'est pas ainsi que tu lui prouveras que tu l'aimes, c'est en faisant quelque chose pour toi ! ». Alors, j'ai jeté l'éponge, je me suis senti mûr et entre deux missions, je suis allé à cet Ashram[1]... ! »

Frantz laissa filer un peu de silence... Son regard passa très au-dessus de Marie, puis il lui vola un baiser au coin des paupières et poursuivit :

« Tu sais, quand je me suis trouvé devant cet homme, j'ai vécu un moment très étrange... je n'ai pas bien compris tout de suite, mais quand il m'a regardé, ce fut comme une révélation... A part toi, jamais personne ne m'avait regardé avec autant d'amour, d'indulgence et de compassion... Je me sentais nu devant lui, comme s'il me voyait tel que j'étais et je n'avais pas peur, parce que je ne me sentais pas jugé ou comparé... au contraire, je me sentais aimé malgré tout ce que je trimballais en moi, ma rancœur, ma haine envers moi-même et cette putain de souffrance qui était devenue ma compagne journalière... Je vivais avec elle, bouffais avec elle, m'endormais avec elle, même dans mes rêves elle était là et à mon réveil, toujours fidèle elle affichait sa sale gueule !... Mais lui, il me souriait, j'avais l'impression qu'il était plein de lumière... Je ne savais plus où j'étais, et puis ça a craqué partout,... sous son regard, je me suis effondré en pleurant... Je ne sais pas combien de temps cela a duré... »

Frantz s'était arrêté, sans doute ému par ce souvenir... mais Marie, par une pression de ses mains sur sa poitrine l'encouragea :

« Ne t'arrête pas, petit cœur, continue ! »

Alors Frantz poursuivit son récit :

« Quand je me suis calmé... je l'ai regardé et là, il m'a posé une drôle de question en anglais : "What do you want ?"... surpris, j'ai dû bégayer... Je crois que j'ai répondu : "Je suis

1 – Ashram : monastère indien.

venu vous voir, parce que je n'en peux plus de souffrir"... Sa réponse fut aussi surprenante que sa question : "Ainsi vous souffrez de souffrir... mais qui souffre ?... non pas vous !... et, qui est ce Vous à qui je m'adresse en ce moment ? Il faut que vous sachiez que vous ne savez pas qui vous êtes !... "ça" souffre en vous parce que vous vous êtes identifié à un personnage qui vous habite plus que tous les autres... et c'est ce personnage qui souffre... pas le vrai Vous... lui est toujours libre, pur, non affecté ! Désirez-vous partir à sa rencontre ?"...

« J'ai dit oui sans hésiter en questionnant :

« Mais qui est ce VOUS dont vous me parlez ? »

Alors cet homme merveilleux, avec son ineffable sourire me dit :

« C'est l'Atman[1],... c'est votre ETRE véritable,... votre vraie nature, celle que chacun de nous, homme ou femme, en ce monde, a le droit et la joie de découvrir pour faire cesser la ronde des vies successives... et quitter le "Samsara" pour L'ABSOLU qui lui est enfin révélé... le Soi !... »

« C'est ainsi que ma recherche a commencé. Je ne voulais pas t'oublier mais je pouvais vivre ton absence d'une façon différente, plus juste que celle de ce gosse qui n'en pouvait plus de crever de son chagrin... de cet amour qui n'en finissait pas de vivre. »

Marie était radieuse, elle passa sa main sur les joues de Frantz qu'elle décora de quelques baisers.

« C'est merveilleux, approuva-t-elle, c'est à partir de ce moment-là que tu as dû vraiment commencer à grandir... dans ton cœur... dans ton être, comme je te le demandais... »

Frantz approuva :

« Oui grandir enfin ! Je n'incriminais plus le reste du monde, j'apprenais à vivre dans la vérité, je comprenais qu'il n'y avait que moi et moi seul de responsable dans tout ce qui pouvait m'arriver, et que les autres n'étaient là que pour me servir de révélateurs de mes points faibles... Mes relations

1 – Atman : le “Soi”, l’Ame en son essence. Le centre le plus profond de l’être.

avec le reste du monde s'amélioraient… et je finis par découvrir… que les autres aussi existent… et que chacun a son fardeau. »

Frantz se mit à rire et ajouta :

« A propos du fardeau il m'a dit un jour : "quand vous voyagez, vous n'êtes pas obligé de le porter encore sur votre tête, déposez-le à vos pieds… il fera aussi bien le voyage avec vous !…" Sacré bonhomme ! Le plus étrange est qu' au contact de son enseignement, bien des phrases de toi que j'avais entendues sans vraiment écouter, sont devenues soudain très claires… Je finissais par comprendre… mes yeux s'ouvraient et j'avais enfin des oreilles utiles…

« Ainsi, entre chaque mission, je revenais le voir… J'effectuais un gros travail sur moi-même, beaucoup de défrichage au début… Certitudes, concepts, croyance… il fallait tout réviser, tout revoir ! J'ai eu des moments de découragement, c'est vrai ! Je croyais avoir compris mais je confondais souvent et le mental me faisait comprendre autre chose que ce qu'il me disait…

"L'expérience seule est révélatrice, mais comme le porteur de lanterne, elle n'éclaire que celui qui la porte ! Il faut du courage pour aller sur ce chemin, de l'habileté, de l'intelligence… surtout celle du cœur !… Soyez-en sûr, cette voie n'est pas pour les lâches, les pantouflards et les tièdes… Ne dit-on pas que ceux qui veulent Dieu s'en emparent par la violence ?"

« Il me dit aussi : "Pour vous rappeler une phrase de celui que vous appelez Dieu… sur mille hommes il y en a cent qui me cherchent, mais un seul me trouve !"

« Il souriait tout le temps, il était fait d'amour et d'humour, il me rappelait que le seul vrai secret, c'est la mise en pratique de la voie et qu'après chaque seconde où nous avons refusé l'adhésion au réel, la seconde suivante nous pouvons récupérer et dire OUI… !

« Ah, ce oui à ce qui est ! Combien de fois l'ai-je entendu ! et je me souvenais de ce que tu m'avais dit : "C'est dans l'acceptation de ta souffrance que tu te retrouveras… OUI, me disais-tu, EST LE PLUS JOLI MOT D'AMOUR DU MONDE." A partir de ce moment là, ma vie a basculé, je suis devenu un pilier de l'Ashram. Je lui parlais de toi pendant des heures et il m'écoutait souriant, bienveillant... Un jour, il m'avoua : "Vous ne serez pas au bout de vos surprises avec cette jeune fille !". Je fus étonné et il ajouta :

"Grandissez, croissez dans votre âme et dans votre cœur afin qu'elle soit fière de vous quand elle vous retrouvera !"

« Je n'osais le contredire, il savait pourtant... je lui avais dit que tu étais morte... mais j'ai osé :

"Mais Swami, elle est morte je ne la reverrai plus jamais !"

« Alors il est devenu soudain sérieux et il a ajouté :

"Il n'y a que vous qui soyez vraiment mort... elle, elle est vivante comme dans votre Bible où le Christ traite les pharisiens de sépulcres blanchis, vous êtes mort !... Oui Frantz vous commencez à peine à emmerger du sommeil, un seul de ses baisers a commencé à vous éveiller tel le conte de vos légendes... Je vais essayer de vous tirer de cette mort qui n'est qu'apparente... d'abord, pour savoir ce qu'est la mort, il faut savoir ce qu'est la vie... Vous allez me dire que vous savez parce que vous êtes vivant... Eh bien, je vous dis... Non !... vous ne savez pas encore ce qu'est la vie !... C'est sans doute Sarah, c'est elle qui vous aidera à le découvrir... Pour le moment, elle coule en vous, mais vous ne la sentez pas,... car vous n'avez pas encore de gratitude pour elle... Ça commence par là !..."

Marie avança une question :

« Et maintenant as-tu de la gratitude ? »

Frantz fut spontané :

« Oui ! maintenant je ne suis plus tributaire de ce que la vie ne me donne pas, il n'y a plus de révolte de ma part... Ah, je me souviens, il m'avait dit, aussi "Soyez heureux par vous-même, et tout le reste vous sera donné de surcroît..." Alors... C'était vrai !... Si tu es ce reste... maintenant que tu es là... comment pourrais-je ne pas avoir de gratitude !... Personne ne pourrait espérer un tel miracle... Je l'ai eu !... Crois-tu qu'il s'attendait à quelque chose de ce genre ? »

« Je t'ai dit que je n'avais pas toutes les réponses, petit cœur, mais je crois qu'il s'en doutait... Quant au miracle dont tu parles, vois-tu, c'est très courant... mais les gens ne savent pas qu'ils se sont retrouvés, ...tout simplement, ils appellent cela "coup de foudre", alors que c'est seulement une ancienne histoire qui reprend ses droits parce qu'elle fut interrompue par nécessité... La différence avec nous, est que nous, nous le savons... c'est tout !... Chaque fois que nous nous sommes croisés au cours de nos vies, il nous a suffi d'une seconde pour nous reconnaître !... Ainsi pour les autres c'est pareil !... ils renoueront même dans leurs vieilles querelles !... Regarde Ray pour Valérie, il l'a reconnue tout de suite, malgré son cortège de peurs, et pour elle ce fut le même choc... ils ne se sont pas mariés car quelque part, ils s'attendaient ! Comme toi, tu m'attendais... Tu savais d'instinct que j'allais revenir... voilà d'où t'est venue cette conviction qu'il te fallait survivre... et, dans tout ce temps, durant toutes ces années tu as bien dû avoir quelques aventures ? »

Frantz pris de court fut gêné, il se mit à bafouiller :

« Euh... »

Marie éclata d'un rire qui sonna plus fort que la tempête :

« Oh ! tu m'as trompée ! alors que je n'étais encore qu'un petit bout de chou ! »

Puis elle se fit de nouveau tendresse en murmurant à son oreille :

« Il était normal que tu vives, mon Amour... Je remercie ces jeunes femmes qui ont croisé ta route et t'ont aidé à porter ta solitude ! »

Frantz se sentit soulagé :

« Pourtant, les quelques relations que j'ai eues ne se firent qu'avec des jeunes femmes brunes, tout en étant attiré par les blondes bien sûr... mais, c'est étrange, cela ne se faisait pas... je m'enfuyais... elles ne devaient rien comprendre ! »

Marie posa, pour l'arrêter, son index sur ses lèvres :

« Je comprends ! tu voyais peut-être cela comme un sacrilège... il ne fallait pas... tu as dû les blesser !... Tu n'as jamais songé à te marier ? »

« Non ! cela aurait été malhonnête de ma part .»

Marie insista :

« Tu aurais peut-être appris à l'aimer ! »

Frantz fut plus incisif :

« Avec ton ombre partout devant elle !... J'aurais eu l'impression de vous tromper toutes les deux ! Enfin, je ne sais pas,... oui, peut-être aurais-je appris à l'aimer ! »

« Et, si tu m'avais rencontrée, qu'aurais-tu fait après ? »

Frantz ne réfléchit guère et affirma :

« Cela aurait été extrêmement douloureux mais je ne l'aurais pas quittée... J'aurais eu simplement deux femmes dans ma vie ! »

« Ah ! s'écria Marie, le vieux rêve polygame de tous les mâles de cette planète ! ...Non, je te taquine... C'est bien,... c'est très bien !... je n'en attendais pas moins de toi... Comme tu as grandi !... Je suis fière et heureuse de le découvrir... car, maintenant, nous allons ensemble prendre cette voie dont te parlait le Swami... Qu'as-tu ?... mon Amour, quel est ce pli qui barre ton front ? quel est ce souci ? »

Rieuse, Marie guettait une réponse, Frantz s'était un peu replié sur lui-même ; il avoua :

« Tu as dit que j'ai beaucoup grandi, mais il y a encore des choses qui ne sont pas très nettes ! Tu sais, il y a toujours en moi comme une nostalgie de la guerre, des restes de combats me collent à la peau, je croyais que c'était fini tout ça... et pourtant, récemment, lorsqu'au cinéma j'ai vu un documentaire d'archives... revu Nüremberg et ses fastes et... entendu les discours enflammés du Führer, j'ai été ébranlé, la vieille exaltation de ma jeunesse est remontée à la surface... les chants de marche... les *Panzer*... Je me suis mis à sangloter, je ne sais pas si c'était de honte ou de regret, je ne sais pas... pourtant après ton départ, j'ai vécu l'horreur dans un combat contre des blindés américains. Avec ma section, j'avais réussi à les surprendre... nous ne leur avons pas laissé la moindre chance... et soudain, j'ai pris conscience de ce que je faisais... de ce que j'avais été autrefois, avant de te rencontrer... du plaisir que je ressentais lors des engagements au canon avec les chars russes... Tous ces Morts... ont envahi ma tourelle et crié : Pourquoi ! pourquoi ? pourquoi meurt-on ?... Je sens que, quelque part, ça me travaille encore... ce combat dans le bocage normand fut le dernier... Je sais que je ne pourrais plus jamais faire cela... plus jamais... Guerre légitime ou pas... je ne pourrais plus et le plus étrange est que l'Armée me manque !... mais, avec toi, j'espère que ça va changer... »

Marie l'interrompit avec fermeté :

« Mais oui, ça changera ! mais tu confonds tout ! N'aie pas honte de ce que tu ressens... Ce sont tes anciennes imprégnations de soldat qui remontent... les exaltations des combats que tu as livrés... Ce n'est pas bien grave, il n'y a rien d'indigne là-dedans... je t'aiderai à les expurger pour t'en libérer... Je te ferai revenir en arrière dans ces anciennes vies, autant de fois que ce sera nécessaire pour limer ces imprégnations et, petit à petit, tu seras libéré de ces mécanismes qui t'envahissent encore maintenant... »

Marie se mit à rire sous l'œil étonné de Frantz qui lui souleva le menton de l'index...

« Qu'est-ce qui t'amuse tant ?... et, à mon détriment, je suppose ! »

Marie lui lança :

« Oh ! je t'imaginais simplement en père ! oui, en papa... En dehors du métier des armes,... et, n'ayant fait que te battre dans tes vies, tu n'as aucune expérience de cela. J'essaie donc de t'imaginer avec un joli poupon dans les bras... ton... ou plutôt notre poupon ! Tu vas être terrorisé... Ce petit animal nouveau et inconnu contre toi ! Quelle panique ! Comprends bien que beaucoup de gens ont eu des enfants au cours de leurs existences successives, de ce fait, ils ne sont pas désarmés et retrouvent leurs automatismes sans surprise au même titre que le petit Mozart devant son piano... On sait !... même si on ne sait pas pourquoi mais on sait que cette chose-là devant nous, nous est familière... et il nous faut bien peu de temps pour nous y remettre... que ce soit une langue, un art, un métier… que sais je d'autre ? …mais, pour toi, dans ce domaine, ce sera ta première expérience, tu vas t'innover dans les charmes de la paternité… »

Frantz prit un air offusqué et jeta :

« Oh, mais ! j'apprendrai vite, c'est sans doute moins compliqué à manier qu'un avion ou un blindé ! »

« Oh, oui, ajouta Sarah, mais beaucoup plus délicat et inoffensif ! »

« Oui ça me viendra vite, je me vois déjà avec une ravissante petite fille dans les bras. »

Marie fronça les sourcils :

« Pourquoi une fille ? »

Frantz sourit et, la voix pleine de chaleur, confessa son espoir :

« Comme elle te ressemblera forcément, j'aurai ainsi la joie de te découvrir à travers elle,… à chacune de ses nouvelles années je te verrai ainsi telle que tu as été… Au moins je me souviens à quoi tu ressemblais quand je t'ai repris dans mes bras… tu avais… attends ! »

Sans attendre, Marie précisa :

« Trois ans, je m'en souviens, et quand je t'ai vu, j'ai pensé : qu'il est triste ! mais c'est lui que je veux plus tard… Je t'ai vu t'éloigner et je n'avais aucune peine… Je savais que je te retrouverais que tu reviendrais… puis les années passèrent, ton ombre se glissa en moi et je me mis à t'attendre, sans savoir que je le faisais, à chaque matin que me donnait la vie… A partir de mes seize ans, mes pas m'entraînèrent vers un certain banc !… Je m'y asseyais pour recevoir le soleil et l'espoir inconscient de ton retour me berçait. »

Marie s'arrêta, réfléchit un peu et demanda encore :

« Pourquoi es-tu si sûr d'avoir une fille ? toi un homme, tu ne désires pas un garçon ? »

D'un air de regret Frantz inclina la tête et lâcha :

« Vois-tu, les garçons, ça part un jour, et ça ne part pas toujours où l'on voudrait !… on te les prend, on les habille tous d'une couleur identique… On les fait chanter sur un pas qui ressemble à des bruits de tambours ! Puis, un jour, tout ce que tu sais de lui, c'est qu'il dort loin de toi, pour toujours, dans un coin de terre qui n'est même pas la sienne... Non !... et puis les garçons, c'est un autre type d'éducation... il faut les forger... »

Marie l'interrompit nettement :

« En quoi faut-il les forger, Frantz, dans le bronze... ou dans l'acier de Monsieur Krupp[1] ?... quelle empreinte veux-tu lui donner ? la tienne ?... Non, mon Amour, nous l'aiderons seulement à être ce qu'il a envie d'être... C'est tout !... Un enfant, vois-tu, c'est un petit être fragile et vulnérable et... c'est aussi une véritable éponge... qui pompe rapidement de l'extérieur vers l'intérieur les sensations et les informations qu'il perçoit et c'est là qu'il faut être très attentifs... Trop de parents demandent à leurs enfants d'être ce que eux auraient voulu devenir... ou, encore, ils leur posent des fardeaux sur le dos afin qu'ils soient des sujets de flatterie pour leur ego, quand, plus tard, ils auront de belles situations...

« Non ! mon petit cœur, un enfant c'est léger comme un oiseau, il ne faut jamais peser sur ses ailes en exigeant de lui qu'il sache bien se débrouiller dans la vie, ou qu'il soit bien poli... ou qu'il ait une réussite professionnelle... Non ! non ! Frantz, c'est trop grave, un enfant, il faut être pour lui, il n'est pas pour nous ! Le but n'est pas d'en faire un petit singe bien dressé et qui, par mimétisme, imitera le comportement névrotique de ses parents, ce n'est pas non plus dans cette liste d'objectifs que je viens d'énumérer...

« Le vrai but... C'est d'en faire un enfant heureux pour qu'un jour, il soit un adulte heureux ! Pas de ces adultes infantiles qui quémandent sans cesse, ne peuvent entendre personne et ne pourront même pas entendre les vraies demandes de leurs enfants, parce qu'eux-mêmes n'ont pas reçu ce qu'ils avaient à recevoir, au moment où ils devaient le recevoir, de ces adultes malheureux qui iront jusqu'à demander à leurs enfants de devenir des parents de substitution !... Charge qu'un enfant ne

---

1 – Alfred Krupp : mit au point un procédé de production de l'acier (1847) fabriqua les premiers canons lourds en acier dont le tube était coulé d'une seule pièce et introduisit le procédé Bessemer sur le continent européen.

peut assumer... Un enfant, c'est fait pour demander... L'adulte doit entendre la vraie demande et donner quand c'est possible. Et ce n'est pas un devoir d'éduquer un enfant , c'est un droit...

« Car l'enfant, en tant que tel, hormis ses jeux, ne voit que devoirs partout. Notre rôle, à nous parents, c'est de l'aider peu à peu à sortir de son monde pour apprendre à vivre dans le monde, ne pas le laisser s'enferrer dans ses erreurs, comme par exemple, si l'on donne une claque à la chaise contre laquelle il s'est cogné, en ajoutant stupidement “Oh ! vilaine, la chaise ! Tiens ! Je te bats pour avoir fait mal à Gentil Petit Paul !”. Ceci est un crime contre l'enfant et le conforte dans cette idée démentielle, que choses et gens doivent s'écarter sur son passage... Car plus tard, Grand Paul, perdra sûrement le qualificatif de gentil et méritera celui d'insupportable, n'acceptant en aucune manière qu'une chose ou un être puisse faire obstacle à ses désirs... ! Grand Paul, malgré son aspect de grand gaillard, restera toujours un Petit Paul, c'est cela l'adulte infantile qui ne ressent que devoirs et contraintes dans sa vie de tous les jours. Alors qu'un enfant comblé et aimé que l'on aura aidé à sortir de son monde subjectif, fera un véritable adulte... heureux de lui-même et par lui-même... Riche ou pauvre, célèbre ou inconnu, il n'aura pas besoin de rechercher les compensations de la vie pour faire face aux frustrations de sa jeunesse mal vécue et mal éduquée... »

Marie s'arrêta, elle avait ce petit sourire sérieux que Frantz avait déjà connu, il y a bien longtemps, quand il l'appelait Sarah et qu'elle lui expliquait déjà par quoi il allait passer... De ce temps où déjà il refusait l'enfer qui allait être le sien... Il se sentit ému de retrouver cette attitude après tant d'années... Il murmura :

« Il me semble entendre mon Swami, petit cœur, oui, vous avez le même langage, le même amour,... et il y a encore tellement de choses que je n'ai pas comprises ! »

Marie le rassura :

« N'aie pas de crainte, mon petit soldat, nous allons vivre ensemble désormais, je serai là, près de toi, sur ce chemin qui ne peut que se vivre et toutes tes questions trouveront, petit à petit, leurs réponses. Je t'aiderai à chaque instant… près de moi tu trouveras tes pas ! Sais-tu aussi que d'être un père ou une mère… c'est un chemin royal, un yoga pour aller vers l'absolu ? »

Frantz était, de plus en plus, étonné de retrouver dans les idées de Marie, des discours qu'il avait si souvent entendus dans l'Ashram de son vieux Maître… Curieux, il lui en fit la remarque :

« D'où te vient cette connaissance de l'Orient ? »

Marie caressa du bout des doigts les lèvres de Frantz qui, sentant ces doigts glacés, les enfourna dans son blouson… Elle se mit à sourire en disant :

« Ce n'est pas vraiment important !… mais puisque tu y tiens… Pendant que toi, tu jouais les traîneurs de sabre sur tous les champs de bataille d'Europe et d'ailleurs, j'ai peut-être eu, de mon coté, quelques expériences religieuses sur les montagnes de l'Himalaya. »

Frantz hocha la tête… Ces histoires d'incarnations successives lui tournaient la tête autant que le swastika noir avait fait tourner celle de son peuple dans la folie… Même symbole que le samsâra[1] !… Il eut peur que Marie prenne froid, il la serra dans ses bras et l'entraîna hors du refuge… Une grosse lame explosa, dispersant vers le ciel anthracite ses éclats d'Océan, il fit un rempart de son dos pour la protéger des embruns salés et glacés…

« Tu n'as pas froid ? »

« Si, avoua-t-elle, je prendrais volontiers quelque chose de chaud ! »

Ils reprirent leur marche le long des rues vides et trouvèrent un café encore ouvert et une table libre… Des sans-famille étaient là, regroupant leurs abandons, récupérant un peu de tiédeur et de solidarité auprès d'autres inconnus.

---

1 – Le swastika désigne le dessin de la croix dextrogire mais le symbole est celui du samsâra qui évoque la ronde folle des vies successives auxquelles on ne peut échapper que par la découverte du Soi ou "Atman" en sanscrit.

Un serveur se dépêcha auprès d'eux... Frantz était encore chargé d'émotions qui ne cessaient pas... pourtant elle était bien là, en face de lui, ses mains dans les siennes. Il n'osait parler, préférait se taire... Le garçon toussota légèrement pour marquer sa présence à cet étrange couple... Marie tourna la tête vers lui et commanda :

« Un café, s'il vous plaît, avec un nuage de lait... et toi, mon cœur ? »

« Un thé citron, je vous prie ! »

Le garçon tourna les talons... Frantz se sentit soudain observé, il leva les yeux vers la table voisine et aperçut trois femmes qui les épiaient sans ménagement. Une des commères murmura assez distinctement pour qu'on l'entende :

« Moi ! si j'étais la mère de cette petite... »

Elle n'eut pas le temps d'aller plus loin car Marie acheva sa phrase pour elle :

« Vous seriez une mère heureuse et comblée... Madame ! N'est-ce pas ? »

Doucement provocatrice, Marie soutint leurs regards et les trois pécores abandonnèrent leurs potins, vaincues par ce pouvoir dont seule une reine dispose... Marie l'était, son charisme partout la suivait, mettant toujours à mal les esprits étroits, faisant éclater les valeurs fausses et les certitudes qui n'en furent jamais... Frantz faillit pouffer de rire, et son amour plein de malice ajouta un désarroi supplémentaire en demandant innocemment :

« Quand me fais-tu notre premier enfant ? »

Frantz détourna la tête... Marie toujours imprévisible poursuivit le jeu,... imperturbable dans sa comédie outrancière, elle harcelait les trois femmes, à coup de banderilles douteuses :

« C'est le bon moment pour moi ! On y passera toute la nuit s'il le faut mais je veux un résultat... je ne te laisserai pas dormir... oh ça non... J'utiliserai tous les moyens ! »

Le garçon arriva avec les consommations et Marie s'arrêta en voyant les trois femmes se lever. Elles n'étaient pas dupes et Frantz les vit s'éloigner en marmonnant que les yé-yé d'aujourd'hui n'avaient aucune pudeur... Il lui avoua en riant :

« Eh bien !... Mon bébé, tu sais planter tes dents de lait là où il faut, et quand il faut ! »

« Oui, assura Marie, mais je ne serre pas, je suis comme le chat, ce sont des avertissements sans frais... Oh, mais crois-tu, j'ai encore du chemin à faire ! il m'arrive à moi aussi d'avoir des émotions qui entraînent de ma part quelques réactions assez vives ! mais le plus souvent, je me contrôle assez bien, je cherche avant tout à dissuader... »

Elle fit tomber son sucre avec élégance, puis délicatement fit danser sa cuiller dans la tasse pour le diluer, jeta un clin d'œil à Frantz et ajouta :

« Il faudra s'habituer à ce genre de situation, pour ma part, je n'ai aucune gêne... rien que de la fierté d'être avec toi... et je l'afficherai, crois-moi !... Je suis heureuse et je le montre... Je ne vais pas réprimer ma joie parce que notre couple n'entre pas dans les canons habituels de notre société provinciale... et toi, mon cœur ! Comment as-tu vécu ce petit incident ? »

Frantz fit une drôle de mimique :

« Ça ne m'affecte pas vraiment... enfin si ! un peu ! c'est ce manque de compréhension... »

Marie intervint :

« L'humanité est ainsi, mon petit soldat ! N'attends pas d'approbation générale, il y aura les "pour" notre histoire et les "contre" notre histoire... On appelle cela chérir des opinions. Quelques neutres traînent de-ci, de-là, peu nombreux en vérité, car ce sujet sur lesquels les autres s'étripent, n'a pas créé de colorations particulières, alors ils s'en moquent, mais n'ont pas décidé d'eux-mêmes ce comportement !... ça se fait... c'est tout !... Tu connais désormais la valeur d'une opinion, où cela peut t'entraîner pour la défendre... Tu sais où cela a conduit ton peuple !... Mais revenons plutôt à ton Saint Homme, qu'as-tu encore découvert ou que tu n'as pas compris ? »

Frantz devint subitement absorbé et reprit sa phrase :

« Des choses que je n'ai pas comprises ?... Oh oui, surtout cette notion d'Eveil... Ce Soi dont il parlait ! »

Attentive Marie cessa de jouer avec les doigts de Frantz, elle posa ses paumes redevenues tièdes sur le dos de ses mains, elle laissa un silence...Frantz en connaissait l'importance... puis elle lui expliqua :

« Ecoute bien ! Sur l'éveil il y a d'abord quatre erreurs à ne pas commettre... la première c'est qu'il est trop proche de nous pour que nous puissions le reconnaître, la seconde c'est trop profond pour que nous puissions le concevoir, ensuite c'est trop simple pour que nous y croyions... et la dernière c'est bien trop prodigieux pour que notre Esprit puisse l'accueillir... Le Soi, mon Cœur, n'a pas été créé, "IL" EST, même le "IL", je dirai, est superflu... C'est tout !... Rien à ajouter, rien à enlever si ce n'est ce qui le couvre... C'est simplement l'Immaculé contemplant sa propre Nature ! »[1]

Frantz hocha la tête embarrassé.

« C'est... c'est un concept difficile à saisir, mais quelle est notre vision du monde après cela ? Je me souviens, à Tiruvanamalai, quand je parlais de cette guerre... que des millions d'hommes et de femmes avaient subie dans leur chair et dans leur âme... Je ne comprenais pas quand il me parlait de l'illusion du monde phénoménal... Tout cela !... tout ce que j'avais vécu... Moi et les autres bien sûr !... Ce... ce n'était pas une illusion. C'était du réel !... et du réel parmi le plus réel qu'on connaisse !... On... on ne peut pas dire à six millions de Juifs assassinés : ce qui vous est arrivé... c'est une illusion... une simple illusion ! »

D'une pression de main, Marie l'arrêta :

« Je te comprends, mon Amour, je te comprends mais la qualité première de l'illusion c'est justement l'apparence de sa réalité... Regarde un cauchemar ! tu ne mets pas en doute son existence, tu as l'impression que... l'horreur qui s'abat sur toi, est bien concrète, tu ne doutes pas de sa véracité jusqu'au moment où le grand monstre plante ses griffes en toi ! »

Marie simula la bête en plantant ses ongles dans les mains de Frantz.

« C'est... c'est toi ? le monstre ? »

---

1 – L'auteur s'inspire d'un passage de "Le livre tibétain de la vie et de la mort" de Songyal Rinpoché, p. 82 - Ed. La Table Ronde.

« Oui, assura-t-elle,... je ne te fais pas peur ? »

« Mais, ce n'est pas un cauchemar ça ! c'est un rêve délicieux... tout le monde espère rencontrer des monstres de cette nature ! »

« Peut-être, mais Moi je suis unique, comme toi, comme tous ces gens autour de nous sont uniques... Donc je suis ce grand monstre, je plante mes griffes... tu es terrifié par ma morsure... et que se passe-t-il, dis-moi ? »

« Je te saute dessus à mon tour et te dévore de bonheur ! »

Marie soupira :

« C'est pas du jeu !... Tu ne dois pas te jeter sur moi... ce n'est pas réaliste... tu dois, d'abord, te réveiller en hurlant... et dire comme tout le monde "Oh Dieu ! merci, ce n'était qu'un mauvais rêve". Ça, c'est dans le scénario et toi, tu improvises !... Enfin, de toute façon tu y as cru ! et... la nuit prochaine tu y croiras, sans doute, encore... Pas un instant, dans ton rêve tu n'as formulé une réflexion du genre "Tu n'es qu'un cauchemar stupide...Tu n'existes pas donc je n'ai pas de raison de te craindre"... Et pourtant, c'est ce que tu devrais faire aussi bien dans tes agitations oniriques, que dans ce monde dans lequel tu crois t'éveiller après ton sommeil... quand tu dors tu n'as pas connaissance du reste et tu y crois ...et quand ta nuit est finie tu crois encore à ce que tu vois parce que là aussi tu ne connais pas autre chose... mais il y a une autre réalité et c'est celle-ci que nous devons réaliser. »
Frantz était stupéfait par cette analogie... Elle était indiscutable, pourtant il osa encore avancer :

« Je ne mets pas en doute cette démonstration époustouflante... je dis simplement que si le monde est une illusion et que l'on marche dans celle-ci... je ne comprend toujours pas que l'on puisse ne rien ressentir à l'image de toute cette souffrance... ça paraît tellement vrai ! »

Marie avança la main, caressa la joue de Frantz, un peu comme un enfant qu'il était encore et lui souffla :

« Quand tu t'éveilles le matin, mon cœur, est-ce que tu te préoccupes de savoir ce que sont devenus les personnages de tes rêves ? »

« Non » avoua Frantz.

Marie insista :

« Pourquoi ? »

« A cause de leur caractère illusoire... Ah oui ! je comprends ! je comprends ! »

Marie poursuivit encore :

« Quand tu vois un illusionniste qui coupe une femme en deux... as-tu une émotion d'horreur ? »

Frantz sourit, comprenant mieux :

« Non, plus maintenant, parce que je sais que quelques minutes plus tard, elle retrouvera ses ravissantes quilles ! »

« Oui ! bien sûr, toi tu sais, mais imagine l'enfant qui voit ce spectacle pour la première fois, ou un aborigène égaré hors de son Bush natal... Tu vois leur tête ?... Ce sera affreux... eux, ils y croiront tant qu'ils ne reverront pas la malheureuse sortir de sa boîte, debout sur ses deux jambes... C'est seulement alors qu'ils comprendront qu'il y a un truc... voilà ce qu'est l'Eveil, c'est la découverte du "Truc".

« La réalisation du Soi, c'est la disparition du monde de l'impermanence. Voilà pourquoi le Sage n'entre plus en réaction comme tout un chacun... Il connaît les tours de passe-passe de l'artiste, et il ne se laisse pas abuser malgré toutes ces habiles manipulations, car il le voit œuvrer en coulisses... en un mot , il n'y croit plus... pas plus que nous ne croyons à une femme que l'on décapite dix fois par jour dans un spectacle forain... Il y a, si tu veux, le Grand Guignol de la Foire du Trône à Paris, et celui de la vie... la différence est qu'on ne croit pas à l'un, mais que l'on croit à l'autre... A nous de sortir de ce piège de l'illusion en retrouvant notre véritable nature. »

Marie porta sa tasse à ses lèvres, ses yeux ne quittaient pas la perplexité de Frantz. Elle fit une grimace, le café était encore trop chaud ; elle reposa sa tasse et préféra poursuivre :

« Ton Maître t'a-t-il parlé de l'hypnotiseur en tant que symbole... ou du mental ? Quand j'étais encore Sarah, je me souviens avoir beaucoup insisté sur cette déformation de la réalité qui se trouve toujours altérée, car le mental n'est qu'un dysfonctionnement vicié de la pensée... La réalité n'est alors perçue qu'à travers des verres déformants... On voit un serpent là où il n'y a qu'une corde, une trahison là où il n'y a que de la jalousie... Toutes ces impressions ne sont que fabrication subjective, des créations arbitraires, provoquées par l'inconscient qui compare, sans cesse, chaque situation à ce qu'il connaît... Ces multiples interprétations sont ensuite renvoyées sous la forme de pensées fausses ou polluées et entachées d'erreur !... T'en souviens-tu ? »

Frantz fut négatif :

« Je ne sais pas où je devais être... sans doute contre toi, ronronnant de plaisir... la plupart du temps je perdais le fil de ce que tu disais... je me sentais heureux... tellement ! Je réalise maintenant que, comme à un cochon, tu me jetais des perles... je n'entendais pas, je n'écoutais pas, il a fallu ton départ pour que je sois secoué de ma léthargie... le grand coup de pied au cul, comme vous dites en France !...

« Mais pour revenir à ta question, oui ! le Swami m'a parlé du mental mais aussi il m'a énoncé une panoplie de personnages que nous portons en nous !... Des personnages qui apparaissent en fonction des situations... pour disparaître ensuite et laisser la place à d'autres... "Tous s'ignorent" disait-il. J'ai mis du temps à me convaincre que ce n'était pas le même "Je" qui parlait, pensait, agissait... puis un jour, j'en ai vu un ou plutôt c'est lui qui me l'a montré !... Ce jour-là je me plaignais de ta disparition, de celle de mon père, de ma mère... alors que la veille dans un entretien identique j'étais gai comme un pinson, maniant le calembour avec entrain... Oui ce jour-là, j'étais habité par l'enfant perdu... Ah, celui-là, il était tenace tu sais ce petit orphelin qui ne cessait de te réclamer, de quémander... et là je n'ai pu faire autrement que de découvrir son existence !... puis, au fur et à mesure que je me découvrais, j'ai vu dégringoler les autres... le mystique, l'idéaliste, le plus dangereux de tous... je me rappelais ce que j'avais été pendant la guerre, bref ! le meurtrier, l'ambitieux, le vaniteux... tous, enfin presque ! »

Frantz sourit et ajouta un peu gêné :

« Même l'obsédé sexuel ! »

Marie éclata de rire et ajouta :

« Oh oui, il existe bien celui-là ! ce n'est pas un des moindres... chez les hommes, c'est le petit cochon qui sommeille dit-on, mais crois bien que les femmes ne sont pas exclues de cette petite étincelle coquine qui leur donnera parfois l'envie de croiser leurs jambes un peu plus haut que la norme ne les y autorise ! Puis-je savoir en quelle occasion ce libidineux personnage t'est apparu ?... serais-je indiscrète ?... mais non, ne sois pas gêné, mon Amour, je peux tout entendre de toi... Fais-moi rire encore ! »

En souriant, Frantz conta son histoire.

« Euh ! Je sortais d'un entretien avec le Maître. J'avais encore le cœur plein de ses paroles, de son enseignement ; j'étais serein... Dieu était en moi, c'était en fait le mystique qui m'habitait mais je l'ignorais encore... donc "il" était sur son nuage, méprisant tout ce qui n'était pas spirituel, fermement décidé à ne plus se laisser duper par les choses matérielles. Quand, tout à coup à la sortie de l'Ashram, j'aperçois une jeune fille indienne, son sari fendu sur le côté s'était entrouvert et me laissait, comme vision, la hauteur de sa cuisse... et même bien plus haut. Baissée, elle était occupée à ramasser des fleurs pour le Darshan du soir... Catastrophe ! Je te jure qu'il n'a fallu qu'une seconde pour que tout change, le mystique s'est trouvé balayé aussi sec et remplacé par un animal en rut, qui avait simplement déboulé, attiré et fasciné par cette ravissante croupe et le spectacle qu'elle lui suggérait... Impensable et incroyable, car quelques instants avant, Monsieur le mystique voguait sur les commentaires sacrés des Upanishads et peu après, l'autre furieux qui le remplaçait était assailli par des désirs on ne peut plus coquins,... spéculant, imaginant des scénarios tordus pour séduire la malheureuse.

« Alors là, je fus convaincu que la stabilité intérieure ne pouvait être l'apanage d'un être humain ordinaire... Vois-tu, je fus tellement surpris par cette métamorphose que je ne réalisais même pas que l'objet de "sa" convoitise avait disparu... je me suis assis au pied d'un arbre... j'étais effaré !... Comment une chose pareille était-elle possible ?... changer si vite en si peu de temps. J'ai compris alors que, si au lieu de voir cette jolie cuisse, j'avais vu, par exemple, un homme battant sauvagement un enfant... c'est le meurtrier qui, sans doute, serait apparu. En attendant, mes cogitations m'amenèrent à découvrir que tout ceci allait très vite et que les situations étaient responsables de ces stimuli internes. Je voyais enfin ce qu'il voulait dire quand il assurait et répétait inlassablement "voir c'est connaître". Alors petit à petit, je me suis employé à former ce témoin...

"Voyez-vous, m'affirmait-il, ces personnages sont comme les facettes d'un éventail mais au centre, il y un clou ou un œillet autour duquel pivotent toutes ses branches... Il faut que vous deveniez ce clou, ce témoin ou ce veilleur qui sera là pour vous rappeler que vous n'êtes pas le personnage qui s'agite en ce moment de façon triste, loufoque ou violente sur la scène de sa vie... Ce témoin veillera à ce qu'aucune identification ne se produise, que vous ne vous assimiliez plus aux différents individus qui vont et viennent en vous !... Ainsi, ce veilleur vigilant prendra soin d'éviter ces identifications forcenées. Il fera retomber la main du violent qui veut cogner, et sera encore là pour arrêter le mot du vaniteux blessé qui, à son tour veut blesser..."

« Ainsi j'ai fait grandir ce veilleur, parfois encore, il se laisse submerger... mais ça ne dure pas ; il ressort vite la tête pour calmer le jeu. Le veilleur, disait mon Maître, discrimine le spectacle du spectateur... Il n'est ni la colère, ni la honte, ni la souffrance, ni la peur et le doute !... seuls ces personnages éprouvent ces émotions !... Réunifiez-vous ! un royaume divisé est un royaume anarchique qui lutte contre lui-même, comme une guerre civile, ce sont les pires de toutes... Il faut donc un souverain qui règne sur cette maison ; ainsi les décisions seront tenues parce que c'est lui qui les édictera et non pas les autres... Voilà pourquoi les gens s'étonnent de ne point tenir leurs promesses, celles qu'ils font aux autres ou à eux-mêmes... L'idéaliste qui prône tel acte parce qu'il lui semble juste... et quelques heures ou même quelques minutes plus tard, survient l'ambitieux ou le vaniteux qui découvre avec stupeur ce qui s'est tramé dans son dos, et qui l'annule immédiatement car cela va à l'encontre de ses désirs ou de ce qu'il considère comme ses intérêts ; et quand l'idéaliste sera de retour, nous entendrons ses lamentations, lui aussi dira : ..."Je". Oh ! que "je" suis faible ! que "je" suis lâche ! Comment ai-"je" pu tomber si bas ?

« Pauvre bougre, il croit être le seul à exister, il ignore que ce qu'il bâtit d'un coté, un autre le détruit... Combien de serments d'alcooliques et de joueurs invétérés se sont effrités sous la pression des autres... Je ne boirai plus ! je ne jouerai plus !... qui décide de ne plus boire ou de ne plus jouer ? Certainement pas les intéressés !... Peut-être l'idéaliste ou encore le vaniteux qui n'a pu supporter les moqueries consécutives à ses derniers exploits avinés ! »

Marie était passionnée par les explications de Frantz. Légèrement penchée en avant, elle l'écoutait avec une attention chargée de tendresse, elle lui souriait émue et ses yeux verts brillaient de joie et de malice... ses doigts s'étaient remis a jouer et couraient sans cesse entre ceux de Frantz... Quand il eut terminé, elle ne put s'empêcher de conclure :

« Oh ! mon petit cœur, tu comprends maintenant la nécessité de notre séparation, tu n'aurais jamais compris cela dans une vie normale, tu te serais laissé porter sans rien comprendre dans un sommeil ou une ignorance aveugle, dévorer par la routine, mais la souffrance t'a poussé en avant, au point que, pour y échapper, tu as découvert l'essentiel de ce que je voulais... Aujourd'hui tu vis ce chemin, tu le mets en pratique au quotidien... et moi, au lieu de traîner un marmot, innocent de tout, j'aurai un vrai compagnon... Je serai ta femme, ta maîtresse, ta courtisane s'il le faut... oui, je pourrai être impudique quand cela sera nécessaire, mais je serai aussi ta sœur, une mère ou une amie... J'aurai tous ces rôles, je dis bien rôles, pas personnages... Attention, pas de confusion ! et pour toi ce sera pareil... tu seras un père pour nos enfants, mais aussi mon amant !... Oui, mon tendre Amant ! lequel de ces rôles préféreras-tu ? » Frantz sentit qu'il était testé et répondit avec un petit sourire ambigu :

« Chacun sera mon préféré au moment que tu auras choisi ! »

Marie susurra :

« Ouh, c'est bien ça !... C'est bien le veilleur qui est en face de moi... j'aime ! »

Frantz rétorqua :

« Tu t'attendais à trouver qui ? »

Marie le taquina en lui caressant le nez du bout de son index :

« Ce personnage romantique, cet enfant de Bavière, nourri aux contes de Grimm et bercé par les notes d'un joueur de flûte, charmeur de rats ! »

Frantz sourit avec tendresse :

« Il ne m'a jamais quitté ce gosse romantique, il est toujours là... je le laisse savourer sa joie et son bonheur de t'avoir retrouvée mais je le vois, simplement je l'accepte et aujourd'hui je n'ai plus besoin de le consoler... »

Marie avala d'un trait la goutte symbolique qui reposait au fond de sa tasse et proposa à mi-voix :

« Il y a trop de fumée et de bruit... j'ai chaud à nouveau, surtout à cause de ce que tu m'as confié !... Si nous reprenions notre route... Il y a encore tellement d'endroits à retrouver ! »

Frantz approuva, il régla les consommations et ils se retrouvèrent sur les sentiers de leurs souvenirs... Marie resta silencieuse et Frantz respecta cet état... Par intuition il sentait que sa compagne se préparait à aborder un sujet solennel ; il retrouvait cette étrange symbiose du temps où elle était Sarah, où, sans le secours des mots, ils s'entendaient pourtant... et là il pressentait ce moment, s'y préparait... Les pensées de Marie, il les percevait en ondes douces dans tout son corps pendant qu'ils avançaient toujours... Ils arrivèrent au parc Karedech.

Sans se presser et d'un commun accord, leurs pas jumelés les ramenèrent dans ce rond-point où tout avait commencé... Marie faisait face à Frantz, elle tendit en souriant ses mains, paumes ouvertes, pour que Frantz s'en saisisse et ajouta avec un sourire radieux :

« Je m'appelle Marie,... Marie Gauthier ! »

Frantz comprit la symbolique de cette présentation, s'inclina légèrement et prononça à son tour :

« Frantz !... Frantz Lilienthal ! Marie ! »

Alors, elle se blottit dans ses bras et murmura :

« Je vois que tu as compris... un nom n'est qu'un nom, mon Amour, c'est l'Etre qui compte et cet Etre n'a pas de nom pourtant c'est toujours lui que tu as aimé... Ce n'est plus Sarah, ni Marie, c'est mon Etre sans plus car les formes sont dissoutes dans les replis de l'oubli... quelque temps locataires... et l'Etre repart, Eternel... Maintenant nous allons nous libérer ensemble, pour cela nous avons notre amour, l'amour tout court, celui qui t'a fait grandir et qui t'a épanoui... cet Amour que nous allons étendre aux autres... Et puis user les derniers désirs qui restent encore en nous... car ils sont des attaches, des obstacles à notre réalisation, à notre devenir... Quel était jusqu'à ce jour le plus grand de tous tes désirs ? »

Frantz inclina la tête sur le coté et chuchota :

« Dois-je vraiment te le dire ? tu le connais ! tu l'as toujours su !... C'était de vivre une vie pleine et entière avec toi. »

Marie hocha le menton plusieurs fois et reprit :

« On ne l'entend jamais assez ! Bien, maintenant cela nous est offert et nous allons mettre à profit ce désir de vivre ensemble, de la façon la plus consciente possible... Chaque seconde sera tellement vécue que notre désir, notre attachement l'un envers l'autre, tombera de lui-même, alors nous serons libres... L'Amour sans attache se manifestera ainsi dans toute sa splendeur, et nous passerons à l'ultime étape, le dernier de tous les désirs... »

Frantz regarda Marie avec inquiétude :

« Tu veux dire qu'un jour, nous n'allons plus nous aimer ? »

« Mais si, le rassura-t-elle, mais cet amour sera différent, d'une plus grande qualité si tu préfères... l'amour du Christ, du Bouddha, d'Allah... que sais-je ! »

Soulagé, Frantz répondit :

« Moi j'aime bien cet amour-là, mais puisque tu dis que ce n'est pas suffisant, je te fais confiance et le dernier de tous les désirs c'est quoi ? »

Marie répondit doucement, lentement, sans se presser pour qu'il l'entende bien :

« Le dernier ?... le dernier de tous les désirs... C'est d'espérer ne plus en avoir aucun ! Voilà le dernier de tous les désirs, alors la porte s'ouvrira et nous passerons de l'autre coté de la Rive. »

Frantz secoua la tête... Il sentait un refus quelque part qui montait en lui... Il l'accepta pour mieux le connaître et confessa :

« Vivre sans désir ! cela me fait peur, j'ai l'impression que parfois la vie doit paraître fade. »

Marie l'interrompit aussitôt en questionnant :

« Qui dit cela ? »

Frantz gêné, comprit et avoua avec humour :

« C'est pas moi ! c'est lui. »

Marie amusée se mit à rire et avec ses ongles, lui laboura les côtes avec douceur :

« Qui lui ? Vite, réponds-moi ! »

Frantz répondit :

« C'est... c'est pas lui !... c'est tous les autres qui me le crient... toute la bande, il n'en manque, sans doute, pas un ! »

Marie redevint sérieuse :

« Et tu les crois encore ! eux tous ! eux qui t'on fait tant souffrir... Ceux pour qui tu te prenais quand ils t'habitaient... Eux qui t'on fait ignorer jusqu'à ton humanité, ton devenir... Eux qui obscurcissaient ton jugement et dont tu t'es plaint quand tu as pris conscience qu'ils agissaient à ta place. Eux et leur désir de Grande Allemagne !

« Te souviens-tu seulement du tueur qui vivait en toi et ne te quittait presque jamais sauf quand tu étais près de moi... et encore !... J'ai souvenance dans ce même parc d'un soldat d'une de vos unités qui, perdu dans ses pensées, a failli te bousculer... Je revois encore sa peur dont tu t'es nourri avec fierté quand il a failli commettre son crime de lèse S.S., quand tu l'as vu s'écarter avec respect... ce jour là tu fus méprisant... Tu t'en souviens, Frantz ? et de mes paroles ? »

Frantz se sentit triste et vidé, il fit face à son souvenir et répondit :

« Il est ton frère, Frantz ! ce que tu fais à lui, c'est à toi que tu le fais… Je n'ai pas oublié… Oh que non ! »

Marie continua :

« C'est bien… Voilà où te conduisait cette galerie de malades… Eux et leur destin de Gloire… Eux qui, pour atteindre ce destin, ont perpétré jusqu'à la négation de l'Etre Humain… Posséder, prendre… Non, mon Amour ! le désir c'est ta prison… la porte de ta cellule est maintenant ouverte… tu peux t'évader ou rester à l'intérieur ! C'est ton droit… Je sais qu'il y a la peur de l'inconnu. Mais regarde l'oiseau dont on ouvre la cage, il hésite un moment… il était habitué à ce volume étroit, il le connaissait, savait de quoi il était fait, mais sa vraie dimension est l'espace illimité… Il le reconnaît bien vite et tu le vois prendre son essor dans un chant de victoire qui s'appelle Liberté… C'est moi qui, aujourd'hui, t'ouvre cette porte car j'en ai la clef ! Suis-moi ! Envolons-nous à notre tour… retournons à notre vraie nature, là où se trouve le vrai bonheur, la vraie joie, celle qui ne dépend plus de l'Avoir mais de l'Etre. »

Frantz hocha la tête, très sérieux, et commenta :

« Marie, j'aurai besoin de toutes tes forces !… je ne suis pas à ton niveau mais je te promets de faire tout pour y arriver… J'apprendrai… j'apprendrai vite, je t'écouterai, je te regarderai vivre, penser, agir… J'ai quitté un Maître et j'en retrouve un autre… »

Marie le coupa en souriant :

« Ton Maître était libéré, moi je dois encore le faire… Je t'attendais pour cela… Je ne pouvais pas partir sans toi,… de l'autre coté, en te laissant seul… Mon désir était d'être ton guide… je serai ton nouveau "Führer" ; par contre, je ne t'entraînerai pas vers l'ombre du néant, mais vers la lumière indéfinissable du UN, de l'Unique, de l'Eternel… »

Frantz sentait son cœur se serrer, il éprouvait au son de ses paroles comme une nostalgie profonde, il était ému par ce discours, ses résonances affectaient toutes les fibres de son corps… Oui, il écoutait ses mots, il les ressentait comme un appel profond qui traverse les âges et qui ne s'adressait qu'à lui, à une partie de lui qu'il avait longtemps méconnue et dont il n'avait même pas soupçonné l'existence. Elle, cet ange blond, revenu des lointains territoires de la mort, faisait mouvoi cette étincelle, la ranimait par le pouvoir du verbe... Il découvrait en cet instant toute la force de cette identité cachée... Alors Marie, comme si elle devinait cet espace dans lequel il évoluait, ajouta avec une voix de conteur :

« Il était une fois... des Etres orgueilleux et pleins de suffisance, tellement arrogants qu'ils croyaient tout savoir !... Alors les Dieux se réunirent et décidèrent de les châtier en leur ôtant leur étincelle divine... L'un d'eux proposa, pour qu'ils ne la trouvent point, de la placer sur la plus haute des montagnes... Le plus ancien de tous objecta qu'un jour, lointain certes, ils iront jusqu'à son sommet... Un autre imagina de la déposer au fond des océans... L'ancêtre refusa encore Non... non, dit-il,... un jour prochain ils exploreront les fonds des océans... Non, nous la cacherons là où ils n'auront pas l'idée de la chercher. Ils sont bien trop fats pour cela, ancrons-la au fond d'eux-mêmes !"

« Depuis ces temps, mon Amour, l'homme cherche, il court les mers, les plaines et les montagnes... il vole, plonge, escalade, explore l'infiniment grand et l'infiniment petit, à travers d'excellents instruments... alors qu'il a toujours sur lui les outils essentiels à sa propre découverte... la seule, la vraie, l'unique à réaliser... découvrir sa propre nature... il n'a que son cœur pour cela et il n'a besoin de rien d'autre...

« En attendant, mené par ses désirs, il se perd en va-et-vient tragiques, inutiles... Demain !... demain je serai heureux !... demain quand j'aurai cette femme !... demain quand je serai riche !... demain, quand je serai célèbre et puissant !... Demain... toujours demain, et sitôt un désir accompli, un autre surgit, puis d'autres se présentent encore... ça ne finit jamais !... Demain je serai vraiment heureux quand j'aurai... et la vie passe de demain en demain... alors que le vrai bonheur est là, tout de suite, dans cette seconde, et je ne me préoccupe pas de la seconde d'après... La vie, la vraie vie, c'est une seconde éternelle qui n'a eu ni commencement ni fin... entrer à l'intérieur d'elle est tout ce qui nous reste à faire. Viens, mon

Amour, nous nous fondrons dans l'univers... Je serai toi, tu seras moi et nous serons tout le reste... Viens ! »

Frantz sentait des larmes lui picoter les yeux, il revivait ces moments d'émotion très vifs qu'il avait traversés autrefois avec le Swami... là c'était encore pareil, quelque chose vibrait en lui, quelque chose de douloureux qui voulait sortir, s'exprimer, peut-être cette étincelle qui ressentait l'appel... comprimée trop longtemps, trop étouffée, elle criait à son tour, cherchait sa libération en entendant cet appel... Elle manifestait son désarroi et la peine de son exil en poussant les parois de la chair, hurlant la détresse de son incarcération forcée, engluée dans l'oubli de ses geôliers... »

Marie ressentit aussitôt sa souffrance :

« Laisse venir, petit cœur ! dis-lui oui ! Puisqu'elle est là, dis-lui oui totalement, laisse-la repartir comme elle est venue... Sois toujours d'accord avec ce qui vient en toi !... Lâche prise, dis Amen !... là, dans cette seconde ! »

Frantz fut soudain d'accord, il accepta de vivre cette étrange morsure et, dans l'instant suivant, tout se dilua... Il était chaque fois surpris par ces instants de sérénité qui survenaient juste après ces ouragans intimes... tout simplement parce qu'il avait osé n'opposer aucun refus à ce qui le traversait.

« Le judo de l'esprit, voilà le secret... ne pas opposer de force à ce qui t'assaille... c'est tout bête, on va avec... ! » affirma Marie.

Il sourit, libéré, et porta les mains de Marie à ses lèvres... Constatant leur froideur, il souffla dessus pour les réchauffer et proposa de lui acheter des gants.

Très réaliste, Marie lui rappela que c'était Noël :

« Descends de ton nuage, Monsieur le pilote. C'est Noël, tout est fermé... Santa Klaus et ses rennes sont de retour de Laponie ! »

Ils ressortirent du parc et passèrent devant le lycée... Frantz moqueur lui demanda :

« Tu joues toujours au volley ? »

Marie riposta :

« Bien sûr, maintenant qu'il n'y a plus de grands rapaces noirs pour venir s'interposer ! Je joue même assez bien ! »

Frantz secoua la tête, cela semblait à la fois si loin et si près… il se revoyait quand il avait poussé la petite grille, se souvenait de l'incident, il était près de son char, houspillant, une fois de plus, son équipage… Ce brave Kurtmeister, le *Panzerlehrer*, son *Richtkannonier* Guzmann, le chargeur Schuller et le petit mitrailleur, mort de n'avoir pu courir assez vite dans le bocage de Normandie… Oui, tout lui revenait… il les revoyait tous, s'activant à bien faire, quand tout à coup, son dos fut heurté par quelque chose… il s'était retourné… Qui pouvait oser un tel sacrilège… et il avait aperçu un ballon de volley qui n'en finissait pas de rebondir sur le sol gras et maculé de fuel. Il avait pris le ballon et avait soudain eu l'envie d'y donner un coup de pied… Non, avait-il pensé, c'est un ballon de volley ! Alors sans trop savoir pourquoi, il avait voulu le renvoyer… le ballon était déjà haut dans sa main… il était prêt à frapper pour le renvoyer au-delà du mur… Puis son bras était retombé et il s'était dirigé vers la grille… cette grille qui refusait de s'ouvrir mais qu'il poussa malgré ses couinements de métal et de rouille déchirée. Pourquoi ?…

Marie l'interrompit dans son errance :

« Sais-tu où nous allons maintenant ? »

Frantz amusé se mit à rire et précisa :

« Mais oui ! mon joli bébé ! mais oui ! et je crois que tu vas être très étonnée… tout a dû bien changer… déjà en 47 l'auberge était fermée… tout paraissait à l'abandon, sale et crasseux à l'image de son patron… A savoir ce qu'il est devenu ce collabo… toute la caserne trafiquait avec lui… pas grand chose ne le gênait. »

« Sois indulgent, Frantz, vous ne nous meniez pas la vie facile… J'ai eu faim quelques fois et vous… vous étiez gras et bien nourris, je ne sais pas si cette minceur te convenait, mais j'ai toujours refusé tes chocolats souviens-toi… maintenant je suis un peu plus replète ! sans doute le repas de midi ! »

Frantz approuva :

« C'est vrai que tu étais mince… et il ne m'est même pas venu à l'idée que, quelque part, je pouvais être responsable !… et j'étais désolé de ne pas te voir goûter les friandises que je t'apportais ! »

« Question de principes ! rétorqua Marie, je ne pouvais pas décemment manger ce que toi et tes sbires voliez à la population... indirectement j'aurais savouré ce qui légitimement aurait dû revenir à des femmes, des hommes et, bien sûr des enfants... J'aurais été malade à la première bouchée !... »

« Pourtant, ajouta Frantz, tu acceptais de me revoir chaque jeudi et chaque dimanche... c'était beaucoup plus que les sucreries ! »

« Certes, Monsieur l'officier ! certes, mais je vous aimais et j'avais bon espoir de vous faire changer, et sachez que, si je vous trouvais très beau dans votre uniforme... lui, je ne l'aimais pas... »

Après quelques détours dans les rues froides et grises ils arrivèrent devant leur but... son décor avait bien changé, tout était pimpant et neuf, la façade repeinte de couleurs pastel avec des volets contrastés... Deux petits sapins dans leur pot souhaitaient, avec leurs décors de boules et de guirlandes entortillées, un bon Noël à ses hôtes joyeux. Marie et Frantz s'arrêtèrent et leurs regards s'enfoncèrent dans une fenêtre de la façade... Des cris, des rires et des chants traversaient les murs pour cogner sur de rares passants...

Frantz reglissait doucement dans l'émotion, son corps se souvenait, le décor s'effaçait lentement... un autre prenait la place, il entendait un accordéon... Oui, un accordéon et un Lili Marleen s'ajouta...*Vor der Kaserne...* il murmura faiblement "Sarah".

Marie leva son visage vers lui :

« Oui ! Mon petit soldat ! ta peine est finie... C'était un matin de presque un été... je te quittais pour que tu grandisses... aujourd'hui c'est un soir d'hiver, le bon solstice, je te retrouve et nous n'avons rien oublié... rien de cette histoire fantastique. »

Frantz la serra très fort, presque à l'étouffer... un merci immense éclata de lui vers le ciel... il prit le menton de Marie sous ses doigts et ajouta :

« Tu n'as rien oublié ?... Rien ?... te souviens-tu de l'ancien nom de l'auberge ? »

« Bien sûr, assura Marie, bien sûr!… C'était l'auberge du Phénix. »

« Quelle mémoire ! approuva Frantz. »

« Mais oui… mon amour, il n'y a jamais de hasard ! »

Cet ouvrage a été imprimé
sur presse Cameron
par ***Bussière Camedan Imprimeries***
à Saint-Amand-Montrond (Cher)
en septembre 1997

– N° d'impression : 1/2348. –
Dépôt légal : septembre 1997.

Imprimé en France